JN124739

问血

在日华人最值得去读的一本书

佐藤升 著
傅彦瑶 译

星雲社

1944年9月2日在海拉尔拍摄　作者外曾祖父（佐藤周平）在543部队时的全家福

中国残留孤児の肉親探し

「荘さんは私の娘です」

仙台の佐藤さん

深める親子の確信

来月、祖国で待望の再会

中国残留日本人孤児六十人が来月六日、肉親探しのため来日するが、この中には仙台市新寺四の四の二二、寝具乾燥業佐藤周平さん(七二)が終戦の混乱の中で別れたままになっていた二女美和子さんと思われる荘雲斉さん（ハルビン市在住）も含まれている。二人は、五十六年の中国残留孤児の肉親公開調査の際に公表された荘さんの写真をきっかけに文通を開始、既に今年の夏、待望の〝再会〟を果たしており、互いに親子であるとの確信を強めているという。

今年7月、ハルビン駅で荘さん（前列左から2人目）の家族らと対面した佐藤周平さん（前列右から2人目）

「一日も早く戸籍の回復を」

佐藤さん親子が別れたのは昭和二十年。当時、陸軍少佐だった佐藤さんと妻茂子さんの間には美和子さんを含めて一男二女があり、中国東北地方のハイラル市で幸せな家庭生活を送っていた。ところが、八月九日、ハイラル市はソ連軍の侵攻を受けて混乱の極にたたき込まれる。任務で外出していた佐藤さんは急ぎ戻ると、軍のトラックで家族を含む在留邦人らを脱出させてから前線へ戻った。

戦後、単身で復員。茂子夫人が長春市の収容所で死亡したことを知るが、別の船で引き揚げて来た長女弘美さん、長男晃さんと再会。しかし、美和子さんの行方はつかめないまま歳月は流れた。

そんな佐藤さんに手掛かりを与えてくれたのが五十六年に行われた中国残留孤児の肉親公開調査。公表された荘さんの写真を見た佐藤さんは、顔の輪郭やまなざしが自分にそっくりなことから手紙を書いた。以後、四十通以上もの文通で、荘さんの覚えている家族構成と父親の職業、さらに二人の血液型（O型）が一致することなどがわかり、「美和子では？」の思いはますます深まっていった。

そうした思いは今年七月の〝再会〟を機に確信へと変わる。大陸時代の知人らと三十八年ぶりにハイラルを訪れた佐藤さんがハルビンに立ち寄ったのだ。「駅のホームに降り立つと孫二人（荘さんの長女と二女）が涙を流しながら駆け寄ってきたんです。その瞬間、これは本物の孫に違いないと確信しました。すぐ後ろから来た美和子たちと抱き合って、あとはもう涙、涙……。一生忘れられないほどの感動でした」。

荘さんは戦後、中国人の養父母に育てられて成長。中国人と結婚し、現在は一男二女に囲まれて幸せな生活を送っている。

今後のことについて、佐藤さんは「本人も大陸に骨を埋めたいと言っているので日本に戻ることはありません」としているが、「一日も早く死亡除籍済みになっている戸籍を回復してやりたい」と来月の再会を心待ちにしている。

为了与生别的女儿再会，访问哈尔滨的作者外曾祖父（佐藤周平）

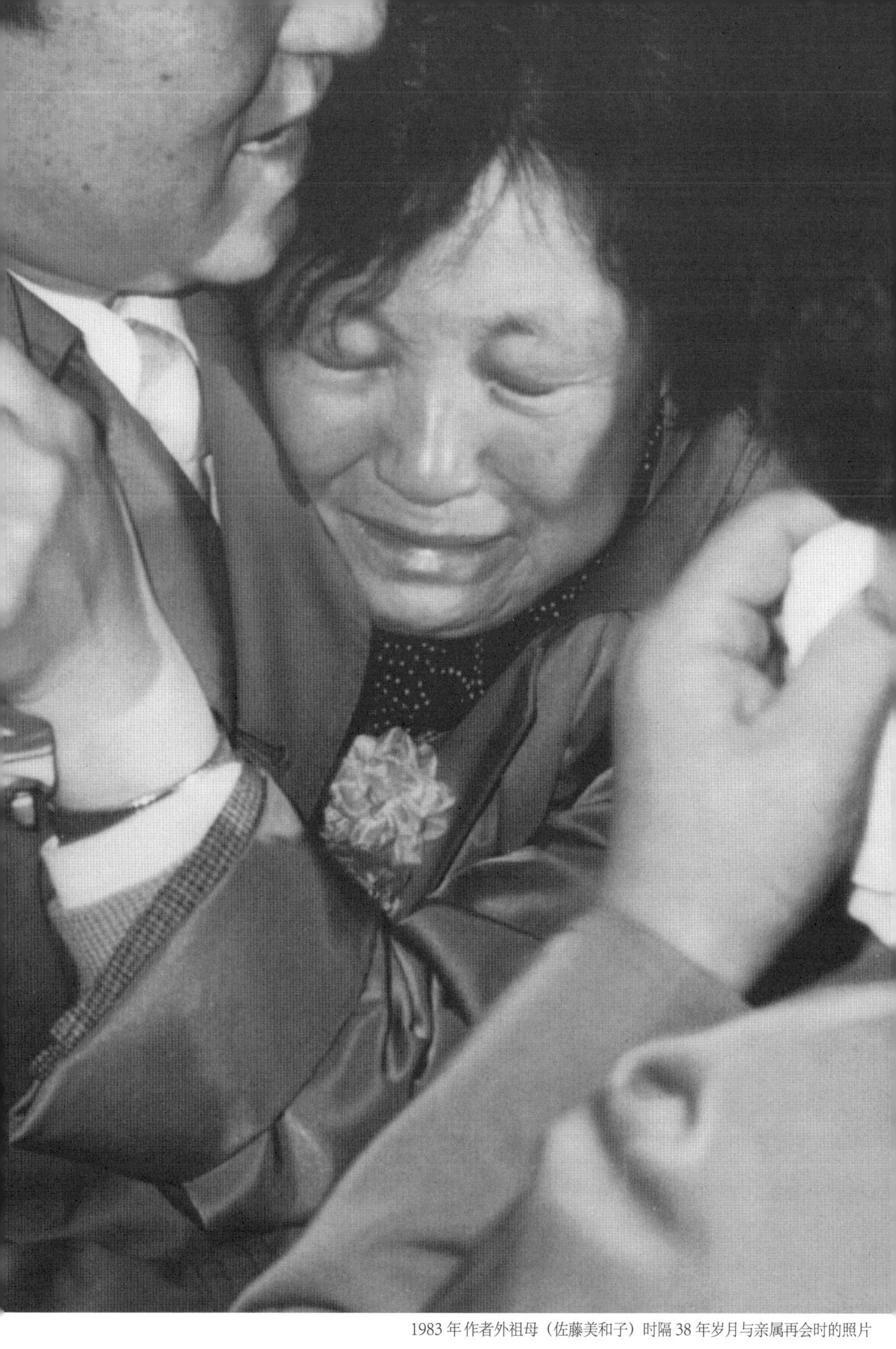

1983 年 作者外祖母（佐藤美和子）时隔 38 年岁月与亲属再会时的照片

広報 こごた

No. 297　59.1.1

中国残留日本人孤児

母の実家小牛田訪問 荘雲苓さん

役場庁舎を訪れた荘さん、栗村町長より「小牛田町史」を贈られ、歓迎を受けました。左は荘さんの父、佐藤周平さん。

肉親探しのため来日していた、中国残留日本人孤児のひとり荘雲苓さん（39）は、十二月十四日、母茂子さん（二十一年長春で死亡）実家である小牛田町を訪れました。

今回の調査で、荘さんは仙台市に住む佐藤周平さんの次女美和子さんと確認され、三十八年ぶりの再会を果たしました。

荘さんはこの日、父の周平さんや姉の浅野弘美さん（桜木町）、伯父の鈴木巌夫さん（素山町、母の実家）とともに役場を訪れ、町長から歓迎を受けました。

この後、不動堂の皎善寺別院にある母の父母の墓参りをし、そして、鈴木巌夫さん方には荘さんの肉親が詰めかけ「もう死んだとばかり思っていた、夢のようだ」と荘さんと手をしっかり握りしめ、感激の初対面をかみしめていました。

1984年1月1日　小牛田町欢迎作者外祖母（佐藤美和子）的归国

1983 年 12 月 14 日 在祖父母佛龛前哭倒在地的作者外祖母（佐藤美和子）

问血

我曾经觉得那和我没有关系。只是，好像被什么东西操纵了似的，我在那条路上不断前行——

悲伤、愤怒、仇恨、空虚、寂寞……呐喊与呻吟承载着这些连锁产生的情感，伴随着悲痛的声响，回荡在尽染鲜红的大地上。肉体接连倒地的闷响好似背景音乐，又让这残酷的声响更深沉了几分。炮火连天，刀剑相拼，应声起舞般的尘埃好像要隐藏些什么清晰可见的确实之物，蒙蒙地覆盖住了战场上的人。在那像是永远也做不完的过分真实的噩梦里，不知淌了多少血，可彼时的声响却没有传到今天。

若是为对方着想，自己就会失去归处。为了自己，为了祖国，如果不追求与他人共存的和平……或许人本该如此。

荒唐的野心与欲望成为火种，仇恨互相碰撞，引起负的连锁反应。争斗过后，还留下了什么。

悲伤将会流向何方，仇恨又是如何产生并定型的呢？

或许，所有这些都流向了“现在”，这个活着的人所存在的空间，并在不知何处悄悄生长。故事还未完结。那难道是幻想吗——活在当下的人所臆造的死者的悔恨。抑或是遗志——仍在生根发芽的还未原谅的心。

不停歇。仇恨被继承，它带来的连锁会变形，但不会停歇。复仇也不会停歇。无法退让的骄傲让不可名状的责任在下一代人身上加之愈深。

活在当下的人们该面对什么，哪里才是前进的方向。

人们后悔去伤害，也懂得被伤害，好像换位思考一番便能够释怀。但在心灵深处，争斗从未改变，不断生根，仇恨的潜意识至今仍在。

即使如此，还是有一代又一代的人成长起来。

那脉脉相传至今的血，仿佛早就知晓了前进的方向，没有一点迷茫、一点犹豫，奔流在一根根细小的血管里。然而，与那血一同被继承下来的，在时代的回转里和血一起，渐渐变得不确定。

就算没有亲身经历，只要还有操纵与被操纵的意识，就会以某种形式继续下去——故事还未完待续。

问血

目录

问血

第一章

第一步——名为日本人的标签

零

我的脸因为不安和紧张而绷得紧紧的，好像只要稍一松劲儿，眼泪就会流出来似的，根本听不进车里邓丽君的歌，只有心跳震动着我的耳膜。这不是因为我还不太懂中文,也不是因为音乐声太小。大爷正在开车，我不想让他察觉我的心情，所以强装镇定，坐在后座上一个劲儿地看着车窗外的蓝天。此时我已悄悄在心里下了一个决定。

“小春儿，快到了。”

大爷通过后视镜，看着我用中文说道。那声音对我来说简直是晴天霹雳。

“知道了，谢谢大爷。”我用蹩脚的中国回答道。

两个月前，我从东京来到中国黑龙江省的哈尔滨。大爷是我父亲的亲哥，生在哈市长在哈市，是个不折不扣的东北汉子。

街道还未完工，车子开过后扬起一阵尘沙。窗外的街景也越来越单调，鹅黄银杏树、陈旧的平房，写着“家常小炒”、“小卖部”的招牌渐渐多了起来。从哈尔滨市中心的大爷家出发，已经差不多一个小时了，就在这时，写着“德强学校”四个字的大门突然出现在我的视线里。看见那道门，我再次紧张了起来。

车驶过大门停了下来。车的左右两边各有一道门,左边写着“德强小学”，右边写着“德强中学 · 高级中学”，而车的前方还有一道略大一点的门，上面写着“德强大学”。这里是从小学到大学直升的寄宿式私立学校，从今天起，我就要开始在这里的学习和生活了。

“好，到了。下车前要不要先跟你爸通个电话？”

“不用了。”

我提起一旁塞满了一星期生活用品的行李，打开了车门。

“我走啦，谢谢大爷。”

再加上一点刻意的微笑，我下车走向了左边的那道门。

太阳已经西斜，初秋傍晚桔红色的光线温柔地照在了我的脊背上。我已下了决心。从这里开始，我要一个人走。如果有能让我撒娇的地方，我就不可能迈出一步。我决定一心只看着眼前的世界。

进入教学楼，刚放完暑假的同学们兴奋地打闹着，到处都能听见他们的笑声。我上了四层建筑的最顶楼。走廊上我和其他学生形成了鲜明的对比，我巨大的行李包在我手里摇摇晃晃，我迈着沉重的步伐向前走去。

我在写着“5-5”的教室前停下了脚步，透过门上的小窗悄悄朝里望了望。这个教室里大约有三十人，也是一片欢声笑语，大概还都在回味美好的暑假吧。不断有同学迈着轻快的步伐，从我身边路过，走进教室。这一层从五年级一班到十班，一共有十个班级。

这时一位女性从教室里走了出来。

“刚才开始你就在那儿干啥呢？你是小春儿吧？进教室来呀。”她烫了棕色的卷发，双眼皮的大眼睛微微向下垂，眼角有几道皱纹，淡淡的法令纹有些显眼。她的声音像播音员一样，温柔又清亮，说的中文也是我能听懂的。她看起来有些惊讶，又好像一眼就看穿了我。

“是、是老师吗？我从日本来。请、请多关照。”

因为紧张，我原本就说不利索的中文变得更结巴了。

“对，我就是班主任。你的事儿我已经听说了，你的大爷和张老师让我好好照顾你。今后我们好好相处吧。”

听到张老师的名字，我才稍微放松了一点。张老师是我大爷的朋友，她夏天花了整整两个月，从最基础的东西开始一点一点教我中文。她也是这个小学的老师。

“明、明白了。那，张老师现在哪儿？”

“她在五年级一班。她说你的中文已经学得差不多了，但是不管你是从哪里来的，只要到我班上，我都一视同仁，明白了吗？从今天起，我们一起努力吧。”

老师和我握了手，微笑着。

我现在中文水平，如果用简单的语言慢慢地跟我说，我还是能听懂的，可要我自己说，脑子里的中文词汇就都混在了一起，没法好好表达自己的想法。

“好了，快进教室来吧。”

说着，老师一手提起我的行李，先进了教室。

我也进了教室，马上就感受到了其他同学的目光。

我穿着长袖加短裤，头发比剃成板寸的其他男生长一些。

“坐这儿吧。”

老师把我的包放在最前面靠窗的位置旁，和讲台正对着，是一个可以俯看校园的座位。我安静地坐下。

但是，我没想到的是，坐下后谁都没有来跟我说话，老师也不管我,重新和其他同学聊了起来。我拿出了事先准备好的课本和笔，还有厚厚的中日字典，把它们小心地放进课桌，然后看向了窗外的校园。

对自己的中文毫无信心的我不敢跟别人讲话，心里十分不安。

我从小是被姥姥带大的。姥姥是战争遗孤，在 1985 年，也就是中日战争结束四十年后才回到日本。当时她已经 42 岁了，可在懂事之前就由哈尔滨的养父母抚养，所以不管是语言还是文化，她对日本一无所知。并且，我的父母也是在哈尔滨走到一起的，虽然他们当时在哈尔滨已经有了稳定的工作，可在一番痛苦的抉择后，他们还是选择同姥姥共赴日本，开始在东京的新生活。因此，小时候由于父母都要工作，我大多数时间是和姥姥一起度过的。不管我爱不爱听，姥姥总是用她不太流利的日语给我讲有关哈尔滨的事。只要一提起哈尔滨，姥姥脸上就会浮现出不一样的神情，好像被照亮了一样，眉目生辉；又好像沉浸在其中，感慨颇深。也许是姥姥讲故事时的表情太过于生动了，我对“哈尔滨”这个地名充满了好奇。

我突然想姥姥了。

回过神来，教室里大约五十个座位几乎都坐满了。这个学校里有九成的学生是住校生，周六下午一点回家，周日晚上返校；剩下走读的学生，每天坐校车，或者由家长接送上下学。而我从今天起，也要成为那九成里的一员了。

在操场的跑道渐渐模糊在暮色中的时候，老师走上了讲台，清脆地拍了两下手。

同学们好像都在盼着这个瞬间似的，一下子静了下来，望着老师，眼里闪着期待的光。对于大家来说，这个觉得漫长其实也短的小学生活也终于迎来了最后一年。

最近中国东北的五年制小学多了起来。

卷发班主任是从三年级开始接管这个班的，而班里的同学更是从一开始就学习和生活在一起。可和这样的老师还有伙伴们在一起的时间只剩一年了。

不过，这些对我来说都无所谓，我反而觉得班里的气氛变得格外的难熬。老师身后是用旧了的黑板，黑板正上方是中国国旗。

现在我眼前的景象终于让我真切地感受到了身处异国的滋味儿。

老师在讲台上，回忆着有关五班的故事，教导着同学们要好好珍惜小学的最后一年。她绵绵不绝地讲着，有些同学听着听着就抹起了眼泪。

这个感伤的氛围持续了将近一小时，而我却连自我介绍的机会都没有就到了放学回宿舍的时间。我唯一明白的就是，这位老师姓王。

一出教学楼，同学们马上站成了两列。我默默地站到了队尾。在教室里关窗的王老师最后从教学楼里出来。和她一起走出来的是一个男生，高高大大，皮肤黝黑，好像是体育委员。

队伍有条不紊地向宿舍走去，宿舍前有四个篮球场。

队伍在宿舍前按照体育委员的口号分成了男女两列，女生往靠近食堂的北口进去了，男生则进了靠近铁栅栏的南口。

进入宿舍后，满眼都是乱跑的一年级学生，只穿着一条裤衩，惹得宿管阿姨大骂。这栋宿舍从一楼到五楼按年级顺序住着一到五年级的学生，每层都有好几个宿管，照顾着学生们的生活。

我们就这样走上五楼，体育委员一喊“解散”，大家就立刻四散开来，一溜烟儿进了各自的房间。我手上捏着一张纸条，写着“520

室”，我就按照这纸条寻找自己的宿舍。

找到自己寝室后，我先从门上的小窗户看了看里面的状况。房间里有三个不锈钢的上下铺，还有六个柜子，颜色一律是蓝色和白色,三个同学一边收拾着东西一边开心地聊着。三个人都没有我高。他们当中，一个皮肤较白、看起来家教很好的男生先跟我说话了，

“你是转校来的吧？叫啥？

“我叫李春。”

我的本名叫佐佐木春，这次留学借了父亲这边的姓，为的是让我能和中国孩子稍微接近一些，这是我父母和校方的共同考虑。可是对我来说，“李春”这个名字还有点陌生。

“我叫王源，好好相处吧。”

紧接着，另外两个也一边继续收拾着一边说，

“我叫齐家豪。”

这个男生戴着眼镜，小麦色的肌肤，笑起来可以看见一溜儿白白的牙齿。然后，旁边剃着小光头、脸上有雀斑的少年拍着最靠近窗右侧的上铺，说，

“我叫任乐乐。这个床没人用，你就睡这儿吧。还有，柜子可以用最靠近门的那个上面的一层。”

我说了谢谢，他便把我的包放到了那张床上。

“你好好休息休息，放松一下吧。”

王源对我说，然后三人又继续开始收拾东西。

我学着他们开始收拾行李，从大包里拿出一身带拉链的红色运动服，这就是德强小学的校服。

把校服和日用品,还有其他换洗的衣服一股脑儿全塞进柜子里，

这时白墙上的钟已经指向了21点15分。这时两个一脸神清气爽的男生回到了寝室，两人都抱着一个装着肥皂呀牙刷之类的脸盆。齐家豪看见这两个人，笑了笑，说，

“现在盥洗室应该不挤吧？”

“嗯，人不多，但我们去马志鹏房里聊了一会儿。”

块头较大的圆脸男生说道。他看到了我后，笑着报上了自己的名字。

“嘿，我叫赵亮。要洗的话得赶紧去，要不一会儿人多，挤。”

任乐乐捉弄似的拍了拍赵亮身边的男生的背，说

“啧啧，王恒，你暑假干啥了整得这么瘦啊？就因为要考试就把自己逼这么紧呐？”

这个男生短发，清瘦，脸好像晒黑了。

“把我肚子上的肉分你一点好了。”

赵亮开玩笑说。

“哎呀，暑假光学习了，脑袋都要学破了。一天十五个小时，都没胃口了。”

王恒回看了我一眼，笑了一下，然后就钻进了自己的床铺。

“那我们去洗漱了，你一块儿去不？”

齐家豪抱着脸盆问了任乐乐一句。

“不去了，我今儿在家洗了来的。”

“喂，你这学期可得好好洗脚啊，不然寝室里又要臭得喘不上气了。”

赵亮说。

“那是你吧！你才该好好洗洗呢！”

“不管我洗不洗，男生宿舍怎么着都一年臭到头。”

齐家豪和王源笑着走了出去。

我换上拖鞋，和其他同学一样穿上短袖，朝着水声传来的方向走去。

盥洗室里有好几排水槽，每排都有很多水龙头，再往里是没有门也没有隔间的蹲坑厕所。

一旁的宿管阿姨看我不知所措，于是就拿着暖瓶走了过来。

“你是新来的吧，忘了带脸盆了？”

这个宿管阿姨体型娇小，只和我的肩一般高。

“嗯，忘了。”

听到我的回答后，宿管阿姨微笑着叫我在原地等一下，然后就不知去了哪儿。而我在此期间观察了身边的同学们。他们都人手一个塑料盆，颜色各种各样，大家都用这样的盆接水，洗脸洗脚。这时候，宿管阿姨回来了，手里拿着一个脸盆，上面印着奇怪的卡通形象。宿管阿姨在脸盆里接了冷水，又从自己的保温瓶里到了一点热水。

“这样就不凉了。”

阿姨的微笑好像包围了我的不安。

我学会了调整水温的方法。这里的学生觉得很自然的事，此刻都是让我不安的因素。我开始怀疑从前我觉得理所当然的事了。

我跟阿姨点头打了个招呼，就回到了宿舍。

另外三人好像出去了，房间里就剩我和齐家豪、王恒。齐家豪已经摘了眼镜，躺在床上看书了，而我就睡他上铺。王恒已经睡着了。

叮铃铃铃铃铃——

突然，好像拉警报一样，铃响彻了整个走廊。走廊上宿管指挥着大家回自己的寝室。

马上，另外三人慌慌张张地跑了回来。铃声标志着就寝时间到了。齐家豪点了眼药水后便把书放到了枕边。王源一边喝着牛奶一边回到自己的床铺。任乐乐和赵亮手忙脚乱地把床上堆得像山一样的行李往柜子里塞。而王恒则早就用被子把自己裹了个严实。

宿舍里所有的灯都灭了之后，赵亮好像玩累了似的，叹了一口气，钻进了自己的被窝。

而我则在脑子里模拟明天正式开学的样子。

走廊上，宿管打着手电正在查房，缓慢的脚步声有些尖锐地回荡在静悄悄的走廊上。脚步声停了下来，紧接着响起一阵急促的敲门声。

咚咚咚——

“快睡觉，不许再唠了！脸朝墙躺好！”

我觉得这里好像看守所，宿管好像看守所的警察。睡觉居然必须朝墙……这里到底怎么做才是正确的，才不会被骂呢？我最担心的是这些。

当大家都进入梦乡，宿管的脚步声也归于沉寂，终于，真正的寂静包围了我的四周。可我仍难以入眠，心里觉得堵得慌。睡前因为热，赵亮开了一点窗，现在床上我感受着初秋的微风，不冷也不热，仿佛在安抚我一般，轻轻地吹着。月光透过窗帘的缝隙照进来，轻风送来夏末初秋季节交换时特有的味道，那朦胧的月光，哀愁的味道，还有蟋蟀的小曲儿，都像在与我交心长谈，给予了我些许安宁。

此刻，我不禁细细回味起了在日本时的生活。我觉得，从来哈尔滨起到今天的这两个月，是我留学生活的一个小小的分水岭。

在日本的时候，每天放学一回到家，都能吃到姥姥给我准备好的点心,其中我最爱吃的是巧克力甜甜圈。书包往自己房间里一扔，匆忙把点心塞进嘴里，还嚼着点心我就跨上自行车，飞快地骑向和朋友们约好的地方。天气好的话就在公园里打棒球或玩躲避球，要不就是踢罐子，校门还开着的话也会去操场打篮球。下雨的日子就在小甜品屋或者朋友家打游戏，有时还会在小区里玩抓鬼，跑来跑去，吵得那里的居民们大骂。还有恶作剧，自然也没少做。和朋友们一起度过的日子真是太快乐了，所以我常常想，如果这样的时光能一直持续下去就好了。我并不是一个会主动下决定的人,说到底，我是那种周围人做好决定，自己跟着就好的那一型。家里虽然有姥姥在，但父母不在的话心里还是会感到一丝寂寞。但其实我也不是讨厌爸妈，只是不喜欢他们不在的那个家。我一直告诉自己，爸妈工作忙也是没有办法的事情，不过也正因如此，难得和爸妈待在一起的时候，我总爱撒撒娇、耍耍脾气。他们不在的时候发生的事，我想要全部讲给他们听。我爸妈虽然会日语，但母语还是中文，而沟通中若不能好好理解对方，自然也就无法向对方好好表达自己。我一直觉得，我和爸妈之间有堵墙，尤其是我和我爸。到现在为止，我无数次地羡慕过自己身边的朋友。他们谈论起的周末都是全家人一起度过的，学校有活动他们家长也一定会参加，还有他们父母之间的来往，他们妈妈做的便当，他们的亲兄弟姐妹，甚至连他们家里的规矩，他们口中自己父母犯过的傻……都让我羡慕不已。对于他们来说，这些都是理所应当的，可是这些理所应当，我一个也没有。甚至，对于叫朋友来家里玩这件事，我也感到低人一等。我是用什么样的心情代替自己爸妈周转学校的各种联系的，又是用什么心情在远足时打开只有一堆白菜粉条的便当的。对我来说，外边的世界和家里的世界截然不同。一回到家，我就觉得好像只有我一个人在遥远的别处一样。

其实这一次也是因为我打心底觉得日本的生活太累、太难熬了才决定留学的。在姥姥和爸妈面前我没有说过一点不争气的话,但,如果我能亲眼看看爸妈见过的世界，能说说他们说惯了的语言的话……我会和爸妈变得更亲近一点吧,我的生活或许也会发生改变吧。心中一直以来的这个念头，让我做出了留学这个决定。

但是现在，就算是这样的日本生活，也让我觉得无比怀念。明天就是真正的开始了。踏上新旅途竟然是如此平静而又让我感慨良多的体验。我依旧对我所见过的、触碰过的、感受过的东西恋恋不舍，但同时心中也升起了一股力量——那些我所留恋的都已成为推着我前进的力量。我对自己又燃起了信心。

然后在不知不觉间，我已进入了梦想。

一

早上六点，新的一天在刺耳的铃声中开始了。铃声一响，同学们都带着一副没睡够的表情，勉勉强强从床上坐起来。齐家豪、王源，还有王恒也是，铃一响就起来了，睡眼惺忪地拿着洗漱用具走出了寝室。我也打起精神，随着大家出了寝室，剩下任乐乐和赵亮在被窝里蜷着。

盥洗室早上都是人，一个水龙头前站着两三个同学一起用。宿管在各个水龙头间穿梭，把热水到给需要的同学，忙得不可开交。

大家慌慌张张的，都换上了校服，整理好床铺，离开了宿舍。

六点半，男生在宿舍外面和女生汇合，王老师告诉体育委员说：

“马志鹏，带队走吧。”

大家跟着马志鹏的口号，向食堂前进。北面教学楼和宿舍之间、两层的圆拱形建筑物就是食堂。

进入食堂首先看到的就是椅子和长桌一体化的桌椅。五班的桌子在二楼靠近洗手池的地方。食堂的工作人员在后厨和饭桌之间走来走去，给各饭桌端上用巨大的盆子装的粥、茶叶蛋、馒头，还有咸菜。同学们坐下后，连“我开动了”之类的礼貌语也不说，就各自往自己铝制的碗里舀起了粥。

我坐在最后，等其他同学都装完后，我也给自己舀了一碗粥。说实话我一点儿也不喜欢喝粥，可我还是像喝水一样，吃着不合口的咸菜，一连喝了好几碗。从昨晚开始我就没喝一口水，虽然宿舍每层都有打水的地方，不过学生们得自己拿着杯子去接，然后等它凉了才能喝。但是我没有带水杯。

王老师看大家快吃完了，给了马志鹏一个眼神，于是随着马志鹏的口号，大家离开食堂，向教室走去。

回到教室，同学们都拿着自己的杯子去黑板前的饮水机灌水，或者做第一节课的课前准备。饮水机上贴着课程表。

	星期一	星期二	星期三	星期四	星期五	星期六
第一节（8：00～8：50）	数学	历史	英语	英语	语文	数学
第二节（9：00～9：50）	数学	历史	英语	英语	语文	数学
9：50～10：10	眼保健操					
第三节（10：10～11：00）	地理	社会	数学	美术	电脑	综合
11：00～11：40	广播操					
第四节（11：40～12：30）	地理	社会	数学	美术	电脑	综合
12：30～14：00	午休					
第五节（14：00～14：50）	语文	语文	音乐	数学	数学	
第六节（15：00～15：50）	语文	语文	音乐	数学	数学	
第七节（16：10～17：00）	科学	体育	语文	语文	生物	
第八节（17：10～18：00）	科学	体育	语文	语文	生物	
18：00～19：00	休息					
19：00～20：30	晚自习					

第一节课之前是早读时间，我只能合着同学们朗读的嘴型做个样子。班长为了检查每个人有没有认真读书，一直在教室里转悠。

昨晚还想着要好好努力呢，可我现在却一心只想着怎么糊弄过去。因为有这种想法，正式开学第一天，我完全不在状态。数学课、地理课，还有课间的眼保健操、广播操、甚至连吃饭的时候，我都觉得自己离我身处的这个环境好远。在名为集体生活的束缚下，我好像穿越了一样，模糊地思考着自己在哪里做什么，自己又是什么。

和昨晚一样，寝室里静悄悄的，我比昨天更不安了。等室友都睡着后，我从窗帘的缝隙间眺望起校园。

突然，下铺突然传来一个声音，

“还没睡吧？今天怎么样啊？”

我感觉好久没有人跟我讲话了。

“今天，还可以。”

“这样啊，不过，你是从哪儿来的啊？朝鲜人？”

齐家豪一定对我的口音感到奇怪。

“我从日本来的。”

“啥？！日本人？”

齐家豪猛地坐了起来。

“嗯，对，从日本来的。”

他安静了一会儿。

“我可是头一回碰见日本人。是从东京来的吗？学了多久中文？我说的话都能听懂吗？”

“是东京。在来这里前学了两个月的中文，如果慢慢讲我能听懂大概。”

我在心里默默整理了一下齐家豪的问题，努力回答他。

“两个月就能说这么多啦！你好厉害啊！不过，你为什么要来哈尔滨啊？”

“谢、谢谢。因为我姥姥是哈尔滨人。”

齐家豪问了我很多关于日本的问题。日本的小学生玩什么？日本人都睡在榻榻米上吗？日本女性都一心扑在家务和带孩子上吗……我还教了他一些日语，他也告诉我好多哈尔滨好玩的地方。但让我们关系真正密切起来的，是我们共同喜爱的“漫画”。

我们聊得火热，我终于鼓起勇气对他说，

“那个，我们做朋友吧？”

我从来没有把“做朋友吧”用语言说出来过。也许现在我特别需要一个什么确凿的信号，来证明我真的拥有一个朋友了。

“那当然啦！我们早就是朋友了不是？”

齐家豪把我的不安一扫而空。

“嘿嘿！谢谢”

“说什么谢谢呀，这不明摆着的么。我也很高兴能和你做朋友啊！”

说着，齐家豪从下铺伸了手上来，我双手握住了那只手。

“我们也觉得这儿的学习挺苦的，你肯定更觉得了吧。反正有什么困难就跟我说啊。”

已经夜里一点了，恐怕整个宿舍楼里也只有我和齐家豪醒着。我们一边注意着宿管的脚步，一边悄悄说着话。

第一节课上课前，我用从齐家豪那儿借的杯子喝着水，做课前准备。接下来要上的课是历史课。

历史老师是一位戴眼镜的短发女性，同学们都叫她陈老师。陈老师一走上讲台，就说明了这学期的内容。

“这学期我们要学习有关‘抗日战争’的知识。”

我只想着能和昨天一样混过去就行了，可是这堂课完全剥夺了我逃避的空间。

课桌上摆着一本本历史书，翻开的那一页上都大大地写着“第十七课 · 抗日战争”几个字。

“首先在上课前，我们必须要做好了解真相、理解历史的准备。这学期我们要学的‘抗日战争’的内容既是我国历史上不可欠缺的重要内容，也是我国发展的分水岭。‘抗日战争’以前，中国也和日本有过多次对立,这些我们在之前的课都学过了吧。这次学习‘抗日战争’，我想看看大家是如何看待日本，又如何看待自己的祖国的。”

陈老师踱着步子，徘徊在坐直了身板的学生之间。

“1931 年，日本侵略者在我国沈阳发动了震惊中外的‘九一八事变’，由此东北三千万同胞成了日本鬼子残暴侵略下的牺牲品。随后，日本侵略者马上向华北、华东扩大势力，进行了惨绝人寰的侵略行径。就在这中华民族生死存亡的紧要关头，全国各界民众为救国而奋起，拉开了抗日运动的序幕。我国迎来了困难局面，进入了抗战时期。1937 年 7 月，以卢沟桥事变为起点，日本侵略者对我国发动了蓄谋已久的全面侵略计划，中华民族面临亡国的重大危机。中国共产党呼吁全国人民团结一致，共同抗日，国民党和共产党合作，并肩作战。全国人民及各界爱国人士的热情全部汇流于民族解放的大河中，全民族的艰苦奋斗罄竹难书。终于，通过八年的奋战，1945 年 8 月，日本侵略者宣告无条件投降。中国人民终于第一次取得了近代以来民族解放战争的完全胜利。来，你，把书上‘九一八事变’的地方读一下。”

陈老师随便指了一个同学读书。

九一八事变——

1931 年 9 月 18 日夜，日本关东军在严密的计划安排下，炸毁了沈阳柳条湖附近的铁路路轨，并栽赃嫁祸于中国军队。日军以此为借口,炮轰沈阳北大营,夺取了沈阳城。这就是震惊中国的“九一八事变”。

“好，下一个。”

——日本关东司令部早已制定了武力侵略、占领中国东北部的计划，并不断找借口向中国东北部派兵，同时将关东军司令部转移至沈阳。驻扎在中国东北各地的日军悄悄集结在沈阳，驻扎在沈阳郊外的日军将炮口对准了沈阳城。9 月 18 日，日军炸毁柳条湖的一条铁轨后，日军向北大营集结，开始集中进攻。

陈老师又点了一个同学。

——蒋介石对日本的侵略采取不抵抗政策，命张学良率领的东北方面军退回山海关内。于是日军一天之内便占领了东北地区二十余个大小城市。不到半年，辽宁、吉林、黑龙江三省全都落入日军手中。东北三千万同胞受到了日军的镇压和虐待。

不过不屈不挠的东北人民和还未撤退的东北军升起抗日的狼烟，人民结成义勇军反击日军。日军在进攻黑龙江嫩江桥时，中国军队顽强抵抗，与日军展开了激烈搏斗。在东北军明的反击下，日军一度不得不撤退。嫩江桥抗战显示了中国人民不畏强敌，勇敢反抗侵略者的精神。

我不太理解这些内容，但额头莫名其妙开始冒汗，心里越来越不安。

——西安事变

1936年12月12日张学良和杨虎城为了达到劝谏蒋介石改变“攘外必先安内”的既定国策，停止内战，一致抗日的目的，在西安临潼区华清池发动“兵谏”。

——九一八事变后，东北军在蒋介石的命令下向西北进军，围剿红军。十二月四日，蒋介石亲自到西安，强制命令张学良、杨虎城率不对前往陕北浅显剿共。张学良、杨虎城连日劝说蒋介石停止内战，共同抗日，却次次受到蒋介石斥责。7日，张学良再次前往蒋介石的住处华清池，恳切劝说。两人争论了两三个小时，期间张学良流泪力诉。蒋介石拍着桌子大骂，最后说道：“即使你现在拿枪指着我，我也不会改变剿共策略。”于是，张学良和杨虎城除了兵谏之外别无他法。

西安事变极大地动摇了南京政府。国民党政府面对这样的内部问题，意见出现分歧。中国共产党重视民族利益，主张和平解决，周恩来前往西安进行谈判。在中国共产党和其他各方面的努力下，蒋介石不得不中止内战，与共产党共同抗日。西安事变得以和平解决。

周恩来抵达西安以后，在张学良和蒋介石之妻宋美龄的引导下走进蒋介石的房间。蒋介石一看到周恩来便叹了口气：“恩来，你是我的部下，不应该听我的话吗？”周恩来如此回答道：“蒋公如若放弃攘外必先安内的政策，中止内战，团结抗日，那不仅我一人，整个红军都将听从蒋公指挥。”在艰难的谈判后，蒋介石终于对周恩来表示，停止剿共，联合抗日。

于是西安事变得以和平解决，成为了时局转变的关键。这意味着中共两党第二次合作初步形成，同时迎来了抗日的新局面。

同学们一个接一个地站起来读书，我的心跳也随之越来也快。总之，我知道这个节骨眼儿上讲中日战争对我肯定很不利，同时也让我知道了日本的孩子对历史是多么的无知。

努力避开陈老师的眼睛，我若无其事地看了看四周。然后我对上了坐在第二排的齐家豪的视线。他察觉到了我的不安，向我投来担心的目光。我不禁担心，我会不会被他讨厌。

同时我发现了另一束目光。教室后面门上的窗户上，班主任王老师正在望着教室里的情况，可能是在检查学生们上课的态度。但是，王老师一注意到我的视线后就马上转身离开了。

卢沟桥事变——

1937 年 7 月 7 日夜，日军在北平西南卢沟桥附近演习时，借口一名士兵“失踪”，要求进入宛平县城搜查，遭到中国守军第 29 军严词拒绝。日军遂向中国守军开枪射击，又炮轰宛平城。第 29 军奋起抗战。这就是震惊中外的七七事变，又称卢沟桥事变 。

——卢沟桥位于北平西南方，是平汉、平绥、平津三条铁路的交汇点。事变前夜，北平东、西、北三面都被日军控制，卢沟桥成为北平往南通往其他地区的唯一通道。日军为了攻下卢沟桥不断发起挑衅。7 日夜里，日军在卢沟桥北侧进行军事演习。11 点左右，日军以一名士兵失踪为借口，要求强行进入苑平县城搜查，遭到中国守军的拒绝。于是日军马上开始炮轰卢沟桥，发动了计划多时的全面侵华战争。

面对日军的攻击，中国守军第 29 军奋起抵抗。副军长佟麟阁亲自上前线指挥。当时他对士兵这样说道 :“国家多难之时，应马革裹尸，以死报国恩。”激战中，佟麟阁大腿负伤，仍坚持指挥战斗，最后为国捐躯。战斗中,29 军团长赵登禹也英勇就义。抗战胜利后，为了纪念二人，人们将北平的两条大道命名为“佟麟阁路”和“赵登禹路”。

卢沟桥事变以后，日本集结了大量军队，大举进攻北平、天津、上海等地，凭借自己的军事优势，妄想三个月灭亡中国。

——南京大屠杀

南京于 1937 年 12 月沦陷后，侵华日军于南京对平民和俘虏进行枪杀、放火、活埋、斩首、狗咬等极其残忍的血腥暴行。

——12 月 16 日，日军将关在华侨招待所的中国平民及俘虏约 5000 人带到中山码头，用机关枪扫射，并抛尸江中，放火销毁证据。

18 日，日本军将关在南京幕府山的男女老少约 5.7 万人捆绑后赶到下关草鞋峡，并用机关枪密集扫射，并用刺刀补杀倒在血泊中呻吟的人。随后撒灯油，放火烧毁，并将剩下的尸骨扔进江里。

疯狂的日军随后竟然开始了“杀人竞赛”。日军少尉向井敏明与野田毅在占领南京时打赌，谁先杀了一百个人就是胜者。两个如恶魔般的杀戮者手持军刀，走出紫金山时，野田说他杀了一百又五人，向井说他杀了一百又六人。这样一来就就分不清谁先杀到了一百人。两人随后又打赌，看谁先杀到一百五十人。1937 年 12 月，日本《东京日日新闻》以《胜者》为题，刊登了这次“杀人竞赛”的内容。日军以此为荣，认为是光辉的国威和名誉的举动。

据统计，日军在占领南京的六周内，对手无寸铁的南京平民和放下武器的中国士兵进行屠杀达三十万人以上。南京大屠杀是日本侵略者对中华民族犯下的重大暴行之一。

共赴国难——

抗战全面爆发后，中国共产党积极推动国共两党合作抗日。1937 年 8 月，基于国共两党的协议，中共中央军委将中国工农红军改编为国民革命军第八路军，简称“八路军”。在大将朱德、中将彭德怀的指挥下，八路军赶赴抗日最前线华北地区。10 月，南方八省的红军游击队改编成国民革命军陆军新编第四军，简称“第四军”。军长叶挺、副军长项英在大江南北对日军展开了反击。

国难当前，国民党军不断赶赴抗日前线，从正面与日军交锋。国民党在四川、云南等地拥有优良军备的部队，也相继在川滇展开抗日。

“好的，读得很好。那再点最后一位同学。你，叫什么名字？”

“李春。”

什么心理准备都没有用，我的脸唰的一下变得惨白。

“那你来读一下。”

我咽了一下口水，战战兢兢地答道，

“老师，我不明白。”

“不明白什么？”

“对、对不起。”

我磕磕巴巴地说不出话，很快我就听到身后同学们窸窸窣窣的议论声。我更慌张了。看着我的齐家豪表情也很严肃。很快，陈老师又发问了。

“你以前在哪个学校？”

一下子，教室里安静了下来。我也没有想要隐瞒自己日本人的身份，只是一直没有机会告诉大家而已，而且这种事自己也挺难开口的。但是现在，带着一种自暴自弃的心情，我一股脑儿把自己的身份告诉了大家。

“从、从日本来的。”

我立刻察觉到教室里的空气像被冻住了一样。陈老师也是，虽然努力假装平静，但也藏不住心中的动摇。

“好了，可以了，你先坐下吧。”

突然有一个同学说道，

“老师，我们也不知道那个转校生是日本人，比起上课，我们还是先让他做个自我介绍吧，反正以后也是要做的。“

“如果你们对他那么感兴趣，下课后直接问你们的班主任吧，要不问他本人也行。现在给我好好上课。”

当然，同学们的注意力根本不在课上，也不听老师的话。

“喂！再站起来一次好好说呗。你真是日本人？”

体育委员马志鹏这样说道。紧接着马上，其他同学的问题也毫不留情。

“日本人来这儿干啥呀！”“难道是间谍？”“哪有小学生当间谍的！”“但日本人不是都很矮吗，他说不定不是小学生。”“但是脸看起来还是小孩儿啊。不过如果是间谍的话，我来把他赶回去！”“哈哈，这可是报仇呀。不过得小心别被砍了头。”“好害怕……”“喂，说点什么呀，日本人！”“别扯了，没用！反正他听不懂。哈哈哈。”“日本鬼子。”……

树立起三观前的人会单纯地吸收周围的事物，无意识地将他人逼近绝境。教室里充斥着各种声音，仿佛都重重地压在了我身上。我甚至害怕地不敢动，只感觉脸蛋发烫，视线模糊。

“别吵了你们！”

陈老师突然提高声音喊了一句，

“你们都给我听着，现在是在我的课上，班里有没有日本人都无所谓，我的任务就是教给你们正确的历史，我在这儿你们就得好好上课。”

陈老师想要用她的方式控制气氛，但是马志鹏一语将老师的话顶了回去，

“但是日本人是敌人吧？”

“但是同学就是同学！”

老师凝视着马志鹏的眼睛说。

这时，下课铃响了，我终于从这尴尬的境地里解脱。同学们好像不能接受刚才的解释。陈老师在铃响的一瞬间就大步走出了教室，直奔办公室。她身后跟了几个同学，马志鹏和我的室友赵亮也在其中。教室里剩下的人，都好像看什么危险物品一样地看我，翻着白眼跟我保持距离。我只能努力忍受心中的不安。同学们一边斜眼看我，一边冷冷地讨论着什么。而就在这样的情况下，齐家豪、王源和任乐乐来到我身边。

“那啥，我刚从齐家豪那儿听说你是日本人……不过没事儿，我不介意的。”王源说。

渐渐脱离现实的心又慢慢地回到此刻此地。

“对嘛，因为我们是朋友啊。”

任乐乐也这么对我说。齐家豪在两人身边点着头，对我咧嘴一笑，露出一口白牙。看到他的笑容，我从心底觉得被拯救了，于是我也勉强的挤出一丝微笑。我觉得有些抱歉，把他们也卷进来了。而室友里只有王恒，一直坐在自己的座位上，摊开了一本课外书，冷静地观察着事情的走向。

铃声又响了。

教室外面同学的吵闹声越来越近。

“老师，那个转校生真的是日本人吗？”“老师，下次上课怎么办？”“王老师怎么说的？”

陈老师被大家簇拥着，回到了教室。大家都对我很好奇。王老师走上讲台，态度严肃，对大家说，

“课还是照常上。如果下次再有人讲与上课无关的事儿，就给我罚站去，都记好了啊。关于转校生的问题，我一概不回答。”

同学们显然对这样的回答不满意，只好坐回自己的位子上。

虽然陈老师像她说的那样，若无其事开始上课，但事情不会就这样结束。

这种不安，并不能说是因为我胆小，或是因为语言不通才产生的。恐怕是因为我清楚地明白自己是日本人，并且虽然漠然，却逐渐体会到日本与中国间千丝万缕的因缘，而这因缘又随着成长，与隔阂一起，变得越来越错综复杂，而这些东西又在我心里不断积蓄，才导致了我此刻的不安。也正因如此，我大概才会觉得中国是离日本最近的国家，却又是隔阂最深、最难接近的国度。

第二节课结束了。

每天在第二节课结束后都有眼保健操。大家都跟着广播，做指定的动作按摩眼睛。期间值周生在校园内的各个角落检查着。第三节课结束后做广播操的时候，还有课间，他们都带着袖章来回转。如果发现谁没有好好做广播操，就会给他们班扣分。德强小学每周结束后都要比哪个班的分数高。班主任和学生们都以自己班的分数为荣。一周都没有扣分的班级会被评为“优秀班级”，写着这四个字的锦旗会挂在这个班级的门上。学生们为了多得这样的旗，一起

努力遵守规则。

休息时值周生在校内巡逻。大家发现有日本人在学校，这件事和大家先入为主的坏印象一起在校内传开。校园里的气氛不再平稳，分散了值周生的注意力。没有人想来了解我的本质和人格，只有"日本人"这个不光彩的标签在校园里疯传。

上午的课都结束后，全班在教学楼前排好队后一起向食堂走去。我只是默默地跟在队伍的最尾端而已。一路上，我总觉得同学们低声议论的话题都是我，总能感受到其他班同学毫不忌讳的目光。我心里很乱，脸上的表情也无法向最初一样淡然。

砰的一下——

突然谁在背后用力推了我一把，我的心脏好像被人捏了一下一样，剧烈地收缩。回头一看，一个明显比我小的学生，对着我嗤嗤一笑，丝毫没有畏惧感。然后又"呸"的一声，向我吐了一口口水，高声笑着跑开了。看到这一幕，我班里的同学们都暗暗笑了，而我想的则是找个地方躲起来，马上。但是，我头脑中的某个地方还尚存一丝冷静。那也许是因为我一直有这样的不安，不要打乱周围的秩序，如果麻烦别人的话反而会被讨厌。这是我在日本学会的，客观地观察自己所处的情况和周围人的言行的习惯，就算自己陷入了窘迫的境地，也不吱一声，只是在心里恐慌，同自己挣扎。现在想来，也许这才是我最大的不安。因为爸妈总是不在家，于是我最害怕的就是失去朋友。妈妈工作很忙，我总是见不到她，所以一旦见到了，我就会把所有事情都跟她说，而妈妈也会耐心地听完我想说的全部。小的时候因为爸妈工作需要，我总是转学，一次又一次地面对新环境，自然而然，我也就学会了如何迎合周围。这样的环境下长大的我，在不知不觉中，对于在什么场合下应该隐忍的判断力也越来越高。

现在的状况是我根本没有可逃避的余地，就算有，我也不想因为逃跑而打乱集体秩序，不想因此受轻视。让精神上的创伤不断在心里堆积至极限，也许这就是我的作风。

我装作什么都没发生，继续跟在队伍后面走。

进了食堂，大家轮流传着装着白饭的大盆，每个人的餐盘里都已经装好三个菜了。我什么都吃不下，为了迎合大家，我还是伸手去接传到我这儿来的大盆。这时，本来应该把饭盆传给我的马志鹏突然把饭盆直接给了桌子另一端的赵亮。

“喂，赵亮！你一直都要吃好几碗的吧，这个盆里剩的饭都归你了。”

赵亮面带愧疚地瞄了我一眼，就按照马志鹏说的做了。然后马志鹏又特意站了起来，从赵亮那儿拿来空盆，递给我说，

“真对不起，饭没了，你再去那边盛一点儿来吧。”

我没有接那个盆，对他说，

“我也不太饿，不用了，谢谢。”

马志鹏愣了一下，换了更大的声音说，

“大家，都听见了吧，看他中文说得乱七八糟的。果然是个小日本儿！”

“真不想和小日本儿一起吃饭！”

有人这么说。

“哎，没什么食欲啊。”

也有人挖苦道。

我努力谁也不看，可我的目光闪烁不定。我观察着大家吃饭的速度，把盘里的菜都吃干净了。

吃完中饭，没做完作业的人会回教室写作业，而做完了的就可以在外面玩一个小时左右。我则是按照昨天王老师说的，在教室里学习汉字。现在最要紧的,学会相当于小学五年级水平的所有汉字。但是我把书翻来翻去看了好几遍，也没有几个记进了脑子里。留在教室里的人也没有一个想要靠近我。只有齐家豪,跟着我进了教室，主动提出要教我写汉字。而对于这样热心的他，我只能说，

“就是记一下汉字，我自己能行。你去外边儿和大家玩儿吧。”

但即使如此，齐家豪大概察觉到我的用意，仍说了好几次想待在教室里。但是到最后，我都固执地重复着“没事儿”，他也只能离开教室了。我不想让他因为我受牵连。

下午王老师的语文课上，大家都像变了个人似的，安静地像羊一样，而王老师也和平常一样给大家讲课。为什么她明明知道我是日本人却对大家只字不提呢，我猜不透王老师在盘算些什么。

语文课过后，其他同学都去外面上体育课了，可王老师叫我留在教室里。

教室里只剩我和老师两人。她开口道，

“你是日本人的事儿，好像已经被全校学生都知道了。这件事儿这样被传播开来也有我的责任。之前只有一班的张老师和我，还有校长和办公室的老师知道你的情况。不过今天中午我已经和其他

老师都说好了，往后老师们在上课的时候也多少会考虑一下你的情况的。但是这也是考验你的时候，你可别觉得自己很特别，要努力学习啊。”

我点了点头。

“谢谢老师。”

“还有，昨天跟你说过，以后体育课你也要留在教室里学汉字，明白了吗？今天记了多少了？”

王老师班里，成绩差的学生、没写完作业的学生不可以上体育课，休息时间也要拿来学习。体育课是我唯一觉得有意思的课，现在连这个小小的乐趣都被剥夺，可这也是没办法的事。

“明白了。现在把二年级的 200 个汉字记住了。”

“还不够啊。听着啊,你现在根本跟不上进度,再这样下去的话，就要退学了，不管怎么说，首先要好好记住汉字。我课上的作业你就不用交了，我会和课代表说的。”

“我明白了。谢谢老师。”

最后，王老师留下一句“好好学习”就走出了教室。

我一个人，从教室的窗户向外望。操场上，同学们都在玩耍，踢足球、打篮球、做游戏，看到他们，我在教室更待不下去了。这所学校的体育课，说起来也就是让孩子们自个儿玩儿的自由活动一样。在日本的时候我的成绩一般，但运动是我的强项。但在这里，我甚至没法和大家站在同一条起跑线上。这里没有一个认同我的人，可是我迫切地希望，能有一个证明自己的机会。有关日本的回忆是我的精神支柱，可现在，我连想起那些都会觉得难过地无法呼吸，现在自己在哪儿、想要做什么，我统统都越来越搞不清。而就在我身边，大家将我弃之不顾，过着自以为理所应当的日常生活。

体育课也快下课了，天边终于开始有了夜晚降临的感觉，傍晚暗淡的光线，透过窗户，将我久未翻动的那页书染上一抹橘红。

之后的晚饭时间和饭后的休息时间，对我来说也既没乐趣也没自由。在教室里被人斜眼瞧着，出了教室又要忍受陌生同学冷冷的目光。我很害怕他们会对我动手，可即使是这样，我还是不能让自己心中的那把剑折了，那是我在来哈尔滨之前做的觉悟，现在我必须咬紧牙关。就算看不清前面的路，只要脑海中还有那个方向就够了。无论道路多么险恶、无论绕多少次远路，好像在看不见尽头的路的那边，有一个什么东西在牵引着我一般，现在的我只需忍耐，就算是小小的进步。

晚上七点，到了晚自习的时间，王老师就在我斜对面坐着，监督大家学习。通常大家都会利用晚自习做作业。

昨天加上今天，所有科目都留了作业，但是无论哪一科我都不会做。我只好先按照王老师说的，一个劲儿地记着汉字。

晚上九点左右，我终于回到了自己的寝室。今天好像比昨天漫长多了，我想快点儿躺进被窝。不过，齐家豪、王源和任乐乐招呼我一起去盥洗室，还是让我安心很多。路上又碰到了那个宿管，我也再一次向她点头问好，而宿管阿姨，也向平常一样，对我微笑。

回到寝室，我正准备上床，马志鹏和其他几个同学突然闯了进来。

“喂！小日本儿！你为啥来中国？”马志鹏问道。

“来，来学中文……”我战战兢兢地回答。

“你个日本人，还学什么中文呐？！学了中文想和中国人干仗是么？”

马志鹏非常针对我，那架势好像现在就要揍过来一样。和他一起进来的几个同学也同样带着浓浓的火药味儿。然后，

“别闹了你们！”

任乐乐突然喊道。

“就是。小春儿的姥姥是哈尔滨人，而且，小春儿可不是会害我们的日本人，小春儿是好人！”齐家豪说。

“是么，可他是在日本长大的，这是事实吧？你们这也算东北爷们儿么？汉奸还差不多！别在那儿串通一气了！”马志鹏骂道。

“行了，你那想法太过时了！同学就是同学，陈老师上课说的也是有道理的，你们就和他好好处呗！”任乐乐劝道。话音刚落，一直没吱声的王恒冷冷地说道，

“但，他可是日本人呐……等你睡着了他会对你做什么你知道么，说实话，光是跟他同屋我就觉得害怕。”

紧接着赵亮也说道，

“我也是，如果早知道他是日本人，谁还和他握手呀！”赵亮对我也很不屑。

“你们冷静点儿！马志鹏也就算了，同屋的你们吓掺和什么劲儿啊！我们可是室友啊！我们认识时间长了，互相怎么都好说，但小春儿是一个人呐，连我们都不接受他的话，他今后可怎么办啊？”齐家豪说。

“所以说一开始就不应该接受他这个日本人的啊！怎么了你们，就这样还算是中国人吗？”马志鹏反驳道。

“你才是怎么了呢！难道你之前被日本人怎么过了吗？你说你到底知道日本人些什么呀？”任乐乐有些激动。

“所——以——说！根本就没必要知道！历史不就是这么说的吗！日本人就那德行，天生的！以前人受了那么多苦，你难道一点想法儿都没有吗？！”

任乐乐一下子说不出话来，于是王源说道，

“行，我明白了，马志鹏，这样吧，反正小春儿的事儿我也不太了解……”

“喂！你怎么也……”齐家豪打断了王源。

“这是事实。但是，我已经说了和小春儿是朋友了，我也想信任我的朋友！所以，你们也是，就在那儿瞅着吧，好好看看小春儿是什么样的人。如果这样还是无法接受他，那你们就随意吧。反正我是想信任小春儿的，也想和他好好处。”

马志鹏好像在考虑着什么，见状齐家豪接着说，

“就是，至少我已经觉得小春儿挺好的了，是个好朋友。”

然后，马志鹏开口道，

“行，那就看看吧。不过，喂，小日本儿，你要是敢做什么坏事儿的话，我马上把你赶出这个学校，让你滚回日本，再也不能踏上中国的土地！”

马志鹏一边斜眼瞧着我，一边这样说道。可我并没有避开她的视线，而是直直地看了回去。

我只明白了谁待我好、谁待我恶我。

熄灯了，漆黑的屋里只有沉默在持续。包括我在内的六个人好像都没有睡着，走廊上还是像往常一样回荡着宿管的脚步声。赵亮用被子蒙住头，打着手电在赶作业，剩下的几人似乎都有自己的心事。

“那个，刚，刚才，谢谢大家。”

我打破了沉默，马上，

“谢什么！”

不知为何，这话竟然是从被子里探出头来的赵亮说的。

“就是啊，没什么可谢的。”

王恒也接着说道。

我很快就明白了这两人是在说笑。

“才不是你们呢！”任乐乐对那两人吼道。

听到这番对话，王源忍不住笑了。

“不过，刚才你还真一下说出了我的心里话呢，王源！”任乐乐说，然后齐家豪也接了话头，

“真的，感觉稍微爽快点儿了，还有啊，小春儿，都已经是朋友了就别老说谢谢了。”

我不安的心，终于因为大家一番暖暖的话而平静了下来。

“嗯，谢谢。”

我忍不住又说出了谢谢。

“哎呀，不是说了别说‘谢谢’了么。这儿又不是日本，别老整得那么正经呀。”王源说。

“对对，特别是东北人，跟朋友哪有那么多‘谢谢’的。”任乐乐也说道。

“明白了，谢谢……”

一不小心，这个词又从我嘴里漏了出来。

“哎！说了别说嘛！再说的话就不是朋友了哦！”

没想到王恒居然会这么说，今晚的他格外开朗。能从他嘴里听到这样的话，我觉得特别开心。

“还有啊，小春儿，虽然刚才王恒和赵亮都说了那样的话，但他们都是挺好的人。王恒在没开始准备考试前也不是那么黑的。”齐家豪说。

“你们别吵了行不行,我都不能集中注意力写作业了。”赵亮说。

“哈哈，那是因为你是傻子吧。”任乐乐笑道。

“小春儿，还有，赵亮虽然看起来高高壮壮的，可不知为啥在马志鹏面前总是那副熊样儿。”齐家豪又说。

“嘿，你们都明白是为啥的吧？我和马志鹏从小一块儿长大的，他干仗比较狠,仅此而已。我不是胆小,真要我上的时候我也能上。”赵亮为自己反驳道。

而我，因为了解了一些有关他们的事儿，总觉得心里暗暗地有些高兴。

“大家关系都很好啊。”我说。

“那当然啦，从小一起长大的。”任乐乐回答道。

“不过，马志鹏还是那副臭屁样儿啊，可总觉得他以前好像不是这样的……”王源也嘟囔道。

“嗯，他三年级以前体育是都还挺好的，可现在没以前好了吧？为什么体育委员还是他啊。”齐家豪说。

“不过，班级就是要有那样的人才算完整吧。但，说实话，班里不服他的人也不少，特别是女生。”王恒说。

“嗯，也许。作为朋友，他还是挺仗义的，不过总觉得有时候吧，有点儿太横了。”任乐乐评论道。

虽然没听懂全部，但我觉得我又对他们有了新的认识。

这时，突然有一束手电光照了进来，那束光就像苍蝇一样快速地在屋里转来转去，随即响起了一阵敲门声，

“也不看看都几点了，快睡觉，还是想在走廊上罚站到天亮呐？”

“糟了，都这点儿。”任乐乐着急地说道。

“他妈的，做不完作业啦！”赵亮才是真急了。

“都睡吧。对了，小春儿，刚才马志鹏说的话，别太往心里去。”

齐家豪安慰我道。接着王源也说道，

“就是，小春儿就是小春儿，挺好。虽然我刚也在马志鹏面前说了那样的话，不过我知道你是好人。”

“那，大家晚安——除了赵亮。对了，小春儿，明晚还给你讲我们小时候的故事！嘿嘿。”

“真的，真的谢谢大家。晚安”

我下决心，这是我最后一次对他们说这话。

“靠——”

那晚，房间里不时地能听见赵亮解不出题目的骂声。

二

第二天、第三天……接下来的几天，同学们还是像之前一样，冷眼看我。不仅如此，我的水杯会突然不见；我很喜欢的日本带来

的笔也找不到了；在食堂里也会有人趁我不注意，在我碗里加奇奇怪怪的调味料……这样的恶作剧层出不穷。

马志鹏对这些恶作剧默不作声，只是在一旁看着。而我也从来没有对齐家豪、没有对王恒、任乐乐，或者任何一个室友说过。每晚回到寝室，只要和他们一起聊聊天，我就仿佛得到了救赎。

在日本的时候，也总有那么一两个同学会受到大家的排挤。我知道，受欺负的同学很孤独，我虽然也很同情被欺负的同学，可我也只是和大家一起在一旁看着，爱莫能助。现在回想起在日本时那些被欺负的孩子，我深深地觉得，身边能有这样几个好伙伴我很知足，也不愿意承认自己被欺负了。这时候我才第一次认识到，也许我是一个自尊心很强的人。这或许是我在一次次转校间学会的，什么样的人如果做了什么样的事就会成为欺负的对象，我虽然还小，却在小学这个环境中渐渐明白了。配合周围人的步调，该发言时发言，该笑时笑，该沉默时沉默。细心观察周围的气氛，尽量和大家做的一样，我越来越自如地改变着自己的行为模式，迎合着周围环境。

可是在这里，察言观色也是徒劳的，因为受欺负的原因很单纯，那就是国籍。而且是，要么中国人、要么日本人，仅此而已。我虽然用我的方式，努力地控制一些恶作剧，但是那些好欺负人的孩子还是悄悄跟在我身后。这几天，只有在寝室里我才会觉得可以稍微放松一下神经。而老师们，也把我当做空气，对这些恶作剧视而不见。

星期五，晚饭过后的自由时间。今晚就是这星期在学校住的最后一晚了，上完明早的课，大爷终于要来接我了。我从来没有觉得，时间的流逝如此之慢。这星期最后的自由时间里，我还是没完没了地自学着汉字。教室里除了我，还有其他赶作业的同学，和几个聊天的女生。

我像往常一样在自习，不过教室门口有几个别班的男生在向我招手，好像在叫我过去。虽然我心中有点儿不好的预感，但我还是向他们走了过去。走近了，他们却二话不说，只递给我一张小纸条，然后拍拍我的肩就走了。

我打开那折了两折的纸条，

“dao jiao xue lou hou mian de xiao hua yuan lai。”

纸上用拼音这样写着。

这纸上的话意味着什么，我大概也猜出了八九分。

逃也逃不了。我出了教学楼后面的门，向小花园走去。那里聚集了十多个人，没一个我认识的。而我并没有慢下步伐，径直朝他们走去。

“哈哈，他可真敢来啊，这个小日本儿！”

“他还算有点儿脑子啊，看来我还得对他刮目相看呐！哈哈哈！”

他们嘲笑道。

“喂！这儿，到这儿来！小日本！”

一个看起来挺壮实的男生像对待傻子一样，招手叫我过去。

“你是日本人吧？怎么样，学校还习惯吧？”

“没，还没……”

其实我心里害怕极了，但我却没有表现出来，不带一丝情感地答道。

“对吧，因为你是日本人呐。这学校可不是你该来的地儿。今儿我们就想仔细瞅瞅日本人长啥样，你呢，就快滚回日本吧，过了明天就别再让我们看到你的脸，明白了吗？明白了话，就快滚吧，这次先警告你一下。”

说这话的那个壮实的男生也好，他周围的人也好，都在给我施压，我努力忍受着，并不打算就这样离开。

“我要，我要在这里学中文。我想在这里。我不回去。”

即使被他们发现我在发抖也没关系，我想要把自己最真实的想法用最简单的语言告诉他们。

“哦？是嘛，那你就待着吧，不过你能不能安然度日我可就不能保证了。”

“明白了。”

随着我的回答，他们的笑声更猖狂了。而我并没有在意，只是想就这样转身走了。

就在这时，突然，粗壮的手臂击向我的腹部。

我忍住呻吟，双手捂住腹部保持镇静。

“以后会怎样我可不知道哦！我是六班的董巍，给我好好记住咯！”

那个壮实的男生给了我一拳。周围的男生们低头嘲笑双手撑地的我，然后扬长而去。

那天晚上只是挨了一拳，受了一下警告就过去了。

今晚，在我唯一觉得稍微舒心一点的寝室里，我还是表现的和前几天一样。只是心里一直在担心，怕他们不知什么时候会闯进我寝室。但我还是努力表现地像在日本时候一样。就好像在不断探寻真我，又好像在不断隐藏自己的弱点一样。我总觉得，只要精神稍被扰乱，我就会失去这个唯一肯收容我的地方。

周五晚上的宿舍比平时都要热闹，同学们好像都等不及周末似的，一个劲儿的闹腾。也只有今天，我和其他学生一样，满心期待着明天的到来。

于是，终于迎来了这周最后的课——综合。这节课相当于课外活动课，由王老师和班长带头，全班一起讨论，反省这一星期在生活和学习上的不足。有时候这节课也会被王老师占用，拿来追赶语文课的进度。今天则是上半节是语文课，下半节是综合课。

同学们的兴奋劲儿,和我刚到这里的那个星期天的晚上差不多，只不过这次是因为要回家了，大家都坐不老实。而在一片欢声笑语中，我却发现抽屉里、书包里被塞了好几张小纸条，写着“小日本儿，这儿很好玩吧”“鬼子以后也要好好相处呐”等等。面对这些讽刺挖苦，我努力不去在意。

综合课上，我并没有听到什么对我来说很重要的话，王老师只是重复着第一个晚上说过的内容。教室外面早就站了好多来接孩子的家长，时不时的能从门上的窗户望见他们焦急等候的脸。其中，也有我大爷的身影，因为他长得高大，我一下子就认了出来。

终于，这周最后一次铃声响了起来。同学们该是有多盼望这铃声响起啊，明明刚才还一个个挺着身板坐得笔直的，铃声一响，马上欢呼雀跃地涌出教室，冲向在外面等候已久的爸妈，或是一排排早已整装待发的校车。

一眨眼，教室里的学生都走空了。我大爷进了教室，等围着王老师打招呼的家长们都散了后，大爷才走近了对王老师说，

“王老师，您辛苦了，小春儿表现怎么样啊？”

“这孩子可乖了，根本不用操心，只是中文还得再加把劲儿。不过也不用着急，因为我们班的学生都是好孩子。”

大爷听到老师这么说，好像松了一口气，然后又像王老师道了一声谢谢，便招呼我说，

“小春儿，该走了啊，跟老师再见。”

听了这段对话我心里很不痛快，但我还是温顺地对王老师说道，

“谢谢老师，老师再见。”

说完，我看见王老师温柔地向我微笑着。

漫长的第一周，如坐针毡的第一周，终于告一段落。被置于从未有过的窘地，受尽委屈，在这梦魇般的现实中几次濒临崩溃的边缘，我都撑了过来。我的脑海中像有一支巨大的画笔，一次次将那空白用这种种颜色填满。我与室友的关系对我来说也是一种前进吧，我在心里鼓励自己。

离开学校的我，在大爷的车里昏沉沉地睡了过去……

问血

第二章

墙——我的根

三

“回来啦，小春儿？学校怎么样呐？”

一到大爷家，大娘就满面笑容地迎了出来。

“还可以。”

我回答道。

大爷家在二楼，楼房位于一片密集的住宅区的西南。面积虽然不大，但因为堂哥在北京上大学，就我大爷大娘两人住还是挺宽敞的。我来了之后，大爷大娘说，我可以把堂哥的房间当自己房间用。

“晚上想吃点儿啥？有什么要洗的衣服先拿出来吧。”

大娘一直都是开朗阳光的人。

我把行李放到自己房间，把脏衣服给大娘，然后就火急火燎地跑进厕所。德强小学的厕所上着不安心。

等我上完厕所出来，大娘已经去买东西了。家里，大爷抽着烟在看报纸。我一回到自己房间，就大字型地瘫倒在床上。

——像平时一样，公园里传出了孩子们的嬉戏声；像平时一样，和平时总一起玩的朋友们在平时的那个小区公园里玩躲避球。真是个令人放松的地方啊。我用力地发球，可是球不知怎么消失了，突然周围一个人都没有，只留下一片寂寞。

“小春儿，小春儿，吃晚饭啦。”

大娘把我晃醒了。不知不觉我已经睡了四个小时。

“怎么了？不舒服？”

“没有，没事。”

“晚饭准备好了，快来吃吧。”

走进客厅，大爷已经开始喝起啤酒看电视了。原本就不大的饭桌被各种可口的菜肴挤得满满的，凉菜、豆角炖土豆、锅包肉、番茄炒蛋、土豆丝、萝卜排骨汤……

“啧啧，干啥整这么多菜呢？哪吃得了啊。”

大爷说。

“有啥关系。小春儿肯定累了，这是奖励他的。多吃点儿啊，小春儿。”

好像要用拿手菜来犒劳我一样，大娘不停地给我夹菜。

在学校根本吃不下什么的我，今晚也食欲大增，不停地扒着碗里的饭。

当警察的大爷和在家做主妇的大娘，他们的生活很简单。大爷平时上班很早，回到家大娘总是给他准备好了晚饭，饭后看看电视，差不多晚上 10 点左右睡觉，双休日如果没有什么特别的事儿也都待在家里。大娘平时就做做家务、买买东西，看会儿电视、织会儿毛衣。每天的生活没有一点变化，就算我来了，也没有打乱他们的生活节奏。不过对于我来说，这样的生活简直太无聊了。

晚上九点，大娘比以往都早进了卧室。我和大爷坐在客厅里，看着一点儿也听不懂的电视，气氛有些闷。

“小春儿，在学校有没有被欺负啊？有没有人喊你小日本儿？”

大爷喝得脸有些红，开玩笑似的问我。

“没有。”

“是吗，那就好。不管怎么说，这儿都是东北，而你是日本人。学校里肯定有很多麻烦事儿吧。虽然王老师也说你没事儿，但，真的没事儿吗？”

听大爷的语气，好像看透了一切似的。

“你的问题可不光是歧视啊偏见啊这些抽象的东西，你要把中文学得差不多，跟上中国孩子进度可不是件容易的事儿。中国的学校里，竞争可是老激烈啦。从小学，不，上小学以前就开始以念大学为目标，而且方法只有一个，只能用学习来衡量孩子的好坏。中国的孩子可能比大人更累。”

大爷好像有点儿醉了。

“不过啊，小春儿，大爷觉得你就是中国人。”

我第一次知道大爷是这么想的。

这和刚才说的可不一样，我立刻反问道。

“你问为啥？那当然是因为你是我侄子呐。的确你是在日本长大的，你妈妈也也有一半的日本血统，但你爸妈都是在哈尔滨长大的，他们俩的孩子能叫日本人吗？不能吧！你身体里流着的，大部分还是中国人的血。明白了吗，要觉得自豪。”

但我并不觉得自豪，这血甚至让我纠结。我也不是讨厌中国，这是我的血缘让我觉得麻烦。

“当初你爸妈要结婚的时候，你爷爷可反对了。我当时也不赞成自己的亲弟弟和一个日本女人结婚。确实,你妈是哈尔滨长大的，不过，我在这儿可没有说你妈不是的意思啊，但只是知道她骨子里有日本人的血，我们家里人就没一个喜欢她的。”

我听了心里挺不高兴的。大爷又喝了一口啤酒，继续说道。

“当时你爷爷多难过啊……你爷爷，也就是我们父亲，老爷子是从心底爱着中国的啊。你知道为啥吗？老爷子也不是一开始就住在哈尔滨的，是逼不得已才来的。他本来是河南人，是在河南的村子里长大的，但当时发生了一件可惨的事儿……哎，先不提了。总之，那时正是日军侵略东北最猛的时候，老爷子看过多少被日本人屠杀的中国人啊。他和日本人的战斗，别说你了，就连我们都无法想象啊。听着，小春儿，你首先要做的是了解过去发生过的事，学习历史。要有作为中国人的骄傲啊。”

大爷一口气喝光手里拿的啤酒，然后往沙发上一倒，就微微打起呼噜来了。

这儿的大人一个个都是满嘴历史历史的，听着这些长大的孩子们也是如出一辙，搞得我好像就是罪魁祸首一样，明明没有经历过，却不得不被过去发生的事所困扰。我的出生、我的成长有错吗？我身上流的血有错吗？这一星期好像就是为了否定我一样。好想日本啊，如果我现在和爸妈说想回去，他们会怎么说呢。他们会对我失望的吧，还是会替我担心呢。不可以，我的自尊不允许我退缩。从小我就觉得麻烦别人很不好，我突然觉得现在的状况好像就在培养我的自立一样。如果我现在就打退堂鼓，在日本的朋友们会怎么看待我呢，在这儿刚碰上的那帮人又会怎么嘲笑我呢，说不定连姥姥都会觉得很失望。这样一来，“回国”这个选项就完全被我从脑海里排除了。可就算我想要在中国待下去，我也不想再被看不起了。

我躺在床上一个劲儿地琢磨着。这时，我突然想起了一个女孩儿的事儿。

那是我还在日本上小学二年级的时候，班里转来了一个不会日语的中国女孩。当时她的日语说得比我现在的中文烂多了，连左右都分不清楚的她，在班里受尽了大家的奚落。但是那女孩，尽管是一个人，面对那群捉弄她的孩子，还是能大声地骂出“傻逼”两个字。不管别人听不听得懂，她只是大声地把被骂的给骂回来。她无论什么时候都很强势，看起来很乐观。然后当我们回过神来，她已经把日语完全当作了自己的语言,成了一个众星捧月的对象。当时，我打心底地尊敬这个女孩。那也许也是因为，我认识到我也是中国人，并且这种认识与她的存在产生了某种共鸣吧。

我觉得，或许那个女孩就是我打破现状的一个提示，但是我却没有像她一样的胆量，没法像她一样无所畏惧地横冲直撞。

想来想去，到底我还是没想出一个解决方法，不过我想明白了一件事——绝不逃避。

小的时候总是转学，所以现在我可以很好地看清一个小团体的构成。不仅如此，每次好不容易能和爸妈待一起了，却又总被带去大人的聚会，不动声色地观察大人的脸色，装作讨人喜欢的小孩。

我从来没有什么“像自己”的时候，总是在不同场合扮演不同的角色。不知是我天生的,还是后天的,这种角色扮演总是信手拈来，有时甚至是无意识的，而回过头来，我才发现自己没有一刻不在扮演。如果在一个小团体里，最受人欢迎的是“独角仙”的话，我就是跟着环境而变的“变色龙”，并且在不断地告诫自己要做一只变换自如的“变色龙”，只能做一只“变色龙”。但是，如果说“变色龙”就是我的话，我又想改变自我，想变成无论在什么情况下都保持真我的“独角仙”。

在日本的时候也是，每次去朋友家玩时我都这么想，我和他们不同。不过那时，也仅仅是羡慕而已，仅仅想要和周围融为一体。但是来到这里以后，我变得越来越不明白“我”是什么，这是我第一次这样正视自己。虽然试着正视了，可别说发现自我，我连如何正视都不知道。越想越不明白自己在想什么，心里觉得空荡荡的。

心里好难受，我把头埋进枕头里，咬紧牙关。

日本人是什么？中国人又是什么？不明白！至少告诉我我是那边的啊！平时我并看不见流淌在身体里的红色液体，可我第一次如此恨自己身上淌着的血。

第二天，大娘带着我去了朝市。朝市从刚出小区开始一直延伸了近一公里，是一个只在早晨才有的市场。明明才早上七点，朝市却人潮汹涌。无论走到哪儿都人满为患，这或许也是中国的一大风景吧。大娘每天早上都到这儿来买早饭。

在这儿可以买到任何食材。虽然人挤人，不过大家还是被一阵阵响亮的叫卖声吸引了过来，以同样大的音量砍价。我不讨厌这样闹哄哄的氛围。

每天早上，大娘为了买到最新鲜的菜，在讨价还价上从不让步。天生的开朗面孔让她无论是在熟悉的摊位还是哪儿，都能很顺利地砍价，一路从朝市这头砍到那头。

我很喜欢吃炸馒头和豆浆，尤其喜欢把炸馒头浸到温热的豆浆里吃。

吃完早饭，我学习了一小时。大爷起床了，他进了我屋里，说，“小春儿，今天要不要去一下爷爷家啊？有一阵子没去了吧？”

接下来要见的是我爸和我大爷的父亲，几年前奶奶病逝，在亲戚们的劝说下，现在他和继奶奶生活在一起。

四

坐上大爷的车二十分钟后就到了爷爷家。因为晚上要直接从爷爷家回学校，我把行李也一起放在了车上。爷爷他们住的是公寓。

“爷爷好。”

爷爷打开门，我笑着向爷爷问好。爷爷个子不高，跟我现在差不多。他看起来很开心。

“小春儿，挺好的吧？学校怎么样呐？”

“嗯，我挺好，上学很开心。”

“是吗，那就好，交上朋友了吗？”

“嗯，交上了。”

剪了板寸的爷爷微笑地看着我。

以前我总觉得爷爷不太待见我。小时候一放暑假爸爸就会叫我到哈尔滨看看爷爷，那时候我觉得爷爷对我有些冷淡。至于原因，我也有些眉目。那是因为我大爷的儿子、比我大七岁的堂哥也在。堂哥在去京上大学以前，从小和爷爷待在一起的时间比我长多了，而我每次只有在暑假才能见到爷爷。所以，我和堂哥同时站在爷爷面前，爷爷自然对堂哥比较亲，他们说话的时候一点儿隔阂也没有，特别开心，而对我，爷爷则更像是对客人一样。其实，爷爷会说日语，虽然只能慢慢说，但跟我还是能交流的。一般爷爷总是用中文跟我说话，不过一到和历史有关的话题，爷爷就会像上课一样，用日语给我细细道来。比现在更不懂事的我，也不明白爷爷在讲什么，只是觉得很无聊。爷爷若是滔滔不绝地讲起历史来，我还真有点儿招架不住。关于爷爷，我从小就有两个疑惑。一个是，为什么爷爷会说日语呢；还有就是，爷爷右手上少了一截的无名指。

我决定到哈尔滨留学，中文也渐渐变得流利起来后，爷爷对我好像亲近了起来。

“小春儿也终于带上红领巾，成为了中国学生。很期待他未来的表现啊。”

大爷对爷爷说道，似乎是在帮我说话。

爷爷眯着眼睛看着我，笑着对我说，

“小春儿啊，你将来就回中国吧。再回日本去的话，好不容易学的中文就又该忘了。”

他在担心我的未来。

“好……”

我勉强挤出一丝微笑。

“爸，小春儿才刚来，今后的路还长着呢。他还小，现在说这个还太早了吧。”

“早什么呐，不早啦！我认识好多十几岁就就被卷入战争，选都没得选的人呢。现在的年轻人可有的选了，这点儿事儿都不决定好的话，以后咋整呢！”

“爸，现在跟以前可不同了，到时候让小春儿自个儿决定不就行了。等小春儿多了解一点中国，让他自己考虑。到时候小春儿可不一定会走我们期待的路。”

每次见面，爷爷和大爷都要聊起这事儿。爷爷对我说，

“小春儿啊，如果你觉得自己是中国人的话，就该觉得骄傲。但是，如果你觉得你是日本人的话，你们这一代的责任就是‘赎罪’，至少要了解过去发生了什么！”

面对爷爷认真的表情，我也认真地看了回去。

“明白了”。

平时和蔼的爷爷一说起这个话题，他的表情就会有些不同，言辞间还是透出以前样子。爷爷对于我，肯定有什么不可动摇的教诲吧。不过，我和爷爷的关系是真的亲近起来了。于是我问了他一个问题。

“那，爷爷，你为什么会日语啊？你在日本住过吗？”

“哈哈，想知道吗？我以前去过一次日本，不过日语是在那之前，在部队里学的。我们家，嗯，因为一些缘故，我是我大爷带大的。大爷对我像亲生的一样，现在想起来还是觉得很感激。我到了部队以后可勤奋了，把有关日本的所有知识都学了，因为这是祖国需要的。也凑巧了，这才能和你说上话啊，哈哈哈。”

“是这样啊。我一直觉得奇怪，为什么爷爷日语那么好。”

“哈哈，是吗。这个故事等你再长大一点再告诉你。爷爷也没那么爱唠，特别是爷爷以前的事儿，都不想回忆起来。你先好好在学校上历史课，然后爷爷再给你讲爷爷的故事。”

说着这话的爷爷，仿佛又看见了那些过往一般，表情凝重，有种说不出的悲伤。

“好的，那我一定要好好学中文。”

我把第二个问题又咽了回去。

就这样，有时候我会上爷爷家玩儿，跟爷爷聊聊天，一起看看电视。电视边上的柜子上摆着四十年来的报纸，像相册一样整理整齐。四十年来，爷爷一直有剪报的习惯，把剪下来的报道贴在本子上。爷爷家也挺无聊的，但比在大爷家稍好点。爷爷每个月都从部队领退休金，今天晚饭是爷爷请的，在家附近吃了水饺。

五

太阳开始西沉的时候，我回到了学校。独自走在通往教室的走廊上，突然有谁在背后轻轻拍了我一下。回头一看，原来是齐家豪。

“小春儿，周末休息好了吗？”

一回来就能碰见齐家豪，我还是挺高兴的。一星期前还是一个人穿过的走廊，今天有了朋友的陪伴。

一进教室，各个课代表已经在忙着收作业了。当然也总是有人要拖到最后一刻才开始赶，拿着同学的作业使劲儿抄。应该都是见怪不怪的画面了，大概也只有我还觉得没有习惯。

回到寝室，屋里只有齐家豪、王源、任乐乐在，赵亮和王恒又不知上哪个屋串门去了。我和他们仨聊起了周末，正聊得欢呢，突然三个其他班的学生冲进了我们屋。

“喂，转校来的日本人是哪个？”

说这话的人虽然身高不高，但身板儿结实和目光犀利，手臂上还有道长长的伤疤，他身后跟着两个小弟。

齐家豪、王源和任乐乐三人面面相觑。

“是我。我就是转校生。”

我站了出来。

“嘿，那你就是日本人了？我是刘帅，你叫啥？”

“李春。”

“李春。日本人怎么整一中国名儿啊？”

刘帅光着膀子，一手拿着零食，一手大把大把往嘴里塞。这要是被宿管看见了，准得没收。他有点胖，声音有点沙哑，给人一种威严感。

“因为我爷爷是中国人。不过，你为什么不穿衣服呢？”

我早就看出我们屋的三人被刘帅镇住了，不过我却配合刘帅的态度，反问了他一句。

“哈哈哈。你问我为啥？那当然是因为热啦！是男人就该光膀子！那，你还是有中国人的血的呗？难怪，中文虽然说得吭哧瘪度的，但还算能懂。你脑子不错啊！”

这时我已经不觉得刘帅是像董巍那样可怕的人了。我一下把手伸进刘帅的零食袋里，抓了一把往自己嘴里送，故意塞的满嘴都是，然后含含糊糊地说，

“嘿嘿，谢谢，你也是个有意思的人呐。”

那三人顿时傻眼了，刘帅后面的两人也吃惊地张大了嘴巴。刘帅本人也是，看看零食又看看我，有点儿不知所措。可对我来说，这个举动是一个赌注。

哈哈哈哈哈哈，寝室里响起了刘帅那粗犷又沙哑的笑声，于是我身后的三人更加困惑了。打住笑，刘帅用力一勾我的肩，说，

“哈哈哈，你还真跟我想的一样有意思啊！管他什么日本人外星人，我觉得你不错！”

我悄悄松了一口气。

“我就当你是朋友了。下回一起玩呐！”

刘帅说着，就带着他的两个小跟班出去了。

“唉呀，吓死我了！”任乐乐喘了口气。

接着，齐家豪他们告诉我说，刘帅因为打架留过两次级，是德强小学的恶霸。

第二天的一个课间，我一进厕所，马上有一帮人跟了进来。然后马上，我后背就挨了一脚。

“你他妈的小日本儿，少在那儿装逼了！”

我被吓了一跳，向前踉跄了几步，回过头一看，都是些我不认识的面孔。好害怕。但是我并没有想要退缩，却也提不起反抗的劲儿。我在心里盘算着，如果打回去，他们那么多人我肯定敌不过。如果骂回去，我那蹩脚的中文肯定会让他们更来劲儿。紧接着刚才的那一脚，十多个人一起上来对一顿我拳打脚踢。我只是忍受着，心中想着绝对不能倒下。然后，上课铃响了，刚才还一点儿要罢休的意思都没有的一堆人，一下子都散了。我眼睛周围红了，嘴唇破了直淌血。我不停地用冷水洗脸。

看到迟到的我进了教室，大家都装作没看见。科学老师也只是叫我快坐好，然后就继续上课了。

“老师，还是把小春儿领去医务室比较好吧。”

齐家豪站起来对老师说。王源和任乐乐也站了起来。

于是他们仨带着我去医务室。后来赵亮也赶来了。

走进医务室，发现里面坐着的竟然是那个总对我微笑的宿管阿姨。

“哎呀，咋了？干仗啦？”阿姨说。

“才不是呢！是有人打了小春儿！”任乐乐替我辩解道。

“真过分啊，我马上给你处理啊。”

说着，阿姨马上往棉球上倒了消毒液，小心翼翼地给我处理脸上的伤口。

“第一次见到你就不知怎么的觉得很亲切。为啥呢。”阿姨说。

“小春儿是日本人哦！”王源告诉阿姨。

“哦？是吗？我才知道呢。以后要遇着什么困难，记得马上和阿姨说啊。”

这个阿姨对我真的好亲切，和我外婆有点像，让我很安心。

“好了，过段时间可能会肿，不过应该没事儿的。”

“谢谢阿姨。”

我们四人一起向阿姨道了谢。

“对了，还有一件事儿。我可只告诉你们几个啊，阿姨其实是日本人，呵呵，可得给阿姨保密哦。”

“切,骗人！阿姨您就别骗小孩儿了,根本不像日本人。”王源说。

“是吧，看不出吧，呵呵。”

“嗯，根本看不出。您会日语吗？”

“不会，一点儿不会。”

“那果然是骗我们的吧！这种话小孩儿都不会上当。”

我们四人都笑了，阿姨也跟着笑了。

那天晚自习前的自由时间，我也和平时一样，按王老师说的学习汉字。只是教室里王老师不在，坐在我身边帮助我学习的是齐家

豪和王源。突然，刘帅风风火火地闯进了我们教室。、

“小春儿，一起玩会儿呗。”刘帅说。

我还没开口，王源先小声地说道，

“不，不好吧……不好意思，不过小春儿被老师说了，要在这里学习。”

“又没问你！诶？小春儿，你脸咋整的？干仗啦？”

“没有，没事。”

“哦，行，有事儿就说哦。”

“谢谢。”

“要不要一起打会儿篮球？”

听了这话，我突然来劲儿了。

“嗯，要！”

我都没思考一下，就答应了。

“小春儿，不行！如果被王老师知道了又该挨批了。”

王源劝我。

“嗯……但是，想去一下。”

我想好好排解一下积了好久的压力，况且又是打篮球，诱惑力太大了。

“好吧，那我们也去。”

齐家豪有些担心地说道。

宿舍前最靠边的篮球框。刘帅赶走了低年级的学生，然后看起来像刘帅小弟的男生抱着球走了过来。

“小春儿会打篮球吗？”刘帅问。

“会。”我忍不住笑了出来。

“你们打不？”刘帅问王源和齐家豪。

“不了，我们就在旁边看看就好。”

“切，本来还以为能三对三呢，”刘帅说道，然后指着一个小弟，“你去跟小春儿组一队，二对二。”

于是，用了半个篮球场，我们二对二打了起来。

齐家豪和王源站在篮框下，默默注视着这场小球赛。我们队先发球，中线上和我一队的小跟班儿把球传给了我。拿到球后，刘帅很快就锁定了我,我心中的兴奋越来越难抑制。我把重心放在左脚，佯装往右运球，刘帅上钩，往右挡去，我瞄准时机，反身一转，一口气运球来到篮框下面。虽然刘帅的队友早就在那儿守着了，但我突然放缓速度，佯装传球，然后猛一加速起跳，上篮进球。球连框都没碰，稳稳地进了球网，然后垂直落下地面。球还在地上不停弹跳，却没有一个人立马去捡。我看着那球，心脏因为这种久违了的爽快感而加速跳跃着。

齐家豪和王源又惊讶又兴奋,不服输的刘帅闷闷地说了一声“再来”。我不再介意周围的目光，沉浸在自己的世界里。

我如鱼得水般，到这里后第一次这么有活力，在球场上奔跑。我们队不停地进球。刘帅又是悔恨，又是惊讶，就像一个无忧无虑、天真烂漫的少年一般。在场外一直看着我们的那两人也不知何时，和场内的我们一样沸腾起来，欢呼雀跃。

上课铃响了。

晚自习已经开始了。赶回教室的途中，走廊上路过三班时，发

现刚才还一起打球的三人排了一排,站在门口。他们三个和我一样,衣服都被汗水浸得湿透了。刘帅向我瘪瘪嘴道,

“没做完作业就出来玩儿，挨批了。”

“我大概也要被骂了。”我说。

“呵呵，加油吧。”

还在兴奋头上的我们都笑了。

五班也已经开始晚自习了，在外面玩得满头大汗的学生们也都回到教室，我前面位置上，王老师已经坐在那儿了。

我不好意思地跟王老师打了招呼，连汗也不敢擦，我心虚地回到自己座位,做好了被骂的准备,但没想到王老师竟然什么都没说。我装作认真学习，但怎么也抚平不了心中的躁动。

那天晚上我们屋里，王源和齐家豪滔滔不绝地向另外三人讲述我和刘帅打篮球的经过。

对于我来说，运动是唯一能够让我忘记烦恼、忘记自己身处窘境的事，除此之外竟是烦心事。除了室友，大家都排挤我，或是故意无视我,在这样的环境里,我时时刻刻都保持着紧张。我总觉得,如果不这样的话，自己不知何时就真的会消失。出了教室，就要担心什么时候会被谁打，还有那一道道冷冷的目光。在走廊上，也几次碰见过夏天教我中文的张老师,但在她面前我只能逞强,对于“学校怎么样啊”之类的问题，我也只能假笑说着“很开心”。教室里也不安宁，那氛围总让人感到阵阵寒意，还有马志鹏时不时向我投来充满仇恨的目光。六班的董巍也让我觉得害怕，不知道什么时候又会被叫出去“警告”一番。说实话，就算在寝室里，我也放不下

心来，害怕又有谁突然找上门来。但即使如此，我也没有表现出我很害怕，也许这才是真正让我觉得疲惫的。不过，最让我担心的还是齐家豪、王源、任乐乐，这三人对我特别好，我担心他们会不会因此而受到排挤，反之，我也同时在担心如果他们会不会突然疏远我。比起学习跟不上，比起融不进这个环境，我更担心好不容易交上的朋友也会弃我于不顾，好不容易为自己争取到的一点点生存空间也会被践踏。

第二天，我再次迎来了历史课。

血战台儿庄——

1938 年春，日军进攻战略要地徐州。中国军队防守徐州，集结了 60 万大军，在李宗仁的指挥下，组织徐州会战。三月下旬，双方的军队在台儿庄展开激战。日军使用战斗机、战车、大炮等重武器，猛烈进攻台儿庄。中国军队仅靠着台儿庄内的军事设施，拼命抵抗。四月初，中国军队展开全面反击，重创日军，消灭了日军一万人以上。

“好，下一个，把接下来的部分也读一下。”

陈老师点名道。

——台儿庄位于徐州东北面，它的南方和西方有陇海和津浦两大铁路，南面有大运河，地理位置十分重要。台儿庄战役中，日军集中兵力，用大炮猛攻三天三夜，才终于攻入台儿庄内。全庄三分之二都被日军占领，在这样的情形下，中国守军顽强抵抗，组成敢死队，誓死反击，夺回了全庄大部分地区。中国守军在台儿庄坚守了半个月，不断吸引日军主力，并对日军进行包围、歼灭，为自己创造了有利条件。

台儿庄战役是抗战以来中国军队获得的重大胜利，面对日本侵略者的猛烈进攻，中国守军给予了重大打击，鼓舞了中国人民抗战的士气。

百团大战——

中国共产党指挥八路军、新四军在敌后发动抗日游击战，建立抗日根据地，压制了日军的大量兵力，极大威胁了敌人后方。日军将强力军队集结一处，分割包围抗日根据地。为了粉碎日军的集中攻击，1940 年 8 月，八路军在彭德怀等人的指挥下，在华北两千公里的战线上部署了上百连队，约二十万人，对日军展开大规模攻击。这在历史上称为“百团大战”。八路军在人民群众的帮助下，破坏敌人的通信设施，袭击伪政府军队据点，给予敌人沉重打击。

袭击战的重点在正太铁路。8 月 20 日夜，战役全面打响。八路军的主力部队正面消灭日本伪军，捣毁其据点。民兵和群众在后方拆铁路、炸桥。一晚之内，陕西榆次到河北石家庄一百公里以上的铁路及沿线的敌军据点、桥梁、隧道、车站被毁坏。

百团大战是抗战期间中国军队对日军发起的首次最大规模进攻。此次战役提高了中国共产党和八路军的声望，为全国人民带来抗日胜利的信心。

——百团大战主要战绩：

战斗时间：三个半月；战斗次数：一千八百次以上；杀伤、俘虏日伪军人数：四万人以上；破坏交通网：两千公里以上；攻陷据点：三千个。

——众志成城

抗日战争中，全国各层人民团结一致，以极大的爱国热情，投身民族解放战争。各界民族工商业资本家主动购买国债，积极向内转移工场。科学工作者在极为艰苦的条件下，为提升祖国科学技术和综合国力而努力。艺术节人士组成了多个团体，宣传抗日活动。海外华侨省吃俭用，为祖国抗日战争捐助了大量金钱、衣物、药品、车辆等。

人民音乐家冼星海以笔代刀，创作的《黄河大合唱》气势磅礴、直击人心，以巨大的感染力迅速在全国传唱开来，鼓舞了中华民族抗日斗争的决心。

——抗日战争的胜利

团结的大会，胜利的大会——1945 年 4 月，中国共产党第七次全国代表大会在中国共产党中央所在地陕西延安举行。毛泽东在大会上做了政治报告《论联合政府》。大会制定了党的政治路线，即积极动员群众，壮大人民的力量，打败日本侵略者，解放全中国，实现独立、自由、民主、统一、富强的新中国。大会制定了新的党章，毛泽东思想成为了中国共产党的指导思想。大会选举毛泽东领导中央集团，中国共产党在组织上形成了空前的团结力。

大会出席者中，正式代表 547 名，候补代表 208 名，代表全国 121 万名党员。毛泽东、刘少奇、朱德、周恩来分别作了报告。毛泽东在大会的准备会议上这样说 :“团结一致，争取胜利，这就是开好七大的方针。简单地讲，就是一个团结，一个胜利。胜利是指我们的目标，团结是指我们的阵线，我们的队伍。我们要有一个团结的队伍去打倒我们的敌人，争取胜利，而队伍中间最主要的、起领导作用的，是我们的党。没有我们的党，中国人民的胜利是不可能的。”毛泽东在大会闭幕发言中，引用了愚公移山等故事，鼓舞根据地军民进行最后的抗战。

此次大会是中国共产党在民主革命时期召开的最重要的大会。这次大会作为“团结的大会、胜利的大会”而载入史册。它为党领导人民去争取抗日战争的胜利和新民主主义革命在全国的胜利，奠定了政治上、思想上和组织上的深厚基础。

历史课进度很快。

——日本无条件投降

1945 年 8 月，美国在日本广岛、长崎投下两颗原子弹。苏联政府发表对日宣战声明,派苏联红军攻打占领中国东北部的日本军队。

同时，毛泽东发表声明《对日寇的最后一战》。八路军、新四军和其他抗日部队，对日本侵略者展开大规模反击。

在世界反法西斯的强大攻势下，8 月 15 日，日本宣告无条件投降。经历了 8 年的抗战，中国人民终于取得伟大胜利。

9 月 2 日，在停泊于东京湾的美国战舰“密苏里号”上，日本在投降书上签字。9 点开始投降仪式。9 点 4 分，日本外相重光葵代表日本天皇和政府、陆军参谋长梅津美治郎代表日军大本营在投降书上签字。日本代表团在同盟国代表的注视下，毕恭毕敬地站了五分钟。这是特别规定的步骤“羞耻的五分钟”。中国战区派代表参加投降仪式。

9 月 9 日上午 9 点，中国政府代表在南京从侵略中国的日本军司令官冈村宁次手里接过投降书。冈村宁次脸色铁青，在投降书上盖章的手抖得厉害。随后，受降仪式在中国各地举行，侵略中国的上百万日本士兵收起对中国人民的傲慢态度，低下了头。

抗日战争是中国人民在反对百年以来帝国主义的侵略中，取得的首个民族解放战争的完全胜利。抗日战争的胜利洗雪了近代以来的民族耻辱，是中华民族从衰微走向振兴的转折点。

下课铃响了。

“好，这节课就到这里。下节课我们要看一个录像，同学们早点回教室。”

老师说完，却走到了我的身边。然后有些顾虑地说，

“下节课要放的录像，对你来说可能有点难以接受。如果你不想看的话，下节课可以不上，我会跟王老师说的。”

“没关系，我要上课。谢谢老师。”

我如是回答。

上课铃一响，陈老师就开始放录像，是一部纪录片，既有记录抗日战争的真实影像，又有经历过战争的人的证言。

教室里放映出来的净是日本士兵砍飞中国平民脑袋的画面，还有拿中国人做人体解剖的画面，全都是当时拍的影像。我越来越害怕。

一到关键地方，陈老师就会暂停录像，进行解说，还时不时的向我投来目光。班里也有女生因为不敢看录像而低下头。刚开始还能听到“好过分”“好惨呐”之类同学们小声谈论的声音，可随着录像内容的深入，大家渐渐都失了声。

历史书上无法感受到的过往，因为一部录像而变得格外鲜明，深深地映在了观看录像的孩子们的脑海里。孩子们牢牢记住了——录像里看到的东西,都是过去真实发生过的。这样的历史课培养的，是对他国的仇恨，和对本国的爱。

我好像被咒语定住了一般，无法动弹，仿佛此时此刻培养出来的仇恨，统统都射向了自己，后背一阵阵莫名的寒意。但是，那仇恨还是有些不明所以，我总觉得它好像欠缺了点什么东西。

现在录像里在放的是“731 部队”。所谓“731 部队”，就是当时日军研究生化武器的部队，当时进行了许多人体试验。

后面响起了一声咋舌，不用回头我就知道是马志鹏发出的。

终于，下课铃响了。我在教室里被逼得简直无法呼吸，一下课便冲了出去，好像要找个地方躲起来似的，直奔楼下一层的厕所。可刚进厕所就有一大帮学生挤了进来，是和昨天一样的面孔。

“日本鬼子！”

他们又开始了对我的拳打脚踢。我的头发被他们扯住，手脚被抓住，前面和后面都有人打我。

趁乱,有人喊了一句“都让开”,然后话音未落便听“嗙嗙”几声,有人拿气枪对着我乱打了一通。一下子，那一帮人作鸟兽散，走得一干二净。

“小春儿！”

齐家豪几个在那帮人后面进了厕所。

“小春儿！可找着你了！喂！没事吧小春儿？！”

看到我倒在洗手池旁，任乐乐一边大喊，一边赶紧过来摸摸我的背。我的手腕和腹部留着剧痛。

“没事，谢谢。”

比起疼痛，我更觉得不甘心。

“去医务室吧！让那个宿管再给你看看！”

齐家豪想要扶起我。

“不用了，没事，你们就当什么都没发生吧。”

“为啥呀小春儿！对了！跟王老师说吧！”

“不用了，真的没事，谢谢你们。什么都没发生。没事。”

“小春儿……对不起，我们啥也做不了……至少你告诉我们是谁干的吧！”

“不用了，不记得，真的没事。”

也不是说不信任他们，只是我不想再引起风波了。

六

接下来的几天，只要我一落单，就会被见也没见过的学生吐口水、被骂、被打、被扔东西，还会有一堆人一起上来把我围在中间推推搡搡。齐家豪他们几次说要跟我一起走，但我渐渐觉得有点对不起他们。

今晚是这周最后一个晚上。刘帅最近都不怎么约我玩了，这多少让我觉得有些寂寞。还想打篮球，而且，虽然大家都对刘帅敬而远之，我却并不讨厌他那蛮横的态度。和刘帅在一起的时候，我不可思议地觉得比和任何人在一起都要安心。这周比上周更难熬。晚饭后的休息时间，在教室里赶作业的同学越来越多了。

“走，小春儿，打球去！”我听到了期盼已久的声音。我抬起头往门口一望，刘帅居然真的就抱着篮球站在那儿。我急急忙忙地把文具往抽屉里一塞，难以抑制住心中的兴奋，兴高采烈地向刘帅跑去。班里的同学们都一副不满的表情，看着我跑出教室。

“真对不住啊，最近不得不干的事儿太多。”

“没事，谢谢你来叫我。”

“我可是每天都想来喊你一块儿玩儿的，但也不能不学习，不然又要留级了。”

我忍不住笑了。果然和刘帅在一起，就是很安心，而且是一种和齐家豪他们不一样的安心。

我们匆匆朝操场跑去,可突然有人在后面叫住了我。不是老师。我回头向上一看，楼梯上的是上周叫我去董巍那儿的那个男生。

“没叫你呢刘帅，我叫的是那个小日本儿。”

那个男生说。我心中一阵慌乱，结果刘帅挡在我前面对他说，

“啥？小春儿正要和我去打球呢，你们就下次吧。”

“非得现在不可，巍哥找他有事儿。”

“董巍那个混蛋，找小春儿能有啥事儿啊。小春儿，他是你朋友？”

“不是朋友。”

于是刘帅有些挑衅地跟他说，

“小春儿是我兄弟，跟你们没关系。董巍这小子找他有啥事儿我不知道，既然他叫了，那我就一块儿去吧。”

“你要去就去吧。我们在小花园等着，可得来啊。”

我很高兴刘帅刚才说要一起去，一想起上周的事儿，我心里就怕得不行。

“真没办法，不过垃圾还是趁早打扫的好。小春儿，看来篮球只能下周再打了。”

刘帅好像很快就看出了董巍为什么找我。

我们来到小花园，花园里站着的全是和上周一样的面孔。董巍坐在花园中央的长椅上，跟什么人说话。马志鹏也在那群人之中，而他的边上站着的是我的室友赵亮。马志鹏也就算了，连赵亮也在那里真是让我震惊。

“不是说了一个人来的吗？”

我试图回答，但刘帅先开了口。

“我为啥不能一起来呢？还不是要怨你们，我和小春儿都打不成篮球了。先别说我了，你先给我说说你为什么在这儿，还有你”，刘帅打断我的话，扫了一眼赵亮，反问马志鹏道，“你们俩不是小春儿的同班同学吗，你俩在这儿瞎搅和什么劲儿呀？”

刘帅语气很冲，现在这气氛，眼看着就要打起来了，我紧张地一身冷汗。

“啥也别说了，把日本鬼子从学校里赶出去就是我们的正义。你小子才是脑子有病，我跟你也干了不少仗了，没想到你居然跟日本鬼子搞在一起，真他妈的看不顺眼。你们俩都等着退学吧。”

我很担心边上的刘帅心里是怎么想的，同时心里又想紧紧抓住这根救命稻草。刘帅指着自己面前的所有人，说道，

“你们这群王八犊子，根本不知道小春儿有多厉害。不扎堆就干不了仗，我都不把你们放眼里。小春儿可是我兄弟，谁也别想动他。”

刘帅越说越来劲儿，

“啊，忍不了了。”

刘帅最后怒吼一声，猛地一下朝坐着的董巍冲了过去，上去就是一拳，连人带椅一起打翻。见状，马志鹏带着其他小罗罗一起向刘帅扑过去，近十人对着刘帅一阵乱捶，但是刘帅晃都没晃一下，只是冲着董巍猛出拳。在后面看到这一幕的我吓得动弹不得，感觉身边的一切正在离我远去。

“小春儿！你可千万别过来！老子以一当十，足够！”

躲在刘帅后面，我渐渐回过神来。我定睛一看，那堆打得不可开交的人群里唯独赵亮不在。我控制住发抖的身体，一口气冲到了人群正中。那群人当然不会手软，对着我劈头盖脸就是一顿揍。

“小春儿！不是说了不许来的么！”

刘帅虽然怒斥着我，却仍忍不住上扬的嘴角。这是我第一次打架，什么都顾不上，只能一股脑儿打着除了刘帅以外的人。然后下一秒，刘帅被踢出去好远，原来是董巍趁他不备，在背后给他来了

一脚。

“你他妈的，有没有种！”

刘帅一下子气血上涌，刚才的从容完全消失了，取而代之的是如疯狂般毫不留情的拳头。

“操你妈！操你妈！“刘帅吼着，一拳又一拳打在那些妄图打倒他的人脸上。面对这样的刘帅，除了董巍没人敢再向他出手，他们把将攻击全都转向我，而其中，下手最狠的就是马志鹏。我不停地和他们厮打着，心中却不知为何突然有些悲伤。

不知何时，小花园已经被一大堆跟着瞎起哄的人围满了，原本在这个季节里开得正盛的大波斯菊也被踩得东倒西歪，和泥土混在一起，残败不堪。我开始害怕了。

终于，老师们赶到了现场。发现老师身影的董巍抢先一步，带着自己的小弟们一溜烟儿跑得一干二净，只剩下我和刘帅。

“怎么又是你啊刘帅！还有你，都给我到办公室来！”

——刘帅，停学一周处分

办公室里，被教导主任狠批一顿后，刘帅被罚停学一周。我也被骂得狗血淋头，不过因为是第一次，再加上刘帅一直护着我，这一次我并没有受到处罚。最后的结果是，我们俩被罚站在各自教室门口，直到晚自习结束。

旁边的教室门口站着刘帅，我们俩脸上都挂了彩。而在我另一侧的教室前，这次事件的罪魁祸首董巍也被罚站着。原来，刘帅在被老师训话的时候，把事情的前因后果都跟老师说了，所以董巍也受到了和刘帅一样的处分。下个星期大概都看不到这两人的脸了吧。

我满心歉意地朝刘帅看了好几次，他还是那样，一副天不怕地不怕的样子,一直给我使眼色,好像在说“别往心上去”。而一旁的董巍，无精打采地站着，和我们俩格格不入。这时候，王老师走了出来。

“小春儿啊，因为你我们班这周被扣分了，这个月大概都拿不到优秀班级的锦旗了……小春儿,学校里可能有很多不顺心的事儿，很多难办的事儿，不过学校的规矩还是要守的。”

王老师语气很严肃，听着却不像真的生气。

“是，对不起。”

“在日本的学校里，打架也是不对的吧”

“是……”

“脸上的伤要不要紧？”王老师好像有些担心地看着我的脸。

“嗯，不要紧。谢谢老师。”

王老师瞪了一眼站在隔壁班门口的董巍，进了教室。我突然对王老师产生了一点点好感。

一回到寝室，我直奔刘帅寝室。

“刘帅！那个，刚才真对不起。还有，谢谢！”

但我的心情完全无法用语言说尽。

“啥？你为啥要道歉呢！你要敢再说一次，我就踢飞你！”

刘帅的这种反应或许就是我想要的安慰。我还是想努力表达我的心情。

“那个，真的，谢谢。”

“行了小春儿，整啥呢！我把你当兄弟，什么‘谢谢’呀，这是对兄弟说的话吗？别再对我说了啊！而且，我只是做了我觉得该做的事儿，跟你是不是日本人没关系。我就觉得你是中国人，你身上流着中国人的血！”

刘帅对我笑了一下。我的胸口好像被什么尖锐的物体刺穿了一样止不住得疼。大爷也说过同样的话，可问题是我并没有觉得自己是中国人。我想做日本人！但即使如此,那些认同我的人都对我说，“你是中国人”。

“小春儿，你之前干过仗没？”

“没有，第一次。”

“是嘛。第一次就干得挺漂亮的嘛。你不害怕吗？”

“不，不害怕。”

我看向别处。或许刘帅发现了我的闪躲。

“哈哈！不愧是我看中的男人！那你在打的时候都在想啥呀？”

“大概什么都没想。”

刘帅开心地大笑。

“那就好！只有心无杂念才能进入自己的世界，才能发挥出最佳水平！”

“什么？不明白。再说一次。”

“就不告诉你！好好学中文去吧！”

本想安慰刘帅，没想到反倒被刘帅安慰了。我试着问了问，

“那个，刘帅，你第一次来找我的时候，为什么说我‘和你想的一样’呢？”

“这个嘛……学校里所有人都提防着日本人，但仔细想想，就算万一有啥事儿，一个日本人又能咋样呢？去了解了解他有什么关系。而且，根本不可能有比我强的人！我就特别想知道，单枪匹马

到这儿来的日本人长啥样。”

刘帅好像有点害羞了。

“那，下周你不来学校了？”

“是啊，董巍那个混小子也不能来了，你就放心吧。”

“嗯，真的对不起。”

“道什么歉啊，踢你了啊！没事儿，咱再下周见！”

此时我在心里想，希望以后我也能帮他的忙。

“可是，刘哥，为啥不叫上我们哥儿几个呢？”

跟刘帅同屋的小跟班对他说。

“那帮家伙，有我和小春儿就顶事儿。下次叫上你们啊！”

刘帅说着又大笑起来。

我大概明白了为什么有人会崇拜刘帅。

“那我先回屋了。”

我说着转身想出去，可就在这时，门“砰”的一声被踢开了。

“慢着！”

董巍闯了进来。

“搞啥呢！你还没闹够呢？”

刘帅腾地一下站了出来。

“切，现在再在这儿闹，明儿我们都得从这学校滚蛋。刘帅啊，我有一个提议……”

“你那破脑子能想出啥啊，肯定不是啥好事儿。”

“给我闭嘴听着！你和我也都十三岁了，比周围都大了两轮，本来都应该上初二了，不过总惹事，老也毕不了业。所以，我跟你说啊……”

“咋地？终于打算臣服于我了？挨了揍学乖了啊？”

“少放屁！我跟你连话都懒得讲，今后也势不两立。所以下次我们一定要分个胜负。”

“哼，我等着呢。”

“那，复学回来第一天，下下个周天，你给我早点儿回学校，下午四点我们小花园见。”

“正合我意，你个王八犊子。不过，我有个条件。”

“啥条件？”

“我俩一对一，不许把你那群打杂的带来。”

“没问题，那下下周给我等着。”

“等一下！还有一个条件！”

“你咋这么婆婆妈妈的！”

“哼，急什么，反正是我赢。到时候你给我管好你那些小弟，不许他们对小春儿出手！之前那帮欺负他的人肯定也是你指示的吧。”

“这是我和你的对决，关于小日本儿的条件我可没必要答应。”

“什么没必要答应！小春儿可是我的兄弟，你如果不答应，我也只好拖着你再留一级了。”

两人互相瞪着眼，气氛越来越凝重，最后董巍先让步，说道，“行，就这么定了。”

刘帅和董巍下下周的周日四点要在小花园对决。我听清楚了这一段，躺在床上静静思考，得想法阻止他们。还有，只要收拾掉董巍一个人，那些无缘无故的攻击也会消停吧。想到这里，我突然轻松了许多。

赵亮和王恒回到了寝室。今天晚上的赵亮格外沉默，任乐乐察觉到了这一点，问道，

“咋了赵亮，每次一到星期五你就特别疯，今儿怎么这么安静呢？真不像你啊。”

“才，才没有呢。”

“你每天晚上都上马志鹏屋干啥去了？”

“没啥啊，就唠唠嗑。”

齐家豪听见后说，

“这么说来，那晚之后马志鹏就没怎么着小春儿了吧，最近那小子也挺本分的。”

“嗯，这么说来也是。也许他也终于学会顾忌一下别人的感受了吧。”

王源在床上拿着牛奶说。

整个对话中，只有我和赵亮尴尬地沉默着。

七

到了下一周，刘帅不在的学校果然还是有些冷清的。不过，相对的，董巍也不在，这多少让我放下了一点心。这周大概能风平浪静地度过吧。

但是，无论是在教室还是食堂，只要是班集体一起行动的时候，我总能感受到马志鹏那充满敌意的目光。而且，不光充满敌意，好

像还在盘算着什么一样。每每和他对上视线，或擦身而过，我都会觉得后背一凉。我竟然忘了，忘了最讨厌自己的人是和我在一个集体里总是在我身边的人！次和刘帅一起打架的时候,他和赵亮不同，他可是半点儿犹豫都没有就狠狠揍过来的。

上课的内容还是照样听不懂，班里虽然没有折腾我的人了，但也没有人主动跟我说话。而且，最可悲又可笑的是，我自己居然也习惯了这种气氛。

星期一，在走去食堂的路上，那个帮董巍叫了我两次的男生突然插进我们班的队伍里，又塞了一张小纸条给我。

“今天晚饭后，到教室后面的小花园来。”

晚饭后，我按纸条上写的来到了小花园。我一直在思考能不能在董巍和刘帅不在的时候想点办法。

但现在，虽然他们的头头不在，可那阵势丝毫没有缓和，而在他们正中的，居然是马志鹏。

“李春，因为你，我们大哥受了停学处分，你可真能干啊！”

马志鹏说。这群人里没有赵亮，剩下几个都和前几次一样是六班的老面孔。我想到了刘帅，心里多了几分勇气。

“马志鹏，我没关系，但是你们不要再打刘帅了。”

“啥？再怎么说都是你把他卷进来的吧。我们只有一个要求,你，滚回日本。只要你不滚，这个学校就没啥太平可说的。”

董巍不在的时候，马志鹏充当了这群人的老大。这架势，好像下一秒就要开打了。

“不，不行，我不能回日本。好不容易来了中国。我想和大家做朋友。”

我说的话好像都在颤抖。

“你能不能成熟点儿。如果你再在这个学校待下去的话，我们可就要动真格的啦！下星期天四点，魏哥和刘帅要在这儿决斗。不管魏哥怎么说，我们哥儿几个就是要好好治治刘帅那臭小子。下一个就是你！李春，我们可是想好了招儿要对付你。”

说完他们就走了，我一句反驳的话都说不出。我很不甘心，我也不允许他在刘帅和董巍对决时搅浑水。

第二天，我和齐家豪还有王源在走廊上走着，有几个其他班的学生突然就向我们骂过来，

“臭汉奸！”

我并没听懂他们说了什么，但身边两个人的沉默，让我明白那句话是对他们喊的。

从那天起，齐家豪、王源、任乐乐在班里也被孤立了。无论是在课间还是在食堂，或是在排队的时候，没有一个人跟他们说话，而且他们几个自己看起来也无精打采。

最后我不得不相信他们因为我而被孤立的事实，但同时却还天真地希望，这一切只是我的错觉。

可是，一天天，他们越来越没精神。在寝室里我还是会和他们聊天，但除此之外我尽量避免和他们一起行动。

晚饭后的自由时间，我依然趴在桌子上自学着小学二年级的汉字。最近怎么学都学不进，一不留神眼睛就向篮球架瞟去。篮球场

上，六班那些总是找我麻烦的人和马志鹏在打球，真羡慕他们能无忧无虑地玩耍啊。

那天晚上熄灯后，我还是没忍住，对齐家豪、王源，还有任乐乐问道，

“你们三个，最近都没精神啊。”

马上，任乐乐回答道，

“是吗？我没觉得啊，你们俩呢？”

“我们也没事儿啊。大概最近功课有点儿紧吧。”

王源说。然后齐家豪又补充道，

“就是，小春儿，你就别担心我们了。你才是呢，已经习惯这儿了吗？”

三个人明显都在撒谎，但我也没有追问。

我也越来越扛不住了。周一被六班的人叫出去以后，找我麻烦的人就越来越多，而且大有愈演愈烈之势。在我走路的时候向我砸球，或者用水枪射我，要不就是在我桌子里塞很多垃圾，或者在桌子上贴“去死、日本鬼子”“滚回去”的小纸条……每次我看见了，都迅速地把这些清理掉，装作什么事都没有，镇静地坐下。不要屈服，不要冲动，不要退缩，不要反抗，不要逃避，不要动怒……我提心吊胆地过着每一天。每晚都在反复思考有没有破解这个窘境的方法，然后在浑浑噩噩地睡去，日复一日。

终于到了这周要住校的最后一天。每周只有回家才能洗澡。我挠了挠头，瞬间大量的白色粉末像下雪一样，洋洋洒洒地落了下来，我突然觉得身上到处都很痒。

吃中饭的时候,，马志鹏拿着空盆放到我面前，

“小日本儿，没饭了，去给我们拿来。”

周围同情的目光越来越多。

“最近马志鹏有点儿过分呐”“就算是日本人也怪可怜的”……窸窸窣窣，都是同情我的声音，但没有一个人敢站起来制止马志鹏。

“叫你去你就快去啊！”

不理会周围的反应，马志鹏嚣张地喊道。我偷偷观察了一下四周的反应，猛地站了起来，对他说，

“你自己去！”

大家都以为自己耳朵出了问题。

就在我喊出来的下一秒，“咚”的一下，马志鹏狠狠地踹了我一脚，我没站稳，身子重重地向饭桌倒了过去，叮铃桄榔瓢盆撒了一地。

“你跟谁说话呢！”

马志鹏瞪着我，我也瞪了回去。

“跟你！”

我站起来继续冲他吼道。听到骚乱的王老师很快就赶来了。食堂二层所有学生都在看着我们，其他班的老师，还有食堂的工作人员也都把头转了过来。

“你们两个！公共场合捣什么乱！马上给我去办公室前站好！”

王老师生气地说。马志鹏只好松开了手。

我和马志鹏站在办公室。

“好，马志鹏，就从你说起吧。”

王老师回到办公室，开始询问事情的前因后果。

“刚才已经从其他同学那里听说了。你为什么要让小春儿去打饭？”

王老师看着他，表情严肃。

“你讨厌小春儿什么？”

“全部。”

“就是因为讨厌才做那样的事的？”

“对。”

“你讨厌小春儿的话，小春儿也会讨厌你的。你们不能做朋友吗？”

马志鹏吸了口气继续说，

“我不想和日本人好。”

听了他的话，王老师叹了口气，说。

“但是，小春儿既然来了我们班，你就必须和他好好相处。不能因为你的任性给班集体抹黑。特别是，你作为体育委员，应该肩负起管理班级的责任，要有自觉。下次再这样，我就要换别人当体育委员了。”

听到这句，马志鹏一下子泄了气。

“回去后给我写八百字的检讨书。这次就先算了，还好值周生不在。我可警告过你了啊，行了，先回去吧。”

王老师说完，马志鹏就出去了，临走前还不忘恶狠狠地瞪我一眼。

“小春儿，现在轮到你了。”

不知道为什么，王老师从别的地方开始说起。

“跟不上。”

我战战兢兢地回答。

“哎，也是情有可原的。汉字学了多少了？”

“二年级的三百字左右。”

“要加快点速度啊。不记牢小学生要学的汉字，其他什么都干不了。”

王老师的眼神特别温柔。

“小春儿，你觉得马志鹏怎么样？”

“我想和他做朋友。”

听到我这么说，王老师更加温柔地笑了笑。

“对，如果能做朋友就好了。虽然马志鹏看起来有点儿凶，但是他比谁都在意班集体的事儿，虽然有时候有点儿不得道……要好好跟他相处，知道了吗？”

“知道了，谢谢老师。”

“还有，你和赵亮关系好吗？”

“嗯，好。”

我并没有料到王老师会问这个问题。

“嗯，老师只告诉你一个人啊。其实都是赵亮告诉老师的，刚才的事儿也是，我还听说马志鹏总是欺负你？没事儿吧？”

我很意外。

“我没事。老师，你也不要告诉别人赵亮的事，好不好？”

我说完，王老师就笑了，答道“当然”。

那天晚上，我一回到寝室就看到了一个触目惊心的东西。

窗上贴着日本国旗，中间红色太阳的部分被大大地画了一个叉。不仅如此，国旗上还写着“去死”“滚回去”“日本鬼子”等等刺眼的字，甚至还指名道姓地写着“李春”。

比我先回寝室没一会儿的齐家豪他们，慌慌张张地想要处理掉这东西，但没来得及。齐家豪、王源、任乐乐，还有王恒都藏不住心中的为难。

“大家，对不起。”

一片寂静。还是任乐乐先打破了这气氛，道，

“小春儿，没事儿，别往心上去。”

“就、就是啊，小春儿。我们都是小春儿的伙伴，干这种事的人，别管他们就行了”

王源也鼓励我道。

但是，到底是谁干的，大家都心知肚明，只是嘴上不说罢了。

“谢谢大家。”

我说完，沉默地出了寝室。

想躲起来，却不知往哪儿逃。

我觉得身体不舒服，上厕所时才发现，自己的尿里掺杂着血。我很害怕，简直要哭了出来。

我只能在宿舍大门边的凳子上坐下，一直吹着门口的风，直到熄灯的铃声响起。

八

一到大爷家，我就扑倒在自己床上睡着了。

醒来时，家里的灯都已经关了，一切都陷入一片沉寂之中。我觉得很渴，便起身向厨房走去。打开灯，桌子上还放着四个大娘做的菜。我尽量不发出声音，也没放微波炉里热一下，将就着就吃了。大概是听到了动静，大爷从卧室里走了出来。

“小春儿，没事吧？在学校发生什么了吗？”

大爷话里还带着点睡意。

“没有。对不起，吵醒您了。”

“没事儿，我起来撒尿的。小春儿，你在学校拉出屎了吗？”

“嗯，已经没事了。”

我有些不好意思。

“刚才你在睡的时候，你妈打电话来了，说大概下星期周末会来这儿吧。”

“真的？！”

好像死而复苏一般，我浑身一震。

“嗯，下周完了就是国庆节了，学校也会放十天假吧。”

“真的吗？”

我不知道还会有长假，这个通知更是让我觉得好像浑身上下的枷锁都被卸掉了一样。

“妈妈住哪儿？”

“大概住酒店吧。到时候你就跟你妈一起好好休息休息。行了，我回屋睡了。吃完东西记得刷牙。”

说着，大爷就回卧室了。

我突然觉得不累了，开心得不行。

终于迎来了刘帅和董巍决斗的日子。学校角落里立着的钟马上就要指向四点了。我和大爷说跟同学约好了一起学习，大爷便早早地送我回了学校。

走向小花园，我很快就发现了刘帅一个人坐在长椅上的身影。他浑身散发出的那股狠劲，我老远就感受到了。

“好久不见。”

我向他打了招呼，也不知为何真的有一种很久没见的感觉。

“哦，你怎么来了，快回去吧。”

刘帅虽然嘴上这么说着，可看上去却有点开心。

“刘帅，如果董巍不是一个人，我也打。”

我已经在心底下好决心。

“我一个人就够了。”

刘帅冲我笑了笑。

然后又有两个男生向我们气喘吁吁地跑了过来。

“你们，怎么连你们也来了。”

“你上次说了要带我们的啊！我们也想给你加把劲呐！”

“小犊子！还给不给我面子了！今天是我一个人……”

“才不是呢！董巍那混蛋不会一个人来的！”

刘帅的小弟打断他说。我们朝校门看过去，大约 20 人黑压压地正在向我们逼近。董巍带着他六班的学生，还有马志鹏。

“王八羔子……”

刘帅咬着腮帮子蹦出几个字儿来。

没一会儿，大约二十多个人就走到了我们跟前。一直坐着的刘帅站了起来，

“董巍，话可不是这么说的啊。”

董巍带着胜利者的表情，不怀好意地笑着说，

“那真是对不住啊，但是他们可不是我带来的，也许这就是所谓的声望吧。你不也是带了人来的么？”

“抱歉，看来我也是有声望的人呐。”

刘帅冷笑道。

两个人都向炸毛的猫,已经进入了战斗模式。董巍扫了我一眼，说，

“你还真是声望高啊！但是我们的约定就是约定，我和你一打一，剩下的人就让他们看着吧。”

董巍旁边的马志鹏恶狠狠地盯着我，仿佛要把我撕碎。

刘帅一拳打在董巍脸上。董巍虽然后退了一步，却硬生生地顶住了那一拳。刘帅率先开打后，马志鹏也一个突然冲上来对着我就打。紧接着，跟着马志鹏，剩下的人也都向我涌来。

小花园的一头，刘帅和董巍一攻一防打得不可开交；而小花园正中，人潮涌动，打得一片混论。

比起失去自己的位置，我更想在这场群架中找到自己的位置。我不会被他们打倒，不顾一切挥舞拳头，时不时地还听见刘帅的吼叫。

和我一起奋战的刘帅的一个小弟倒下了,然后所有人都扑向他，对他一顿乱踹。看到自己弟兄被放倒，另一人想要上去帮忙，却不想被钻了空子，一下也被踢翻在地。那群人对着两个倒地的人使劲踹了一阵，然后便转移战线，一齐向我冲来。等我回过神来，我已

经不再还手了，不，是根本无力还手了。我双手抱头，拼命抵挡住众人的拳打脚踢，没一会儿我也倒在了地上，可他们却一点儿都没有停手的意思。

渐渐地我的意识模糊了，连自己现在正在被群殴都快忘记了，可身上的痛却越来越真实。我看了一眼旁边，刚才倒下的刘帅的小弟们已经不在攻击范围之内了。慢慢地我连睁眼都觉得吃力，意识越来越模糊,却仍挣扎着往刘帅那边看了一眼。或许我是想求助吧。但是，事与愿违，我看到的竟是抱着肚子倒在地上的刘帅。他身旁站着董巍，俯下身来在他耳边说着什么，手里拿着的居然是一根铁棒！

董巍缓缓地朝我这边走来，那些对我的拳打脚踢也终于停了下来。随着董巍越走越近，我渐渐地想要放弃了，放弃挣扎，放弃呼吸。董巍走到我跟前，吸了口气，道，

“下一个就是你。”

然后，董巍带着他的一大帮人扬长而去。临走前，马志鹏还不忘回过头来对我冷笑了一下。

疲惫的身体，千疮百孔的心。我趴在自己的课桌上，教室里只有没几个人。

“小春儿，没事儿吧？”

第一次有女生跟我说话。黑色的短发，清明的凤眼。

“嗯，没、没事儿……谢谢。你叫……”

我心中有一丝触动，一边用手遮着半边受伤的脸，一边和她说话。

“时一婷。”

这个女生毫不犹豫地告诉了我她的名字。

“时一婷。谢谢”

她看了我的脸。

“脸上的伤，没事儿吧？”

“嗯，没、没事儿。谢谢。”

时一婷大大的叹了一口气。她说话的语气仿佛电视剧里出现的那种良家妇女。

“你肯定可不容易了吧。明明是日本人却来中国的学校。为啥来中国呀？”

“我姥姥是在中国长大的，我也想学中文。你是，语文课代表吧？”

时一婷笑了。

“嗯，对啊。你记得啊。”

“嗯，经常看见你和王老师在一起。你还收大家的作业。”

“眼真尖，嘻嘻。我觉得你很厉害。”

“谢谢。为什么？”

“你是日本人，肯定有很多困难的事儿，可你每天还是很努力，所以我觉得你厉害。”

“嘿嘿，谢谢。”

我坦率地表达了我的高兴，不过脸却比刚才更红了。

“有啥困难就跟我说啊，我教你学习。啊，不过，人多的时候不太好，还有，马志鹏在的时候也是……”

我听她这么一说，心里不免有些失落。

下午六点多，教室里的人渐渐多了起来。一周里，现在是最热闹的时候。我一直在思考，不是打到董巍的方法，而是让董巍和刘帅和解的方法。刚才看到董巍他们离开的背影，我不可思议地居然想和他们做朋友。我没什么自信，不过却总觉得我能找到一个突破口。

回到寝室后我也一直在思考。熄灯铃响的时候赵亮回寝室了。他看了我一眼，小声地说了一句，

“对不起，小春儿。”

我大概明白了赵亮也身处不易之地，微笑着回答道，

“没事儿。”

我明白，赵亮并不是自愿待在那个圈子里的。我也理解，他不得不和马志鹏好好相处的心情。在日本时候的我和现在的赵亮很像，总是躲在巨大的影子下，虽然不是出于本心却还是跟着大家一起欺负弱者，虽然于心不忍却又无能为力。在一个集体中，我总是表现得很隐忍,从来没有流露出一点同情。虽然不开心却表现得很开心，虽然想伸手援救但却没有伸手。可是现在,我觉得我慢慢儿成长了。

午饭后，我还是回到教室自习汉字。可是周围却格外吵闹。突然，一堆人熙熙攘攘大约三十个，在楼下举着一张海报大的纸，边走还边喊着什么口号。走在最先面的，就是董巍和马志鹏。在外面玩的学生都停了下来，在教室里的也都趴着窗户。他们一边喊着口号，一边缓慢地走着，加入他们的学生也随着队列的行进越来越多。简直就像游行一样！

“把日本鬼子赶出去！”

他们异口同声喊着这句口号。手上拿着的那张巨大的纸上用粗体写着，

“赶走日本鬼子”。

凑热闹加入队伍的学生还在增加。

看着眼前这幅光景，我觉得自己的存在好渺小，好像马上要不属于这里了。

“那群混蛋……”任乐乐忍不住骂道。

可是，我们什么也做不了，只能看着游行的队伍壮大起来，一下子就聚集了将近一百多人，一步一步向教学楼逼近。就在他们要走进教学楼的时候，老师终于慌慌张张地赶到了。

“你们这些人！在干什么呢！马上都给我散了！”

“全部退学！”

一帮人听见老师的话，马上像蒲公英一样散了。只有最核心的几个人，不介意违反校规，坚持声张自己的正义。我在远处躲在柱子后面看着这一切。

不理会老师的话，那些人还是想要冲进教学楼。

“谁领头的啊！说！小孩子别学什么游行！”

然后，董巍喊道，

“我们可不是小孩子了！我们只是在做中国人应该做的事！”

“别在那儿不懂装懂！净给中国人丢脸！”

“丢脸？这难道不是发自内心的爱国行为吗！学校应该收小日本儿吗？教我们历史的老师怎么能让学校收小日本儿呢！”

两位老师互相看了一眼。

“你在说小春儿吧……他跟这事儿没关系！谁都有学习的权利！还有什么要说的跟我上办公室说去！现在，这儿的人全部给我解散！我可都记住你们的脸了啊，再不散了就给你们班扣分，还要挨个儿罚你们！马上散了！”

董巍眼神毫不动摇，老师都觉得惊讶了。

“好啊！现在留在这儿的人就是这次的主谋是吧！”

“是，刚散了的都是些没觉悟的胆小鬼！我们可是认真的！”

“到办公室来！”

在这德强小学，不，全哈尔滨的小学中都前所未闻的小学生校园内游行事件，在演变成惊天动地的大骚乱之前，就被遏制住了。但是，最令人吃惊的还是，给董巍、马志鹏的处分居然只是留校观察一个月而已，最大的处分也不过是给五班六班扣了分。

那天晚上，因为赵亮怕热，寝室的窗又被打开了。白天的骚动在大家心里激起的波澜还未平静。不过现在，大家都已经躺进了自己的被窝。夜里的风不知何时已经变得刺骨地凉了，大家似乎都已经熟睡，而我却还在想事情。

“小春儿，对不起。”

赵亮好像发现我还没睡，小声地说道。

“没事儿，赵亮不要紧吗？”

“我没事儿，谢谢你。那个，我是代马志鹏道歉的，白天那事儿也是他向董巍提议的。我太胆小了，悄悄躲起来了，真是丢人。”

我没出声，静静地听赵亮把话说完。

“我是在办公室门口听到的，马志鹏他们说，如果学校敢让他们停学或退学的话，他们就要告诉学校外边儿的人，说这个学校里在教错误的历史。中国的老师当然不会因为这点事儿就怕了他们，但这回，好像学校方面也能理解马志鹏他们这么做的原因，所以就想大事化小。”

我瞠目结舌，不知该回答什么才好。

“所以,学校居然,居然打算让小春儿停学,来稳定学校的秩序。”

我脑子有点混乱。但或许这样更好。一瞬间，我心里某处因为有了正当的逃避理由而松了一口气。

“但是，王老师极力反对。她说这太没道理了，她一直在强调小春儿是个好学生。”

“这样啊，这就是这次的结果啊。”

“我也不想这样的……小春儿，虽然我说有点儿那什么，但，你要加油啊……好好在这学校待下去。”

“嗯，谢谢你，赵亮。”

那天晚上，我脑子里全是事儿。

第二天课间，我一个人来到了六班门口，刚好有一个男生从里面出来。我记得他，他也是当时群殴我的那群人中的一个，但我还是拜托他帮我叫一下董巍。董巍看到了，在教室里对我竖了中指。

那天晚上也是，第二天也是，我每天一有空就往董巍那边跑。每次都会挨打，毫不留情地被拒绝，但我还是不肯放弃。我已经不再介意周围的眼光，每次被别人侮辱的时候，我的脑海里总是会浮现出刘帅的身影，他站在对手面前那无所畏惧的身影。就像刘帅几次搭救自己一样，我也想报答刘帅。如果打架就是刘帅替朋友出头的方式的话，我也想用我的方式帮刘帅一次。

星期五晚上，吃完晚饭后，我看见董巍在打篮球，于是又跑到他身边。

“求你了，听我把话说完。”

董巍重重地把球扔到地上，向我走来。

“你烦不烦呐！这周已经闹够了吧，等放完假回来看我怎么收拾你！这周我很忙！”

董巍好像根本没把我放眼里,挥手让我走开。我捡起地上的球，缠着他。

“董巍，我也喜欢打篮球！放假回来的星期天晚上，还是早点回学校，我和你打篮球！我们用篮球决斗！”

我低下头向他拜托道。一瞬间,谁都没有说话。董巍叹了口气，笑了。

“哈哈哈！行，打就打！不过你能叫起五人吗？”

“不，就我和你，一对一！”

“啥？你要和我一对一？你会打篮球吗？哈哈哈！我该问，你会运动吗？别逗我了。”

“会！求你！跟我比！”

我拼命地低下头一再向他乞求道。

“哼，行，但如果你输了，就乖乖从这个学校里滚出去。”

“好。”

我回答的很干脆。董巍抢走了我捡起的球，突然好像雨过天晴一样，他爽朗地笑了。

“你还是挺有骨气的，我也不得不满足一次你的愿望了。虽然不可能，但万一你赢了，你想怎么样？”

“如果我赢了，你能不能和刘帅和好？”

董巍的表情突然暗了下来。

“哼，能不能跟他和好再说，不过，行，就按你说的。”

那天晚上，我心里又兴奋又不安，五味交杂。

只要熬过今天上午的课，就能见到妈妈了！然后还有一整个星期的假期！周六上午的课上，我比所有等着下课铃声的同学们都要激动。

叮铃铃铃铃铃……终于，最后一节课的下课铃响了。在王老师布置了一大堆作业后，同学们都飞奔出教室。我正在收拾书包，齐家豪、王源、任乐乐走到我身边。任乐乐说，

“小春儿，长假打算干啥呢？”

我忍不住兴奋，笑着答道，

“我妈妈从日本来看我，所以和妈妈一起过长假。”

哇，真好啊，小春儿，可以见到妈妈了，好好玩儿啊。三人都在替我高兴，他们兴高采烈地讨论着，说出的都是我心中所想的。

一个长头发的女性敲了敲门走了进来。一见到她，我就忍不住咧嘴笑了。

“老师您好，小春儿受您照顾了。”

妈妈像日本人一样向王老师问好。

“请问您是？”

王老师从讲台走下来。

“我是小春儿的妈妈。这次我们家小春儿真是给您添麻烦了。”

妈妈在和老师打完招呼之后，满面笑容地向我招了招手。

“好久不见了啊，小春儿。”

三个月没见到妈妈，我现在就好像被温暖的棉被包裹着一样。

“啊，是小春儿的妈妈啊！您从日本来的？”

“对，昨天晚上到的。这个，也不是什么特别贵重的东西，您不嫌弃的话就收下吧。”

妈妈说着把从日本带来的礼物递给王老师。王老师百般推脱，最后还是收下了。

“稍微想和您唠唠嗑，行不？”

妈妈说。

“嗯，但是一会儿班车就要出发了……”

“如果不介意的话，坐我们家车回去吧。就想跟您谈一谈，小春儿的事儿……”

两人说着，就在教室前排空着的座位上坐下了。我很开心。她们俩表情很柔和，时不时的还微笑。我放心了。

我一直在教室里无所事事，一会儿又装作学习，不停地想偷听她俩的谈话。

九

大爷家附近的宾馆里，我哼着歌冲着澡。

我从浴室里出来后，妈妈对我说，

“来，小春儿，跟妈妈说说话吧。”

“哦，说什么呢？”

我有点不好意思地在妈妈身边坐下。

虽然有很对话想跟妈妈说，但是现在我只是觉得很安心。一要张口，积蓄的思念就涌了上来。

“小春儿，你已经很努力了。”

妈妈什么都没有问，只是轻轻抚摸着我的头。就是这一句话，将我全部包围，让我有了想哭的冲动。到哈尔滨来的这三个月，仅仅一个月的住校生活，都在这一瞬间好似梦一场。仔细回想的话，应该还是场噩梦。也就是在这个瞬间，我无比怀念日本的生活。虽然怀念，却同时在想，会不会那也只是一个漫长的梦而已。我听了妈妈的这句话，突然有些分不清自己现在在哪儿。可明明忘了身处何地，此时此刻这个地方却让我莫名地安心。心开始颤抖，一直抹杀的情感好像就要刺破心脏蔓延到全身。我想要对妈妈说,我没事，可就如从坏掉的水龙头里倾泻而出的水一样，涌出的情绪怎么也关不上。嘴唇在颤抖，就算我的嘴想要告诉妈妈，我没事，我的心却百般阻挠。喘不上气，我连一个词都说不出来。而妈妈，只是抚摸着我的头，一言不发。有一行泪不小心从眼里滚落，然后像打开了闸门一样，无数行眼泪滑落。我无法恢复镇静也无法停止哭泣，只能任由泪水冲刷时间，把我带向平静的港口。不应该是这样的，与我设想的完全相反，我的眼泪毫无隐瞒地向妈妈诉说着一切。我再也坐不住，从妈妈身边逃离，扑到床上一头埋进枕头里，双手紧紧揪着床单，用头砸着枕头，大喊大叫，所有情绪都随着泪水一涌而出。而妈妈只是拍着我，不停地说“你很努力了”“没关系”。

也不知道持续了多久，我终于渐渐平静下来，回过神来我才发现妈妈的眼眶也湿润了。她微笑着说，

“小春儿，如果在这儿太辛苦，就回日本来吧。”

我没有回答，反复调整呼吸后，用日语向妈妈问道，

“妈妈，我是……日本人，还是中国人？”

妈妈轻轻地告诉我，

“这就要小春儿自己决定了。就算现在不明白，就算别人在你耳边说三道四，总有一天你会找到答案的。现在也许很累，但你只要做你自己就够了。”

妈妈的这番话是用中文说的，我也明白了，到这儿后一直苦恼的事情，暂时还没有答案。

“妈妈，你觉得自己是哪里人？”

“说实话，妈妈觉得自己是中国人。”

“为什么？”

我有一些失望。

“你看，妈妈从小在中国长大，和你爸也是在哈尔滨认识的，大多数朋友也是中国人。大概，妈妈已经改不掉中国人的习惯了。”

妈妈用日文混着中文说道。

“不管你实际的国籍是什么，居住时间最长的国家也不一定是你的祖国。可是，这也是妈妈自己做的决定。小春儿在日本出生，

在日本长大，也有很多的日本朋友，对吧？不过往后小春儿在中国也会有很多朋友，所以小春儿两边都有可能。”

“嗯……”

我在思考妈妈说的话。

“妈妈觉得，那和血缘没关系。”

“为什么？”

“因为，就算混着两个国家的血，小春儿还是一个堂堂正正的男子汉。无论你说什么话，有哪国的习惯，只要做自己就行了，以后肯定会碰见爱你的家人和朋友的。”

“我……怎么样才是做自己呢？”

“谁都会有苦恼或困惑的时候，但是其实真正的自己也就是在这个时候形成的。什么事情都乐观面对的人也有，不过也有人会不停地烦恼，然后思考，然后在遇见更多的人后，发现崭新的自己。没关系的，现在的小春儿就很棒。”

虽然妈妈这么告诉我，但我还是想知道自己到底是什么。不过无论如何，妈妈的一席话让我轻松不少。我对妈妈说起了在学校里认识的同学，还有打的唯一一次篮球，光挑了些愉快的事儿说，想让妈妈放心一点。妈妈听着我的话，不时露出欣慰的微笑。

“说起来，姥姥一直很担心小春儿呢，她可想见你了！”

“我也想见姥姥！姥姥还好吗？”

“嗯，还是那样。小春儿从小是姥姥带大的，不过应该不太清楚姥姥的事儿吧？”

“因为姥姥不太会日语啊。”

“所以小春儿要好好学中文，下次就可以跟姥姥全部用中文讲啦。”

“嗯……”

“那，妈妈先告诉你一些姥姥的事儿吧。”

“姥姥的事？”

“嗯，姥姥以前的故事。”

——三十年代，你姥姥还没出生的时候，她的父母和家人一起，住在一个叫海拉尔的地方。那儿当时也是被日本人侵略的地方。当时，姥姥的爸爸是海拉尔部队里的军人，战争结束后被苏连俘虏带走了。那时候你姥姥已经出生了，也就一岁那么大吧。姥姥他们在那儿已经住不下去了，不得不开始想法儿撤回日本。在那儿的日本人就团结起来，想要一起回日本。也没什么别的办法，总之大家先朝着港口的方向出发了，想在那儿坐船回日本。我也是听说的，那段路大概有两千多公里。大家一起步行、坐车，一个劲儿地只想着往港口的方向走。途中，有好几个同伴都饿死了，还有一些被苏连军给抓走了。当时姥姥还有兄弟姐妹在，就在路过哈尔滨的时候，姥姥的妈妈觉得再也没法儿带着只有两岁的姥姥走了，就把她托付给哈尔滨的一对夫妇。听说那对夫妇特别想要孩子，也真是幸运，他们都是特别善良的人。然后在跋涉到长春的时候，姥姥的妈妈再也没有力气走了，死在了长春。当时有很多像姥姥一样，被收为养子在哈尔滨长大的日本孤儿，在农村也有很多。不过，我听说收养孩子的大都是非常善良的中国夫妇。当然也有人是想要劳动力才收留孩子的，但他们还是像对亲生孩子一样照顾这些日本孩子。

被托付给养父母的姥姥，在那之后也受尽了苦难。因为中国在抗战胜利后，又和国民党对立起来，安定的生活还遥不可及。姥姥的养父是共产党的地下党员，然后有一天，就突然被国民党带走了，再也没回来过。后来姥姥的养母再婚，和一个非常有涵养的商人生活在一起。那个人对姥姥也非常好。不过这次是共产党，把他定为右翼分子，送进了监狱。共产党没收了他所有的财产。没过多久，姥姥的养母也得病突然死了。姥姥真正受苦是从那时候开始的。当时姥姥还只有十岁，失去养父母的她只能投奔养母的弟弟，在他们家劳作，来换得一个睡觉的地方。但是和养父母不一样，这家人特别讨厌身为日本人的姥姥。养母过世时留下了一些财产，但全都被她弟弟给霸占了。本来，那就是姥姥的东西，姥姥也可以要求他们还给她，但是姥姥什么都没说。不过，姥姥就是这样的人吧，不爱争，什么东西都可以让给别人，一直都是这样的。

然后在养母弟弟的家里，姥姥受尽委屈。打扫呀做饭呀都是姥姥做的，甚至他们还会半夜把姥姥叫起来去买东西。大冬天的让姥姥一个人去松花江边洗全家的衣服，手指全都冻伤了……

再然后，在陪朋友见对象的时候，姥姥碰见了她的那个人，就是现在已经不在了的，你的姥爷。你姥爷也是陪朋友来相对象的，对你姥姥一见钟情。然后两个人就熟络起来，后来就结婚了，生了我们。

当时虽然内战已经结束了，但大家的生活还是很贫困，不过就算贫困，每一天都快快乐乐的。那个时候的哈尔滨热闹极了，充满活力，大家都在拼命劳动。我还小的时候，姥姥在供销社的蔬菜摊上做事儿，姥爷是个司机。当时粮食可宝贵了，国家会分配给每家玉米呀高粱、大豆这样的杂粮，也会分配大米、面粉、油，但是根本不够。有老人的家庭可以多分到一些杂粮，但还是不顶用。菜什么的就更别说了，一点儿都没有，那时候我们还经常把杂粮和小麦粉混在一起吃呢。我们小时候也会砍砍柴，干些家务。端午节的时候姥姥会奢侈一下给我们买点儿鸡蛋，真是再也没吃过那么好吃的鸡蛋了。小孩子把煮熟的鸡蛋扔来扔去玩，也就是那个时候特别开心。中秋的时候还会买两个月饼，几个孩子一起分着吃。那个时候也没什么贫富差距，和邻居的关系都特别好。国家会根据一个地方住的家庭或人数发粮票、肉票、布票，去取那些票的是每个地方的队长。队长拿了票后就会发给这一带住的人。每次到了发票的时候，队长都会把那一带人的户口本儿收上来，当时因为你姥姥人缘好，一直都是队长。姥姥一直都想着怎么把大家团结在一起，但是忙不过来的时候，姥姥也会让我去发粮票，那时候我还是小学生呢。那就是个邻里间互相尊重信赖，户口本儿都可以让小孩子保管的和平年代。大家虽然都很穷，但都很快乐。邻居家有点儿什么事儿，大家都会齐心协力帮忙；要是有喜事儿，那都是像庆祝自己家一样大家一起敲锣打鼓的。那时候的人们呀，一点儿猜疑心都没有，根本不会去嫉妒别人什么。

还有啊，那个时候的哈尔滨可美了。没有什么高楼大厦，但是素朴的街道很容易把大家的心连结在一起。你爸当时是个淘气鬼，随便溜进人家院子里偷点果子，经常被逮住臭骂一顿，但和谁都处得很好。还有现在脏得不能游泳的松花江，以前一到夏天你爸每天早上都在那儿游泳。抓上来的虾啊鱼啊，都可好吃了。我们也会在那儿洗衣服，也在那儿洗过澡。那时候的水真清啊。我们家兄弟几个也经常一起在那儿玩耍。后来也和你爸两个人，他骑车载着我，在江边约会。那真是忘不了的好时光呀。

然后有一天，姥爷对姥姥说，要不要给日本领事馆送封信。姥姥一开始不同意，不过周围的人也都劝她说，这样连亲生父母都不知道地过下去，也许有一天会后悔。于是，姥姥就向日本领事馆提交了自己的照片还有自己一些情况。之后日本领事馆就把这些内容都登在日本的报纸上。那时候日本的报纸上有一页，专门用来登像姥姥这样被留在中国的孤儿的信息。几个月后，姥姥的爸爸看到那个报纸，给姥姥来信儿了。那时候姥姥的爸爸已经被苏联释放回到日本了。也许是看到姥姥的照片，感受到了什么，他很快就和领事馆取得联系，然后就和姥姥开始信件往来。当时帮忙翻译的，就是你爷爷。一开始很不乐意，但大家都劝他说，这也是替人解难，他最后也终于同意帮姥姥翻译了。不过那时他复杂的表情，我至今都记得可清楚了。

然后 83 年，姥姥的爸爸，还有其他寻亲的日本人一起，组团到了哈尔滨。那是懂事后姥姥第一次见到自己的亲生父亲。当时是在华侨饭店，姥姥的爸爸带着姥姥的兄弟姐妹一起来了。当时我们周围的所有邻居啊朋友啊，都像有什么大喜事一样，和我们一起庆祝亲人的重聚。为了好好接待他们，大家都请了假，一起凑钱，弄了些平时根本吃不到的东西招待他们。你爸召集了所有叫得上名儿的朋友，甚至借了一辆车带着他们在哈尔滨转悠。还借到了船，在松花江上也观光了一回。那真的是我们长那么大，最大的一次庆祝活动了。

不过在那之后,姥姥因为见到了自己的亲生父亲还有兄弟姐妹，每一天都愁眉苦脸的。应该留在哈尔滨，还是回日本，她下不了决心。姥姥和她爸爸虽然语言不通，但是心中肯定有什么羁绊将他们紧紧地联系在一起。虽然无法说出口，可一个眼神就能传递彼此这么多年来所受的苦。

84 年，姥姥参加了“残留孤儿访日寻亲团”，她是第四批访日的战争遗孤。从日本回来的姥姥给我们带了一辆自行车作为礼物。从没见过那么好看的自行车，我们看到那车，都对日本充满了向往。我一直很宝贝那辆车，然后就萌发了一种想去日本看看的念头。我的弟弟妹妹也都是这么想的，对日本憧憬的很。我和妹妹在那之后就到黑龙江大学日语系学了一年日语。

85 年 12 月，日本政府同意我们入籍了，那时候也同意了姥姥的家人跟她一起回日本。姥姥和未满十八岁的弟弟由政府出资，我和妹妹自费，我们拿到了三个月的探亲签证。然后在日本机场再次见到自己父亲时,姥姥流了很多泪。大概这次终于可以得到回报了，姥姥如释重负，这么多年一个人扛过来的东西终于可以放下了。那时候的姥姥，带着家人，也许正期待着日本的生活呢。我们几个也渐渐地开始想象起在日本过下去的情景。但是，因为我们生长在哈尔滨，所以心里考虑的，还是在日本学了日语之后，再回哈尔滨工作。不过，现实狠狠地打击了我们天真的期待。当时，我们和姥姥都还是中国国籍，日本政府只同意我们在日本滞留三个月。我们想留在日本但是，我们在日本的亲戚想的却和我们正相反，他们希望我们回到哈尔滨去。也许是因为当初他们访问时我们的欢迎太隆重了，他们觉得我们在哈尔滨过得很富裕。他们告诉我们，我们留在日本，只会成为负担。可我们呢，我们那时只是想表现得好客一点，才四处凑钱好好招待他们的，谁知到事与愿违。也不是说是为了能到日本生活才这么做的，我们只是真心欢迎他们。被自己的血亲弃之不顾，姥姥从那时开始每日沉浸在悲伤之中。而我们小辈儿的，为了帮不会日语的姥姥传达心意，一直用破碎的日语和他们软磨硬泡。那时候我爸大概是觉得很对不住他们，主动提出要自己一个人回哈尔滨。跨越时间的阻隔好不容易系到一起的亲情，到了这一步眼看着又要断了。我都要觉得自己学日语就是为了这艰难的一天似的，一直向他们苦苦哀求。我们当时一心就只想留在日本。姥姥应该是最痛苦的，整日以泪洗面。不过，也许是我们的哀求终于打动了他们的心，有一天姥姥的哥哥带着她去申请了日本护照。在户籍上姥姥已经是死去的人了，不过因为有了归国证明，很快她就拿到了日本国籍。也多亏如此，我们总算是可以留在日本了，可日本的亲戚那儿已经没有我们的容身之处了。

就在那时，和姥姥一起参加“残留孤儿访日寻亲团”第四期的一位姓郝的奶奶，告诉我们她已经顺利拿到日本国籍，留在自己亲人身边了。她介绍我们认识了“中国归国者自立支援教会”的代表泷田。当时我学日语的黑龙江大学日语系就是泷田先生创办的。他给我们提供了县营住宅，就在福岛县郡山市。然后 86 年，我们就从亲人所在的仙台搬到了福岛。就在那儿，我和我妹妹一边学日语一边打工，总算开始了新生活。这也是泷田先生一手帮我们安排的。这样的生活持续了一年左右，87 年，我和妹妹回了一趟哈尔滨，各自结了婚，然后你爸也跟我们一起来了郡山市。我们大家都在外打工，姥姥就每天在家里给全家人准备好伙食。但是，大概是积劳成疾，姥姥突然生病住院了。这时，一位在仙台时参加残留孤儿集会认识的奶奶找到了我们，帮我们在仙台找到了工作，甚至连住的地方都给我们找好了。我们觉得一直麻烦泷田先生也不好，就全家一起再次搬回了仙台。我和你爸当时在干送报纸的活儿。虽然很辛苦，但每天都很快乐。在新的土地上，对未来怀着莫大的憧憬，我和你爸好像回到了刚认识那会儿，对新生活充满了热情。

然后有一天，我在报纸上看到东京的房地产公司在招女性职员。我想着如果能在东京工作，一家人一定能更幸福，就跑到东京面试。你爸担心我，不管三七二十一跟了过来。面试结果，我被录用了。公司提供了女员工宿舍，你爸当然是住不进来的。可我还是偷偷地让你爸住在那儿，两个人悄悄地开始了东京的生活。你爸爸很会交朋友，没多久就找着了新工作开始打工了。那时候可比现在好找工作多了。但是，这样的生活显然无法持续多久，没几天，大家就注意到你爸的存在了，我们马上被赶了出去。没办法，我们拜托一个也是残留孤儿的熟人做了担保人，好不容易租到了房子。

你爸工作可努力了。不过有一天我病倒了，没法儿工作，还有其他一些事儿。总之那时候净是困难事儿，不过最后我们都挺了过来。后来我在日语学校找到了工作，在那儿学会在日本工作应该掌握的所有基础。你爸爸也积累了一些人脉，开始自己创业了。等我们在东京的生活稳定下来，你姥姥就带着全家一起搬到了东京——

“之后的故事，你大概都知道吧？”

妈妈用中文讲了这一大段故事，有时候穿插点儿日语。我虽然还小，可是听着听着竟也感触颇深。

“姥姥可真不容易啊。”

这是我听完后说出的第一句话。

“对，别看她现在总是笑眯眯的，以前真的受了很多苦，你想都想不到。”

“好复杂啊，但是妈妈也很辛苦。现在没事了吗？”

“嗯，你看，现在完全没事儿了。大家都很幸福！”

“妈妈，我也会在哈尔滨努力的！”

“嗯，呵呵，妈妈好开心啊。对呀，你和我们也流着同样的血啊。没事儿的，小春儿一定能克服所有困难的，妈妈相信你！”

“嗯！”

第三章

契机——残留孤儿与养父母

十

放完国庆假的那个星期日，不到下午四点，我一个人来到学校的篮球场，在一旁的长椅上坐下，望着天，双眼放空。心情很清爽，与妈妈久别重逢，把我的犹豫、疑惑一扫而空。

就在我发呆的时候，三个女生向我走来。我眯着眼睛往那边望了望——是我们班的女生，其中一个是时一婷。她手上还抱着行李，走到我身边对我说，

“小春儿，你要和董巍比篮球吧？我们来给你加油了！”

她们的表情很温柔，就像食草动物一样。

“诶？谢、谢谢。可是，为什么？”

我虽然很高兴，却还是觉得奇怪。

“小事儿，别在意。你看她们也来给你加油了。”

时一婷说着，指了指了一旁的两个女生。我看向她们，她们也对我招招手，喊了一声“加油”。

“谢、谢谢。”

我有些不好意思。

没一会儿，齐家豪、王源、任乐乐，还有本来应该忙着学习的王恒也来了，大家看到时一婷都有些不可思议。

“小春儿，可别输了啊！”

任乐乐伸出拳头，给我打气。大家你一言我一语给了我很多鼓励，很久没有这么多人围在我身边了，我竟感动地眼泪都要出来了。

“谢谢大家。王恒也来了，真的谢谢你们！”

“怎么又说谢谢呢，省着吧！”

任乐乐笑着对我说。接着王恒也说，

“我也挺喜欢篮球的，今天心情好就来看看。”

我调整好心情，不远处董巍已经带着他的人来了。当然，马志鹏也在其中，还有赵亮。

“喂！马志鹏！你到底是哪班的人啊！”

时一婷看见马志鹏后，冲他喊道。

“我虽然是五班的人，但一直都和魏哥很要好。你们才是呢，要被那小日本儿骗到什么时候！”

“喂！你一声不吭在那儿瞅着，你不觉得你对小春儿太过分了吗！你说小春儿把你怎么着了？好好跟他做朋友不就结了吗！”

“哼，你们早晚会明白的，总有一天我要把他那假惺惺的面具给撕了！”

马志鹏瞪着我说道。然后，瞥到一旁表情难看的赵亮，时一婷更来气儿了。

“赵亮！你也是！你怎么也在他们那边！叛徒！你这个叛徒！”

赵亮被她说得一点儿还嘴的余地都没有。我看着这样的赵亮，向他微笑了一下，表示理解。而这时，董巍开口了，

“日本鬼子，别后悔啊！”

董巍一身运动装，脚上还穿了一双篮球鞋，显然也是有备而来的。我也早就做好了准备，就等他这一句话呢。我和董巍走进了球场，其他人都在场外自动站成两派，给我们加油。我热血沸腾。

“时间有的是，先进 10 球的算赢，进球的人发球，听懂了？你先来吧。”

我拿着球，从半场线开始进攻。我运球向右，董巍防守。我尽

力把他引到身边，贴身突然半个回转，轻而易举地绕到了他后面。董巍反应过来想要赶在我前面，但还是被我抢先一步。我一抬手，在董巍还离我半米远的时候，球进了。一瞬间，场外响起了为我欢呼的声音。而另一边，支持董巍的人都看呆了，回过神来才虚张声势地喊了喊“刚才是意外”“把日本鬼子打趴下”。

我抱着球回到半场线，董巍竟然对我笑了笑，

“抱歉，看来是我小看你了，接下来我可不会手软了！”

我虽然先发制人进了一球,却一点儿都没能松口气。那是因为，就在董巍防我的时候，我觉得有点不对劲。

我投入了十二分的精神在这场比赛中。我运球向篮框移动时，跟刚才一样，董巍上前防守。我察觉到董巍身体重心偏左，便想乘机从右穿过，我觉得我能行。就在这时，董巍那巨大的身躯毫不犹豫地撞了过来，我差点摔倒，但还是紧紧抱球，好歹挺住了。再抱着球移动就要犯规了，现在对我来说只有投篮这一个选项。董巍想要用自己的身体封住我的进路，几次跟我进行身体对抗，这明显是犯规！但我还是稳住右脚，重心右偏，做了几个假动作，寻找投篮的时机。终于，董巍露出破绽，我抓住机会，向左上方跳起，伸长胳膊，抓着球对准篮框。就在我要松手抛球的那一瞬间，“嗙”——我在空中的胳膊被董巍狠狠地打向地面。我摔倒在地。

“喂！犯规了吧！这个！”

时一婷扯着嗓子喊道。

“别搞错了，日本鬼子。我们就是玩儿的这么野，你也得入乡随俗。不然你是赢不了我的。”

董巍的话让我来了劲儿！

董巍拿着球，一路横冲直撞来到篮框下，我在篮下拼死不给他投篮的机会。我不会什么“爷们儿”的打法，我只想要按照规则堂堂正正地打败他，而这更让董巍占了上风，他越打越来劲，猛地推开我，一抬手——球进了。看得出支持我的人都无法接受这种结果，但面对对方压倒性的人数，没有一个人敢站出来指责。

我有一阵子没摸到球了。体型上我虽然也处于劣势，但最致命的还是力量上的差距。董巍总是用身体重重地撞过来，把我撞出好远。但我还是不肯服输，挡在他与篮框之间，不想给他一点上篮的机会。一次次的撞击，我的火也上来了。看着这样的我，场外的人也都渐渐发不出声了。他们像被魅力的舞蹈吸引了一样，又好像在祈求契机，注视着我。场内的我们已经感觉不到时间的流逝。

7 比 3。我们喘着气，红着脸，满身大汗。董巍体力先跟不上了，他的投球越来越不准。

“小春儿，加油！”

“别放弃！”

“可以赢！加油！”

“大哥，就是这样！”

“最后一下了！”

大家仿佛看到了我们之间最后的火花。我的目光不敢离开董巍一下，最后，他笑了，喘着气说，

“李春，你是最棒的。”

我来不及体会他这句话。董巍再次鼓足了劲儿进攻，我一言不发，努力对抗，拼命抢球。胜负已分。大家都知道董巍会赢。但是没有一个人露出高兴的表情。

比赛结束了，十比六，董巍赢了。约定好的事像噩梦一样侵袭了我。我喘着气，董巍也喘着气站在一旁。

“小春儿！小春儿——”

给我加油的同学们跑上前来,然后董巍那边的人虽然有些迟疑,也还是一起向董巍靠拢。他们从没见过被逼得这么窘迫的董巍，但总归还是董巍赢了，就在他们想要祝贺他的时候，

“别过来！”

董巍用尽全身力气大吼了一句，接着便向我走来。

我的眼里满是疑惑，大概除了董巍，所以人都和我是一个反应吧。向我伸出手的董巍，脸上竟是对我的肯定。

“我们的那个约定，就当没说过吧。不过，我可没有打算为之前那些事儿向你道歉,但是,你想留在这个学校的话,就留在这儿吧。

董巍的表情好像大雪初融。我握住了他的手,但觉得有些惭愧。

“诶？但是……”

我不知为何竟然有些不甘。

“行了，留下吧……还有，下个月有高年级的篮球赛，一年就这一次，到那时再让我好好跟你玩玩。”

我忍住心中的不甘。然后董巍就带着他的那些人走了。

十一

第二天，王老师在第一节语文课上，跟大家分享了一个通知。

“同学们，下个月要举行篮球赛，每个班最少出五人，大家有推荐人选吗？”

同学们唧唧喳喳地讨论起来，几个名字从大家嘴里说了出来，可无论哪个我都想不起他们是谁。这时，时一婷举手对老师说，

“王老师，我觉小春儿能行。”

“老师我也觉得小春儿好！”“我也觉得。”“我也是。”齐家豪、王源、任乐乐争先恐后地说道。

但是其他同学却有所怀疑。

“你们就等着瞧吧！小春儿可不仅是厉害，只要小春儿上了，我们班必胜无疑！”任乐乐说。

听了大家的争执后，王老师对我说，

“小春儿，你想参加运动会吗？”

“嗯！想！”我毫不犹豫地回答。

王老师考虑了一下，就在她低头沉默不语的时候，时一婷又站起来说道，

“王老师，让小春儿上吧！我见过他打球，可厉害了！求求您了！”

“好吧，那就让小春儿上吧。不过，时一婷，既然是你求老师的，老师也有一个要求。你有空的时候教一下小春儿语文吧。”

王老师给时一婷加了一个条件。

“好、好的。”

时一婷听起来好像挺乐意的。然后，剩下的四个队员就由同学们讨论产生。

“马志鹏，你肯定也要参加。”

“是啊，体育委员不参加可说不过去啊。”

大家都在表扬马志鹏。

“不，我才不去呢。”马志鹏说。

“为啥呀，你不是经常和六班的人打球的么？你是体育委员，你怎么能不上呢？”

马志鹏恶狠狠地瞪了一眼说话的人。

“小日本儿要上的话我就不上。”

“马志鹏，不要乱说话！”王老师有些严厉地提醒道。

“我也见过他打球，他比我强多了，我不去。”马志鹏固执地拒绝着。

“马志鹏，你是体育委员吧，小春儿是日本人和你有什么关系啊？这个运动会可是学校的一件大事儿啊，为了班级，你也不应该这个态度吧？”王老师对马志鹏说。

“王老师，您也是日本人一伙的吧，真是太失望了。”马志鹏说着，站起来就出了教室。

“你给我站住！去哪儿啊？现在可是上课时间！”

“我就去走廊上站会儿。”马志鹏说着，无视王老师，径自走到走廊上站去了。

王老师叹了一口气。班里开始出现对马志鹏不满的声音。

“别管他了，先定下其他人吧。”

王老师缓和气氛。不过 5 班没什么运动好的学生。最后有篮球经验的王恒、体格比较大的赵亮和体育成绩比较好的两个人被选上了。

德强小学每年举行一次这样的活动，从第一名到第三名，学校都会给相应的加分，如果拿了第一名，学校还会给班里发‘体育优秀班级’的锦旗。可惜 5 班过去从没拿过名次。这次大家也没有期待，但是王老师还是特别允许我们在晚饭后训练。

整个校园都在讨论着下个月的篮球赛。晚饭后我们马上开始训练。王恒是领队，他好像小时候就和邻居的哥哥一起打球，技术不错。训练在他的指挥下进行，基本是 2 对 2 的练习，像是游戏。不过王恒给赵亮准备了特别训练,让他抢篮板。另外两个同学体育好，这样我们队基本成型。我开始和这两个人也熟悉起来，校园生活终于快乐了起来。

训练完，我们几个在长椅上坐下休息，赵亮却自己坐在了别的地方，好像有什么心事。我坐到赵亮身边，

“赵亮，运动会一起加油！”

“是、是啊，加油。”

我俩之间只有沉默，然后赵亮开口道，

“那个，小春儿，马志鹏做的那些事儿，真的很抱歉。”，

“没事，我没关系。赵亮呢，没事吗？”

“嗯，我没事儿。我是没事儿，但其实我不想对你做那些的，但……”

“我知道，我已经没事了。”

我拍了拍赵亮的背。

“那个，小春儿，其实马志鹏挺好的，特别为朋友着想，虽然有时候有点傲慢，但他……”

“嗯，我知道。”

“不，你不知道。他也不是讨厌小春儿，只是，以前，他爷爷

被日本人整地很惨……”

我在心里叹了口气——怎么又是历史。

“我不知道日本人怎么他爷爷了，但从小马志鹏爸妈就跟他说，日本人都很坏、很残忍，所以……所以，马志鹏不是讨厌你，他是讨厌日本人……我也说不清，但是他比周围人都讨厌日本，可他心里肯定也很苦恼的。”

“我觉得，如果你不是日本人的话，应该能和马志鹏成为好朋友的。他喜欢有骨气的人，也和会运动的人玩得挺好……”

“明白了。那我会努力的，努力和马志鹏成为朋友。”

我说着又对赵亮笑了一下。

“呵呵，小春儿你真好。不过，还是别了。”

“为什么？”

“可能你和他走近了，他会喜欢你这个人，但他心里肯定会更痛苦的。”

“那该怎么办啊？”

“就这样就行了。虽然挺对不起你的，不过就这样就好。他小学毕业后就会去专门的体育学校，但你要留学两年吧，之后应该会进德强初中吧？”

“嗯，是，可是……”

赵亮说的或许没错。政治上也会有不实施理想的政策而保持现状的情况。前进并不总意味着勇敢和进步。有些人很可能因为上层的一个决策，就失去了一生。

突然从远处传来了一个熟悉的声音，

“喂——小春儿——”

刘帅朝这边走来。

“刘帅！好久不见！”我答道。

“小春儿，最近咋样？我去看了你和董巍的对决，那明显是你赢了！果然是我看中的男人啊，哈哈哈！”

“诶？你来看了吗？在哪？”

“我在教室里看的。上次那事之后，还是不太不想和董巍碰面啊。”

“谢谢你看了！”

“那是当然的咯！比 NBA 都好看，我怎么能不看呢！”

刘帅用他沙哑的嗓音笑着说，然后我也一起笑了。

“你也参加运动会啊，我也代表三班参加了，还求您高抬贵手啊！”

“你也参加！我才不会手软呢！”

然后我们又笑作一团。

“赵亮你呢，你也上？”

刘帅把话题转向赵亮。

“嗯，对。”

“是嘛。我说赵亮，你也差不多该和马志鹏说再见了吧，你不想和他一块儿的对吧？”

“跟你没关系。”

“是没关系，不过，那时候，那帮人里面只有你是不想动手的吧。不想做就别勉强了。”

“哎呀，没事儿没事儿，反正已经过去了……怎么样，现在跟我打打篮球？”

离晚自习开始还有一点儿时间，我赶紧转移话题。

“嗯，那就打会儿呗。不过赵亮，就这一句我还是要说的，董巍应该不会再欺负小春儿了，马志鹏再怎么闹也是瞎折腾。”

我也觉得，赵亮也这么觉得吧。或许他太为马志鹏着想了，所以才这么痛苦。

第二天，早读之后，我被王老师叫到了办公室。

“小春儿，从今天起你的在校生活会和别的孩子有些不一样。”

我不懂。

“今天起，除了语文和数学课，你都要在这儿学中文。上次和你妈妈谈过了，学校也同意了，明白了吗？”

“嗯，明、明白了。”

其实我心里还挺高兴的。学校里的课我根本没听懂过，上课好无聊。不过最重要的是，现在还可以不用上历史课了，我心中窃喜。

“不过我会很严格的，不然其他同学也会闹情绪，所以，不要觉得自己很特别。还有数学要加把劲儿，空着的时候我会让班长教你数学，再让时一婷教你语文的。”

王老师说完，我们马上开始了补习。首先我必须学习汉字，尽快和周围同学达到同一水平。补习就从检查我已经掌握了的汉字开始。

办公室里当然还有别的老师在，我挨个儿向所有老师都问了好。

如王老师所说，她很严厉。不过虽然严厉，却很好懂。王老师牺牲自己的休息时间来给我上课，还跟我聊了日本的生活，还有在这儿的生活。我不懂为什么王老师突然对我这么好，不过我想应该多亏了妈妈吧。

“时一婷他们选你参加运动会，不过你之前打过篮球吗？”

“打过，在日本的时候经常打。”

“是吗，那老师很期待你的表现哦。你妈妈也说了要让你以学习中文为重，不过她还说要让你多运动呢。你妈妈真的是一位很棒的母亲。”

王老师的微笑看起来就像妈妈一样。

叮铃铃铃铃铃——第三节课下课的铃声响了，同学们都走出教室做广播操。

“那我们也走吧。”

王老师说完，其他老师也都一起向教学楼下的空地走去。

从打铃到广播操开始有十分钟的时间。十分钟之内，每个班要排好队，人和人之间间隔一臂，体育委员在排头队尾来回走动，调整队伍，值周生穿插在队伍之间管纪律，我排在最后，都是一副见惯了的景象。大家面朝教学楼，等待广播操音乐响起。刚开始的时候我还只能跟着做，现在所有的动作都已经可以不经脑子连贯地做了。因为每次做操都有一个女生站在高台上,面朝大家做镜面动作，给大家做榜样。她是学校选出来的好学生，长得也好。每次到了广播操时间，我都会有些小期待。

马志鹏总是来回走，看起来很忙的样子。我看向马志鹏，他正站在齐家豪身边，我有些在意，从队尾默默注视着他们。马志鹏好像在齐家豪耳边说着什么，但看起来总觉得很别扭，再仔细一看，原来他的一只脚正踩在齐家豪脚上！站在齐家豪后面同学看见了，用手推了推马志鹏。马志鹏不屑地看了看他，回到自己的位置上。看到这一幕，我心里一阵翻滚。不是对马志鹏的愤怒，而是恨自己没用。一定是因为我，齐家豪才被找上麻烦的。

吃过午饭，因为时一婷要教我语文，我和她一起走回教室。无意间，我看到马志鹏正向厕所走去，我对时一婷说，

“你先走吧，我去一下厕所。”

然后就向马志鹏跑去。

“马志鹏！”

我叫了他一声。

“干啥！”

“那个，你还讨厌我吗？”

“哼，无论过多久都讨厌。你可别蹬鼻子上脸啊，还想挨揍？魏哥可是想让你滚你就得滚的，你该不会忘了吧。”

也许是我的错觉，马志鹏的语气有些逞强。

“我没关系，但请你不要欺负齐家豪。”

我盯着马志鹏，他的眼神有些闪烁。

“我看见了，你在广播操的时候踩他的脚。”

“那又怎么样！跟小日本儿要好的人都是坏人，你知道‘汉奸’这个词儿吗？”

我觉得我在哪儿听过。马志鹏继续说，

“就是叛徒的意思。以前打仗的时候到哪儿都有汉奸。南京也有，

东北也有，以前一抓到汉奸都是要弄死的！明白了吗？只要你在这儿就会有人不断变成汉奸……”

“这里是学校！现在和以前不一样……”

“别整的你好像能代表日本似的。不管日本怎么道歉，都没用了，补不回来了！日本人做的事是不可挽回的！这儿的人都太天真了，如果我们原谅日本的话中国以后怎么办？被日本人杀了的那些中国人怎么办？对，你是没对我怎么样，但是如果我连眼前的日本人都不恨的话，我该去恨谁呢？如果我不去恨的话，我爷……”

马志鹏注意到自己有些激动过头了，把下面的话又硬生生吞了回去。

“算了，总之我不会原谅你的，你就记着吧。”

马志鹏看我的眼神很犀利，目光中透着寒气。

“马志鹏，可我还是想和你做朋友。不行的话，至少别欺负齐家豪了，求你了。”

马志鹏没有回答，一咂嘴，头也不回就离开了。

我回到教室，时一婷已经在等我了。她拿着语文书，用我能懂的语言给我耐心地给我讲解。不知不觉我就走神了。时一婷把笔放下。

“小春儿，刚才你其实是去找马志鹏了吧？”

“嗯。”

“为什么要主动去接近他呢？他不是一直在欺负你的吗？”

“嗯，但是如果能和他做朋友就好了。”

“马志鹏也真是的，怎么就这么死脑筋呢。虽然是日本人，可小春儿你这么坦诚，他也该感动了吧。”

“谢、谢谢。”

“在你来之前，马志鹏还挺爱笑的，在班里也很会活跃气氛。可现在，大家都有些躲着他，和他玩得好的人也都不和他一起了，怎么了呢。”

我觉得这是自己的错。

“啊，不过这不是你的错，也许就像你说的，你去多跟他接触接触比较好呢！”

时一婷好像在安慰我，她马上换了一个话题。

“那啥，小春儿，你以前交过女朋友没？”

第一次有人问我这个问题，我不知该怎么回答。

“没、没有，你呢？”

我其实没什么兴趣，只是随口问了一句。

“我也没有。你说，男的和女的怎么样才能交往呢……”

我看着桌上的教科书，想要换个话题。。

“我、我也不知道。我们快学习吧。”

时一婷没有理我，继续说。

“国际婚姻好厉害哦。”

我不懂她在说什么，敷衍道。

“嗯，厉害。”

“那，你来这儿以后，有什么喜欢的人没有？”

我没有心思想女生的事儿，但我脑海中突然浮现出领操的那个女生。

“没、没有。”

“是吗，没有啊，也没那个功夫吧。不过这个学校里有这么多好看的女孩儿，你怎么还没对象呐。全中国，东北的女人也数美的了，虽然有点儿要强……你喜欢中国女孩儿还是日本女孩儿啊？”

“呃，不知道。”

我觉得也差不多该换个话题了，可看到时一婷那高兴劲儿，又一时半会儿想不出要跟她聊些什么好。

“但，反正在中国要待两年，说不定能在中国交到女朋友呢。”

“呃，也许吧。”

就这样，午休是在学习和恋爱话题中度过的。但是，我脑海里挥之不去的，是马志鹏的事儿。他爷爷到底遭遇了什么，他又到底背负着什么？我总觉得，马志鹏在勉强自己。

那天晚上，宿舍还是和往常一样热闹。冷静的王源，喜欢撒娇又爱恶作剧的任乐乐，赵亮和平时一样很安静，但好像有点没精神。王恒看着很轻松自在，齐家豪和平时一样。

接下来几天我也只上语文和数学课，其他时间都在办公室跟王老师学中文，晚饭后训练篮球。我开始觉得，在这儿的生活也不赖。骂我、打我、踢我，或是捉弄我的人也一个也没有。我过的很快乐。

十二

天气冷了起来，大家换上了红色的冬天校服，可能是因为穿了毛衣吧，大家看着都比之前胖了。早在两周前，冬天已经送来了今年的第一场雪，曾经盛开在小花园里的大波斯菊也枯尽了。

利用早读时间，王老师简单地说了一下有关运动会的事。

这周的午休都会用来比赛，一天两场。参加者是五年级十个班，分成三组，进行淘汰赛。分组是随机的，一、三、七、九为A组，二、四、五、六为B组，八、十为C组。今天是第一天，比赛的是一班对九班、三班对七班。暑假时教我中文的张老师带的一班，还有好朋友刘帅在的三班，今天中午都有比赛。我哪一场都想看，希望他们两个班能各自赢个好成绩。

转眼就到了中午，不仅五年级，全校学生都聚集到篮球场，寒风中能看见他们呼出的白气，但是气氛还是很热烈。首场一班对九班。运动员们都在做准备运动，也没什么统一的球服，大家各自穿着便于运动的衣服，一边热身一边互相打气。

张老师挨个儿给自己班上的运动员鼓劲，他们一个个人高马大，在人群中很是显眼。而另一方面，九班就不同了，既没有长得高的，也没有长得壮的。

周围的同学们也都迫不及待地等着比赛开始的哨声，篮球场被大家的热情包围。

终于，体育老师走到了篮球场中央，把一班和九班的队员召集到自己身边，让他们排成两列。互相握手后，比赛即将开始。

一声哨响，拉开了一年一度盛事的大幕。

一班发球，队员们配合默契，伺机投球，身高上的优势加上利索的传球，九班很快就乱了阵脚。开场没多久，一班便接连进球，给自己赢了个满堂红。

九班队员追球跟着一班队员跑，完全没有余力找回自己的节奏。有几次九班都抢到了球，但也许是因为太心急了，反而失利，又几次将球传丢，就算好不容易来到篮下，一跃起就会被一班队员盖帽拦下。一直给自己班呐喊助威的九班同学也渐渐发不出声音了，而一班同学因为看见胜利的曙光，加油声一阵高过一阵。

“一班果然厉害。”

一直冷静地注视着比赛的王恒说。

“嗯，那么厉害的传球，九班人肯定抢不到球，难过死了。”

“嗯，挺明智的战术。小春儿，你知道吗，去年运动会比的是足球，就是一班赢了第一的。”

“诶，真的吗？一班体育真好。”

“哼，强是强，不过，关键是他们班的班主任有手段。”

“诶？班主任，张老师？”

“对，张老师为了自己班的荣誉什么都做得出来。为了加分拿那锦旗，她给参加比赛的人减作业，还让他们利用上课时间训练，不过当然都是她认为不重要的课啦。我听说他们准备了好几套战术呢。”

“这、这样啊。”

确实，张老师上课时给我这样的感觉。

“但是，为什么这么想要加分还有锦旗呢？”我还是不太明白。

“这你都不懂啊？如果班里分数高、锦旗多，学校肯定会给班主任什么好处的吧。如果不是这样的话，这个破运动会，老师干嘛这么热心啊。这样想来，一班的确难对付。”

“这样啊……我们一定要打败一班！”

“那是自然。”

哨声再次响起，比赛结束了。

36 比 8，一班压倒性地赢得了比赛。

紧接着，三班对七班的比赛就开始了。刘帅带领的三班队员，全部听从刘帅指挥，按部就班打着比赛，势头很好。刘帅表现也很勇猛，就算没什么好球也会高声呼喊，若是进了球，他的那句“你们他妈的看清楚了吗”更是响遍全场。当然观众中也有嘘声的，不过刘帅还是走自己的路，根本不在意这一两个倒喝彩的。

三班虽然下半场打得吃力，但还是力压七班赢得比赛。

星期二中午，今天是 B 组比赛。先上场的是五班对六班，其次是二班对四班。上次对决之后，我和董巍一个月没在球场上见了。一个月中，董巍既没有叫我，我也没和他接触过，但是在训练时，彼此都没有忘记对方的存在。

场外和昨天一样人满为患，其中也有老师的身影。不过大多数观众都觉得董巍所在的六班会赢。

我一走进场内，大家立刻议论起来。我们班的人里，也有一部分人一副事不关己的表情看热闹。支持六班的人占了大多数，王老师焦虑地看着我们。

我心里因为紧张躁动起来。

“李春，我可是盼这天盼了好久啊。”

董巍的笑浮现在我眼前，这是我从没见过的表情。我和他之间的关系已经没那么僵了。

“我也是，这次我可不会输了。”

“小春儿，别着急。”

王恒在一旁提醒我，我深呼一口气，让自己冷静下来。

哨声响，比赛开始。

球在董巍手上。我锁定董巍，我们互相盯着对方。我早就做好了董巍会再次上演他“爷们儿”绝技的准备，下沉重心。果然，董巍行动了。不对，和上次感觉不对。董巍收敛力量，想要用技术突破我的防守。这和我训练时设想的不同，我乱了阵脚，被他钻了空子。

“喂，小春儿！比赛有裁判，董巍不敢乱来！”

王恒对我喊道。

董巍一路运球来到篮下，还好还有赵亮守在那儿。但是，董巍轻而易举地避过赵亮，纵身一跃，进了一球。

六班先进一球，周围的响起了一片欢呼声。

虽然只被他进了一球，我已心急如焚。这次球在我手上，我在球场上运球狂奔。对手不断上前阻拦，但我以我的技术将其各个击破，最后挡在我面前的是董巍。

“小春儿，传球！”

王恒喊道。

王恒是对的，但我却没有理会，想要凭一已之力突破董巍，但董巍体型在我之上，他趁空一伸手就把球从我手中抢走了。

“喂！小春儿！你拽什么啊！个人秀可赢不了六班啊！”

王恒再次提醒我。我看了一眼四周，发现王老师，还有齐家豪他们都在观众群里。大家表情都很紧张，我再次深吸了一口气。几乎全校的学生都来看这场比赛了。我觉得这是我向大家证明我的存在的唯一机会,我要撕掉贴在我身上的那个“日本人”的标签。但是,再看一眼那些给予我认同的人，我焦急的内心终于渐渐恢复平静。

终于,我开始真正发挥自己的技术和速度,加上同伴们的配合,没有一个人可以阻止我。每次我一进球，王老师、齐家豪他们都高兴地手舞足蹈，边上的同学们也被他们所感染，开始为自己班的篮球呐喊助威。到了这个地步，董巍有些沉不住气了。场外的加油声已经渐渐偏向五班，六班的队形乱了。一直指挥着六班的董巍发出口令,命令两人锁定我防守我的进攻。即使如此,我也没有放慢速度,投入篮框的球一个接着一个。不过，六班也没有手软，在董巍的带领下不断进攻。双方互相进球，比赛已经不再是攻防切磋，而变成进攻与进攻的较量。看着这场比赛的人谁都紧张地大气不敢喘一下。其他队员终于跟上了我和董巍带领的快节奏进攻。这副景象和当时相同，我与董巍不仅是身体上的较量，更是心理上的对决，输赢什么的早已置之度外，只是单纯地享受着运动的快乐。

五班加油——六班加油——

周围的呐喊声一阵高过一阵。细看的话，王老师也在人群中喊着给自己班加油。

比赛还剩三十秒。

“还有最后一点时间，大家加把劲儿！”

王恒调动着大家的积极性。

“大家好好跟着我，还没分胜负呢！”

董巍也大声地鼓励着自己的队伍。

尖锐的哨声划过全场，比赛结束了。大家安奈不住心中的期待，闹腾腾地等着裁判公布结果。

没一会儿，体育老师扯着嗓子喊出了结果，

“30 比 27，胜出的是——五班！”

五班六班学生一齐冲近场内，围住了自己的同伴，我身边也聚集了很多同学。

双方全力以赴的比赛，无论是参赛者还是观众，都觉得畅快淋漓。来看比赛的其他班的人也都因为一匹黑马的杀入而比往常更加兴奋，兴奋之余的惊讶更是让全场沸腾。

我在大家一片热烈的掌声和鼓励声中，终于感受到自己被这个班级接纳了。然后我走向同样被自己班同学围满的董巍身边，伸出手，说，

“谢谢你。”

董巍用力地握住我的手，我们紧紧地抱了一下，互相拍了拍背。这是我和他之间产生友谊的一刻。

下一场二班对四班的对抗中，四班胜出了比赛。

明天初赛是 C 组八班对十班，在那之后是今天胜出的四班对五班的半决赛。

比赛后，我们班同学对我的态度来了个一百八十度大转弯，好多人都主动来跟我说话。回到寝室也是，不断有同学涌进我们寝室给我们加油。睡觉前我一直在跟他们讲话，我觉得我的中文突然变好了。

周三周四的比赛也结束了，虽然几次面临险境，我们班还是赢了四班、八班，冲进决赛。

“哇，今年说不定能拿第一呢”“照这样下去没问题”“能在毕业这年拿次第一太棒了”——教室里，大家都对做梦也不敢想的第一名充满了期待。

“同学们，明天就是决赛了。不管胜负，先让我们给这三天为我们奋战的五位同学送上最热烈的掌声！”

王老师在讲台上对全班同学说道。下一秒，我们就被包围在大家温暖的掌声里。

“我们班能走到这一步，多亏了这五位同学的努力。他们在学习上怎么样先不管，明天我们全班都要给他们加油。我不懂篮球，但是他们五个告诉了我运动的快乐。其中，在这次运动会里特别活跃的李春同学，虽然他刚来的时候和大家比较生疏，但是他学习刻苦，从开学到现在一点儿都没有松懈，还有这次运动会中他展现出的才能,都让老师眼前一亮。大家觉得他怎么样？大家喜欢他吗？”

听到老师的这番话，我有一种终于如愿以偿的感觉，胸口热热的。然后，同学们异口同声地回答道，

“喜欢——”

从我的胸腔里好像要涌出什么似的，脸涨得通红。现在想来，日本的生活真的离我太远了，最近沉浸于回忆的时间也少了，我觉得我终于找到了自己的容身之处。虽然我还没有找到自己的身份，让我选一个国家的话，我也不知道该怎么选。但是我终于找到了一个接纳我的地方，我身体里那个日本的自己好像在消失。有一个声

音，是再见的声音，也是启程的声音、送别的声音。随波逐流的我一去不返。

周四晚。

我和齐家豪一起在宿舍门口的长椅上坐着，是我约他来的。

“齐家豪，刚开学那阵，谢谢你啊。”

“你、你说啥啊，我啥事儿没做啊。我也很高兴能成为你的第一个朋友啊。”

“嘿嘿，谢谢。那个，我有一件事想问你。”

“啥？”

“那个，马志鹏有没有欺负你啊？”

“才、才没有呢。”

“但是我看见了。上次广播操的时候，他踩你脚了吧？”

“……你看见了啊。”

“嗯，对不起……一定是因为我。”

“说啥呢，我没事儿。而且也就那一次，其他没有了，最近都没怎么和马志鹏接触。”

“是吗，那就好。但是，真的很抱歉。”

“用不着你来道歉啦，而且我觉得以后马志鹏应该也不会对我们怎么样了，现在站在你这边的人比较多嘛。”

我沉默了一会儿。

“小春儿，你真厉害。一个人努力到今天，终于得到大家的认可了吧。我真的很高兴能和你做朋友。”

“谢谢你，但，但是，如果可以的话，我希望马志鹏也能恢复到我来这里以前的样子呢……就这事，我想和你谈谈……”

“啥事儿？我能做的我一定会帮你的。”

“你可能不喜欢，但是，我真的想和马志鹏好好相处……到底怎么做才好呢？”

和其他人不一样，齐家豪没有马上否定我。

“我希望你明白，马志鹏变了并不是你的错。”

“但是，我听人说，马志鹏以前不是这样的。我觉得，让马志鹏变成这样，都是我的错。”

“没这回事儿。不是你的错！本来就应该是马志鹏来接受你的啊。你只要保持现在这样，肯定能成为朋友的。班上的同学不就是这样的吗？”

我也不知道我到底做了什么，所以没有说话。

“小春儿，你就这样下去就好。我相信你，所以你也相信你自己吧。行了，差不多该回去了，要睡了。”

哈尔滨初冬的夜晚，除了人声听不见其他生物的声音。即使把窗关紧，房间里还是凉飕飕的。开暖气之前的东北是最冷的时候。距离供暖还有几周，我们都像蚕蛹一样，缩在被窝里。

星期五。今天终于迎来了篮球赛的决赛。

和我们五班对抗的是张老师率领的精英部队一班。刘帅他们被一班打败了，我和他约定，要为他报仇。

来看比赛的同学比前几天更兴奋，来观赛的老师也比平时多。大家都在做热身运动的时候，张老师走到我跟前，

“小春儿，你真厉害，我一直在看你比赛哦，今天可得给我们班放放水呀。”

“不，我不会放水的，嘿嘿。”

我擦着汗对张老师笑了一下。

比赛快开始了，两队人马到场地中央列队，场外王老师和张老师并肩站着。

然后哨声响了，比赛开始。

“快跑！加油，小春儿！”

王老师的加油声比平时更响亮。

不服输的张老师也扯着嗓子喊，

“一班加把劲儿！五班不算什么！”

而在场内，一班传球紧密，寻觅着投篮的机会。他们身高上占优势，我们很难从他们手里抢到球。投进首球的是一班。

张老师冲着王老师得意地笑了一下。

接下来球传到了我手上，只听见张老师“快上”一声喊，一班的三名队员就向我奔来，阻止我进攻。我完全被他们封住了去路，连传球都困难。之后也是，每次我一拿到球，一班的那三个人就会一齐围住我。之前的比赛里我是主导，我们班也好，其他班也罢，水平都只能说是玩玩，没什么团队合作的技巧，但一班不同。我们队除了我，其他四人投篮都不行，但一班五人实力均衡，无论谁去投篮都会对我们造成威胁。

就在一班队员运球来到篮下，跳起上篮后着地的一瞬间，他狠狠地踩到了赵亮的脚上。赵亮抱着脚,倒在地上。裁判中止了比赛，可一直都只有我们五个在打球，根本没有可以替补赵亮的队员。

就在大家不知该如何是好的时候，一个声音响了起来，

“我上。”

是一直默默注视着比赛的马志鹏。他说完,便径自走到了场内。他突然的举动让大家的疑惑更深了，可下一秒，响起的全是鼓励他的声音。

“听着，小春儿，我还是很讨厌你。跟你联手也就这一次。”

马志鹏一进到场内，就开始鼓励大家，我们队好像一下子被注入了活力，听从王恒的指挥，无法行动的我让到一边，大家转而把球都传给马志鹏。马志鹏一拿到球便不再传球，凭着自己的力量，一路运球向篮框冲去。虽然好几次被对手拦下，但他毫不气馁，喊着“把球传给我”，不停地进攻。我和马志鹏从来没有一起打过球，但看到他的冲劲，我也不知不觉被感染。结果，虽然我们最后攻势很猛,但还是没能追上比分。27 比 16,五班输了。比谁都更不甘的，显然是马志鹏。

十三

高年级篮球对抗赛结束后的下一周。虽然我们班以第二名的成绩，告别了小学的最后一次运动会，但是班里同学们对这个成绩还是很满意。但我和马志鹏之间的矛盾，到底还是没能因为一次比赛而化解。这周开始又要恢复以往平静的生活了。我已经成为班里的明星，下课时总有男生来叫我打球，也有很多女生主动跟王老师说

要辅导我学习。面对这样的同学们，我还是那副谦虚的态度，并没有改变什么。

这周的语文课上，王老师要求我们写一篇八百字的作文，题目是《如果我是……》

大家都拿起笔，在作文纸上埋头苦写。王老师拿着教鞭，在教室里转悠，看到坐姿不正或拿笔不对的同学就会敲敲他们的背。我中文已经达到能用简单的语句写作的水平了。我不想被王老师敲，一笔一划认真地写作文。

第二天的语文课上，王老师给大家读了几篇优秀作文。

《如果我是政治家》《如果我是发明家》《如果我是董事长》……王老师念的作文每一篇都构思巧妙，结构缜密，让我很佩服。《如果我是政治家》是时一婷写的。而王老师要念的最后一篇作文——《如果我是狗》，一听到这个题目，大家哄堂大笑。

"读完之后我会告诉大家这是谁写的。这篇作文真切地表达了这位同学的内心，请同学们一定要好好听。"

王老师微笑着，开始朗读这篇作文。

——如果我是狗，我肯定是一只杂种野狗。想去的地方随便去，想吃的时候自己找，想玩的时候尽情玩。看起来好像很快乐，其实很寂寞。我想要一个家。

有一天，我和平时一样漫无目的地走着，对面有一只和人类在一起的狗开心地走过来。那只狗和人类之间有一条细细的线牵着。

我虽然觉得狗和人之前居然有牵连很奇怪，但我却很羡慕。仔细看绳子的末端，我看到那只狗的脖子上被一个东西圈着，我很羡慕。

“什么时候我也能被那个东西圈一下呢，好酷哦。”我这么想。

那只狗想和我说话，但是人类把他拖走了。最后他和我一句都没说上，就和人类走远了。我很难过。

又有一天，我和平时一样漫无目的地走着，这次我碰到了一只野狗。那只狗对我说：

“你真恶心。”我歪了歪头，不明白。那只狗又对我说：“因为你看起来和我不一样。”

我又难过了。

我只是想要朋友，想要一个可以收留我的地方，所以我每天努力地走，但是谁都不想和我做朋友。

如果我是狗，我……

大家都明白了这是我写的。

“同学们，我想大家已经知道了，这是小春儿写的作文。他的切入点和大家不同，但是他想说的一定都已经传达给你们了吧。以前从来没有人这么真诚地写过作文，虽然他的写法和技巧还不够，但是小春儿来到我们班后，经过自己的努力，已经能写出这样的作文了，我想在大家面前表扬他一下。”

虽然被王老师这么一说我有些害羞，但是大家热烈的掌声还是让我觉得很温暖。

周末。我走在通往王老师家的楼梯上。从今天开始，我每周末都住到王老师家进行强化学习，然后星期天和王老师一起回学校。

到家后，王老师的丈夫给热情地迎接了我们。

“你就是小春儿吧，经常听王老师说起。跟我想的一样，一看就是好孩子啊。别客气，就当这儿是自己家，好好歇会儿吧。”

王老师的丈夫块头很大，是个很开朗的人。

“稍微等会儿啊，饭已经在做了。”

说着他便回厨房了。

王老师家的结构和大爷家差不多，虽然不大，但是很干净整洁。她带我到客厅后帮我打开电视，又给我拿来很多水果。

“饭还没好，不过叔叔的手艺可是一流的。”王老师笑着说。

没一会儿，餐桌上就摆满了炒菜。

“快吃吧。不知道合不合口，不过放开了多吃点儿啊。不够还有。”王老师的丈夫说。

我夹了一口菜，是我从没吃过的味道。羊肉很香，一点儿骚味都没有，很好吃，我喜欢。不知不觉我的筷子就已经在来回动了。

“吃得真香！怎么样，还吃得惯吧。”叔叔问。

“嗯，很好吃。”我嘴里塞得满满地，含糊地回答。

“呵呵。老师家里是回族的。”王老师说。

“回族？”

“对，中国五十五个少数民族中的一个。不吃猪肉，吃羊肉。”王老师解释道。

“这样啊！很好吃！我喜欢回族。”我笑着对王老师说。

看我吃得很香，王老师和她丈夫都露出欣慰的笑。

吃完中饭，王老师的丈夫因为工作上的事儿出门了，我和老师开始学习汉字，我已经学会了四年级该掌握的汉字。只要再加把劲儿，就能和周围的同学达到同一水平了。

学得差不多了，我和王老师就吃着水果聊起了天。

可是，说着说着，我觉得自己的身体有点儿不对劲。身体很重，没有力气，注意力也开始涣散了。

“怎么了小春儿？不舒服吗？”

发现我有点儿睁不开眼睛，王老师用手摸了摸我的额头。

“哎呀，天呐，你发烧了啊。今天就学到这儿吧，快到床上躺好。”

说着，王老师带我去了房间。

“躺着啊，我去拿毛巾。”

话音未落，啪的一下，屋里所有的灯都黑了。

“真是，偏偏这个时候又停电。”

这一带好像经常停电。

三十八度七，我浑身发烫好像着了火。虽然全身酸软，头也痛，我却觉得现在自己待的地方很温馨。房间里点了几根蜡烛，烛光晃动，忽明忽暗，雪白的墙上照出两个人影，忽长忽短。王老师让我把头枕在她腿上，轻轻给我按着太阳穴。然后她开口道，

“小春儿，你真是个好孩子。来这个学校肯定受了不少苦吧，但你对谁都很坦诚，中文也长进了不少……其实你刚来班里的时候，老师不知道怎么待你才好，一直避免跟你接触，什么都没帮你，而且说实话，当时老师还想如果就这么放着你不管，你会不会自己受不了就回日本去了……对不起小春儿，老师很过分吧……不过你自

个儿抓住了机会，让大家都认同了你。其他老师也是，大家都在表扬你。走廊上你见到老师，总是很有礼貌。也许是文化的不同，不过你的这种地方，是学校哪个学生都做不到的。你真的很努力。”

王老师轻轻抚着我的头，温柔地跟我说道。虽然意识朦胧，但她的这番话我都听到了心里。我闭着眼，笑了一下。我早就对王老师打开心扉了。

“虽然做不到像你妈妈一样，不过往后你由老师来照顾。”

听到王老师最后的这句话，我安心地睡了过去。

十四

星期五课间。我猫着腰在自己课桌抽屉里翻来翻去找东西。下节是电脑课，需要用鞋套。因为在电脑教室上课，所有人进那个教室都要套鞋套。因为我把汉字都学得差不多了，所以最近王老师同意我上其他副课了。

“小春儿，快走吧。”

齐家豪招呼我，王源和任乐乐也在门口等着。

“等一下，我找到鞋套就去，你们先走吧。”

同学们都离开教室了，只有王老师还在讲台上收东西。

“王老师，我鞋套找不到了……”

“那你跟老师来吧。”

王老师带着我到了四班门口，冲里面喊了一个同学的名字，

“孙小蕊，孙小蕊。”

一个女生跑了出来。我第一次这么近距离地看她，身材苗条脸

很小，近看皮肤比我想象的更白皙，又圆又大的眼睛和小巧的嘴，学校里不让染发，但她的头发颜色很浅，有点儿淡淡的茶褐色——她是那个在全校面前领操的同学。

孙小蕊注意到了我，不解地问王老师，

“怎么了，王老师？”

“他的鞋套找不到了，你能借给他一下吗？”

孙小蕊迅速地看了我一下，我本能地低下了头。

“好的，请您等一下。”

很快她拿着鞋套出来了。

“给你。”

她把鞋套递给我，我有些害羞地答道，

“谢谢。”

不知为何有些紧张。

我套上孙小蕊的鞋套，走进电脑教室，时一婷看到我向我挥手道，

“小春儿，这儿，帮你占了座了。”

也没有其他空位了，我就坐到时一婷旁边。

时一婷基本上每天都教我语文，我跟她已经挺熟的了，聊过很多。我电脑不太行，不过这节课在时一婷的帮助下总算过去了。

最近班上同学经常跟我说话，而且可以上体育课了，我运动神经比任何一个同学都发达，我在班里一天天越来越受注目。

自由活动的时候也是，一直水火不容的刘帅和董巍，还有班上

同学，大家都和我打篮球，玩得很开。我去的地方总是人多的地方，而回过神来发现，原来我已经是大家的中心。我已经不太会想起日本的生活了，总是被同学们簇拥的我，在老师之间口碑也很好。诚实又懂礼貌，已经没有人觉得我是坏人了。但是只有马志鹏，看着我的时候表情总是很复杂。而和马志鹏玩得好的人也都和我玩得好了，那些之前总和他一起的人都劝他说，“已经差不多了吧，你要横到啥时候啊，一起玩儿吧”，但他听后总是一言不发，表情更加复杂，却不靠近半步。而众人之中，只有赵亮，一直在马志鹏左右。只要看到马志鹏单独一个人，就算自己和别的同学玩得很开心，赵亮也会凑到马志鹏身边去。

时间过得很快，一转眼十二月也就剩几天了。

可能现在的生活是我一直期望的。和大家穿一样的衣服，吃一样的东西，有很多朋友，总是被大家簇拥。每天早上王老师都会检查我有没有穿秋裤，我不喜欢穿那玩意儿，每次应付完检查我都脱掉藏到包里。到了睡觉时间，我都去王老师宿舍继续补习中文到凌晨一点。王老师对我，就像对亲身孩子一般负责，充满关爱又不失严厉。

十五

有一天晚自习，我伏在桌子上写数学作业。

“小春儿，有人找你。”

王老师在门口招呼我，那笑容背后好像有什么玄机。

“姥姥！”

我一出门就看见了从小带我长大的姥姥,立刻一头冲进她怀里。

“小春儿，冷不冷？在这儿肯定很辛苦吧。”

姥姥满面笑容，拍拍我，好像在看我结不结实

“不冷，我很好。

我也轻轻地拍了拍姥姥。

姥姥拿出手帕，擦了擦眼睛。姥姥格子娇小，脸上的皱纹哭了之后更明显了。她细长的眼睛里不断流出眼泪，旁边的大爷和王老师静静地守在她身边。

“小春儿真努力，姥姥好开心……”

总是乐观向上、不拘小节的姥姥，这回见到我却禁不住哭了。但我觉得，我应该明白姥姥为什么落泪。

“中文也变溜了，真是好孩子，姥姥真骄傲。这个红领巾小春儿戴着也好看。”

姥姥还是无法停止哭泣。

“小春姥姥，小春儿在这儿很坚强，表现很好，现在已经是学校里的名人啦，您就放心吧。”

王老师安慰道。

“真是谢谢老师了。我一直很担心他。这孩子从小在日本长大，这么小就自己来哈尔滨……谢谢您教小春儿中文，真的谢谢。”

“我理解您的心情。不过，多亏了您孙子，这儿的学生都喜欢上了日本。虽然历史课还是那样上的,但是孩子们学会了自己判断，并且接受了身边的日本同学。说起来，反倒是我们受教了呢。”

“是吗，那真是太好了。真的，让他来留学太好了……”

“那我先回教室了，您和小春儿好好聊聊。今晚怎么办呢？您带小春儿回去明早来上课也可以。”

“小春儿想怎么样呀？”姥姥问我。

“姥姥你什么时候回日本啊？”

“两周之后吧。”

“哦，那我今晚还是住学校吧，明天上课早。不过，回寝室之前我们还可以再讲讲话。”

“嗯，好，就这样吧。”

“那我去车里等，你们多唠一会儿吧。”大爷说着先回车上坐着了。王老师拿钥匙给我们开了一间空教室，我和姥姥就在那儿聊了很多。能和自己的孙子用中文这么流畅的交谈，姥姥看着我，好几次又没忍住泪水。我兴奋地讲了很多，想让奶奶高兴起来，而奶奶落下的泪，宛如滋润沙漠雨水，在我心中成了希望的水滴。

那个周末，俄式建筑物分立两侧的步行街上，纷纷扬扬下起了小雪。这里是哈尔滨中央大街，我和姥姥一起漫步于花岗岩铺成的街道上。长长的街道两旁是高级商场和饭店，一块块如俄式面包般精巧密实的花岗岩被雪花盖上了一层白绒绒的地毯。华灯初上，橙色的路灯照得大街有些氤氲。一切都如梦幻般，就像姥姥笑着说的那样，这就是哈尔滨的街。

我怕姥姥滑到，挽着她的手，小心翼翼地走着。也没什么目的地，只是因为姥姥说想和孙子一起逛逛久违的哈尔滨，我们便来到了这里。一边走，姥姥一边跟我说了很多哈尔滨的事。

“这里是哈尔滨最繁华、最美丽的地方，以前就是这样。姥姥以前经常和你姥爷在这儿溜达，你爸你妈也一样。小春儿以后如果也能带喜欢的姑娘到这儿来逛逛就好了。”

我有些不好意思，却觉得能和姥姥这样漫步于哈尔滨的街也是一件幸福的事儿,姥姥大概比我感触更深吧。不知跨越了多少艰辛，祖孙俩才得以齐肩共步于此，其间的距离又有谁能够丈量。

已经是零下二十度了，乞讨的男人上半身赤裸，一个劲儿地在地下磕头，乞求过往行人的施舍。雪花如粉末般落在他的躯体上然后化成水，只有头发上的积雪，不似绒白的毛毯，却似他的苍苍白发。他没有手，在他身边坐着的是只穿了薄薄几层衣裳的孩子，脸因为冻伤而肿得通红，鼻涕都冻住了，手里还紧紧攥着铁碗，里面只有寥寥几毛钱。

对于在日本过得无忧无虑的我来说，眼前的景象太惨了。辛酸和心痛一下子包裹了我的全身。

那个乞讨的男人拼命磕头，可大多数人都视而不见。

“什么时候大家都变成这样了。”

姥姥叹气，往小孩儿拿着的铁碗里放了一些零钱，而我一句话都说不出。

“对了，姥姥，您累不累？要不要去咖啡店坐坐？”

“嗯，那就去吧。”

走进咖啡馆，我点了奶茶，奶奶要了绿茶。

“真是时髦的店啊，以前可没有这些，果然跟孙子一起来是不会错的。这个绿茶也很好喝。”

“嘻嘻，太好了。这个中央大街，以前就很美吧？”

“对，哈尔滨以前是苏联保卫过的，所以建筑都还保存的比较好。不过，姥姥出生前的一段时间，这儿来来往往的都是骑着马的日本士兵呢。”

“诶，这样啊。那，姥姥，您回哈尔滨来还是挺高兴的吧？”

“当然啦！我一直都想着要回来呢。这儿朋友也多，语言也通，还可以给你姥爷扫扫墓，最重要的是，在这儿很安心。”

“那，姥爷不在了，姥姥孤单吗？”

“也有过孤单的时候，现在已经没事儿了。孩子在日本都扎下了根，而且有这么一个好孙子，我看着你们，就很幸福了。”

“姥姥，姥姥，姥爷是个什么样的人啊？”

“这个嘛，姥爷是小春儿三岁的时候走的。他呀很大方，对谁都很温柔，又开朗，很会替别人着想。他去世的半年前吧，多亏了你爸你妈，我们在东京的生活终于安定下来了。但是有一天，你姥爷突然说要回哈尔滨。他在日本的生活的确很寂寞，没有朋友，又不会日语。也许看到孩子们都稳定下来他也放心了，他就非得说哈尔滨才是他该待的地方，然后就回来了。没想到，就在他在哈尔滨待了刚好一百天的时候，他就去了。有时候姥姥也觉得这像是命运开的玩笑。不过，大概是你姥爷感受到自己的日子不多了吧，他才想在哈尔滨度过他人生的最后一段，这也算是幸福的了吧。”

姥姥说这话的时候并没有露出悲伤的神色，反倒极其温柔。

“姥姥真不容易。等我长大了了，一定要让姥姥幸福。”

“呵呵。姥姥现在已经够幸福的了，但是姥姥等着你长大哦。对了，小春儿，你爷爷还好吧？”

“嗯，身体很好。姥姥会去看他吗？”

“嗯，要不去看看吧，毕竟受他照顾了。”

“那些信的事？”

“哟，你已经从你妈那儿听来了？”

“嗯。”

“对,那时候你爷爷真是帮了大忙了。周围只有他一个会日语的。一开始他说什么都不同意，好像挺讨厌我的，但后来意外地还挺好相处的。其实只要把我们当作中国人，就没什么不好处的，但你爷爷就一直那副复杂的表情。不过后来接触了几次，也渐渐跟我们熟络了。但是你爸妈结婚那会儿，你爷爷可是坚决反对的。也不是反对我们，大概是他心里有什么打不开的心结吧。我们也不是土生土长的日本人，不过也许正是因为这样，他才没法给我们归类，才纠结的吧。你爷爷好几次都想面对面地跟你爸妈谈谈，但每次你爸都牵着你妈的手逃走了。”

“姥姥不反对吗？”

“我有什么可反对的。你爸是个好人，而且在姥姥找到亲生父母之前，你爸妈已经在交往，都考虑结婚了。我决定回归日本国籍之后，他们也没有动摇。我有什么理由反对他们呢。”

“这样啊。”

“呵呵。以前，人和人的牵绊可是最宝贵的东西。”

“人和人的牵绊？”

“对，和现在说的牵绊有点儿不同。以前人的牵绊，不是说什么人脉啊、利害关系啊什么的，而是这里，这儿。”

姥姥说着，拍了拍我的胸口。

“心？”

“对，心。身边如果有一个肚子饿得咕咕叫的朋友，就算自己只有几毛钱，买个馒头也要分着吃。如果有几个肚子饿得咕咕叫的朋友，馒头再小也要大家一起分着吃。我们那个年代大家都会理所应当这么做。你跟别人分馒头，别人就会与你交心，这就是我们的牵绊。而且姥姥觉得，真正深刻地理解什么是爱的，也只有在战时、战后活着的那一代人。”

“为什么？”

“姥姥之前的一两代，也就是活在旧社会的那些人，那时候中国完全是男尊女卑的社会，女人没有受教育的必要，连字儿都不认，日本也一样。女人什么权利都没有，到结婚前都不知道自己丈夫长啥样，那时候就是这样。不管怎么认识的，在婚姻中培育的爱情里，还是会有偏颇。然后人们经历战争，战争中人们生离死别，那时候才第一次意识到对方的存在是多么重要，然后才学会守护。战后人们告别战争，在废墟残骸中才学会了互相尊重，才学会把自己的一切与对方共有。刚才小春儿问姥姥，姥爷走了之后孤不孤独，姥姥觉得，和那个人结婚是我这辈子最引以为豪的事儿了。所以就算你姥爷走了，现在姥姥我也能挺起胸膛活下去。我和他还有牵绊，而且姥姥觉得你姥爷现在还在守护着我。说实话孤独也是有的，但是姥姥现在活着，就是把自己的人生和你姥爷共同分享下去。和小春儿这么唠嗑，你姥爷肯定也是在天上看着的。这些，会不会对小春儿来说太难懂了？”

“不会，但是姥姥还是好厉害啊。我以后也想，跟姥姥一样，和一个人结婚。”

“姥姥就等着看咯。姥姥唯一的愿望，就是你能找一个会中文的姑娘，呵呵。到点儿了，我们走吧。”

出了咖啡馆，我们再次漫步于中央大街上。

之后几天，姥姥拜访了一些以前的朋友，好好把哈尔滨玩了个遍。姥姥回国前一天，我陪她去买了些东西，然后又在中央大街的那个咖啡馆歇了歇脚。

“姥姥，您以前肯定有很多不好的回忆吧，为什么现在还是这么开朗、这么温柔呢？”

“姥姥就是这样的人。姥姥可不知道自己温不温柔，但是姥姥只是做了自己该做的事儿，只是因为自己想这么做而已。”

“诶，好厉害啊。”

“呵呵，是吗？不过我能保持现在这样，一定都是因为我的养父母。”

“啊，我听妈妈说起过。但是，还是好不容易啊。”

“你妈真是什么都跟你说啊。姥姥和养父母一起生活也就没几年，但是那几年对我的影响很大。我也觉得，自己能成为他们的养女，是一件很幸运的事儿。”

——像我这样的人，被叫做“残留孤儿”，是从 1945 年日本战败后，日军撤退、日本人被强制遣送回国的时候开始的。残留孤儿就是那个时候被留在中国，被中国人养大的孩子。我们当中既有军人和政府官员的孩子，也有上层商人的孩子，不过最多的还是日本开拓团的后代，一共有四千多人，分布在中国二十九个省、市、自治州，其中又有九成被留在东北三省和内蒙古。45 年 8 月 9 日，苏联红军开始清剿留在东北的关东军，丧失兵力的日军已经无法保护政府、工商人员，还有开拓团的人了。只有撤退一条路的日本人，大家都往大海的方向赶，想坐船回日本。就是那时候，没能一起坐上船被留在中国的，就是残留孤儿。与我生离的母亲还没走到海港就累死了。还有很多日本人，在路上饥寒交迫，得了重病，最终没能回到祖国。而他们孩子，被落在了车站码头、战时坑道，还有荒山野岭。有些父母在有人烟的地方，低声下气地把孩子托付给中国人。当然也有人觉得孩子是负担，亲手把孩子扔在了野外。之后我们大家也说我们是战争的受害者,但没能活下来的孩子还是有很多。身缠重病，身受重伤，或是饥寒交迫，虽然被中国人收养了，但是还是有很多人徘徊在死亡边缘，挣扎着痛苦着，最后还是没能挨过。不过还是有很多人在中国人的照料下长大了的。我养父也经常说：“孩子是无辜的，应该让大家都明白这一点。虽然敌人残害我无数同胞，但我们绝对不会伤害日本人民和他们的孩子。”收养日本孩子的中国人，有很多自己也很贫困，但他们还是用自己的乳汁喂养了他们，缩衣节食供孩子们上学。我和养父母相伴的时间很短，就算我们没有血缘关系，退一百步讲就算我是敌人的孩子，我和他们的牵绊也无法抹去。当然被养父母收养，过得很惨的人也有，但我是幸运的那个。

“姥姥……但是结果还是好的，姥姥的养父母是善良的人。”

听了姥姥的话，这是我竭尽全力唯一能说出的话。

然后，姥姥好像在脑海里整理着回忆一般，表情有些木讷，隔了一会儿，才又重新开口。

——日本投降后 1945 年 11 月，虽然气温很低，但中国人还是因为抗战胜利而意气风发。那时候我养父 26 岁，养母 20 岁。两人已经结婚了却没有孩子。有个人向我养父母提议说要不要去看看那些可怜的日本小孩，他们有点犹豫。不过第二天，那个人还是从一个叫“哈尔滨南岗花园街日本难民所”的地方，带来了一个抱着孩子的女人。对，那个孩子就是我。那个女人跟我也没有血缘关系。她只是想救我们这些被留在中国的日本孩子，除了我，她还照顾着好几个婴儿，到处寻找肯收留我们的地方。

那时候我很孱弱，瘦得连坐都坐不起，没办法那个女人只能一直抱着我。我的养父母看到这样的我，心里涌起了一股同情心，好像心脏被人揪了一下似的，马上把我领养了。一直抱着我的那个女人一点儿不会中文，那个带她来的人一直在帮我养父母和她之间沟通。她把我交给我的养父母，就跪下一个劲儿地磕头感谢他们。那时我只有两岁。

养父母把我领回家的时候，我全身都是虱子。他们把我剃了个光头，又给我换了新衣服。不知道是我太孱弱了，还是因为冻伤了，又或者是之前被吓到过，夜里我总是要哭醒。每天早上养母都帮我把湿了的被褥洗掉晒干，他们还给我很多吃的，最初瘦弱的我，因为养父母的悉心照料，长得比周围的孩子都圆。中文也是他们教给我的。他们还给我起了名字，叫“陈秀英”，送我上小学。

我两岁的时候就被收养，中国户籍也是养父母帮我做的，而且幸运的是我生活在哈尔滨这个城市，比其他孤儿受的苦都少。不过，流言蜚语还是散播开来了。我当时也被周围人欺负得很惨，大家都骂我“日本鬼子”，我却一直不明白是怎么回事儿。我也想和周围的孩子一样戴红领巾，但是学校不让我戴。我只想过得普通，但是我离普通却很远。所以啊，那天看到小春儿带着红领巾，姥姥可高兴啦，好像小春儿帮姥姥那份儿都带了一样。我当时最想要的，我孙子都努力争取到了，姥姥很开心，真的很开心……我们那时候，每人有一份叫档案的个人资料，里面有一栏叫民族，只有这一栏是无法修改也无法抹去的。我的这一栏里，一直写着“日本”。我这一辈子，最恨的就是这个写着“日本”的一栏了，但是想消也消不掉。只要被知道这里写着日本，就被歧视。也许从一开始，我们这些残留孤儿就没什么容身之地。就在那样的日子里，我的第一个养父被国民党带走了，再也没回来过。家里虽然还有养母在，但生活还是很艰难。后来家里来了新养父，他对我也很好。后来因为有了他的推荐，我才能上初中的。不过很快爆发了文化大革命，因为我的身份，我的第二个养父被打成右翼，我在新的学校里也被欺负得更厉害了。后来我不得不停学,再后来又去制铁厂工作了一段时间，那时候简直度日如年——

姥姥说到这儿，又喝了口茶。

——1984 年，我参加第四批“残留孤儿寻亲访日团”回日本的时候，要先从哈尔冰坐汽车到北京。在汽车站里，我丈夫和孩子都来送我了。周围还有其他残留孤儿与自己的养父母依依惜别。那个场景不知为何到现在都记忆犹新。共同走过漫长时光的养父母与残留孤儿之间，已经有了胜于血缘的深深羁绊。我身边，他们哭着和养父母抱在一起。“爸、妈，你们养育我的这份恩情，不管发生什么，我这辈子都不会忘记……我一定会回来的，回来和你们重聚”，我边上的一位女性流泪喊道。“让你走，就好像用刀割在我身上一样。但是你一定要好好的啊，要幸福啊。无论发生什么你都是我的孩子”，她养父母的回答我至今都记得。当时看着她我就在想，如果我的养父母还活着的话，他们会不会也是同样的心情呢，当我要回到有血缘关系的亲生父母身边去的时候，他们是否会挽留呢。

我养父母虽然走的早，但并不是只有血缘才是牵绊人们最深的东西，深交的心才是永远不变的牵绊的证明，这是他们教会我的。这份体会，到现在都是我的宝物。

我残留孤儿的身份真正公开，是 1972 年 9 月 29 日中日邦交正常化以后的事儿了。但是那时候，无论是中国还是日本，没有一个政府对寻找残留孤儿是抱积极态度的。当然两个国家也有其他重要的事。不过，因为在日本的亲人希望知道我们的下落，这个“残留孤儿寻亲访日团”的活动才开始的。到了 1981 年，两国政府终于开始行动，但是有像我这样被找到的，当然了无音讯的也很多。有人迫切地希望回日本，坚决留在中国不走的人也不少。其中也有被叫做“残留妇女”的人。她们过过日本的生活，想回去的愿望恐怕比我们强烈得多吧。她们在中国，嫁了中国人，好歹算是活了下来。她们的故事和我们残留孤儿不同，肯定是另一番波澜壮阔吧。

但是我的国家却对我们视而不见，回国之后要面对的问题也堆成山。无论是政府的措施还是日本社会，抑或是我们自己的适应，全部都是困难。就算回到日本，永久居住权不被认可，第二次被自己的国家活生生放弃的人也不在少数。没有人做人身担保，没有归处，甚至连自己存在的意义都要被抹杀，就这样自我了断的人也有。当然，也有人知道我们和残留妇女的事儿，在暗中支持我们，我们自己也不断向国家申诉，终于国家也渐渐承认了我们的存在。但就算是这样，也不是一切都迎刃而解了的，还有很多复杂深刻的问题悬而未决——

“但是我们还算是被老天眷顾的人了。不管怎么说，你妈他们都很能干。那时候我的亲生父母都不同意帮我获得日本的永久居住权。但是，现在他们看见我们这样在东京好好的生活着，应该也认可我们了吧。”

这段话对我来说过于深刻、过于复杂，我无法完全理解，但总觉得我总算明白了自己为何会存在于这个世界上。

第二天，我和大爷一起，送姥姥上了飞机。

第四章

形式——最后一堂课

十六

极具俄罗斯风情的圣索菲亚大教堂。白雪覆盖住了它原本墨绿的穹顶，金色的东正教十字架却在冬天微弱的阳光下闪闪发光，鸽子像几个小点，不畏严寒围绕着它飞了一圈又一圈，这景象对我来说太壮观了。教堂的外墙有些剥落，但它诉说着壮丽的历史。

“大家都好慢啊……”

终于放寒假了，我们寝室几个约好要一起玩儿。于是现在，我和齐家豪站在这座雄伟的教堂下，冻得瑟瑟发抖。

这个大教堂建于日俄战争后第二年 1907 年，当时是沙俄士兵的军用教堂。如今，教堂内部是民族历史博物馆，展出一些被日本占领时期的照片和绘画，还有达芬奇《最后的晚餐》的复刻。最高的钟楼上还有七个音色不同的钟。现在这里是哈尔滨最有代表性的景点，也是我和室友约见的地方。

我们在这儿楞站了十分钟，王源来了。又过了五分钟，任乐乐和赵亮才赶到。王恒要去补习班，怎么也腾不出时间，所以今天暂且我们五个一起溜达。

我们先向中央大街走去。从圣索菲亚大教堂出发，大概十分钟的路程。

一进入中央大街，道路两旁林立的欧式建筑，华丽的装饰与精美的造型，让人不觉以为自己误入了某个欧洲小国，不愧是被称为“东方小巴黎”的哈尔滨。街边的商店每一家都很吸引人，我们进进出出，看到好多新奇玩意儿。逛了一会儿后，任乐乐问我，

“小春儿，你吃过马迭尔冰棍儿吗？”

“应该没有。好吃吗？”

“当然好吃啦！这可是哈尔滨的传统冰棍儿，你绝对得尝尝！我们去吃吧！”

在任乐乐的强力推荐下，我们走进了马迭尔冷饮厅，旁边就是气派的马迭尔宾馆。那个宾馆由一位法籍犹太人创建于 1906 年，是当时远东最豪华的宾馆。

明明是大冬天，中央大街上却总是能看见吃冰棍的，我开始有一点期待了。

“这么好吃吗？”我问大家。

“行了，吃了就知道。”赵亮一脸包你好吃的表情。

“齐家豪，你不吃吗？”

“太冷了，我不吃。我吃马迭尔酸奶好了，也特好吃。”

我咬了一口冰棍，

“好吃！”

“那当然！这儿的冰棍儿可是有百年历史的啦。坚决不加添加剂，甜而不腻，冰中带香，尤其是这香草味儿，从来都没变过。”

赵亮像做广告一样，洋洋得意地给我介绍着。

“赵亮你还挺懂的啊。”任乐乐笑了。

“那你们几个知道为什么这个冰棍儿没有外包装吗？”

赵亮的语气，好像早就知道我们不知道一样，得意忘形。

“削减成本？”王源猜。

“啧啧，真是的，外行人就是外行人。是哈尔滨人的都给我听好了啊，不用包装纸，是为了保持舌头舔到冰棍儿那一瞬间的触感，那绝妙的温度、形状，可以说这才是马迭尔冰棍儿的……喂，你们几个，听我说啊！”

我们眼里只有冰棍,早就顾不上赵亮的什么“马迭尔冰棍论”了。

那之后我们继续闲逛在中央大街上，尽情享受寒假。从南边的经纬街到北边的防洪纪念塔，一千五百米长的街不知不觉就走到了尽头。

防洪纪念塔是一座耸立在松花江南岸、高二十多米的塔。它是为纪念哈尔滨市民战胜 1957 年特大洪水，于 1958 年修建的。现在塔周围多了很多商店，到了夏天又是哈尔滨的一个观光胜地。

我们走到防洪纪念塔附近，进了一家卖俄罗斯古董、人偶和装饰品的店。这块儿面朝松花江,比起人声鼎沸的中央大街要冷一些,北风呼呼吹着，好像在宣告着哈尔滨的冬天。

在店里转了一圈，任乐乐看了看时间说，

“到饭点儿了，我们打的去南岗吧？”

“嗯，南岗有很多商场，挺好的。走吧。”王源附和道。

我们打到车, 让赵亮坐副驾驶座上, 我们四个就在后面挤了挤。

“师傅，到南岗。”任乐乐说。

在车里，我们的话题也没断过。学校的事儿、学习的事儿、喜欢的女孩儿，聊了很多。不过有关我很在意的那个女生，我一点儿都没有提起。期间，赵亮突然问我，

“小春儿，你爸在日本是做什么的呀？”

听到这句，司机快速地看了一眼赵亮。

“就是做贸易，具体我也不太清楚。”

然后司机又从后视镜看了我一眼。

“哦，听起来好厉害！那小春儿家肯定很有钱吧！”

“没有没有。”

“但还是好厉害啊，我也想去日本看看。长大了我们就一起去日本玩儿吧！”任乐乐说。

接着司机突然说道，

“后面的小兄弟，你是日本人啊？”

“对，小春儿从日本来的。很少见吧，叔叔？”任乐乐大方地回答道。

“嗯，的确很少见。怎么样，喜欢哈尔滨吗？”司机问。

“嗯，很喜欢。”我笑着回答。

“是嘛。哈尔滨可是个好地方，以后找着中国媳妇儿了就留在这儿吧。”司机说。

然后车里就开始聊起了日本的事儿，连司机叔叔都跟我们讨论起来。但是司机几次拿起对讲机小声地说着什么，我有些在意。不过车里气氛实在太欢乐了，谁都没去注意。

车不停地向前跑，到了岔口一拐，上了一条小路。

“不对吧叔叔，南岗是那边吧？”赵亮提醒道。

“没事儿，这儿近。”司机回答。

“还是叔叔厉害！”任乐乐高兴地说。

但是出租车一路开到了大家都不认识的地方，离市中心越来越远，再看看周围已经荒无人烟了。

“叔叔，这儿是哪儿啊？开这么久应该都到了啊，计价器打得也比平时贵，咋回事儿啊？”赵亮有点着急。

“没事儿，一会儿就到。”

司机说着，又若无其事地拿起对讲机说了些什么。

齐家豪、王源、任乐乐小声地讨论起来。

“我怎么有种不好的预感。”

“嗯，不管这儿是哪儿，我们先下吧。”

“师傅，我们在这儿下。”王源对司机说。

“嗯？怎么了？没事儿，我会把你们送到的。”

“不，我们就要在这儿下，我这儿有亲戚。”王源骗司机说。

“这儿连人影儿都没。没事儿，你们就坐着吧。”

司机的这句话，让我们都紧张起来。

“你有完没完呐！都说了要下车了！”

对着执意不让我们下车的司机，赵亮忍不住声音高了起来。

“我说了会送你们到南岗的吧！都给我老实坐着！”

司机一下没控制住，原形毕露，喊得比赵亮还大声。我们一下子被唬住了，不过马上，我们坐在后面，小声地商量起对策。

“得想法儿下车。”齐家豪说。

“但是这儿也没红绿灯……如果车速慢下来的话，我们就跳吧！”王源说。

“但是赵亮在前面，我们得跟他通气儿啊。”

“那，我们先跳，第一个下车的任乐乐去跑去前面帮赵亮开门，这样成吗？”

“嗯，成。”

“小春儿，听明白了吧？”

“嗯。”

我们其实都知道，坐在副驾驶座上的赵亮是最胆小的一个。

“你们几个，在后面说什么呢？让叔叔也听听。”

司机从后视镜看我们说道。

“不行，我们在说悄悄话。”任乐乐回答。

“是吗，那更该让叔叔给你们参谋参谋啦。”

司机不再说话了，我们也默不做声，寻伺着跳车的时机。车里的沉默加剧了我们的紧张，车越开越远，车速却一点儿都没有放慢的意思。

眼前渐渐清晰起来的，是几个巨大的仓库，还有另外两辆出租车停在前方。这时候，司机说话了，

“不好意思，你们能帮叔叔做一件事儿吗？”

司机说着放缓了速度。任乐乐拍了拍旁边王源的大腿，这就是信号！他猛地一拉车门拉手，一推车门跳了出去，紧接着王源也跟在他后面逃了出来。齐家豪坐在左边，他那侧的门是封死了的。王源后面是我，司机已经急刹车了，我刚想跳出车外，司机一把抓住我的手臂，

“你们急啥，多危险啊！来帮叔叔一个忙吧。”

“不要！”

我大声喊，拼命挣扎，却没能挣脱。任乐乐和王源跳车后滚到路边，还没站起来。这时候，赵亮一拳打在司机脸上，

“放开，他妈的，放开小春儿！”

多亏赵亮，我挣脱开司机，连滚带爬逃了出来。

“齐家豪，你也快走，我来争取时间。”

齐家豪听后，也马上跟在我后面逃了出来。刚才跳车摔倒的两人也跑了上来，使劲拉副驾驶的门，我和齐家豪和上前帮忙，但门就是打不开。

“他妈的小崽子，敢打我！”

司机的拳头狂暴地落在赵亮身上。赵亮也拼了命了，跟司机厮打起来。

赵亮只能抱着头挨打，另外三个男人越跑越近。下一秒，也许是因为车里的打斗太激烈了，副驾座的门突然开了，赵亮什么防备都没有，就那样滚了下来。

“赵亮，喂，没事吧？快，要跑了！”

任乐乐拉起赵亮的手，我们五个不管三七二十一，往来的方向狂奔。刚才那个司机也马上从车里出来追我们。我们拼命地跑，回过头一看，他们四个就在屁股后面了。

“快跑啊！要追上来了！再快点儿！”任乐乐一边跑一边喊。

周围空荡荡的，一点儿可以藏身的地方都没有，只有来时的一条路。我们只能跑。

“放开我！”

一声尖叫划破天空，我们回头，赵亮被两个男人抓住了！

“你们仨先走！”我对前面的三人喊道。

“不,小春儿,回来！我们先跑再来救赵亮！”齐家豪想阻止我。

“我不能就这样丢下他！你们三个一定要去搬救兵啊！我会没事儿的！”

我说着就朝赵亮跑去，没跑两步就被捉住了。

“哼，逃了仨，不过，有这个就够了吧。”

司机看着我，露出阴险的笑。

十七

那四个男人把我和赵亮抓到一间仓库里。手脚都没有被绑住，嘴里也没有塞东西，但我和赵亮被吓傻了，一下都不敢动。狭小的仓库就比单人牢房大一点，里什么都没有，那四个男人一直站在门口说着什么。赵亮头上在流血，应该是在车里被打的。几个小孩子不要打的，临走前家长说了好几遍，现在我们悔得肠子都青了。

“赵亮，没事儿吧？”我声音颤抖。

“嗯，没、没事儿，就是有点儿晕。”

“对不起，真的对不起，都怨我……”

“没那回事儿……没事儿，他们肯定回来救我们的。”

“喂，不许说话！”一个人回头呵斥道。

留了一个人看门，刚才那个司机和另外两个人走了过来，

“小日本儿，你爸妈电话号码是啥？”

“我妈爸在日本，我不知道号码……”我颤抖得更厉害了，但是我盯着那个问我的人的眼睛回答道。

“撒谎！那在哈尔滨谁照顾你啊，说！”

我突然想到了当警察的大爷。

“那我告诉你我大爷的号码好了。”我把大爷的手机号如实地告诉了那个男人。

那人迫不及待地拿出手机，拨了过去。我虽然听不清那边说了什么，但我听到了大爷的声音，应该是打通了。

“你是小春儿的家长吧”——

“乖乖听着，马上跟他爸妈联系，他们孩子在我手上，如果想

要他平安的话，明天中午 12 点之前准备好四十万元，储蓄卡或现金都行，准备好了就给这个手机打电话，到时候会告诉你们地点，不许报警。”

挂了电话，那人笑了起来，

“好，每人十万。日本人的话这点钱一会儿就凑齐了吧。”

“嗯，挺合适的价。”

那个司机也笑了。他们四个好像做成了一桩什么大事似的，表情很得意。

我和赵亮蹲在角落，他一直抖个不停。我觉得对不起爸妈，还有大爷，还有蹲在旁边的赵亮，还有被牵连的齐家豪、王源、任乐乐。

“如果能成的话我们就发啦！”

“虽然我们有两个人质，但还是不能掉以轻心。事成的话今后就可以好好生活了，你媳妇儿也可以回家了吧。”

一个人对那个司机说。

“是啊，可以回来了。这次成了的话，你妈的病也有救了吧。”

“对，有十万就能做手术了。”

那个司机又对另一个人说

“你爸的债也可以还清了。”

“是啊，那就轻松了。”

听着他们的对话，我想了又想，站起来，对他们说，

“那个，不好意思……”

“干啥？”他们恶狠狠地看过来。

“我会好好呆在这里的，你们放他走吧，他一直在流血……求

你们了！”我说着向他们走过去。

“不行！”

“求求你们了”，我跪下，不断哀求，“求求你们了……求求你们了……”我不停地磕头。

“说了不行就不行！你这套对我们没用！”

可我还是不停哀求。

那四个人轮流看守我和赵亮，两个外出，两人看家，这个状态已经持续了很久了。

我和赵亮依偎着坐在角落，不知是因为恐惧，还是寒冷，我们止不住打颤。仓库里大概只有零下三十度吧，狭小的空间好像在不断吸走我们的能量一样，我和赵亮一点儿力气都没有，越来越衰弱。

“没事儿，他们三个肯定会找人来就我们的。没事儿的，没事儿的……”

我小声地安慰赵亮，不过也许，也是说给我自己听的。而在一旁，那几个男人却已经在悠哉地吃泡面了。

不知道被关在这儿了多久，我猜外面天一定已经全黑了。仓库里的四个男人凑在一起，拿大纸板箱搭了桌子，打起了牌。一旁放着好几根铁管。

“赵亮，不行，不能睡，再坚持一下！”

我好几次把要睡着的赵亮推醒。我觉得那四个人的注意力都放在打牌上了，就对赵亮说，

“赵亮，没事儿吧？我们找机会就逃跑吧！”

“不，不行了，我动不了了，在这儿等他们来救吧。”赵亮好像用尽全身力气才吐出这句话来。

“是要等他们来救，但是这里离我们和齐家豪分开的地方有点远，又有很多仓库，找起来很困难的吧。说不定他们已经来救我们了，只是没找到具体位置。只要我们能出去，大声喊、拼命跑，肯定得救的。外面已经很黑了,只要我们拼命跑,他们肯定追不上的。”

“但是，如果救我们的人还没来呢？我们肯定会被杀掉的……”

“不会，我大爷是警察，刚才他接了电话，肯定已经带了警察过来了的。”

我当然也很害怕，但我总觉得比起在这里等着，还是逃跑更有希望。

“……好、好吧，我明白了。我、我还可以再加把劲儿……”

这时，一个人的手机响了。

“好，那就放在 B56 号仓库吧。我数过钱后，明天再联系你们，到时候告诉你孩子们在哪儿。”

他们没再打牌了，气氛有些紧张，一个人走出仓库。

“看吧，救我们的人来了。”我小声说。

“如果放钱的地方离我们这个仓库很远怎么办？”

“所以跑出去之后要大声喊，让他们知道我们在哪儿。趁他们仨不注意，我们就跑。”

过了一会儿，三个人又开始打牌。打牌打得正是兴头上，完全放松了警。他们在门的左边，离门大概 10 米，我们在右侧，离门也差不多 10 米。

“准备好，要跑了。”

我咽了下口水。

“准备，跑！”

我和赵亮突然猛地跑了起来，用尽浑身力气向门口跑去。那三个男人没明白过来是怎么回事儿，停顿了一下，才拿起手边的铁管，想要阻止我们。我和赵亮被冻得脚都没知觉了，只是铆足了劲儿蹬地，让自己跑向大门。我让赵亮跑在前面。

“别让他们跑了！”

那几个人向我们冲过来，不过我们先跑到门口，猛地一推门，冲了出去。就在我前脚刚迈出仓库的那一刻，我的手被抓住了。

“小春儿，快，甩掉他！”先跑出去的赵亮扯着嗓子喊道。

“救救我们，有人吗？救命啊！”赵亮按照计划的大喊起来。我拼命想甩开抓住我的手。

“你们也过来帮我一把，这小子力气可够大的。”那个抓着我的男人对同伴喊道。

就那么一瞬间，他手松了一下力，我使劲一甩，挣脱开来。我拼命跑，先逃走的赵亮已经消失在黑暗中了。四周黑漆漆的一片，我好像奔跑在不见天日的洞穴中一般。

“别让他们跑了！就在这附近！”

那群男人的声音好像就在身后，我连害怕的心思都没有了，只是用尽全力往前跑。双脚已经冻得麻痹了,但它们却好像机器一般，开足了马力把我向前运。不知道后面追来几个，我在一点儿光亮都没有的黑暗中，不顾一切向前跑。不知道赵亮怎么样了……

终于，我看见了一道光。那道光好像有着巨大的吸力一般，仿佛有绳子牵着，我跑得不再那么费劲了。

“喂！在这儿！！”

是警察。警车和手电的光，终于给我带来一丝安慰。

“小春儿！”大爷抱住我。

“大爷！赵亮！赵亮！”

“没在一块儿吗？”

“我们分头逃出来的，快来！”

警察分成三队,开始找赵亮。追我的那几个男的好像已经跑了。大爷把大衣披在我身上，和另外两个警察一起跟着我。借着手电筒的光亮，我告诉他们我逃跑的路线。齐家豪他们后来向人求助，已经回到家里了。三个人受了惊吓,精神都很疲惫,任乐乐还发烧了。

跑到刚才被囚禁的仓库，跟着我一起来的，是我大爷和三个警察，还有王源和赵亮的爸爸，但不知道为何，马志鹏和他爸也在。

大爷打头阵进了仓库——一个少年倒在地上，头上留下深红的血液，一直蔓延到地上。赵亮明明比我先逃走，现在却躺在那里。

“快急救！犯人肯定在附近！”

大爷喊着，警察们马上开始行动。

“亮亮！亮亮！醒醒！”

赵亮的爸爸抱着赵亮大声叫着他的名字，一旁的警察迅速上前确认赵亮的情况。赵亮一动不动,头上被铁管敲打的伤口触目惊心。警察用毛巾堵住从伤口汩汩往外涌的血，摇了摇头。

我的心好像被疼痛麻痹，只是觉得很茫然，希望这是一个噩梦，我可以快点醒来。马志鹏看到这一切，身体忍不住颤抖。我太后悔了。从背后，大爷紧紧地抱住我，轻轻遮住我的双眼，把我带离这个现场。

突然，马志鹏像失控了一样，向我扑来。

“全部！全部！全部都是你的错！都是你来哈尔滨才会这样的！本来赵亮不会死的！都怪你！都怪你！”

马志鹏狠狠地打在我身上，好像想就这么打死我一样。我也想就这么被他打死，没还一下手。不过，我大爷上前拦住了他，

“别闹了，你冷静一下。马上送医院可能还有救。”

马志鹏的爸爸也劝自己的儿子。但是他从小看着赵亮长大，肯定明白马志鹏失去这样一个伙伴有多心痛。

“但是！但是！他是日本人啊！没有他的话，没有他的话，赵亮……”

大家听了马志鹏的话,都很震惊。马志鹏的哭喊让人痛彻心扉。

“亮亮！亮亮！……谁干的！把他抓来！把杀人犯抓来！我现在就要杀了他！快把他抓起来！”

赵亮爸爸紧紧抱着自己儿子，跪在地上大声嚎叫。

十八

一会儿，医生从急救室出来了。我们猛地站起来。赵亮爸爸开口道，

“我儿子……”

医生摇了摇头，

“晚了一步。”

虽然我们可能全都做好了接受这个打击的准备，但医生的回答还是斩断了我们最后的意思希望。听到回答的赵亮爸爸，猛地踹了一脚椅子，一声不吭出去了。现实太过沉重，我没法接受。大爷在我身边坐下，抱住我的肩。马志鹏冲到医生跟前，揪着他的领子吼道，

“你他妈的说什么尽力了啊！别那么轻易就放弃了啊！”

“别闹，志鹏！”

马志鹏爸爸制止了儿子的行为，然后走到我和大爷身边。

“你……为什么来这儿？你一个日本人，为什么来这儿！我问你话呢！”他大声质问。

“哭也没用！无法挽回了！我问你为什么来这儿！”

“你也别太过分了！这孩子也是受害者，他也差点死了啊！这孩子受的苦，你又了解多少？”大爷推开了马志鹏爸爸，护住了我。

“真的，真的对不起。”

我没有抬头，咽唔着道歉。

“小春儿，你不用道歉。这是意外……别责怪自己。”

“这可不是光道歉就能解决问题的！赵亮死啦！原本未来还很长的小生命！你说咋办呐！如果你不来这儿就不会这样！”

马志鹏爸爸看着我质问道，眼里满是愤怒。

“这又不是小春儿的错！为什么你弄得好像小春儿就是杀人凶手一样？听清楚了，这是意外，不是谁的错！冷静点儿吧！”大爷语气强硬。

“赶紧把这孩子弄回日本。只要他在，周围的孩子都危险！”

“你、你说什么啊！这片土地、哈尔滨，可是这孩子的故乡啊！啥也不懂就在那儿满口‘日本人日本人’地叫……这孩子就是应该

待在这儿的！在日本不是日本人，在这儿又有你们这些大人作梗，你让他到底该回哪儿去？他每天那么努力地学习，中文现在都说得这么溜了，这孩子现在正在寻找他的归处！你明白他心里的纠结吗！失去最亲的朋友，这孩子才是最痛苦的！”

“不，最痛苦的可不是他。我也同情他，但我说的是，不要把别的孩子也卷进来！”

“所以我说这次的事儿是意外事故！是歹徒干的！这孩子也是受害者，他没错！最重要的是，他是中国人！虽然在日本长大，但流着的是中国人的血！别啥也不懂就在那儿瞎同情！”

“你们俩都够了！”

马志鹏喊道。他脸上满是泪水，紧紧握拳，拼命抑制住自己的冲动，下嘴唇几乎要被咬破。

“小春儿，我本来，都准备跟你和好的了……但，好像是我错了……我，绝对不会原谅你的！”

马志鹏像要杀了我一样盯着我，说出这句话。

“爸，回去吧。”

说完，马志鹏和他爸就带着赵亮爸爸出了医院。

“抓到犯人后马上通知我。”

这是马志鹏爸爸最后说的话。

十九

赵亮的三七，今天是晴天，寒冬的蓝天怎么看都有些寂寥，瑟瑟的北风，好像在清净在场所有人的心境一般，意外温柔地吹过。

离市区有段距离的这个山坡上，一排排整齐排列的，是墓碑，这座山叫做“皇山”。

赵亮的亲朋好友聚在一起，赵亮的爸爸把菊花放在赵亮墓前，还给他摆上了零食。

“亮亮，你一直都是很爱吃的小孩，怕你饿，爸爸给你拿了好多吃的来。

赵亮妈妈泣不成声。

“亮亮，本来等你高中毕业就可以陪爸爸喝酒了，爸爸可期待那一天啦……等你十八岁了，爸爸要带上最好的白酒来这儿跟你喝个痛快。”

以茶代酒，赵亮爸爸在墓前洒了一杯水。大家围着墓，回忆着那个高高壮壮的男孩，悲伤久久挥之不去。

“你在那边就尽情享受吧，爸爸给你烧很多钱，多买点自己喜欢的东西啊。”

赵亮爸爸在自己儿子的墓前说完最后一句，一行人就离开了。

这儿一共有十二个焚烧炉，每个上面都刻了一种动物。大家在刻着马的焚烧炉前停下脚步。赵亮爸爸把一捆捆的纸钱点燃扔进焚烧场里，里面燃起了熊熊烈火。他拿棍子捅了捅，让纸钱燃尽。清冷的冬日下旺盛燃烧的火焰，仿佛赵亮本人在安慰大家一般，给予了人们仅有的一点温暖。

我总觉得，一回到寝室，赵亮还会在那儿，六个人还是像以前一样夜聊。赵亮的死很不真实，但我却终于知道了像深渊一样的悲伤。

王老师在开学后的第一天就告诉了大家这个悲痛的消息。但她没有说太多，只说赵亮是被人绑架后惨遭毒手的。

那个事件以来，寒假也没心思玩了，堆成山的作业也没心思做了。尤其是案发当天在场的我们四个，虽然不愿想起，但是每天都像是温习一样，不断回忆起那时的情景，而每每那个场面闪过，全身就会好像通了电似的颤抖不已。似睡非睡，连夜噩梦，还发了高烧。忘不了那天发生的所有，忘不了当时的恐怖，每天都在胆战心惊中度过的我们，已经感受不到时间的流逝。

班里同学也无法接受赵亮的死，开学本应该是最热到的时候，只有我们班阴云密布。经历过整个事件的齐家豪、王源、任乐乐和我，好像心底被开了一个洞一般，眼神总是空荡荡的。马志鹏也没有一点生气。

晚上寝室里也还是弥漫着悲伤，大家都不说话，好像在努力恢复以前的生活，各自做着一成不变的睡前准备。任乐乐酝酿了一会儿，率先打破了这份沉寂，

“我说，我们以后要连赵亮的份儿一起，好好相处啊！”

“那当然！也许班里不久就会变得和以前一样，但我们几个，无论发生什么，都不能忘了赵亮啊！”王源说。

“对……小春儿肯定也知道吧，那时候赵亮一定是最害怕的那个……如果我们不振作起来，怎么把赵亮那份儿都连带着活下去呢！虽然也许要过很久，但我们会好起来的吧……”齐家豪说。

我安静地点了点头，现在如果开口，眼泪一定比声音先出来。

“人，想要向前，肯定要首先忘记那些不好的事儿。也许别人觉得这样才是向前，但我却不这么觉得。小春儿来这儿后我想了很多，就算是历史也一样，如果大家都只记住自己想记的，根本不可能互相理解。不是要跨过那些残酷的、痛苦的事儿，而是要承担，就算慢慢前进也没关系，总之要学会背负。我们失去了最近亲的朋友，我们的同龄人里肯定没有这种经历的人吧。所以我们要比大家都坚强……我说得不好，但我们五个，一定要振作起来！”

我们细细思考着王恒的这番话，然后王源说，

“嗯，那当然啦。我们的父母，和我们父母的父母总是宠着没有经历过战争的我们，总是说我们什么都不懂，但现在这个时代，也有很多痛苦的事儿啊。的确，经历了最痛苦的时代的是我们之前的那些人，也多亏了他们我们才有这么富裕的生活，这些我想我们都明白，但要还清那个时候欠下的债，却是我们的责任。”

“说起历史的话，我们在这儿遇见了小春儿，在中国遇见了日本人,这样的经历肯定别人都没有。我们通过小春儿了解了日本人，而且会不断了解。只要多一些这样的相遇,没什么不能互相理解的。小春儿现在和我们感同身受，这就是战争不会重演的理由。小春儿来了以后，学校里的生活比以前有意思多了，其他同学肯定也这么觉得。也许上升不到国家层面，我们也不懂国家的大道理，但是让更多的人知道有小春儿这样的日本人的话，肯定会有所改变的！”齐家豪说。

听他们说完，我也整理了自己的语言，

“说实话，我也不知道自己是中国人还是日本人……现在看中国和日本的足球赛，我都不知道要支持哪一队好。我现在很喜欢中

国，喜欢哈尔滨，这都多亏了大家。和你们在一起的时候，我想称自己是中国人，想一起给中国加油。在日本的时候，说实话我很讨厌别人叫我中国人。但是来这儿以后，我讨厌别人叫我日本人……也许我有点狡猾，但是我不想让讨厌日本的人这么叫我……我两国的人都是，但又都不是，我是不完整的人，但是我最近觉得如果大家能把我当朋友的话，是哪国人我都无所谓了。不管作为中国人还是日本人，我都不会忘记赵亮这个朋友的，我想和大家一样……”

“当然啦！我们是一条心的！”

任乐乐开朗地回答道。

又到了熄灯时间，我们各自躺上床。对话已经结束了，空了一张床的寝室里，大家怀揣着自己的心事。今晚的一番谈话让我们已经干涸的心重新被滋润，好像预示着向前迈出新的一步一样，今晚的对话会成为我们未来的人生中重要的财富。

随着时间的流逝，班里也渐渐恢复了往常的气氛，但是始终，大家还是不能够发自内心地开怀大笑。王老师好像也一直特别注意这方面，尤其是对我和马志鹏，好像对待易碎物一般特别小心。就在这样的日子里，我还是经常到办公室补习中文，熄灯后也在王老师寝室学习到深夜，而老师还是像以前那样温柔。我好像在逃避什么似的，每天埋头于学习。不过，也许这就是我前进的方式。

课照样每天上，有人叫我打篮球就一起打，班上同学和刘帅、董巍，他们的生活都和那件事发生之前没什么两样，但是我，无论过去多久，心中那巨大的空洞都让我无法正视眼前的生活。另外四人也一样。周围的同学们一天天重新活跃起来，也许他们已经好好地迈出了新的一步。有时候我甚至都弄不清自己背负的到底是什么了，但只要一回寝室看到那张空了的床，我都会如刺骨般又鲜明地记起。我们五个早就做好了心理准备，周围终将会恢复原样，而我们也在努力，想回到那件事之前的生活。即使如此，我们还是感到只有自己被落下了，被落在了巨大的阴影里。每天都在告诉自己不能忘记，却又不得不朝前进。

二十

一天晚饭后。

“小春儿，有话跟你说。”

马志鹏把我叫到一个来往人少的楼梯转角。开学后他也和我们几个一样，一直都没什么精神。

“小春儿，你为什么这么难过啊？已经过了三个月了吧。刚开始还以为你是装的，但看你无精打采的样子，是真的还在难过吧。”

“因为，赵亮也是我的朋友啊……不过我知道，最难过的人是你。”

“小春儿,你真的是个……好人。我一直都在努力讨厌你,呵呵,但观察了你这么久，你身边聚集了越来越多人，看着这样的你，就算我不想，但对你的厌恶也渐渐淡去了。说实话，我还挺嫉妒你的。也许我真的在强迫自己讨厌你……”

马志鹏现在的表情我从没见过，和以往的他不同，今天他特别安静，感觉有点忧愁。

“小春儿，我也一直在想，为什么我要讨厌你呢。”

“马志鹏，我觉得你就这样就好了。你的痛苦和纠结我肯定不懂，所以，如果现在这样你能轻松一点，我没关系的。但真的，我不讨厌你。”

“小春儿，就是这样我才不能原谅你啊。我对你做了那么过分的事儿，如果你也以牙还牙，说不定我还好受点儿，但是你一直就是这样，人太好，以至于到最后我都不知道该怎么面对你。你听一下我的想法吧。”

我也格外地冷静，准备接受马志鹏一直耿耿于怀的事。

“我爷爷已经去世了，被日本人虐待死的。从小我爸妈就给我讲爷爷的事儿，就是‘东北烈士纪念馆’里展的那些。等你中文学得差不多了，就去那儿看看吧。也许至少你，啊不，也许你是特殊的，但……总之，你要知道你们日本人之前犯下的罪行。别人上历史课、看抗日剧就一腔子反日的热血，但我不同，我反日是因为我继承了有切肤之痛的人的遗志，可不是随波逐流的儿戏。我就想让你明白这一点。所以，其他人能跟你和平相处我能理解，他们看着眼前的你，可以接受你这个朋友，但是我做不到。如果跟大家一样和你做朋友的话，我爷爷怎么办，全家就只有我背叛了爷爷。我不知道该怎么和你相处，但如果你了解了我爷爷的经历，说不定你的想法会有所改变，我们的关系也会不同。如果你是我，你知道历史后会怎么做，我想让你告诉我。你为人真诚，又善解人意，所以有时间，就去看看纪念馆里我爷爷的那段吧。”

马志鹏如此坦诚地告诉我他的想法，我很高兴。虽然高兴，心里却又很复杂。

“我们马上就要毕业了，我不念德强初中了，所以，以后再见到你，希望我们能有不一样的对话。”

“嗯，那时候，我们再一起打篮球！”

“傻啊你，离毕业还有一个月呢！而且，‘再’啥‘再’啊，当时是为了班级不得已才上场的！”

“嗯，谢谢。”

离毕业只剩不到一个月了。深入骨髓的冷，让人觉得无望的北风，都已经过去了，轻抚脸颊的微风宣告着夏天的来临。越过了哈尔滨漫长的冬季，现在校园里草长莺飞，我们似乎也真的向前迈出了自己的一步。

最近总是想起刚来这个学校时的事，却总也记不起自己是怎么跌跌撞撞走到今天的。现在无论走到哪儿，都有跟我打招呼的人，和班里同学说笑打闹也好像是在自然不过的了。从什么时候开始，我注意到那个领操的女生的呢；从什么时候开始，我能用中文自如地跟大家对话的呢；从什么时候开始，我变得享受这弹丸之地的集体生活的呢。如果要问我记得什么的话,大概是直面困难的勇气吧。不管那是他人加于我的考验，还是环境对我的试炼，我几乎像变了一个人一样，冲得很莽撞却全力以赴。不知从什么时候开始，从这个班级、这个学校毕业是这么痛苦的一件事。

剩下的一个月里，王老师把一周的语文课中的两节变成自由活动时间。剩下的日子越来越短，大家的惜别之情也越来越浓。同学们都很珍惜最后的时间，为了不留下遗憾，更加专注地听课，抓紧时间和朋友聊天，好好过着每一天。我也细细体会着这离别在即的一个月，不想在日后回忆起来落下哪怕一个细节。

毕业前夜。逝者如斯，一个月的时间一下就过去了。宿舍五楼异常热闹，而我却被叫到了王老师房里。

“不好意思，突然把你叫来，但老师还是想在你毕业前跟你说些话。”

“不会，我也喜欢和老师说话，而且我会进德强初中，以后也随时可以和老师见面。”

“呵呵，老师真高兴。”

我真希望王老师一直是我的班主任。

“你来了之后，我们班、我们学校，真的都不一样了。”

“没有吧。”

王老师微笑着摇摇头。

“之前，不同班级的同学之间的交流很少，但你来了之后，全校同学都注意到你了，对吧。老师看着你如何越过各种困难，把全校同学团结在一起，老师觉得，能有你这样一个学生，真得很幸运。”

“不，我也给大家添了很多麻烦。多亏了王老师，才有今天的我。”

“不会的。这一年你自己有什么想法吗？”

“说实话我也不清楚，自己是怎么过地这一年，怎么越过那些困难的。”

其实这一年我有很多感触，但只要一回忆就会想起赵亮的死。那时的情景至今历历在目，以至于这件事在我的记忆力占据了大半空间，好像我这一年中只经历了这一件事一样。也许王老师也察觉到我的感受了，她温柔地说，

“是吗，老师觉得你特别勇敢。以后也这样，堂堂正正挺着胸膛走下去就可以了，毕竟你经历了这么多。”

“谢谢老师。”

“明天最后的课外活动课,我想和大家说说你的事儿,可以吗？”

“我的事？”

“对，这对大家以后的人生很重要。老师觉得比起像平时一样老师一个人在上面讲,让大家谈谈对你的看法,会对大家更有帮助。”

我和王老师聊了一会儿就回到寝室了，在寝室里和室友们像往常那样度过了小学的最后一个夜晚。走廊上还能听见宿管阿姨的脚步声，却没有了训斥的声音。

“同学们，今天是大家在这里的最后一天。”

这样看着站在讲台上的王老师，是最后一次了吧；和同学们这样坐在这个教室里，也是最后一次了吧。我和同学们之间的重重隔阂已经消失了，虽然只有一年，但我终于可以理直气壮地说，我是五班的一员了。王老师对每个人都有一段寄语，称赞优异的成绩、表扬在生活和体育方面对班级的贡献，这些话当然也是说给全班听的。

“小春儿，你到前面来。”

我走上讲台。

“这是给你的奖状。”

我接过一本 B5 大小的红色硬皮本，打开一看，里面写着“学习进步奖”。

“一开始我还在想你会怎么样，但你努力地追上了班里同学的学习进度，在体育方面对班级也有很大贡献，学校也对你褒奖有加，都有老师嫉妒我有你这么一个优秀的学生了。”

王老师的目光、同学们的目光，温柔地将我包围。

“同学们，老师在小春儿来了之后想了很多，这个转校生给我们带了很多思考。其实刚开始的时候，老师也不知道怎么跟他接触才好，大家也总是躲着他。人都这样，本能地排斥不属于自己的集体的人。尤其是小春儿是从日本来的，更会受到排挤。不仅是这个班级，整个学校里，我们这些中国人都是那样看小春儿。一直在日本长大和一直在中国长大的人身上不一样的感觉，我们班是感触最深的吧。就算同样是亚洲，就算是邻国，喝日本的水、呼吸日本的空气长大的人，与在中国土地、在中国人之间成长的人，是不一样的，这是老师在认识小春儿之后感受到的。拿最简单的说，小春儿在学校里碰见不认识的老师也会问好，再小的事儿也会说‘谢谢’，这就是不一样的氛围、不一样的文化对人的影响。就算同样是亚洲人，也一下子就能区分出中国人和日本人的吧。但是，我想大家也都知道，老师考虑最多的还是，小春儿在日本长大，却是由中国人抚养的，在外面和日本朋友一起，在家里吃的却是中国菜。大家一定不能想象这样的环境吧，这可是了不得的事儿。小春儿以前跟老师说过，不仅是中日之间，现代像小春儿这样，为自己暧昧的身份而困惑的孩子有很多，只是我们没接触到。你们以后会进入中学、大学，然后步入社会，到时候中国肯定会更国际化，会有很多外国的企业进入中国，等你们长大了，应该会有更多机会接触像小春儿这样的人。老师希望你们能成为能适应这样的社会变化的人。现在遇见小春儿，对你们来说应该是一段很好的体验。”

王老师的话有些难懂，但是同学们表情严肃，坐得端端正正的，似乎在努力把王老师的每一个字听进心里。

“小春儿刚来这儿的时候，这儿的一切都是全新的。对于小春儿来说，大家都是新认识的人，没有人理解来这儿以前的小春儿，你们连母语都是不一样的。在这儿，我想表扬一下小春儿的室友，齐家豪、王源、任乐乐，还有王恒，你们接纳了小春儿，让他感受到集体的温暖，对他不抱有偏见，努力地去理解他。这样的行为，越是大人越做不到，老师也要向你们学习。老师觉得，你们都长大了。但是你们也还小，不明白置身于新环境，该怎么保持自我，该怎么适应环境，也没有考虑过这些问题，这很正常。你们在德强小学待了五年，自然有理解自己的朋友，这样的朋友同时也是在集体生活中保护着你们的人。你们可能觉得这理所应当，但如果突然把你们扔到一个完全陌生的环境里，也许你们会连自己曾经是什么样的都模糊起来。其实老师觉得，来这儿以前的小春儿和现在的小春儿不一样。特别是小春儿在日本长大,他来到现在这样一个环境中，肯定会发现一个和以往不同的自己。这也是小春儿自己书写的成长史，是塑造新人格的过程。变得懦弱或坚强地成长，都会因小春儿自己的决定而不同。所幸，结果是小春儿不仅自己成长了，还带着大家一起前进了。我希望你们在今后进入一个陌生的环境时，能想起小春儿。在新环境里可能会迷失自我，但不要气馁，像小春儿这样慢慢寻找就可以了。”

王老师说的话，我有些难理解。面对一脸认真倾听她讲话的同学们，王老师也报以同样的热情。看着这样的她，我第一次在大家面前留下眼泪。然后，王老师看着我说，

“小春儿，你接下来会进入德强中学吧。那儿肯定会有更多的考验等着你，有关中日关系的历史课也会继续，也许你觉得这些东西已经听够了，但是作为有着两国文化背景的你来说，为了成为一个优秀的人，就算不愿意，也要正视中日历史，在理解过去伤痛的前提下，找到属于你的身份、你的个性。我想让你明白的是，了解历史的过程中没有一把公平的秤，知道的越多，感情就越会有偏移，但是如果不去了解就无法缩短距离。但是在你寻找答案的过程中，以及在那答案对你产生影响的时候，老师和同学们都是你的后盾，这一点，希望你在回日本之后也不要忘记。只要像现在这样做你自己，以后也肯定会有很多像同学们这样接纳你的人的。”

大家听了王老师的话都感触很深，这是跟王老师学习的最后一课了，大家都听得格外仔细。

“大家以后也会遇见很多困难，但我希望大家把这些困难当作是对自己的考验。无法躲避的考验，会把大家推入困境，那时不知道解决方法是很正常的,如何看待这个结果会塑造你们未来的人生。也许你们过往的经历中有一个答案,但其实很少有人会注意。所以，人们面对考验时会烦恼，会纠结，最后会得出很多解决方法，很多不同的看法，世界观因此也就变得宽阔了。但是，那些解决方法和看法里也不都是正面的，知道的越多就越失望的人也不在少数。但老师希望你们做前者。你们的路还很长，我相信我的学生无论遇到什么困难都能越过。痛苦时有五班的伙伴在，这真诚的友谊将会成为你们日后最大的慰藉。在这儿与你们相遇是漫漫人生中的一个环节。命运，是可以通过强大的意志改变的东西，还是无法抗拒的东西；是你走向世界，还是世界向你走来。总有一天，这个小小的环节会成为连接你们人生的一部分。今天小小的相遇或许会成为你们日后重要的因缘。珍惜这样的羁绊吧，然后挺起胸膛前进。你们五年级五班我是最自豪的学生！”

好多同学都默默留下了眼泪，我也是。王老师的话，最后一堂课，大家第一次体会到离别的感伤。

“老师，赵亮也在！”

马志鹏突然喊道。接着，同学们也都这么说道，

“对，赵亮今天也和我们一起毕业！”

“少了赵亮就不是五班了！”

“好想赵亮！”

“赵亮也一起！”“赵亮跟我们一起毕业了！”……

大家哭着，喊着赵亮的名字。看着大家，王老师也落泪了，说，

“当然啦，赵亮也在。”

接着同学们纷纷站起来，互相拥抱，互相道着平时不怎么说的感谢。

走廊上回荡着五年级五班的哭声。

第五章

罪——中国劳动者与七三一部队

二一

“向右——看！”

“向前——看！”

“立正！”

“休息！”

酷暑中，学校到处都响彻着威风凛凛的口号声。我们新入学的初一学生，在大太阳下，跟着教官的指令训练。

八月下旬，这样的训练已经持续了一个星期了。连日曝晒让同学们的脸变得又红又黑，汗水像小瀑布似的不断顺着脸颊滴下。大家的校服已经不再是红色的小学校服了，穿上绿色的新校服，我终于有一点初中生的感觉了。在教官的指导下，我在新同学面前大声喊道，

“立正——！向前——进！”

一周前，暑假结束，时隔一个半月，我回到学校。之前总是在德强小学遇见的同学，重聚在德强中学的门口。校门口挤满了第一次到这个学校来的学生的家长，还有我们直升上来的老生。校门口贴着分班情况的墙前围满了人，确认了自己的分班后，同学们就各自找向自己的教室了。初一六班，我向班级赶去。

德强中学比小学大多了，进入校门往里走，左边有一个小花园，后面是初中部的教学楼；右侧并排依次是游泳池、体育馆和食堂，再往食堂那边去有一块空地，立着几个单杠、秋千之类的健身器材。学生宿舍在食堂对面，四幢五层楼的建筑排了一溜。走过初中部就

能看到宽阔的操场，操场那端是高中部的教学楼。教学楼、宿舍、食堂、体育馆把操场围在正中。这里的跑道很长，篮球架的数量也大概是德强小学的三倍。

我走进初中部,寻找初一六班的教室。路上碰见了原来的同学，大家都很兴奋地互相打着招呼。

今年的初一新生，内部直升的和外面进来的加起来，总共八百人左右。一班到六班是直升上来的学生，七班到十五班是新来的学生。有好几个原来的同班同学，现在也和我分到一个班，时一婷就是其中一个。只是，齐家豪、王源、任乐乐都不在我们班，我有些遗憾。听说王恒如愿以偿地进入了他想去的那所初中，马志鹏也去了体育学校。到巧不巧，刘帅和董巍一起被分到三班。没能和好朋友分到一个班，我心里可失望了，唯有一件令我振奋的事，就是我和女神般存在的孙小蕊是同班。自从还了鞋套后，还没跟她说过一句话，但我已经发现，自己总是会多看她两眼。

走进教室,很多新同学都跟我打了招呼。我和他们聊了一会儿，新班主任就走进来了。新的班主任是关老师，大概三十多岁吧，看起来来有点严厉，是教英语的。她简单介绍了一下自己，说了这两个星期的安排，把厚厚一沓纸发给大家，一边还迅速地定了各科课代表。这厚厚一沓全是学习资料，有小学内容的复习，也有初中各科的预习。这个新班级的气氛还不算太糟，都是直升上来的，应该很快就能混熟。我坐在座位上，开始期待接下来的新生活。

但是，现在我喉咙沙哑，嗓子渴得冒烟却还不得不声嘶力竭地喊口号。军训时每个班都有两个教官指导，体育委员负责协助。经过同学们的推选，我成了这个班的体育委员。

我原本肤色偏白，现在被太阳晒得刺痛。其他同学也都精疲力竭，却还是坚定地站着。军训内容大多是队列训练，立正稍息、齐步走、齐步跑，同样的东西翻来覆去练好几遍。大太阳下保持一个站姿，训练配合的默契度，虽然只是这些内容，但每个人都很认真。只是每天都这么过，身体已经疲惫了，一想到这样的生活还要再持续一个星期,我就好郁闷。但只要过了这一周,就能开启新的生活了。

军训的两周里，每天早上五点就要起床，一天就在匆忙的叠被子中开始了。吃完早饭后，在教室里上完课外活动课和一小时的自习，军训就开始了，一直要持续到晚上八点。午饭和晚饭后也有一小会儿的自习，其他时间都在训练。

因为我是体育委员，我连短暂的休息时间都有很多事要做。跟教官沟通或给同学传话，还要负责给大家发水，忙得晕头转向。而说起我们的班主任关老师，同学们在烈日下站着的时候，她自己撑着阳伞，在一旁一脸清凉地看着。也不知是她天生性格如此，还是只是对新学生还不太上心。早自修的时候也是，必要的话以外缄口不言。我觉得她和王老师是简直是两极。

我和同学们一起生活了一年。暑假期间回了趟日本，在那儿的两个星期却总觉得少了点什么。见了一年没见的日本朋友，还和以前一样和他们一起玩，但总是有一种说不出的疏离感。好不容易回到期盼已久的日本，却总想着要回到哈尔滨，回到德强去。我开始忘记自己曾经把自己当做日本人。但就在军训的时候，一首歌又让我心里纠结了起来。

这首歌叫《我是一个兵》。每天训练休息的时候都要唱两遍。虽然我是体育委员，不得不好好唱，但是我的心却飘到了很远的地方。今天也是，休息时大家集中到操场上，一起唱这首歌。

我是一个兵 来自老百姓
打败了日本侵略者 消灭了蒋匪军
我是一个兵 爱国爱人民
革命战争考验了我 立场更坚定
嘿嘿 枪杆握地紧 眼睛看得清
敌人敢当侵犯 坚决把他消灭净
我是一个兵——

每当唱起这首歌，我总忍不住要想别人会怎么看我。不过，新同学并没有发现我心中的纠结，对我都很友好。休息的时候，我总是会和谁谁聊天，一点儿芥蒂都没有。现在和我讲话的这个同学，以前是六班的，当时也是董巍的一个小弟。

“小春儿，能和你一个班真好。那时候我对你做了很多过分的事儿，对不住啊，但我还是希望你能和我做朋友。”

“没事儿,我也希望你和我做朋友。过去的都过去了,别介意了，嘿嘿。”

“谢谢你啊。其实魏哥早就觉得你不错了，说你‘有骨气’。这个班里的人也都选你当体育委员，你果然很能干啊。以后我得认你做大哥了，哈哈！”

我真诚地笑了，

“什么大哥不大哥的呀,董巍才是你大哥吧。我就是你哥们儿。”

“我大哥认可的人也是我大哥，哈哈！”

“我可不想被人叫大哥啊，以后常一起玩吧！”

我们握了握手。

“嗯！小春哥，我们班还不错啊。”

“嗯，挺好的。大家都很好。”

“不是不是，我说的是那个德强小学的小天使，孙小蕊在我们班啊！真的很可爱啊。”

“诶？是吗？”

“说啥呢，你不觉得她可爱吗？”

“嗯、那个、觉、觉得……”

我不好意思了。说实话,我作为体育委员在大家面前整理队伍、喊口号的时候，总想着要在孙小蕊面前表现表现。跟她对上眼的时候，心中总是莫名的骚动。她在面前的时候，我总是特别小心地说中文，不想有什么奇怪的口音。特别是唱那歌的时候，只要她在，我就更想找个地方躲起来了。

一天天的训练，让我和班里同学之间自然而然产生了默契。

二二

今天没有训练，因为今天是理论学习，学校组织我们参观一些有历史的地方，亲眼去看看历史的痕迹。

第一站就是“东北烈士纪念馆”。我在车上从包里拿出了一张便签。这是当时马志鹏给我的，上面写着他爷爷的名字，还有展出的位置。一路上,我紧紧握着这张便签。我心里打颤,对去了解历史,还有了解之后自己会发生的变化都感到恐惧。我很想知道当时马志鹏是怎么想的。就算我读了那段记录，理解了，我和他就能心意相通了吗？作为日本人的自己应该怎么看待这段历史呢？今后怎么和周围的中国人交往呢？作为中国人的自己又该怎么看待日本呢？那时候课上的内容我没太理解，但是现在要去参观的，是一个个战争受害者的历史，是和我身边的朋友有直接联系的历史。如果能不参观就好了……

载着德强中学初一新生的校车一辆辆驶进南岗区一曼街的东北烈士纪念馆。这是一座西欧风格的三层建筑,又叫中国革命纪念馆。1931 年建成，1933 年作为伪哈尔滨警察厅，成为日军镇压中国人的大本营。从 1948 年 10 月 10 日开始成为展示中日战争历史的博物馆。下车后，我组织大家排成两队，整理好队伍后，解说员从里面出来了。每三个班一个解说员，我们班和齐家豪、王源班一起，任乐乐班跟着别的解说员进了纪念馆。

走进馆内，两根白色的大柱子之间有宽阔的楼梯通向楼上，铺着猩红的地毯，两边是金色的扶手。打扫得很干净，一看就是有钱人会喜欢的别墅。

“同学们,这里是 1933 年 9 月,日本鬼子强暴镇压中国人的地方。总面积一万六千平方，展示面积六千两百平方，展出了东北地区最有影响性和代表性的烈士伟绩。这里展出的文物、照片、资料超过一千件，而馆内收藏的文物有五千余件，书籍、档案、文献、照片超过三万件，是我国最早建立的有关东北革命的巨大文库。抗日民族女英雄赵一曼也曾在这儿遭受了日军的酷刑。展出的重要藏品中，抗日民族英雄杨靖宇将军用过的被褥、李兆麟将军被国民党间谍暗杀时穿的裤子、烈士董存瑞英勇就义后被授予的特别军功章——毛泽东勋章也展示在这里。那么现在，德强中学的同学们，让我们进入这座了不起的纪念馆吧。”

往里走，从左手边的展厅起，我们展开了今天的学习。

从 1931 年“九一八事变”开始,按时间顺序展示了当时的报纸、照片、物品等。我们现在站在“黑土英魂——东北抗日战争时期烈士事迹陈列”的序章处，再往前还有其他五个部分的展示窗。解说员在每个部分都停下脚步，给我们详细介绍当时发生的事。加上序章, 这个部分一共有六节, 主要讲了东北充满苦难的十四年抗日中, 为中华民族的独立和解放,不屈不挠抗争并英勇就义的英雄的伟绩。

随着讲解的不断深入，我越来越担心同学们的反日情绪会高涨起来。讲解员讲完之后安排了自由时间，我马上去找隔壁班的齐家豪和王源，他们在我们班前面。

“嗯，好！小春儿，感觉你变结实了啊。”王源说

“是吗？哎，说实话，在这儿我真的有点儿不太好受啊。”

“别这么说，这些都和你没关系。你和我们一样都是中国人，大大方方参观就好了。”齐家豪鼓励我。

也许我有些狡猾，但这时候，我真的从心底想当一个中国人。以前我不愿承认自己是中国人，但现在我想变得和周围的人一样，干脆当个中国人好了，还要当得像模像样，我觉我像在演戏。我就是这么喜欢在中国的自己,比在日本的时候还喜欢自己。对我来说，现在比起日本，中国更能让我安心。

“那个，我有一个想看的地方，你们一起来吗？”

“嗯，走吧。”

我又看了一眼便签，带着他们两个往楼上走去。

这个展厅叫做，“伪满哈尔滨警察厅遗址及罪恶展”。

“太惨了！真的太惨了……”

展示窗前一个戴眼镜的男的正盯着里面的照片看，一边小声地自言自语。

“啊，老师！”

齐家豪看见他后叫了一声。

“小春儿，这就是我们的班主任。”王源说。

“老师好。”

“你就是从日本来的李春吧。来这儿，觉得怎么样啊？”

老师的语气里不带一点情绪，静静地问道。

“很、很复杂的心情。”

“这里展出的是伪哈尔滨警察厅当时在政治、经济、思想、文化等方面对哈尔滨人民的残暴镇压，相当痛心吧，太可怜了……不过看了这些东西，你是最纠结的吧。”

“嗯……有点害怕。不安……也有可能是悲伤……”

“以前日本人在政治上残暴镇压东北人民，经济上毫不留情地掠夺，思想文化方面实行专断的殖民统治。这些罪行都在这儿明明白白的放着，你来到这种地方，老师挺同情你的。但是，你也是德强的学生，不要因为到了这儿就心虚，该看的就看，了解历史才是最重要的。”

“明白了。”

“老师觉得，让像你这样的日本年轻人了解历史，在此基础上，让我们的年轻人和他们友好交流，这才是中日友好的未来。多一个你这样的人，两国间的希望就多一点。”

老师说完，也没等我回答，就径自转向了其他展品。

“感觉这老师挺好的。”

我对齐家豪和王源说。我们继续往前走，寻找着记录着马志鹏爷爷的事的地方。

“应该就在这块儿了。”

我们走到的地方,有好几个同学围着看。他们的样子有点不对,一动都不动,好像在害怕什么一样。“好可怕”“真恶心”“好惨啊”,不断能听见他们不知不觉漏出的话。他们凝视着什么，眼里充满了同情和恐惧。我们钻进人群，挤到了最前面。

那里展示的是当时“七三一部队”进行人体试验的房间。展示窗里再现了当时的房间，光线昏暗，明明有玻璃，但好像不断有冷气从玻璃渗出，叫我们全身发冷。让人汗毛倒立的十平方米大的屋子里，等身大的日本士兵模型拿着长棍子，地上还乱放着一些剪刀和枷锁，用作解剖的台子上血迹斑斑。

我呆住了，脑子里一片空白，问齐家豪和王源道，

“这、这都是以前日本干的？”

“以前的日本人和现在的不同。以前是以前！”齐家豪斩钉截铁地回答。

“太残忍了……”

“你别在意，跟你没关系的。”王源也安慰道。

“但是……我好讨厌我自己，我是个日本人……”

我一不小心，说出了自己心里想的。然后，周围的人都看了过来。他们都是直升生，原本就知道我，现在也没有仇视我，我知道。但是他们的视线，就算什么感情也不包含，还是深深刺痛了我的心。我没忍住，拨开人群逃走了。齐家豪和王源追着我，三个人一起跑到楼梯附近，我在楼梯上瘫软地一屁股坐了下去。

他们俩很担心我，一直说着没事的，拍着我的背。

“学校也真是的，这种时候就不能对小春儿特殊照顾吗。”王源说着不知从哪儿拿出一根巧克力条吃了起来，明明展览管里禁止饮食。

“不，正是因为学校也把小春儿当作和我们一样的普通学生，才没有这么做的。所以小春儿就像普通学生一样就好，更何况这根本和你没关系啊。”齐家豪说。

但是我还是不能接受他们俩说的，我就算想忘也忘不了，我是日本人，不，我留着日本人的血、我是在日本长大的。虽然周围的人总是说我是中国人，但说实话，就算我模仿周围人的说话方式，就算我故意不对朋友说谢谢，就算我想堂堂正正做一个东北男子汉，但是只有我知道，我不是土生土长的中国人。就算我想做一个中国人，我也无法完全变成中国人。无论过去多久，我都没办法自豪地对大家说，我是中国人。

我在楼梯上坐了一会儿，心情恢复平静，对两人说了一声“谢谢，没事了”，就又来到了那个地方。已经没有力气去想中国人是怎样的、日本人是怎样的，反而觉得一直以来如此纠结这个问题的自己很可恨。

我找到了马志鹏说的那个地方，那里贴着当时被日本人虐待的中国劳工的口述。找到“马志康”,我和齐家豪、王源一起看了起来。

——一九四三年，迎来二十岁的我不得不接受国兵服役检查。但是，国兵这词儿对我来说可怕的很。那是因为，几年前我去县城里卖甜瓜的时候，看到伪政府骑兵队第 34 军附近，日本兵一刀捅进了国兵身体里，那个国兵当时脑袋上还缠着绷带的。他满脸是血，被捅了一刀还在那儿“hai，hai”连连回复，拼命保持着立正。那印象太深刻了，我不想当兵。当时我邻居家的大哥已经服役两年了，他告诉我如果不想当兵，有两件事儿要做：第一，检查视力的时候故意往反方向指；第二件，就是在日本人责骂的时候什么都不说，也许会被狠狠揍一顿，但是挨过就好了。我照他说的，果然因为身体不合格而免去了服役。查视力的时候，我好几次被日本人打了，但我坚决说我看不清，告诉他越打越看不清，就这样蒙混逃过一劫。

没有成为国兵的我，被叫做“国兵漏”，被交代了其他工作。接下来几年，每年我都在“勤劳奉仕”的名义下，被迫参加苦役。45 年四月，我在地里种田，伪政府的人来家里告诉我，我接下来要去国境线“勤劳奉仕”。当时，收到这个通知就等于是祸从天降，因为去国境线做苦役的人，几乎没有活着回来的。那天晚上我和我家里人都哭傻了。我是家里的长子，是主要劳动力，当时已经结婚了，而且下面还有弟妹。我走了家里该咋办？但如果我不去的话，马上日本兵就会把我抓到监狱去。第二天，我拿着父母和亲朋好友凑的二十块钱，离开了村子。我觉得这肯定就是永别了，我一辈子都忘不了当时的情景。

我被他们带到县城，那里聚集着和我一样三五十岁的劳动者。伪政府官署动员的人高声向我们说道："你们劳动奉仕队现在要到国境线去工作。期限未定，都做好心理准备了啊，绝对不允许逃跑的，逃跑只有死路一条！而且你们的家人都要进监狱！"我们听了这话，都哭了，心想着真的永远也回不去了。我们是一个中队，中队下面有五个小队，每队又被分成三小组，每组三十多个人。我们从哈尔滨出发往南，到了孙家站，在那儿转车。车上的警官一直不许我们看外面，说敢向外看的就是死罪。然后我们到了平房站，背着行李走了快一个小时，终于到了老五屯工地边的小屋，我们都叫它"劳工棚子"。后来我们才知道，这就是日本关东军"七三一部队"的驻地边的一个小角落。

那儿有五个这样的棚子，总共大概一华里四方的面积吧，在它东南和西面，有大概能站一万人的一个训练场，另一侧还有给从其他地方来的劳工住的棚子，还有好几辆马车。从这儿开外三华里以南的地方才是"七三一部队"的驻扎地和它的工厂啥的。然后在北边半华里处，有大概四十亩的劳工墓地。这些地方都是军事禁区，管理很严，有一点儿动静日本兵就会拿枪口对着你，如果想逃跑，必死无疑。

我们住的小屋，上边用木料搭成人字架，架上铺两层草席，用以遮风防雨，地就和外面一样是土地，没有门，只有一块木板挡着。中间挖了一条坑，半米深、六十公分宽，作为通道，两边铺满了半寸后的木板当床。一个屋子大概四米宽，有四十米长，住了一个小队一百号人。没有窗，木板的缝隙总是透风进来，床板之间都长草了。湿气很重，我们住了半个月，都得了疥癣，还有更严重的皮肤病。起夜也要跟日本人报告，不打报告就要被当作逃跑的。日本人还给我们定了“十二条禁令”：一、行走时不许东张西望；二、行走时不许说话；三、不许给家人写信；四、劳作时不许交头接耳；五、不可随意外出；六、不许吸烟及携带火柴；七、吃饭时不许讲话；八、不许丢弃食物；九、不许穿衣服睡觉；十、熄灯后不许说话；十一、不许随地吐痰；十二、不许随地大小便；十三、违反以上禁令者要受到处罚或死刑。

到了老五屯之后，日本人给我们每人发了一套绿色的劳动服和一顶帽子。那个帽子和日本兵戴的那种差不多。我现在都还记得，我们到老五屯后的第二天是端午节。那天日本兵吧我们全部召集到东南面的训练场，挨个儿拍了照片，隔天我们就拿到了带着自己照片的劳动证，然后我们就分队到驻地内各个地方工作了。七三一部队的驻扎地很大，被七、八尺的高墙围起来，而且上边还有通高压电的铁丝网，里面是两层的建筑、发电所、锅炉房，还有很多工厂、仓库、三个高烟囱。大门两端的哨岗上，日本兵架着枪监视着我们出入。出示劳动证后，我们被搜身，然后才可以进入七三一部队真正的驻地。我们被搜身的时候，日本兵也是两人拿机关枪，两人拿手枪，对着我们的胸口。如果发现带火柴的人，马上击毙。每次走过这个门的时候，我心里都怕得要命。有一天，我们中的一个人在劳作时不小心把酒精洒在了自己身上，走过那道门时，日本兵以为他喝酒了，也不听他解释，一下打掉了他的门牙。当时在旁边的我们都被吓得不行。

我们无论是吃饭、睡觉，还是去做苦力的路上，都被要求集体行动。如果有乱看，或者一直盯着一点看的人，就会马上被监视的士兵处罚，甚至处刑。吃饭的时候也是，饭前要端正地坐好。我们当中有被分配到“伙食班”的，这些人负责给大家发碗筷、盛饭菜。然后日本兵会大喊一声“mokutou（默祷）”，我们也跟着喊一遍，然后双手合十，闭眼默默祷告。日本兵逼我们感谢天皇赐予我们这些食物，就这样想两分钟。两分钟之后，日本兵会喊“itadakimasu（我开饭了）”，我们再跟着喊一遍，然后才可以开始吃那少得可怜的饭菜。吃的时候也不能说话。我们每天的早饭是半碗高粱米煮大豆，中饭是橡子面和发霉的玉米面做的窝头。因为发霉了，所以面很硬，吃的时候要用筷子捣碎，但一捣碎就能看见里面又绿又黄，还发黑，有时候还混着麻袋的线，吃起来又苦又辣。晚饭是高粱米和大豆煮的粥，偶尔会有汤，但里面总是混着水泥。好不容易有菜了，却都是日本人吃剩下的。因为那些菜已经变质发出恶臭了，我们大都悄悄把它带到厕所扔掉，但如果被日本兵发现了的话，又会被狠狠打一顿。有一次一个人因为嘴里的菜实在太臭了，没忍住就吐了出来，日本兵马上冲上前把他打翻在地，对他拳打脚踢。

我和另外十五个人被分到加工厂工作，主要就是加工木板啊木块啊啥的。日本人怕着火，就让我们用一种前端可以倒水的锯子锯木材。我是操作锯子的，另一个人负责推木头。只要电动锯子一转，水就会到处乱飙，我脸上也会被溅到，但是我不能闭眼，因为只要一不看好就会锯歪，然后一定会被日本兵教训地很惨。我的劳动服每天都湿淋淋的，肚子也很饿，活着真的很痛苦。来这儿十多天后，不断有人肌肉无力，头发也掉了，还有很多人感冒。然后大概过了一个月，一个一起劳作的人又累又饿病死了，他才二十二岁。我也得了肺病，一边劳作一边吐血。但是日本人可不管我们生没生病，要求我们像平常一样劳动。然后一个多月后，我们从加工厂被调出来，到木材厂搬木头去了。我每天摇摇晃晃地把加工好的木材扛起来，咬紧牙关，每一步都好像要倒下一样。监督的日本兵不停地喊着“hayaku（快）”，搬得慢的人会挨鞭子。我们搬完了北边的木材，又一刻不停地被叫到南边搬。就在我们不停地搬木头的时候，我又开始吐血了。

我听说，在我们的劳作区以东一华里不到的墓地里，有一个小角落是收留患病了的劳工的。有一天我们小组有一人重病不起，我和另外三个人就把他抬到那个地方去了。我们都以为那里是卫生所，到了之后才发现那儿啥都没有，只有一个东西朝向、高不到一米、宽六七米的长长的矮山坡。山坡西侧有一道不知通往何处的门。我们按照监查员说的，进了那道门。门里是一个巨大的洞穴，和我们睡觉的小屋差不多构造，中间是通道，不过两旁没有木板，只摊着茅草，上面躺着几个无力呻吟的病人。里面很暗，叫人毛骨悚然。一个日本人叫我们把病人放下赶紧走。几天后我们抬去的那个人就死了。听说，病人被抬到哪儿后都会很快死去，然后就直接被葬在那儿的墓地里。

有一天，我们在搬木材的时候，下面跑出了两只耗子，我们吓了一跳，马上踩死那两只耗子。没想到这却激怒了日本人，马上，一个队长模样的日本人跑了过来，劈头盖脸对我骂了一通日语。翻译让我们把全组三十个人都叫来，排成一排。我因为个儿比较高，站在了第一个。那个队长慢慢地踱到我身边，突然猛地给了我几巴掌。我被打得眼冒金星，耳朵嗡嗡作响。然后队长命令我打我边上的那个人。但是，这里站着的都是跟我一起同甘共苦的兄弟，我怎么也无法对他出手。最后我豁出去，轻轻扇了他两巴掌。然后队长更生气了，大声骂着“bakayarou（混蛋）”，抓着我又给了我几下，我被他扇地倒在了地上，他就用皮靴对着我的脸踢。日本人的皮靴底下有小钉子，我被他踢了没几下，就疼地滚来滚去，不断哭喊。我脸上流了好多血，一会儿就失去意识了。我醒来后发现，门牙没了，脸和耳朵上都是伤，流过的血就那样干在脸上，而且左耳也聋了，剩下的牙齿也松了，没几年就都掉光了。后来翻译跟我们说，以后看到耗子要活捉。我们当时很不理解，为什么日本人那么珍惜耗子。

七月中旬，日本人长官把我们五百人召集起来，命令我们在驻地东南三百米的地方挖三个大坑，长五十米、宽四十米、深五、六米。我们一整天要挖十五、六个小时。一个矮个儿的日本兵拿着棒子，一直喊着“hayaku（快）”，看见动作慢地就狠狠敲过去。一连二十多天，因为过度疲劳和饥饿，我又吐了很多血，但是日本人根本不理会。直到苏联军攻入东北的八月八日，我们才终于挖完了那三个大坑。但我们当时都不知道那是干啥用的，后来我去“七三一部队罪证遗志”参观的时候才知道，那三个坑是为了消灭证据，掩埋劳工的尸体和被用作人体实验的人的尸体才挖的。

一九五六年，那个地方要新建房子了，挖地基的时候挖出了很多白骨，用了三卡车才运完。

八月九日，日本人长官有些慌张的样子，带着翻译把我们两千多人召集到训练场上。他开始讲起日语，翻译官给我们翻译了：“老毛子从牡丹江打过来了，现在我们要把这里所有的建筑都毁掉。没有建筑物的地方，老毛子不会停留，等他们走了我们再把这儿重建起来。先把房子拆了，结束后我们会把你们用汽车送回家。到时候你们可以从这儿带走任何想要的东西。”我们得知苏联派军队来打日本后可高兴了，而日本人则是一副丢了魂儿的样子，满面愁容。但是他们对我们更恶毒了。一天晚上吃完晚饭，本来应该是睡觉时间了，但我们突然被召集到训练场上，被命令把那里堆着的大量木箱搬到卡车上。我们不知道那里面是什么，只是每一个都出奇的沉。日本兵用炮对着我们，大声喊着“isoge（抓紧）”。我们不吃不眠搬了两天，终于把箱子都搬完了，然后几个日本人和他们的家属急急忙忙就上车了。那时候他们应该在逃跑吧。我在搬箱子的时候也一直在吐血。

我们终于搬完了木箱，回到小屋睡了不到两个小时，又被叫了起来。他们拿着枪对着小屋，把我们包围了，然后命令我们把驻地里所有的仓库都烧掉。驻地里有数十个大仓库，平时我们都不被允许到那边去。我们按照指示打开门，里面简直不像是人间能看到的景象。里面堆满了铁笼子，关着数不清的老鼠，还有关着猴子的。我们看到这些，忍不住胃里反酸。其他仓库里还有牛啊马啊。日本兵像疯了一样喊着，盯着我们，让我们用最快的速度把木头搬来，倒满汽油和酒精，然后一把火把这些全烧了。火光冲天，浓烟滚滚，牛、马、老鼠，还有猴子的惨叫震耳欲聋。我们烧了三天三夜，终于把所有仓库都烧成灰了。我们在烧仓库的时候，日本人把所有的建筑物、锅炉房、工厂都烧掉、炸掉了。平时穿着和服的日本人，这时候也都换上了军装，瞪着血红的眼睛看着我们。我们觉得，日本人为了封口一定会杀光所有人，终于，我们动起了逃跑的念头。

就在我们烧光了所有仓库的那天晚上，中队里一个特有骨气的人告诉我们不要坐着等死，而且跟我们说了一个计划。他让我们把铲磨尖，逃跑时看到日本人就用铲跟他们拼。我们连日劳作，已经精疲力竭了，但是逃生的一线希望让我又涌起了动力。忘记睡意也忘记疲倦，我们一个劲儿地磨着铲子。我们既兴奋又害怕，一旦失败了，后果不言而喻。那天晚上一直下着雨，外面不断响起爆破声，我们棚子被震得一晃再晃。夜里两点，我们开始了逃亡。一片黑暗中，我们离开了破败不堪的棚子。我们用铁铲敲开铁丝网，外面是护城河一样的水道，我水性好，一下就游到了对岸。就在我爬上岸的那一刻，不知是谁大喊了一声"快跑！快"，我以为是日本人追来了，冲着东北方撒腿就跑。我们之前也没琢磨逃跑路线，只有在黑暗中没命地跑。当天边开始泛白的时候，我跑到了一个瓜田边，才发现，一起逃来的只有不到三十人。在那儿有一个种瓜的男的，问了之后才知道，这里离那个地方已经有三十里了。那天应该是八月十四号。我们躲进高粱、玉米田里，各自朝家的方向出发了。

大概走了五天五夜，我终于走到了故乡。一进村就有几个孩子跑着告诉我家人我回来了。不一会儿我娘就来接我了，但是她看到我却没有任何反应。这也难怪，我在那儿两个多月，受尽了折磨，已经完全没有以前的样子了。

我回到家，我家人都哭得不成样子了。我还是在吐血，回家之后在床上躺了大概一年，才渐渐恢复了体力。一九四六年，我入伍，踏上了革命的道路。

到现在也不能确定，有多少人从七三一部队逃出来了。那时候的情景在我脑海里挥之不去。前车之鉴，后车之师。我们永远不能忘记日本军国主义给中国带来的深刻灾难。我希望中日两国人民能代代友好，不要再让这惨痛的历史发生第二次——

“我今天总算明白了。马志鹏是知道了自己爷爷的经历，才这么仇视小春儿的。”齐家豪说，表情复杂。

“但是，他爷爷最后也说‘我希望中日两国人民能代代友好，不要再让这惨痛的历史发生第二次’了呀。我觉得马志鹏应该好好把他爷爷的话记在心里。”王源说。

“亲身经历过灾难的人，不想让自己的子孙也经历同样的痛苦是很正常的事儿吧。”

“但是就是会想报仇的吧。就算最后写‘总有一天要报仇雪恨’也不奇怪吧。”

“马志鹏的爷爷肯定明白，如果这么想的话历史还会重演，就算报仇了，也会有很多人牺牲。所以问题的关键就是我们如何理解马志鹏爷爷的经历，还有他最后的这句话了。就算当事人说‘希望后世友好’，肯定还会有人想为亲人报仇。对于马志鹏和他的亲戚来说，眼前出现了日本人不可能无动于衷的，如果不想法儿为爷爷报仇，可能就会觉得对不起爷爷。所以那个时候马志鹏这么讨厌小春儿。”

“但是，说到底还是跟小春儿没关系不是吗？”

“话是这么说，跟小春儿没关系。但是我们当时没能注意到马志鹏所处的境地也是事实。”

就在两个人谈地热火朝天的时候，我终于把全文看完了。期间虽然有不懂的地方，但是多亏了他们俩的解释，好歹理解了。

我很同情马志鹏的爷爷，却又不觉得那全是真实发生的，因为这些事情完全超乎我的想象。我周围的日本人跟这里描述的太不一样了。那时候残忍冷血的日本人，现在到底在哪儿呢，、他们好像完全不同的生物。我自以为理解马志鹏当初对我的蛮横无理，但是现在才发现，我的理解多么肤浅。跨越时空，马志鹏的行为看起来好像只是以牙还牙,其实不然。并没有亲身经历却仍放不下的仇恨，不是凭空创造的东西，也不是自然的产物，那份情感仿佛被打上了宿命的烙印，不管在哪个年代，不管以何种方式，前人所受的苦痛都会传达到后人的心里，好像不断被重新粉刷过一样清晰。只要不变的历史还在，只要还有人在讲述那段故事，新生的人们就会从自己的意志中生出新的仇恨一般的情感。只要想着同胞，只要还有一颗爱国的心，就算形式不同，仇恨的连锁反应也还是会继续。

“我觉得我最近肯定会再遇见马志鹏。如果再见到他，我想找到某种能跟他和平共处的方法。”

二三

接下来我们前往第二个参观点。到了之后关老师对我说，

“小春儿，发什么呆呢？快点整队。”

一路上我一直在想马志鹏和他爷爷的事。我们现在到达的是平房区的“七三一部队旧址”。是当时在这里进行人体试验，研究细菌武器。这个建筑阴森森的，好像当时死去的人的怨念还没散去。

和刚才一样，每三个班就有一个讲解员。

“七三一部队旧址”据说定期都有维护，但是展出的解剖刀、锯子、毒气面罩、监狱、手术台都好像生锈了，带着一股压迫感。

“日本是资源匮乏的国家，就连用于战争的钢铁、木材、石油都很缺。所以日军需要有效、低成本的武器。他们想到的就是细菌

武器。”

我们和讲解员一起开始参观。第一个房间里展示了关于某个男人的资料，有很多文献、照片。讲解员开始讲解。

——要说七三一部队，就必须从某个人物说起。他是这个组织的最中心，也是在中国经常被提起的人，他叫石井四郎。

石井四郎出生于日本千叶县，1920 年 12 月毕业于京都帝国大学医学部。毕业后设立了细菌研究课。大学毕业后，他进入陆军，作为军医留学德国。虽然国际条约禁止，但是石井仍然继续着细菌研究。1932 年回国后，他设立了军医学校。前往欧洲考察后，各地开始宣传细菌战不费钱，越来越多国家开始注意这一块。石井当时好像这么说过 :“枪伤一个月就可以治愈，就能回到战场，但是细菌只要撒过一次，就能从村到村，人到人都感染。不仅会产生感染者，还可以引起二次、三次感染。预期效果很好，而且还可以对负伤者的精神产生伤害。”对于资源匮乏的日本来说，这是更有效果的兵器。但是对于负伤者来说，会受到巨大打击。换句话说，这是不人道的武器。当时七三一是秘密组织，所以表面上叫“关东军防疫给水部”。

1931 年“九一八事变”爆发，石井前往哈尔滨。那之前石井就在背荫河做过人体试验。背荫河是石井为了做人体试验而在中国建造的最早的基地。

1935 年 8 月 15 日晚，被日军捉住当实验对象的中国人试图从程家冈村逃走。那天好像是日本人的节日，日本人都喝醉了。而且刚好停电了。被抓住的中国人翻过墙逃跑了。所以这个不人道的基地被泄露给了外部，周围发生了暴动。后来基地就不得不搬到哈尔滨的平房，日军下达了 1539 命令，把那里作为特别军事区。

背荫河虽然是石井选定的试验场，但同时也是抗日联军频繁活动的地方。石井吸取上一次的经验，把人体实验室设在了离市中心不远的地方。于是就选定了平房这个地方。人口少，土地广，是对他实施犯罪十分有利的地方。平房特别军事区就这样形成了。当时，通过平房的火车必须在前一站拉上窗帘，从窗帘缝偷看的人马上会被抓起来拷问。所以当时有句话叫“小哈尔滨，大平房”。——

这个房间里展示着当时七三一部队建筑物的照片。

——1936 年到 1940 年，日本关东军在哈尔滨平房地区建造了 6.1 平方公里的生化武器研究指挥中心，是至今世界上最大规模。除了关键的机密建筑物以外，有数千人中国劳动者在那里工作。

1939 年，七三一部队为了战争已经做好了相当的准备。总人数 3000 人，其中研究员、大学教授、医学专家、科学家约八百人左右。统领他们的就是队长石井四郎。非常机密的七三一部队里，有一个第八部门特别班。

七三一部队的人体试验用了大量的活人。作为实验材料的人被称为 maruta。Maruta 在日语里是剥了皮的树。对于日军来说，活生生的人不过是实验材料。那时关东宪兵队开始了间谍活动，1938 年 1 月 26 日，关东宪兵队司令部下达了特殊命令，抓了大量中国人，送往七三一部队当 maruta。这些人大多都是抗日地下工作者，抗日联军的士兵、八路军、新四军，还有国民党的士兵。不仅中国人，俄罗斯人、朝鲜人、蒙古人也被当做实验材料。这些人都被各种残忍的方法杀害了。

七三一部队为了在战场上使用细菌战，设立各种组织。管理maruta的特别班，研究细菌的各个班，伤寒班、霍乱班、鼠疫班等等，无论哪个班的研究内容都十分可怕。就这样，七三一部队由各种分类细致的班组成。当然，他们违反了当时国际法规定的不允许使用生化武器的这一条例。实验内容不可以邪路给外国，所以他们是秘密部队。隶属于这个部队的人，必须是严守秘密的人。所以石井四郎把他的亲戚带过来作为部队的核心人物。其他成员里，同样与石井出生于千叶县的人也是最多的。石井通过用亲属组成部队核心，保证了机密不外传。

石井四郎下令开始细菌战后，他们培养了大量细菌。细菌的种类繁多，破伤风菌、大肠菌、霍乱菌、鼠疫菌……这些菌都含剧毒。

“七七事变”后，抗日战争全面爆发。七三一部队加快了研究和使用细菌武器的速度。

1940年到1945年，在七三一部队的指导下，日本侵略军在中国二十省以上投放了细菌弹，夺取了大量无辜的中国人的生命。

西伯利亚天气条件恶劣，七三一部队还进行了大量冻伤实验。为了加快水下细菌实验的进度，七三一部队在黑龙江省安达区设立了安达野外特别试验场。那里有实验室、监狱、车库、实验观测室。1941年6月，很多maruta被从哈尔滨平房送到了安达，进行鼠疫、伤寒等实验。他们被绑在十字架上，胸口、头上用铁片保护，这样爆炸的时候他们就不会死，日军就可以观察特定伤口的感染状况。上空七三一部队的飞机在盘旋，定时往下扔陶质的炸弹。爆炸会造成十字架上的人有很深的伤口，让他们感染。然后日军彻底消毒，把他们送回平房，观察伤口感染状况、解剖。

实验期间有一件意外。被绑在十字架上的一个人挣脱了。那个人想把周围的同胞也救下来，但是马上就要投炸弹了。他一个人一个人把绳子揭开，拿下铁片，一共解开了四十个人的绳子。他们四散而逃。如果他们逃出去，日军的暴行就会被发现。日军下达了全部杀光的命令。

几个展厅里展出的资料数也数不清。实验老鼠、人体解剖顺序的记录、冻伤实验的照片，还有论文等文献、报纸等等。还有七三一部队运送中国人的照片、人被吊在空中的照片。

七三一部队进行的人体试验有细菌注射、细菌事物感染、菌群感染、梅毒、冻伤、真空、倒挂、饥饿、断水、干燥、触电、毒气、人马血液交换注射、抽血、尿注射、子弹贯穿、空气静脉注射、马血肝脏注射、高速旋转、麻醉、动脉及神经切断、烟注入肺部、小肠与食道连接、人口受精、x 光照射……无论哪项都让人难以相信是这个世界上发生的。展厅里展示的内容过于详细，以至于让人感到毛骨悚然。

——1943 年，日本细菌战形成了战斗体系。年末，七三一部队以外的所有细菌部队都着手细菌研究。同时，侵略中国的日本各组织机关也配合七三一部队，形成完整的体制。驻扎在中国各地的日本陆军医院也参与了人体试验。也就是说，七三一部队是日军细菌战的研究和指挥中心。研究所，还有七三一部队以外的北京 1855、南京 1644、广州 8604、新加坡 9420 等各支队都进行了人体试验、细菌研究生产、人体解剖等犯罪。

直到 1945 年 8 月，这场震惊中外的大试验才迎来了结束。苏联红军向中国东北派军，石井四郎下令撤退。在撤退之前，为了掩盖罪行，日军疯狂地进行大屠杀，企图将犯罪的痕迹完全抹去……

第六章

理解——第二代与第三代

二四

新学期第二周的星期天晚上，回学校前我都待在大爷家。进入中学之后每周我都坐校车，不过今天晚上大爷开车送我回学校。今天大娘烧了几个拿手菜，大爷的朋友们也到家里来吃饭了几个大人聊地热火朝天，根本忘了我的存在。我爸妈也在哈尔滨买了房，打算将生活和工作的重心转移到哈尔滨来。房子还在装修，但我很期待之后能跟爸妈一起生活在哈尔滨。

“对不住啊小春儿，你跟老师说得清楚吗？跟宿管好好说说，让她给你开个门儿。”

我终于从大人们无聊的杂谈里解放出来，现在只觉得学校里的空气特别新鲜。晚上十点，宿舍门刚关不久。

初中起，晚自习不再是班主任管了，有一个专门负责课后学生生活的副班主任管理。那是个女老师，现在应该已经在女生宿舍里了，我决定明天再跟老师汇报。

拎着两个大包，我下车向男生宿舍走去。

从教学楼经过的时候，我觉得好像看到了人影。原本以为是巡逻的保安，但再看一眼又觉得是个女生，正在用教学楼一楼的公用电话。现在教学楼的门应该已经锁了，窗户也关了，不应该还有学生在里面。我心中一面觉得不可能是她,一面又忍不住小小的期待，于是悄悄地朝那边走去。而在那里的,正是她。我想进到教学楼里，但门果然已经被锁住了。我使劲敲门，想引起她的注意。

孙小蕊注意到我了，她原本略带忧伤的脸立刻转为惊讶。她看了过来，我们隔着门上的玻璃窗说上了话。

“你为什么在这儿？”

“你才是呢，现在大家应该都在宿舍了吧，你为什么还在这儿？该不会是被锁在里面了？”

“……教室！到我们教室的窗户那儿来。”

隔着玻璃我们不得不大声说话，我很紧张，仔细想想这大概是我第一次正经跟她说话吧。我们年级在一楼，我来到教室窗前，她从里面打开了窗。

“为、为什么教室门开了？你怎么进去的？”

“行了，进来。”

我从窗户爬了进去，然后孙小蕊说，

“你说为啥？咱班钥匙不是你拿着的么？老师发火了，因为锁不了门。”

“啊，这么说来……”

我忘了还要负责关教室的门窗。

“但、但是今天大家是怎么进来的呢？”

“保安开的啊。大家回宿舍的时候，我和几个人留下来打扫卫生。如果你明早还不来的话，又得向保安借钥匙，为了省事儿我们就没锁窗，然后我们就回寝室了。后来，我有点儿事儿，必须要打电话……”

只有教学楼一楼有公用电话。

“可是你为什么这么迟了还在这儿啊？”

孙小蕊欲言又止，找了张椅子坐了下来。我也偷偷靠近了一点，在她身边坐下。

“不、不想说就算了。但是，该、该回寝室了吧……你的室友肯定很担心你吧，老师发现你不在了肯定很着急地在找你。”

“又没关系！我现在……我现在不想回寝室，我就想找个地方静静。你才是呢，再不回寝室该挨批了。”

“我、我才没关系呢。今天星期天，也还没碰见谁，装作明天早上才回来的就行了。但是你晚自习就和大家在一起,你会挨批的。”

“我要挨批了你也一样，明明是体育委员还不管同学。”

“啊，对啊……”

然后孙小蕊“噗嗤”一下笑了。她笑的时候嘴角上扬的角度很好看，虽然光线很暗，但我觉得我仿佛看到了她的眼睛，像夜空中的星星一样闪闪发光。我竭力装作平静。

“这好像是我们第一次这样好好说话吧？”

孙小蕊快速地看了我一下。她就像个小动物，让人忍不住想喂点零食。

“嗯，是、是啊。”

我完全不知道应该和她聊些什么好。我们俩沉默了一会儿。快要满月了，月亮在夜空中缓慢地移动着，然后突然，有一束淡淡的月光照进了教室里。

“那个……”

她开口了。

“刚才，我在和我妈打电话。”

“这、这样啊。还好吗？”

“周末回家跟她吵架了。她想让我去另一个更好的初中，可烦了……”

“诶，为、为什么？”

“还不就是为了到时候能考个好大学。说什么，先去一个更好的初中，再去一个更好的高中，再努力努力，最后到最好的大学。”

“这、这样啊……但是，你，你想留在现在这个地方吧？”

这句话又好像是在试探我自己的心意。

“当然啦。我从小学一年级就在这儿，不想和好朋友分开……我从小就学跳舞，以后想去北京的一个可厉害的舞蹈学院继续学……但是我妈说,待在现在的初中,肯定考不上的。就拿这个劝我。”

我不知道该怎么回答，我还没有考虑过自己的未来，而她已经想好要去北京的大学了。就算她说了北京，我也对北京一点概念都没有，如果问我到底怎么想的，我只能说我希望她能一直像现在这样。

“我、我觉得，如果你想留下来的话，就应该留下来。”

“为什么？但是可能进不了舞蹈学院啊……我老懂我妈说的话了，但就是心里别扭……我没有离开这儿的勇气。”

“我觉得，最重要的是你现在的想法。大人为了小孩总是要说这说那的，但是我觉得自己的事情还是要自己做决定。现在你想留在这儿就应该留在这儿。好好过现在，肯定会有不一样的未来，到那时候，再做决定就好了啊。而且，在德强努力也是一样的嘛。”

也许我这番话，只是说出了我的愿望。然后，孙小蕊淡淡地笑了一下。

“呵呵，我觉得你说的还挺有道理的。”

“诶，是吗。”

“因为，你小学那会儿还挺不好过的不是？”

“诶，为啥？”

“啥叫为啥，德强小学一起上来的人不都知道吗，就因为你是日本人大家都欺负你，而且对方是董巍呢……但是，后来关系都好到总一起打球了。”

“我不觉得有人欺负我啊……但原来你也知道啊……”

“当然了，你是名人啊。真是不可思议，能和欺负自己的人玩儿那么好。而且你和刘帅也挺好的吧？一般没人想跟他一块儿玩儿的，大家都怕他。”

“但是他们俩挺好的。”

“不过还是挺奇怪的，你真是个不可思议的人。对了对了，你篮球老厉害了吧！”

“也、也没有。”

“别谦虚啦，大家都知道。小学最后一场篮球赛，因为你我们班可是输了呢。”

“不、不好意思……”

“开玩笑啦，别总道歉。你那时候老厉害啦，我都怀疑这个学校怎么可能有这么厉害的人。”

“谢谢，好开心……我、我也知道你的。”

“我？借鞋套的事儿？”

“不、不是！不过……那时候谢谢你。你和王老师认识？”

“嗯，王老师和我妈以前关系挺好。我小时候经常在王老师家里补习语文。她挺好的。”

“这样啊，我也很喜欢王老师，多亏了她我才能这么流利地说中文。”

“哦，真厉害！你刚才说知道我，是什么事儿啊？”

“啊，就是、就是广播操的时候，你在前面带着我们做……”

“嘻嘻，真难为情。”

“你做得很好！我刚来那会儿就是看了你，我才学会的。”

孙小蕊低下头，好像有些害羞。我觉得现在这样和她聊天简直像在做梦一样，心中的鼓动一刻都没有停止过。她已经完全不见了刚才的紧张，静静地坐着，像月光中的精灵一样。我们持续聊着，谁都没有把回宿舍说出口。

“我觉得你比周围的男生都靠谱。”

“没有吧，都是因为大家在背后帮我，所以还是大家更靠谱。”

“你能这么想就说明你很成熟了。”

“是吗。”

“跟你聊聊，我也没那么烦了。我也要好好努力啊，得对自己诚实一点。”

“没事儿，慢慢来。初中也才刚开始，慢慢努力就好了。”

“嗯，是啊。给我说说你在日本的生活吧。”

“好啊，但是……都这个时间了。”

看一眼黑板旁边挂的钟，已经十二点了。

“反正明天肯定会挨骂，我今天就想待在这儿。”孙小蕊说。

“我、我也是……啊，对了，你等等。”

我从包里找出一件长袖。

“我觉得，你可能会冷……不介意的话，就披上吧？”

我把长袖递给她。

“……嗯，谢谢。啊，我再去打个电话，我们屋有人有手机，我跟她说一声我不回去了。我不会说你的，放心吧。”

孙小蕊打完电话回来后，我们一起倚着墙坐在地上，继续聊了起来。我们沉浸在两个人的对话中，彼此的好感度也越来越高。

回过神来,她已经睡着了。已经过了三点了,我却完全没有睡意。

第二天早上。

“小春儿！快起来，小春儿，已经六点半了！”

我睁开眼，孙小蕊就在身边。就算睁开眼睛。也好像在做梦一样。再眨了眨眼，我一下子紧张起来。

“不、不好！大家已经在宿舍楼下集合了！”

“你就在这儿，装作早上才来的，老师应该不会批评你。”

“你呢？”

“我现在就去集合。昨晚老师没找过来，就说明她没发现，要不就是室友帮我挡住了，没事儿。”

她急急忙忙跑出了教室。

大约一小时后，同学们进教室了。副班主任提醒我要有作为体育委员的责任心，其他就没多说什么了。孙小蕊也很自然地和同学们一起进来了，看起来是没事了。她趁大家没注意，悄悄递给我一个塑料袋，里面是从食堂偷偷带出来的两个包子。

从那天起，我和孙小蕊不由自主地有些在意对方。和大家在一起的时候，我们不怎么说话，但无论是上课还是课间，或者是吃饭的时候，我们总会对上目光。我作为体育委员在前面整队的时候，也总是能感受到她的视线，可其实大家都在看我。晚自习结束后，我会趁大家不注意，悄悄跟她说一声“明天见”；早上我是体育委员要最早下楼，她会早起，第一个从女生寝室出来。中午我和同学在打篮球的时候，孙小蕊也经常在一旁跳皮筋或踢毽子。

但在德强中学的生活并不是毫无烦恼。我也经常打架。从外面进来的学生，还有高年级的学生好几次把我叫出去，每次的理由都是那句“小日本儿拽啥啊”。不过现在，刘帅、董巍，还有原来德强小学经常打架的几个人都会站在我身边，我不再是一个人了。而令人惊奇的是，每次打架我们都能赢，他们输了之后自然也就与我们和解了。

朋友越来越多，老师也没有对我特殊照顾。教室里、操场上、宿舍里，每天都充满了我和朋友们的欢声笑语。中学里管得没有小学严了，老师不太干涉学生的课余生活，只要交作业，遵守时间，表现得刻苦一点，就没问题了。晚自习前的那段时间我经常和齐家豪他们一起玩，有烦恼的时候谈谈心，没动力的时候互相鼓励，他们是我正真交心的朋友。

中学生活每一天都很充实，就这样过了四个月，一下子跳到了寒假。

寒假，爸妈新买的房子装修好了，他们决定以后在哈尔滨生活。我在新家里，几乎每天都在学习。爸妈给我找了一个大学生当家庭教师，一天学习十个小时。寒假里除了学校给的比山还高的作业，还要好好预习下学期的内容。我爸妈是做贸易的，妈妈经常在家，可是爸爸动不动就出差。不过好歹我们一家三口也算在哈尔滨团聚了，我很高兴。每天都可以吃妈妈做的饭，想跟妈妈说话的时候妈妈就在身边，我终于觉得这儿是自己家了。我和我爸平时不怎么说话，要说也两三句就完事儿了。有时爸爸好不容易回趟家，可我却不知怎么的想往自己房间里躲。虽然我经常像没事人一样，和爸爸一起坐在客厅看电视，但我们之间却极少交流。也许发现我和我爸关系紧张了吧，妈妈有时候也会和我们一起坐到沙发上，也就那时候，我们的对话能稍微长点。不知不觉，我已经开始和爸妈用中文对话了。

这个寒假是我记忆里和爸妈待在一起最长的时光了，他们看到我已经完全适应了哈尔滨的生活，也总算安下心来。

二五

新学期伊始，我们班就调整了座位。学校里的桌子都是两人用的长桌，中间抽屉用一块木板隔开，大家的课本和文具都放在里面。我们班基本是男女同桌一起用一张桌子，关老师会根据大家的成绩和性格调整座位。这学期，我刚好和孙小蕊同桌，我们都有点害羞。因为和她同桌，我上课再也没法专心了。虽然是同桌，可我们还是不太说话，总是传小纸条，聊一些有的没的。

“晚饭后，大家一起滑冰吗？”

有一天我塞给她一张小纸条。到了这个季节，德强中学食堂前的空地上弄出很大一块滑冰场，我又约了几个人，打算晚饭后大家一起滑冰。

吃完晚饭，我们几个正往滑冰场走去，这时，

“带上我呗。”

时一婷跑了过来。

很自然的，我们就一起玩了。因为体育课上学过，大家都会一点，玩得很开心。男生比速度，或者炫耀技术，要不就是大家互相扯着衣服后摆像幼儿园小朋友开火车那样一起滑。孙小蕊摔倒的时候，我总是第一个赶到她身边，对她伸出手。我和她关系好，大家好像都发现了，不过只有时一婷，格外介意。滑了一会儿，我到旁边喝水，时一婷走了过来。

“喂，时一婷，开心吗？”

我因为能和孙小蕊一起玩有点飘飘然了，“咕咚”一下喝了一大口水后，爽朗地问道。

“才不开心呢。”时一婷说。

“为啥啊？你身体不舒服吗？”

“小春儿你最近有点儿变了，明明以前那么体贴。而且，我都好久没有跟小春儿说话了。”

“诶，对、对不起……的确，上了初中说的话没以前多了。”

“小春儿，你有喜欢的人吧。”

“诶，为啥这么说？”

“我可是知道的。”

“那、那是……”

“小春儿，我告诉你件事儿吧。我在高中部有个表哥，我哥可宠我了，如果有人伤害我的话，他肯定会来救我的。”

“是、是吗，挺可靠的啊。”

“对啊，很可靠。下次介绍给你啊。”

时一婷冷冷地说完，回去滑冰了，可那时的我还丝毫不懂她的意思。

晚自习我们回到教室，我在做作业，孙小蕊已经开始看课外书了。她成绩好，作业总是在大家之前完成，然后就开始看小说，有时候好像还写点东西，偶尔看到我有不会做的，她也会教我。我忍不住期待，想和她再近一点。上课的时候，桌子下面我们的手会不小心碰到一起，每次我们都会急忙互相说对不起，可是不知什么时候开始，我们的手自然而然就牵在了一起。

一个周末。

“小春儿，上哪儿去啊？”

爸爸叫住了刚到家就急忙往外跑的我。

“和同学约好一起玩儿了。”

“是嘛，注意安全，早点儿回来。”

“好的，再见。”

我和刘帅、董巍几个约好，在中央大街的中央商城前见面，打算去游戏厅，再打会儿台球。

我在哈尔滨第一次去游戏厅，里面只有没几台机子，而且大多数内容都是日本的，自以为玩得炉火纯青的我，却一次都没能赢过刘帅。之后我还打了人生第一次台球。刘帅好像经常玩，无论是游戏机还是台球，都很厉害。董巍应该是最郁闷的那个，怎么也赢不了刘帅，还总是被他开玩笑。听着他们俩吵嘴，我也忍不住笑了。我们打台球时，我们聊起了学校的事。

“你最近和小天使关系挺好的哈，没啥事儿吗？”

“啥叫‘没啥事儿吗’？”

然后董巍也说话了，

“你也太迟钝了吧。偶尔上你们班去，每次都看见你和她聊得起劲儿。还有，你们班不是会大家一起滑冰吗，你和孙小蕊感觉不一般呐，真的没啥事儿吗？”

“啥、啥事儿没有啊。”

“喂,你可别觉得我们啥都不知道哦。从日本来的你加上孙小蕊，在一起可够显眼的了，聪明人肯定已经发现了。”

刘帅、董巍对我进行连环攻击。

“小春儿，其实你喜欢孙小蕊吧？我觉得她也喜欢你哦。”

“对，肯定没错，你们也这么觉得吧？”

刘帅回过头问其他人。

“那当然，真是的，羡慕死我们了。”

我真的不擅长聊这些。

“小春儿，你打算啥时候表白呐？”

刘帅问。

“不、不是……我也不知道怎么和女生交往……”

“哈哈，那只好让我刘帅来教教你了！”

“你有女朋友么你？”

董巍不爽地说了一句。

“行了，咱们换个地儿。到饭点儿了吧，走，给小春儿找到新媳妇儿庆祝庆祝。”

刘帅说完，带着我们来到一家中央大街附近的小饭馆。

“好，大家满上、满上，今天，让我们为小春儿交上女朋友，干杯！”

“还、还早着呢！”

我着急地说。

“还早？也就是说你真想着的咯？”

大家都笑了。我们的杯子里满上的都是哈尔滨啤酒，大家虽然都还不到十五岁，却已经像大人一样喝酒了，刘帅、董巍他们还抽起了烟。

“今天咱好好乐乐。别管明天回不回学校了，今天要为我们的友情干杯到底！”

然后我人生第一次喝了啤酒。

“怎么样，小春儿，哈尔滨啤酒好喝吧？”

虽然刘帅这么问，可我第一次喝啤酒，根本没尝出什么好喝不好喝，不过我却很陶醉于这闹腾腾的气氛。我们喝了一小时，酒精和气氛的作用下，大家都微露醉态，我也喝得满脸通红。

“对了！差点儿忘了正事儿！小春儿和孙小蕊！小春儿，你去约孙小蕊，你们俩要约会！”

刘帅大声说。

“还是刘哥厉害！”

“然后，约会的最后，要回过头来对她说‘做我女人吧’，就这么定了！还挺简单的啊，哈哈哈！”

“你说的啥呀，这么随便咋整呐！我们要把小春儿的事儿当自个儿事儿想，听清楚了吗！”

董巍灭了香烟，冷静地说。

“简单又有一点强硬才是最好的！我说董巍，你不就是盼着小春儿和孙小蕊处对象后你能沾点光么，搞个孙小蕊的好朋友啥的。真是，都写在脸上啦！”

刘帅反驳道。

“啥，真的吗，魏哥？不愧是德强小学第一恶霸，连这种事儿都算计好啦！”

“你们别蹬鼻子上脸啊！”

“行了行了，喝吧，今天要喝个痛快！”

最后，关于我的事儿只说了一点点，剩下的时间就在碰杯声中度过了。

结束后，一个同学的姐姐开车把我送回了家。

打开家门，爸爸坐在客厅里看电视。我爸不说话的时候就让人觉得害怕，一说话更有一种威严感。他看我回来，说，

“咋这么迟呢？上哪儿去了？”

“跟同学玩了，没看时间，对不起。”

爸爸盯着我的脸看了一会儿，说，

“你该不会是喝酒了吧？”

“嗯，就、就一点点。”

我还没说完，就被爸爸狠狠地骂了，

“谁教你的！小孩子装什么大人！”

妈妈听见爸爸生气的声音，从卧室里走了出来，

“小春儿，这么迟了，总算回来了啊。”

“这小子在外边儿喝酒啦！”

“真的？为什么要喝酒呢，小春儿？”

我没说话径自进了自己屋。我知道是我不对，但我就是不想认错，我也不知道为什么。

妈妈进来了，温柔地问我，

“就和哥们儿在一起，大家都很高兴……”

“这个年纪就叫你喝酒的可不是什么好哥们儿，以后不许喝了，知道了吗？”

“是我自己想喝的，别怪我朋友。”

我借着酒劲，有点强势地跟妈妈说。

“小春儿，你要学会选择朋友。不要跟这个年纪就喝酒的那些人混在一起，要和安分的好学生一起玩。”

“你烦死啦！我有和好学生交朋友啊！你别管我了行不？”

我怕被爸爸听见，但还是忍不住向妈妈吼道。

“怎么能不管呢！你难道忘了自己为啥到哈尔滨来的吗？再这样的话就送你回日本了啊！”

“行了你，出去啦，出去！”

我把妈妈赶出了房间，不过在房间里还是能听见他们在客厅里谈话的声音。

“我不在的时候你都是怎么管小春儿的？这个年纪就喝酒，真是不敢相信。”

“你还敢说我！他小的时候你都不在家,那你来管教他好了啊。”

“我在外面赚钱，有什么办法啊！让那小子来哈尔滨就是错误的决定，竟然还喝酒了！”

“错误的决定？小春儿的事儿你根本一点儿都不知道。你知道他在这儿学到了多少，长大了多少吗！而且不来这儿，中文能说那么溜吗？以后你可得好好跟他谈谈了！”

我听着他们的争吵，没来由地觉得一阵悲伤，酒一下子就醒了。

“行，以后小春儿我来管。”

第二天早上，我和爸爸更没话说了，虽然他难得一整天都在家，但我们谁都没有开口说话，然后就这样，我坐校车回了学校。

从那之后，我像是故意要反抗父母，总是大半夜翻墙出学校和刘帅他们一起玩。我们从学校附近的自行车修理厂偷车，到远处和朋友疯玩，天亮前再把车还回去。到了周末也好像在逃避爸爸似的，总是跟刘帅他们混在一起。和妈妈的对话也少了。

二六

一天晚自习，大家都在写作业的时候，孙小蕊在写日记。教室里只有动笔和翻书的声音。我一边提防着副班主任，一边悄悄塞给孙小蕊一张小纸条。

“这周日，如果没啥事儿，一起玩儿吧。”

我满心期待着她的回答，可是她只是快速地看了一眼那个纸条，却没有提笔给我回信。

“小春儿，我周末要学习，所以去不了，不好意思。你叫时一婷看看吧，她好像挺想跟你搞好关系的……她挺不错的，跟她好好玩儿吧。”

我不懂孙小蕊在说什么。

“我、我在约你……我和时一婷还有班里的同学们关系都挺好的呀，为什么光说她？”

“行了，总之周日我出不来。”

她突然对我很冷淡，可我根本搞不清状况。

第二天晚自习前，我把孙小蕊叫到一个人少的过道上。昨晚回寝室后，我翻来覆去，决定今天跟她表明心意。

一会儿，孙小蕊来了，不过她后面还跟着时一婷。平时不怎么见她们俩一起，我有不好的预感。走到我面前的孙小蕊看起来很没精神，好像想说什么，可先开口的，却是时一婷，

“你们在这儿干啥呢？好像挺有意思的我也跟来了。”

“今天想跟孙小蕊说点事儿，我只叫了她……”

“是吗，啥事儿啊，不能让我听？我可是担心你们俩才跟来的，学校里不许谈恋爱哦，孤男寡女在这么黑的地方，被老师看到了可说不清咯，我是为了你们好才来的。”

时一婷轻轻地说道，可是语气强硬。孙小蕊在一旁，一脸歉意。

“但，不是那样的……”

“那你为啥叫她？你们是同桌，有什么话不能在教室里说？”

“上课和自习的时候又不能说话，下课的时候我们身边都有人……”

“也就是说，你们俩想独处可周围人太多？那多加我一个有什么关系，对吧，小蕊？”

孙小蕊脸色难看，

“对、对啊，大家一起，大家一起玩儿就好了。”

我说不出话来。虽然我觉得那不是她的真实想法，但有那么一瞬，我觉得如果是我单相思，那就自己太傻了。

“你看，小蕊，都说了，咱们走吧。”

说完,时一婷挽着孙小蕊的胳膊,拖着她走了。我心里很不痛快。但现在不是告白的时候，如果孙小蕊被人欺负了，我得先解决这件事。虽然我明白时一婷想拆散我们,但我还是想知道孙小蕊的真心。

那天晚上我到齐家豪寝室去了。刚好王源和任乐乐也在。

“我有事儿想跟你们说，行吗？”

我把时一婷的事说给他们听了。

“这样啊，小春儿，你没发现时一婷喜欢你？”

任乐乐问。

“诶？时一婷喜欢我？”

“你真没发现啊？时一婷从小学就开始了，当时五班的人几乎都知道。”

王源说。

“这、这样吗？齐家豪也知道？”

“没，我现在才知道的，但听你们这么一说，我也觉得她好像很早就对小春儿有意思了。”

“不会吧，你也没发现啊，太迟钝啦！”

任乐乐说。

“但时一婷虽然挺好胜的，但不是坏人，没想到居然会做这种事儿，你没什么头绪吗？”

“没，嗯……如果时一婷真的喜欢我，我上初中之后又跟孙小蕊关系很好，肯定是因为这个！”

“对，就是这个，她肯定嫉妒了！女人的嫉妒可是很可怕的，小心点儿小春儿，一个不小心就毁了一生啊！而且，男人觉得对的那套，在女人那儿行不通。”

任乐乐有些得意地谈起女人。

“咋的了任乐乐，你咋这么老成呢？”

“最近刚好在研究女人这种生物。”

“啊！就是你最近在看的那本书？”

“对，《交女朋友的 100 种方法》！”

我们狂笑一通。

“你最近开始留头发了啊，难道是为了吸引女生注意？”

“很奇怪吗？我觉得挺行的啊。”

跟他们聊得太欢了，我都忘了自己是来找他们商量事儿的。

“啊，还有，时一婷说她表哥在高中部，她为啥要跟我说这个呢？”

“这不就是，‘我有高中的大哥罩着，你就乖乖选我吧’的意思啊。”

“是吗？时一婷不像是会做这种事儿的人啊，希望只是你想多了。总是，现在不要做刺激时一婷的事儿就对了。”

齐家豪说。

“而且现在你们班的语文课代表是孙小蕊吧，是不是跟这也有关系啊？”

“没错！原本自己的位置被代替了。女人在恋爱中如果感觉自己被代替了可是会变老虎的，书上这么说的。”

任乐乐说。

“但之前是同班的，现在好好说说，不能让她明白过来吗？”

“嗯,也是,有机会找时一婷谈谈。如果再有事儿我再来找你们。”

第二天，孙小蕊难得给我塞了一张小纸条。

“昨天对不起。”

就这么一句话，让我觉得她太可爱了。我马上给她回信，撕下一页纸后才发现，我的草稿本只剩没几页了。

“没事儿，时一婷逼你的吧？对不起，是我的错。但是我有一件事,必须要跟你说。如果不能叫你出去说的话,我就写这里好了。”

“？？”

我撕下最后一页，迅速地写好，塞给她。

“我喜欢你。”

就这样一句话，她看了好久，然后又看看我。我很紧张，假装在看窗外，然后焦急地等待着她的回信。

“我也喜欢你。”

我看到纸条，激动地心脏都要停止跳动了，真想现在就跑出教室，在走廊上尽情狂奔。胸腔里满满地都是暖意，终于确定她也是喜欢我的了！我觉得现在孙小蕊一定是和我一样的心情。

“时一婷在欺负你吗？”

“没有，不是欺不欺负的问题。她一直喜欢小春儿，女生都会这么做的。不过，之前如果我再克制一点就好了。”

“我当然希望你把自己先为自己考虑。但是，时一婷的确对你做了什么吧？如果能说的话就告诉我吧，我会保护你的。”

“谢谢，没关系的，女生之间的事儿。”

“但是，如果发生什么了一定要告诉我。”

“嗯。”

即使不是上课时，这种小纸条被老师看到的话我们就糟了，因为这个学校里禁止恋爱。

课还是平时的课，只有我和孙小蕊之间，宛如春天只降临了这一个小角落一般，有一种与世隔绝的温暖。

“还有，上次没答应跟你一起出去，对不起，这星期天，我有空。”

二七

星期天早上，我想偷偷溜出家门，却被坐在客厅的爸爸逮个正着。

“小春儿，上哪儿啊？”

“和同学约好了。”

“不行，你最近每个周末都出去玩儿，今天好好待家里学习！”

“但是今天这个很难拒绝，我会早点回来的。”

“说不行就不行，而且今晚就回学校了吧，一会儿不就能和同学见面了吗？”

“就是啊小春儿，偶尔也在家里待待呗。”

妈妈从厨房走了出来。

“不行，今天怎么着都得出去，下周会好好待在家里的。”

我坚决要出门。

“你给我站住！”

爸爸从沙发上起来，一把抓住我的胳膊。

“最近都没见你学习，玩儿太多了啊。在学校跟得上吗？作业做完了吗？预习呢？今天说啥我都不会让你出门的！”

“你别管我了！反正也没怎么生活在一起过啊！事到如今别假惺惺地关心我了！”

我甩开爸爸的手，夺门而逃。

约好十点在中央商城前见，九点半我就到了。我走近中央商城，孙小蕊出现在我的视线中。我不由自主加快了脚步。

“对不起，等很久了？你来的真早啊。”

“没有，我也刚到。”

第一次在学校外面和她见面。我很紧张，不知道接下来说些什么好。孙小蕊好像也是，我们一见面就不好意思起来了

“有、有没有想去的地方？”

“嗯，没、没啥特别想去的。”

“那、那就去看电影吧。”

“嗯。”

我太期待这一天了，都没有好好准备今天的计划、聊天的内容。不过我记得刘帅说过附近有电影院。

我们往中央大街的电影院走去。花岗岩地面浅浅的积雪上都是脚印，半化的雪水使花岗岩更滑了。我几次伸手想扶她，但最终还是没有触碰她的勇气，伸出的手尴尬地停在半空。第一次见到她不穿校服的样子，很清纯，那件淡粉色的大衣，还有褐色的帽子、手

套、围巾，都令我印象深刻。

我们说了一会儿学校的事儿，然后又沉默了。我拼命想着话题，可每一个都聊不久，就这样重复着沉默。我很担心她会觉得无聊。

终于走到了电影院，我松了一口气。

那时候哈尔滨的电影院里只有一个影厅，上映的电影轮流播放，只要买了票，就算电影已经开始了也能进去，而且随便看多久都行。

影厅里后面一半的座位都是情侣座，我们自然而然地坐到了中间靠后的位置上。屏幕上放的是一部动作片，我们坐下时电影已经进入尾声了。

我们并排坐着盯着屏幕，两人之间的紧张感却与电影无关。明明不说话也可以，但就是没法静下心来好好看电影。影厅里有好几对情侣在亲热，不过我之前根本不知道哈尔滨的电影院竟然是这样的地方。刘帅怎么就推荐了这里呢，我担心她会觉得无聊，她在想些什么呢，看完电影又应该跟她说些什么呢，中饭吃什么，我的脑子飞快地转着却没什么好主意。

然后电影就放完了，灯亮了起来。

“还、还好吗？”

我试探性地问了问。

“嗯，还行。”

“一会儿想吃点啥？”

“嗯——看完电影一起找找看吧？”

“嗯，好。”

接着第二部电影开始了，题目叫《绝种好男人》。一个男人获得了巨大的遗产，女的知道后就为了遗产接近这个男的，最终两人陷入爱河。我努力想要把注意力放在电影上，而孙小蕊好像已经陷入了电影的情节中，表情跟着剧情变。我把手放在她手上，她也轻轻地握住了我的手。我们在电影放完前一直牵着手。

走出电影院，我们又恢复了之前不断沉默的状态。我们打算迟一点吃中饭，就在中央大街上闲逛。

“饿了吧？累不累？还好吗？”

我在见到她的这几个小时里一直在问“还好吗”“没事吧”之类的话，自己都嫌自己烦了。

我们又走了一会儿，之前我妈带我来过的饭店,，是看起来很不错的一家俄罗斯风格的店。

就连吃饭的时候，我们之间的对话都很少。沉默越久我就越担心，她会不会讨厌我。快吃完的时候，她说，

“小春儿，以后我也想要正视自己的内心，就像小春儿一样，我也会努力的。”

“嗯,但是也别太勉强自己了。我会帮你的,所以无论什么事儿，讨厌的事儿、困惑的事儿，都告诉我吧。”

“嗯，谢谢，今天很开心。”

“我。我也很开心。不、不好意思啊，我一直不知道该说些什么……”

“没关系，我也是。”

我们都笑了。吃完后，我们又逛回了中央大街。

她爸妈开车到中央商城后面的小路上接她，我为了不被她爸妈发现，只能送她到附近。

下午气温又低了一些，天有些黑了，我们在走去中央商城的路上，很自然地把手牵在了一起。

“行了，到这儿就行了，我妈就站在那儿。”

“好吧，那一会儿学校见。”

“嗯，今天真的好开心。”

“我也是。”

明明马上就能见到了，我们却依依不舍，不想分开。

“那个……”

“嗯？”

“我……其实我有很多话想对你说的，结果又不知道该说什么好。”

“我也是……”

“那、那个，我喜欢你，很喜欢。所以，如果可以的话，我想和你交往！所以，所以……做我的女朋友吧！”

我话说到一半脑子里就一片空白了，根本不知道最后那句话是怎么说出来的。没想到她只是笑了一下，点点头，说了一句，

“好的。”

我目送着她远去，最后一个人坐公交车回家了

回到家，爸爸在。我在心里默默祈祷他不在了，所以有些失望。兴奋劲儿一下全散了。

“小春儿，你到这儿来坐。”

“但是，我要准备回学校。”

我想躲开爸爸。

“明天再回学校，今晚我们好好谈谈。”

我不喜欢爸爸命令的口吻，但又无力反抗。

“但是，我得回去。”

“行了，坐。”

在爸爸的威严下我只好坐了下来，一旁妈妈也在。

“小春儿，你最近都在想些什么啊？无论啥事儿学习最重要，你可别忘了。”

“我知道，我没想什么。”

“每周每周都在外面乱晃，一点儿都不学习。你真的跟得上吗？爸爸都没见过你学习啊。”

“我说了我在学了！别管我行不行！”

我想要回自己房间去，爸爸声音高了起来。

“小春儿！你说说你在想什么啊！”

“说了没有！”

我猛地站起来跑回自己房间，然后妈妈进来了。

“小春儿，我和你爸爸都在担心你啊。没再喝酒了吧？下周末好好待在家里吧，妈妈给你做好吃的。”

妈妈温柔地对我说，但我在赌气，装作没听见，一个人收拾着回学校的行李。

“小春儿，你今晚就睡家里吧，明天早上再回学校，妈妈会跟老师说的。”

“别多管闲事！我今晚就回学校！”

比起在家里听他们说教,我还是更想回学校和同学们待在一起。最重要的是，想早点见她。听到我大声地说话，爸爸也进来了。

“你在跟谁说话呢小春儿！你知道爸爸妈妈为啥要在哈尔滨买这么好的房子吗！”

“又不是我叫你们买的！比起这儿，学校的宿舍好一百倍！”

“你说啥！你以为爸爸妈妈买这个房子很容易啊！你说想在哈尔滨学习，我们为了配合你才回到这里的！”

“我又没让你们回来！我不来这里能和你们这样交流吗？你们日语那么差劲，你们知道我的感受吗！而且什么叫配合我啊，明明以前都没怎么一起生活，你们总是优先考虑自己的事情！”

我鼻子酸酸的，但爸爸还是劈头盖脸骂了过来，

“你以为你靠谁在日本活得那么自在的啊？你说想到哈尔滨上学这种任性的要求我们都满足了，还要给你零花钱，你以为你靠谁养着的啊！你觉得我们有时间好好学日语吗？”

爸爸的威严下，好像有什么东西穿破了我的心脏涌了出来，我的眼泪止不住地往下掉。妈妈第一次看到我这样，有些心疼又有些不知所措，只是站在爸爸身边。我顿时觉得，我的父母好像敌人一样，站在我对面。

“妈妈也就算了，你不是一直都没管我吗！我活得自在？怎么可能！你们整天说着自己刚到日本时候有多辛苦,我也很辛苦啊！”

“小孩子有啥好辛苦的！就算退一百步，你对父母有意见，也得等你超过了我们再说！”

“啥叫超过你们啊！你是说你自己很厉害吗？日语说得乱七八糟的，我小的时候又总是不在家，我才不想被你说呢！”

“对着你爸妈你咋说话的呢！爸爸那时候的中国人，到了日本以后完全是从零开始的，能过上现在这样的生活我们容易吗！你在日本的时候也看新闻了吧，偷店里的珠宝、打架斗殴，这些大多都是残留孤儿二代还有来日本打工的中国人干的！你知道他们为啥要这么做吗？因为日本的社会根本不接纳他们，他们走投无路啦！就算好好工作，中国人也只能是给人家打工每天累得要死要活的。而你爸爸我正正经经地干活，好不容易才过上今天的日子！你根本想象不到当时有多困难！你现在什么都得靠我们，你还敢有不满？我告诉你，你连还嘴都不许！”

“我知道你们很辛苦，我也知道有以前人的牺牲才有现在的我。我都知道……但是，别以为这样自己就很了不起似的。我也很辛苦啊！你们倒是好啊，就算在日本也能大大方方地说自己是中国人，一点纠结都没有。而我呢，我是在日本人里长大的！中文现在也没完全学好，就算我多喜欢中国，就算我在中国待多久，我都没法说我是中国人啊！你们知道吗？就算不能说自己是中国人也就算了，我连自己是日本人都说不出口啊……说了就会被排挤。在日本的时候周围的人可能都把我当日本人，但现在，叫我回日本去做日本人我都觉得于心有愧！我身上还是中国人的血多吧？我是在哈尔滨出生的吧？你们想让我以东北人为豪，所以妈妈才千辛万苦回哈尔滨来生我的吧？但是如果要我这么痛苦的话，还不如在日本生我得了！”

爸爸怒视着我，表情却有点悲伤。

“你不许哭！我不管你咋整，这点儿事儿自己决定！你再有点儿出息吧！你就是你！是男人就挺起胸膛！不许哭！”

“烦死啦！这种事情没有答案的吧，我已经知道啦……我从小就觉得，从小就觉得自己和周围人都不一样……那时候我还不知道自己为什么这么困惑，只记得我很羡慕身边的朋友……一开始还在想是哪儿不一样，后来我发现了，在家里吃中国菜，在家里听中文，还有父母不在的家，我以为这是理所应当的，但其实不是！到哈尔滨来的第一年也是，为了和周围同学一样，我什么都豁出去了。但是历史课、陌生同学的挑衅，还要参观烈士纪念馆和七三一部队旧址……每次我都在想我自己到底是什么！我到底做了什么呀！我什么时候杀中国人了呀！我为什么要被大家恨啊！现在总算好不容易找到了自己的容身之处，好不容易学习也跟上了，好不容易，喜欢上了哈尔滨，喜欢上了中国。我还在想，我要留在这儿，我不回日本……但是到现在还有人会跟我说‘因为你是日本人所以老师特别照顾你’，还有人就因为我是日本人就把我叫出去打……我什么时候说过我是日本人了？你叫我怎么办啊！你知道我的痛苦吗？！”

我把心中积蓄已久的委屈全部向爸妈吼了出来，眼泪鼻涕哗哗往下流。而爸爸看到我这样，只是一句话没说，重重关上我的门出去了。我一下子倒在床上，痛哭起来。不想让爸爸看见的，看见我这幅样子。

“没事儿的，小春儿。”

妈妈说着，像那时候一样轻轻抚着我的背，但是我还是对妈妈说了，让她出去。这是我第一次在父母面前这么激动，第一次跟他们坦白自己的心里话。学中文之前，我都没想过自己能这样理直气壮地跟他们吵架。现在心情竟然反而清爽了起来，但是却不知道应该怎么打开房门面对他们。已经错过校车了，我放弃今晚回学校的念头。

第二天早上，我趁爸妈还在睡，偷偷下去买了油条和豆浆，再走了一会儿就到了校车接送点。昨晚我没怎么睡，在校车上我迷迷糊糊地闭上了眼。

我现在还觉得，孙小蕊成为我的女朋友这件事像梦一样，好不真实。第一节课，她给我传了一张小纸条。

“昨天怎么没来学校？你眼睛肿了，咋了？跟我说吧。”

低落的心情一下就好了。

“没事儿，跟爸妈吵架了而已。孙小蕊，从今以后我会让你幸福的。”

不知为何，我就是想这么告诉她。

“嗯，一起幸福。”

她把纸条传给我。

我暗自下决心，以后要变得更坚强。

第一、二节是语文课，年轻的男老师在讲台上滔滔不绝地讲着。我突然很想王老师，虽然她也是老师，但我觉得如果是王老师的话，一定能理解我和孙小蕊的。

第一节课下课后，孙小蕊从包里拿出一个东西递给我。

“这是给你的。”

“给我的吗？现在可以打开吗？”

“嗯。”

她笑得很可爱。我小心地拆开盒子，里面有一个小小的心形音乐盒。

“哇——好漂亮！我好开心啊！谢谢！”

我觉得这个心形的音乐盒就好像是我和她交往的信物一样。

第三、四节是一周一次的体育课。我让同学们在滑冰场前集合，然后老师来说了一些注意事项，我们就可以自由地玩了。

中途休息的时候，关老师走过来把孙小蕊叫走了，两人一起进了教学楼。

不一会儿，她们回来了，孙小蕊看起来很失落。关老师走过来，对我说，

“小春儿，接下来是你，到办公室来。”

孙小蕊之后是我，我有一种不好的预感。关老师一脸阴沉把我带到了办公室。如果她找我的理由是我和孙小蕊的事，那我可真不知道怎么办才好。

办公室里只有我和关老师两个人。她在自己座位上坐下，叫我站过来，从抽屉里拿出一本我很熟悉的本子，对，是孙小蕊的日记本。我不知道她都写了些什么，只觉得头皮一阵发麻。

“小春儿,这是你同桌每天写的日记,里面写了很多关于你的事，你们俩在谈恋爱吗？说实话。”

我大脑一片空白，不知怎么回答。

“没有，是我单相思。”

“是吗？但是日记里写的可都是她对你的想法。你就不能说实话吗？”

“我、我真的不知道。我以为只是我喜欢她……”

我出了一身汗。

“小春儿，你这可不行。为什么你们在教室里独处了一整个晚上？上课为啥要牵手？还有，昨天你们一起出去了吧？日记里都写着呢。”

“那、那是……”

“想瞒也没用，好好坦白吧。这个本子里可都是证据，上面写着你们昨天一起去看电影了，回来的时候你们交往了。这绝对是违反校规的啊！”

关老师有一种压迫感，让我不由自主想退缩。

“但、但是老师为什么会拿着她的日记？”

“体育课的时候我检查了大家的抽屉，零食啊和上课无关的东西全部都要没收，没想到竟查出了这玩意儿。”

“但，您侵害了我们隐私……”

“你那套日本的就放一放吧。你在这个学校也快两年了吧，我们强调的是集体行动，你也该好好想想什么是校规了。你违反校规老师不能不管，而且老师的工作就是管理学生的学习和生活。小春儿，你就承认你和孙小蕊在谈恋爱了吧。”

“她怎么说的？”

“我现在在问你。她可是比你诚实多了。”

听了老师这句话，我也觉得自己太懦弱了。

“是的，我们在恋爱，昨天开始交往的。”

“对吧。听好了，这件事早早地被我发现还算幸运了，如果被其他老师知道了，你们可能会被开除的。你作为体育委员工作认真负责，孙小蕊的成绩也名列前茅，看在你们俩之前表现良好的份上，这次就不上报学校了,但我会好好观察你们一阵的。这次只是警告，但我要告诉你们的家长，还有，你们不能再做同桌了。”

“我、我明白了……”

吃完午饭，我和孙小蕊的座位就被拆开了，班里同学好像也都猜到是怎么回事儿了。之前我们除了跟最亲密的朋友讲过彼此的事，其他谁都没有告诉，但是大家看见我们轮流被关老师叫走，现在又换了座位，原本只是大家猜测的事情一下子就被证实了。

自从这天起,孙小蕊就一直很低落,我也总是发呆,不知所以然。

和她分开坐的这一星期，好像特别长。平时总觉得周末一下就到了，但这周简直度日如年。我上课的时候偷偷传纸条鼓励她了，然后她也回信了。座位分开后，我们一天要传三、四通纸条，每天都在互相鼓励，聊的话题也比以前多多了。我们把每天发生的开心的事、对对方的思念都写下来，然后收到纸条读完后撕掉，就这样悄悄维持着我们的关系。我担心她对我的感情会渐渐淡去，因而坐立不安。为了不再引起嫌疑，我们各自和朋友待在一起。关老师当然也把这件事告诉了副班主任，让她也盯着我们一些。

星期五晚上。

“小春儿，一起滑冰吗？”

我很希望是孙小蕊在叫我，可抬头一看却是时一婷。这周时一婷总是来找我，我觉得不能背叛孙小蕊，所以每次都拒绝了，只跟男同学玩。每次她都很失望的样子，今天大概也到极限了吧。

“你够了没啊小春儿，为啥不跟我玩儿啊！”

“没有，我只是刚好想和别人玩儿……”

“你知不知道每次来叫你我都是什么心情啊。就因为我不是孙小蕊你就不跟我玩儿是不是？她是长得好看，不过除了脸她还有啥好的啊！”

时一婷有点生气了，说话没轻没重，但听了她的话我也一下子气血上涌，想也没想就说，

“我也觉得对你很抱歉，但是我就喜欢孙小蕊，现在没工夫想其他的！”

我发现时一婷表情不对，才感觉自己说过了，但已经太迟了。

“是嘛,我知道了。她就这么好是吧。行,我绝对会让你后悔的！你等着瞧吧！”

“我才不会后悔呢！我不知道你在盘算些什么，但你千万别对她动手！”

“哟，你说我会干什么呀？”

“我、我知道的，你其实一直在欺负孙小蕊。”

“你听她说的？”

“不是！她什么都没跟我说，但是我就是知道！”

“好，就算我欺负她，跟你又有什么关系？”

“有关系！她是我女朋友！如果你敢动她一下，我绝对不会放过你的！”

“那我倒是要看看你怎么不放过我呀。”

我觉得时一婷有点可怕，而且不知道今后怎么面对她。

之后晚自习的时候，时一婷一直不在教室，一个同学告诉我好像一直一个人躲在走廊暗处哭。

周末回到家，妈妈早就站在门口等我了。爸爸不在，妈妈小心翼翼地跟我说话，应该还是在顾忌上星期的事儿。就算家里只有我和妈妈两个人，我们的对话也不多。

“小春儿，饭做好了，来吃吧。”

我挑了一点餐桌上的菜，端到自己房间里。

“小春儿，跟妈妈一起吃吧。”

“不要，我一个人吃。”

我说着就进了房间。过了一会儿，妈妈进来了。

“小春儿，妈妈想跟你说会儿话。”

“说啥？”

妈妈在床沿坐下。

“小春儿，学校打电话来，你是不是做了不该做的事儿？”

“啥事儿？”

我当然知道妈妈说的是我和孙小蕊的事。其实，上星期的事，我自己也反省了，再加上这件事，我已经没有办法直视妈妈的眼睛了。没法跟妈妈敞开心扉，现在的我想道歉却没法道歉。

“你和班里的女同学在谈恋爱吧？”

“没啊。”

“用不着撒谎。小春儿，你现在在想些什么？你真的清楚自己为什么来哈尔滨的吗？”

“我当然清楚啦！别再对我指手画脚的了！”

“妈妈这是在担心你啊！这件事我会对你爸保密的，他知道了肯定要生气。跟那个女同学分掉，知道了吗？”

“开什么玩笑！为什么这种事情你也要管！上次跟同学出去玩也是，你到底把我身边的人想成什么了！”

妈妈叹了口气。我对妈妈感到很失望。

“小春儿，你听着，也许她不是单纯喜欢你的。也许她爸妈也会这么觉得，她说不定是看上了你的国籍，你明白吗？”

“我怎么会明白！而且，她怎么可能考虑这种事情！你再说她坏话，我真的不会原谅你的！”

“现在的中国人都这么想，如果自己的小孩能有日本国籍的话，自己也可以去日本，生活就提高了，她们就是这么想的。你可能还不明白，但是总会明白的。妈妈不想看你受伤。”

“别闹了！你这么说才是最伤人的！”

“小春儿，回日本去吧。再待在哈尔滨你只会学坏。中文已经学得不错了，妈妈觉得你能做的都做了。”

“我才不回日本呢！绝不！我要待在这里！你出去，出去啊！”

我的归处是日本，这种事我想都不愿意想。而且人生第一次，我好讨厌妈妈，我只想和孙小蕊在一起。

晚上爸爸也回来了，但我们一句话都没说，周末就结束了。

回到学校后，我和同学们聊着天，心里却焦急地等着孙小蕊回学校。孙小蕊的好朋友突然叫了我一下，她站在我座位边，居高临下看着我。我跟着她出了教室。

“怎、怎么了？”

“什么怎么了！你知道吗？孙小蕊今天晚上不会回来了。明天开始她不住校了，通校。你知道为啥吗？”

“诶？”

“周末她打电话给我了，说和你的事被她爸妈知道了，他们很生气，所以不让她住学校了。还有，虽然我一直都没说，但在寝室孙小蕊一直被时一婷她们欺负。我本来早就想跟你说了，但孙小蕊不让，你知道她在寝室多难受吗？牙刷被人藏起来，柜子里的东西全部被扔在床底下，之前还在盥洗室被泼了冷水从头湿到脚！全部都怪你！”

我不敢相信自己的耳朵，心痛的同时也很愤怒。

“为什么你不早点告诉我，她这么可怜！你应该早告诉我的啊！”

我忍不住对面前这个女生发起了火。

“她坚决不让我告诉你啊。而且这还不都是因为你跟时一婷搞不清楚！”

“你、你们为什么不帮她呢？就这么看着她被欺负吗？！”

“怎么可能！我才不想被你说这种话呢！你知道时一婷身边聚集了多少女生吗，还不止初一的！你叫我们怎么办啊！小蕊她只是不想让你担心，所以一直自己忍着！”

听到这番话，我心如刀割，现在的孙小蕊和一年前的我差不多，不想麻烦别人，所以只能自己扛着。我只要一想到她苦苦煎熬，心里就如翻江倒海一般，但同时又更喜欢她了。我冲进教室，打算把正在和同学聊天的时一婷叫出来好好质问一番。

我怒气冲冲，但她却一脸镇静地对我说，

“我不，有话在这儿说吧。”

“你够了，跟我过来。”

我对她发火了，然后她带着围在身边的几个女生，一起跟我出来了。

“你们都回去吧，我想和时一婷两个人谈谈。”

“那我也回去。”时一婷转身就要走。

“行，那你们就在这儿吧。”

“啥事儿？”

“你别装了，时一婷，你为什么要对孙小蕊做这么过分的事儿。”

“我想我之前已经告诉你了吧，你说我做了什么？明明是你不对。”

“你又说说我做什么了！我也就算了，你再给我说说孙小蕊把你怎么着了！为什么要泼她水！无论怎么说也太过分了吧！”

“哟，你还知道得听具体的啊。听谁说的啊？”

“谁说的都无所谓。从明天起孙小蕊不会住学校了，她在学校的时间里，你可别对她做什么！”

“看样子你是都知道了啊，到底是哪个嘴贱的告诉你的，下次可得好好收拾她。”

“你！你们又是怎么样，为什么要跟这种人一起玩？”

我对时一婷身后的女生说。

“哎哟，真过分，敢这么对我最重要的朋友说，我们的友情还轮不到你插嘴。这可不是你该管的事儿哦。”

“……时一婷，你能跟我保证吗，不再对孙小蕊出手。”

“我为什么要答应你？我早就警告过你了吧，要让你后悔的。”

“算我求你了，别闹了。如果我有什么让你不高兴的地方，我会道歉的。你说吧，你怎样才能停手？”

“哼，我想想，要不，你跪下求我吧。”

“如果我跪下，你能跟我保证不欺负她了吗？”

“行啊，没问题，前提是你能做到。你在学校里这么有名，为了一个女人下跪，真是要笑掉大牙了。”

时一婷得意洋洋，好像算准了我不会下跪。

“行、行……”

我没犹豫就跪了下来，然后额头碰地。时一婷好像看呆了。

“够、够了，我知道了！我、我以后不会再欺负她了！你快起来！”

刚才还像女王一样的时一婷，一下子脸色就变了。

“求你了，不要再对孙小蕊出手了！求你了！”

我低着头。

“行了！我知道了！知道了！你快起来！”

我缓缓抬起头，时一婷微微皱眉，像是同情，像是惋惜，盯着我的眼睛。

晚自习时，我给孙小蕊写了一封信。在我不知道的时候，她一个人默默忍受了这么多，我为我没能早点发现，而向她深深地道歉。

第二天一早，孙小蕊就来学校了。我想跟她打招呼，却没法接近，连跟她说话都不敢了。自从被关老师发现了之后，我觉得无论是教室还是走廊、操场，学校的角角落落都有人在监视我们。为了不被误解，我们刻意保持一段距离，但是每天都会给对方写很多信，让最好的朋友帮我们传纸条。

她每天会都会给我一小盒家里带来的饼干，和信一起托人送过来。我偷偷把这些东西藏在校服口袋里，找没人的时候看，然后悄悄地写回信。等晚上回寝室了，才敢把饼干从口袋里拿出来，一个人静静地吃掉。

我害她不能住校，我一直觉得很抱歉，她应该也更想跟好朋友待在一起的吧。因为我的错，她不能享受快乐的住校生活了，每次看到她，我都很自责。

有一天，从她那里传来了这样一张纸条。

——小春儿，我要跟你说件事儿。我可能要转学了。我妈说如果这次期末考试没有进年级前十的话，就要让我转学。我当然想留在这里，因为小春儿在啊。但是，我也不想因为跟小春儿交往了，就被人说学习落后了。我想向我妈妈证明，我没有因为小春儿而荒废了学业，而且，正是因为有了小春儿，我才对学习、对每件事都变得认真起来了。我打算好好学习，所以也许以后不能这样常写纸条了，你一定能理解我的吧。还有，这周日第四节课下课，我想和你两个人待一会儿。——

星期六中午，上午的课都结束后，大家都往校车走去，而通往楼顶的楼梯上，我和孙小蕊两个人站着。这种地方现在应该不会有人过来吧。虽然每天都能和她见面，但总觉得好像已一别经年。

“孙小蕊，虽然我说要让你幸福，结果却让你受了这么多苦。真的对不起。每天往返学校和家里，很累吧？”

“没事儿，我没事儿。我每天回家，跟你接触的机会就少了，老师也不会再疑心我们了吧。”

我在她面前羞愧地抬不起头。

“我真的下决心要好好学习了。我也有特别想去的大学，本来应该专心学习的,但最近总是心不在焉。真是太糟糕了我……但是，我想把小春儿当作我的动力。已经通校一个星期了，我也差不多习惯了，而且在家更能学进去，我觉得这样挺好的。虽然见小春儿的时间少了，但我觉得这对我们都好。”

我觉得孙小蕊真的很坚强，同时又为自己的懦弱而难为情。她已经决定要好好向前了，而我却一个人瞎担心，结果还影响了自己的学习和生活。

“我也要像你一样努力。看见你这样我就放心了,是我还不够好，我太依赖你了。我太不成熟了，这不好。以后我也要好好学习，争取不输给你。”

“嗯，我们要互相为了对方努力呀。”

“嗯，但是有一件事想让你答应我。有不安或烦恼的时候，一定要跟我说，好吗？我不想你一个人背负太多。我是你的男、男朋友，所以，你有困难的时候不跟我说的话，我怎么保护你呢。时一婷的事也是，也许不好开口，但我真的希望你告诉我。”

“谢谢，我答应你。但是，时一婷已经不欺负我了，真的。所以你也别老担心我了，能答应我吗？”

“嗯。”

我们坐在台阶上，互相都有些害羞，傻傻地笑了。

“那个，孙小蕊……”

“嗯？”

我轻轻地抱住了她。我一直等着这独处的时间，孙小蕊太可爱了，我对她的喜欢已经无法用语言表达，于是我抱住了她。

——噔噔，突然背后响起了一阵脚步声，我马上放开孙小蕊，向后回过头。

“你们在这儿干什么呢！”

后面站着的是教导主任。我们太沉浸于自己的小世界了，以至于完全没有感觉到有人从屋顶上下来了。

这简直就是世界末日。

“你们刚才在干什么！哪个班的？”

“初一六班……”

“关老师班里是吧，都跟我过来！”

跟在教导主任后面的孙小蕊表情很不安，我悄悄地握了两次她的手，告诉她没事儿的。然后我们被带到了关老师办公室。

关老师刚打算锁门走，却被教导主任叫住了。看到教导主任身后站着我和孙小蕊，她的脸一下绷了起来。

“关老师，你知道你们班的这俩学生在楼梯上做什么吗？”

关老师瞪了我们一眼，道，

“我已经给了你们一次机会了吧，这也太不给我面子了。”

“绿色健康的校园被你们当成什么了！处分！关老师，这两个人必须马上处分！”

“这次真是没办法了。我警告过你们了吧，这次可没法放你们一马了。”

“两个人都停学，停学一周！可以吧，关老师？”

“嗯，只能这样了。”

“等、等一下！”

我心急如焚。

“你没什么可解释的，我都看到了，你们抱在一起。”

“不是！不是抱在一起！是我单方面抱住她的！”

“说的这是什么话啊！这种事都敢说，真不害臊！”

教导主任更生气了。

“小春儿，上次也是，你就不能承认你的错误吗？”

“这次真的、真的是我抱住她的！要停学也不用两个人一起停吧！让我一个人停学就够了，她一点儿错都没有！”

然后孙小蕊也开口了，

“我也接受处分。是我叫他来了，原因在我，让我停学吧。”

我不愿意看到她受处罚。

“你们难不难看啊！两个人都停学！看看你们说的，两个人都有责任吧，两个都停！一个都不能放过！”

“对啊，你们就好好接受教导主任的处分吧。”

我没法保持沉默。

“不！处分我一个就够了！我以后不会跟她接触了！我保证！我求你们了！”

“不行！两个人都给我停学！关老师，马上给他们家长打电话！”

关老师从包里拿出手机，我几乎是下意识地抢过了来。

“你干什么！马上还给老师！”

关老师声音高了起来。

“真是反了！马上把手机还给关老师！不然可不是停学就了事了的！”

我拿着手机，穿着粗气，认真地看着两个老师。孙小蕊好像有点不理解。

“行了小春儿，一起接受处分吧！”

她马上就要哭了。

“对，这就对了，快把手机还给老师。”

但是我不能退步。

“除非你们取消对她的处分，不然我不还！求你们了！只处分我就够了，求你们了！”

“真是了不得啊这学生！你做这种事只会让自己的处分越来越重，居然还敢讨价还价！”

“行，如果加重我的处分没问题，所以别处分她了，求你们了！”

我眼神坚定，和老师互相对视着。然后关老师移开了视线，说，

“主任，您看，要不就处分小春儿一个得了，孙小蕊应该没问题的，她还主动通校了呢，这次就处分李春一个人吧。”

教导主任死死盯着我，我把手机还给关老师，然后也一样盯了回去。

“退学。让他退学吧。”

教导主任深吸一口说。孙小蕊听后震惊地捂住了嘴。

“主任，这是不是有点儿……”

“不会,对老师态度如此蛮横,这样的学生以后肯定会滋事儿的。现在让他退学应该是最佳选择。”

“主任，您至少观察他一阵子吧。他平时也很努力的，体育委员也当得很好。”

教导主任正在气头上,努力恢复着平静。她上下打量了我一番,然后好像下定了什么决心似的，说，

“你叫李春对吧？你就退学吧。这个女生，你可以走了，校车应该还没出发，抓紧走吧。”

孙小蕊眼眶湿了，凝视了我好久，然后一眨眼，落下泪珠来。她擦着眼泪，离开了办公室。

“关老师，现在马上叫这个学生的家长来。关老师，看来你今天也得多留一会儿了。”

关老师一言不发，拨通了电话。

大概一小时后，妈妈赶来了。

教导主任和关老师详细地把劝退的原因跟妈妈说了，妈妈一点反驳的余地也没有，只能一个劲地说着“没其他办法了吗”“不能再宽容一次吗”，但是教导主任一点不买账。妈妈从小就很尊重我的意愿，看着妈妈，我有一种深深地负罪感，可在心里的某个小角落，我还是无法原谅上星期妈妈说的话。

教导主任只是说明原委就走了。办公室里，关老师又跟妈妈说了一些我在学校里的表现，把我表现好的地方全都说给了妈妈听。但，反正这种事也无所谓了。

回到家，妈妈让我坐在客厅的沙发上，说是要跟我谈谈。

妈妈总是很温柔，这次更是轻声细语地对我说，

“小春儿，要不就回日本吧？”

我没法因为这种原因回日本，还有太多遗憾。

“但是，我想留在哈尔滨……这次我真的知道错了，但是有没有可能转校去其他学校呢，我想留在这儿。”

“你在说啥呢，转去别的学校，你有没有想过自己的将来？像德强这样宿舍又好，环境又好的学校上哪儿找去啊，而且去别的学校肯定又会有很多新的麻烦，妈妈是在为你着想啊。”

“但是……”

“小春儿你听我说……”

“但是,就这样回日本的话我肯定会后悔的。我想留在哈尔滨！”

“你留在这儿做啥呢？如果你对将来有打算的话，说给妈妈听听吧。”

“对将来……我还没想好。但是，我会回日本的，我保证，不过不是现在。我在哈尔滨的生活才刚开始，以后我会好好学习的，不会输给周围的中国人的，不会再那么迟回家了……所以，妈妈求你了，让我待在哈尔滨吧！”

“小春儿，你被退学了！但是，妈妈相信你不是坏孩子，妈妈知道的。可就算转学，没几所学校愿意收被退学的孩子的，肯定会比当初进德强还苦。如果你回日本的话，妈妈也一起回去。”

我沉默了，但是我心里没有一点动摇。

“那让我一个人考虑一下行吗？明天告诉你。”

“可以，但是无论怎么样，星期一都得去德强办退学手续，得

把你的东西都拿回来。等你爸回来，妈妈会跟他好好说的。”

“跟、爸爸说？”

“当然啦。退学这么大事儿能瞒住吗？”

“我知道了。”

那天晚上爸爸回来后，没多久就噔噔噔地迈着大步，气势汹汹地推开我的门。

“小春儿！你都干啥了！”

爸爸气得脸都变形了，吼声震得房子都颤了。

“没啥啊。”

我故作淡然。在爸爸面前，我心里总是有点别扭。

“你被劝退了？！真是个不孝子！你让爸爸太抬不起头了！儿子居然被退学了，在人前还怎么混呐！”

“你也听听孩子的话啊。”

“有啥好听的！他没有反驳的权利！退学就说明了他根本就是个废物！”

我斜着眼睛盯着我爸。

“干啥呢，盯什么盯！我说了多少次学业为重，你居然还谈恋爱！你知不知道你为啥上学的啊！”

“我、我也好好学习了！又不是说谈恋爱了成绩就下降了！有了喜欢的人，谈个恋爱有什么错啊！都是我的自由吧！真不知道中国的学校这么做有什么意义！”

我想跟爸爸大吵一架。

“你才几岁啊，谈恋爱，谈了干啥呢！装什么大人啊！学生就应该把精力都花在学习上！”

“为啥啊！我不明白！以前的人像我这么大的时候不都恋爱、结婚了吗！为什么现在反而不行了啊，莫名其妙！”

“以前和现在时代不同，社会风气也不一样！以前的人连学都不上呢！你们真是不懂珍惜自己现在的生活，太幼稚了！有前人的努力才有今天的你们，懂吗！我们打拼了多少年才有现在的你啊，给我记住了！”

“你们还有你们之前的人都不觉得自己太自私了吗！整啥啊，要感激前人，因为有了他们才有了我们……现在的小孩没以前的优秀啥的，说着这种话，可还不是你们让我们变成这样的？游戏机也是你们做的，现在的社会风气也是你们形成的，我们生下来面对的就是这样一个你们创造的世界啊！说什么现在的孩子被宠坏了，但宠坏我们的不就是你们吗？现在和以前不一样，当然不一样啦！自以为是的是你们！什么都和以前比，如果要说我们错了的话，就别把以前那些旧玩意儿扯出来！”

“别把话说那么大！创造时代的都是活在那个时代里的人！就因为前人不断犯错不断失败，才会有新时代的！别不懂装懂！”

“那你们这些跟不上时代的大人就别在那儿自以为是地教训我们了！连时代都分不清楚，还有什么可说的！以前的人杀了那么多人，打了那么多仗，为所欲为，最后要帮他们擦屁股的还不是我们！为什么活在现在的人要替前人背负那么多啊！为什么要我们来偿还！太没道理了！”

“连历史都不知道还敢说这种话！不知道过去能创造未来吗！少了这个原点，你们还能前进吗！要想在现在这个时代生存，最重要的是学习！不仅是为了考大学、找工作，是为了了解社会！连常识都不懂，你那些狗屁道理等你毛长齐了再说吧！”

“好，好，我知道了！你就等着吧，我肯定会比你厉害的，你到时候就闭嘴看着吧！”

“都被退学了你行吗你！连自己都养活不了自己，还敢跟父母对着干了！我可不记得我养出了你这么个儿子！”

“我也不记得被你养过！”

“你、你说啥！”

“行了，你也冷静一下吧。你有时候是该听听小春儿的话。”

“这小子总是一副自以为了不起的样子，连反省都不会！听了也是白听！小春儿，你马上就回日本！这种地方真是待都不能待了！”

爸爸说完，摔门就走。

“你上哪儿去啊？”

“我一刻都不想看到那小崽子的脸了！”

第二天，爸爸也没有回来。

二八

星期一上午，我和妈妈一起到了学校。最后我还是没能答应妈妈回日本，妈妈说到学校办好手续后，要再和我谈谈。

妈妈敲了敲办公室的门，带着我走了进去，关老师马上站了起来。

“那个，我们来办退学手续了。”

“啊，对，您先听我说，有一个好消息，我们到外面说吧。”

关老师微笑着走到走廊上，顺手关上了门。

“什么好消息？”

“嗯，我其实也挺吃惊的，小春儿的退学处分被免除了，这种事儿可是头一回啊。”

我以为我听错了，妈妈接着问，

“咋回事儿？”

“也就是刚才的事儿。周六那个女孩儿回去之后跟其他同学说了小春儿被劝退的事儿，然后刚才，跟小春儿玩儿的好的学生全跑到教导主任办公室去，还有小春儿小学的班主任也在，他们都要求主任取消处分。学生们连课都不上了，一直帮小春儿求情。”

“居然有这样的事儿……”

妈妈听了之后很惊讶，不知道说些什么好。

“我也是通过这件事儿才重新认识到小春儿的人气呢，他的一举一动竟然带动了这么多人，说明同学们都很喜欢他，您儿子真的很优秀。”

我本应该很高兴，可实际我脑子里却有些混乱。

“那这孩子可以继续在这儿念书了？”

“嗯。”

“太好了，小春儿，太好了！快谢谢老师！”

妈妈看着我笑着说道。

“别了,我啥也没做。小春儿,你应该好好谢谢王老师和同学们。”

“嗯！关老师，也谢谢您！”我不由自主地笑了出来

“啊，不过，虽然免去了退学，不过停学处分还是少不了的。一个星期，让这孩子好好反省一下吧。”

“行，我明白了，我会让这孩子好好反省的。”

“小春儿,虽然一个星期不能来学校,但学习可不能落下。还有，你得向老师保证,以后在学校里,不能跟那个女孩儿来往了,行吗？”

“嗯，我保证。”

然后妈妈先上车了，我趁着现在是饭后休息时间，想赶紧向大家道谢。我先回了自己班。

“小春儿，你来啦，哈哈！”

“以后还得靠你啊，体育委员！”

班里同学都热情地迎接了我。

“大家，真的，真的谢谢大家！”

孙小蕊也在看我,她轻轻地向我微笑了一下。我有那么一瞬间，看呆了。

然后我去找了齐家豪和王源。

“小春儿！同学们！小春儿来了！”

齐家豪和王源带着一大帮同学从教室里出来。然后，听到动静的任乐乐和其他同学也聚集到了我身边。我向大家表达了感谢。

上课铃响了之后，我走向校门，这时候后面有人叫我。刘帅和董巍抱着篮球，满头大汗向我走来。

“这次真的谢谢大家了，谢谢！”

“不是说了不要说谢谢了么，你是我们好哥们儿嘛！这周日还在那家店见啊。”

刘帅说。

“不过我最近得在家里。”

“行了，少废话，你有重大情报没有跟我们汇报。你和孙小蕊交往的事儿都没告诉我们，这周日可得好好教育你，说好了啊！”

我笑了，

“知道啦！”

然后他就向教室冲刺了。跑在后面的董巍又转过来对我喊，

“教育也是要教育的，关键是要庆祝你复学，要来哦！”

我远远地向他竖起了大拇指。然后我和妈妈一起，进了德强小学的校门。

“王老师，这次闹了这么大事儿，劳您费心了。”

“您说啥呀，让这么优秀的孩子退学，太可笑了。昨天孙小蕊这孩子打电话给我了，告诉了我这个事儿，我今天一早就打算去初中部问个清楚，但他原来的同班同学都先问到我这儿来了。您看，有这么多人舍不得小春儿呢。而且更让我吃惊的是，为了小春儿，好多同学都跑去了教导主任办公室呢。”

“这样吗，那一定是王老师您教得好。”

“没有，他有凝聚大家的力量，我也只是被他吸引的人里的一个。而且，这并不是因为他是日本人所以大家对他比较特殊，而是因为小春儿本身就是一个很优秀的孩子。您作为他的母亲，应该觉得骄傲啊。”

“哪儿的话，真的谢谢老师了。”

“‘小春儿退学的话我也退学’，都有学生这么喊呢。小春儿真

的是很受人喜欢啊。”

王老师温柔地看着我。

“小春儿，初中生活怎么样啊？偶尔也来看看老师吧，你毕业了之后，老师都觉得有些孤单了呢。”

“嗯，我会的，王老师，真的谢谢您了。”

“还有，跟孙小蕊要好没问题，但是要作为好朋友相处，在学校里要注意影响。”

“嗯，对不起。”

然后，妈妈问道，

“王老师，那个叫孙小蕊的女孩儿，怎么样啊？”

“我原来教过小蕊，和她妈妈也认识。这个小女孩儿很认真，对自己要求很严，而且很听话，也是个好学生。您不用太担心。”

妈妈没说话，但看她的表情，好像稍微松了一口气。

在家的几天里，我和妈妈也渐渐恢复了以前的关系，能够平静地交流了。妈妈最后还是尊重了我的意见，让我留在了哈尔滨，可我在家的一个星期里，爸爸总是不在，就算在家，我们也说不上半句话。

二九

星期天，我和刘帅他们在那个小饭馆见面了。

“好，今天晚上我们就都能回学校了啊！让我们正式的，为小春儿找到媳妇儿干杯！”

我们举着啤酒，痛快地喝开了。每次喝一点就脸红的刘帅，今天好像也醉了。

“小春儿，能遇见你太好了，真的……”

刘帅一手搭在我肩上，他应该是醉了。

“我也是，能遇见刘帅，还有你们，真的太幸运了。”

我们借着酒劲，说着一些平时说不出口的矫情话。

“就是，如果不是你，我也不可能跟刘帅这样坐在这儿喝。”董巍心情也很好。

“我们也是，认识小春哥真的太好了，不然也不会知道日本人这么棒。”

“喂，小春哥也是中国人。又有中国血又有日本血，无敌啦！”

“哈哈哈，没错！”

“兄弟们，小春儿在这儿，就没有什么中国的日本的，这种东西在我们这儿没有！中国人还是日本人？我们不管，对不对，我们就为友谊干杯！”

大家今天特别兴奋。

“还有啊，小春儿，我那天跟教导主任闹翻了，‘动不动就停学、退学，你们从来没把学生的事儿放心上吧’，我对着她就骂……所以才会有像我这么麻烦的学生吧。真正为学生考虑的话，才不会让他停学，把他扔一边不管；也不会让他退学，撇清关系，对吧。我就这样质问她的。”

“果然是刘哥啊！不过，那个老太婆叫你退学的时候，你还是怕了吧？”

“傻啊你，我咋会怕她！”

“喂，你们几个把他带出去醒醒酒，这幅样子怎么回学校啊。”董巍看不下去了，但其实他的脸也通红。

“我陪他出去吧，刚好我也想吹吹风。”

我和刘帅一起出了小饭馆。室外的温度已经完全不需要耳套、秋裤什么的了，只是让人觉得很凉爽。我和刘帅吹了会儿风，却看见远处走来一帮和我们年级差不多的人。

“小春儿，刘帅，好久不见啊。”

是马志鹏。黑色的短发，耳朵上一个小小的耳钉闪闪发光。他的出现让我有些惊讶，有些怀念，还有一点点开心。最先开口的是刘帅。

“你咋在这儿呢？”

马志鹏轻轻拍了拍刘帅，笑着说，

“我在这儿咋了，不过没想到能在这儿碰见你啊。呐，小春儿，好久不见。”

和他重新见面我真的挺高兴的。不过我还是更在意他身后那群人，一看就是一帮容易冲动的人。

“嗯，好久不见。你最近还好吗？新学校怎么样？”

“嗯，挺顺的。你呢？去年军训的时候去了烈士纪念馆了吧？”

我的醉意突然全散了。

“嗯，你爷爷的那部分也看了。”

“是吗，你，怎么想？”

“我说不好，心里挺复杂的……那真的是日本人做的吗？以前的日本人真的做了这种事吗？”

“当然！你该不会说你不承认吧？”

“不是不是，我只是有点难相信，以前的日本人这么残忍……”

“但那就是事实！那如果你是我，身边来了一个日本人，你会怎么做？”

“我，也许我也会想报仇……但我还是觉得这样是不对的，这样不就还是在重复过去吗？而且，你爷爷也说想让中日两国人民友好。我觉得如果想着复仇，我们是没有未来的，只是在重复历史……”

马志鹏看着我，没说话。

“喂喂,别一见面就说这么沉重的话题了,马志鹏你也歇会儿吧。一起喝两口,不愉快的事儿就都忘了吧。后面那些是你新同学？喂，你们也进来喝两杯不？”

刘帅上前勾住马志鹏的肩，打断了我们的对话。

“刘帅你给我闭嘴！”

马志鹏说着甩开刘帅的手。

“小春儿，看来你还没能完全站在我的立场上啊，你还没有完全理解吧。知道痛苦、悲伤、绝望的人，或者是他们的后代，如果不复仇，就无法释怀，就会永远被过去纠缠。这种心情就像诅咒一样，会一代一代往下传。别以为对复仇的对象稍微好点儿就是宽容了，别以为我们能理解你们的立场就算和解了。只有你们亲身体会到我们所受的所有伤痛，才能叫公平。”

“但是，这样的话永远都不会有公平啊。伤害别人是不好的。除了报仇，有没有其他方法可以解决呢？”

我没有忘记马志鹏的心情，所以我也把自己的心情很认真地告诉他。

“不以牙还牙怎么能叫公平！不想让自己受伤？你们到最后还是只觉得自己是最好的，是吧？”

“我没这么说。只是，就算你报仇了又能得到什么呢！我想象不到，我觉得什么都得不到啊！”

“不，我们会得到的。报仇之后的成就感，也许能治好我们心里的那道伤。”

“我不这么觉得。伤害他人却无动于衷的人，我不知道他们在想什么，但这绝对是不对的，不是人干的事儿！”

“所以我们才叫日本‘鬼子’的啊。”

“所以我不信！以前的日本人肯定哪里有问题，现在的日本人绝对不会做这种事的。我们在进步。所以，以牙还牙是不对的，就算再恨，现在的人要报仇也不可能像以前的人那样做了！”

“那是，现在的人有现在的人的做法。我会用我的方法，在我们这一代做个了结。小春儿，你是个好人，但我还是不能原谅作为日本人的你。”

我呆住了。

“你在说啥玩意儿啊！要说了结，一年前不都完事儿了么，是你输了，马志鹏。”

刘帅说。然后，察觉到异样的董巍也出来了。看到董巍后，马志鹏身后的人都往前走了一步。

“哟，这不是马志鹏吗！好久不见，最近混咋样啦？”董巍心情还是不错，跟马志鹏打了招呼。

“魏哥，以前总是和你一起来这儿啊……我对你已经失望了，你也完全被磨平了啊。”

“你说啥呢，啥意思啊？”

“我已经不崇拜你了，我已经比你更强大了，马上就能证明给你看。”

董巍脸色一沉。

“啥？你跟谁说话呢！啥意思啊！”

马志鹏无视董巍，带着他的人走了。

第七章

距离——发生在平顶山的事

三十

五月下旬的一个周日，下午我和我爸妈，还有大爷、大娘都要去爷爷家。吃过午饭，我和我妈在中央大街逛了一会儿，就出发前往爷爷家了。

“妈妈，下周六学校有运动会，有空的话来看吧。”

“家长也可以去看吗？”

“嗯，同学的家里人基本都回去。”

“嗯，那妈妈也带上朋友去看。以前太忙了，小春儿学校里的活动妈妈一次都没参加过，这次一定去。小春儿有什么项目啊？”

“一百和八百，还有跳高。”

“哦，小春儿好厉害啊，妈妈一定去看。”

和妈妈说着说着就到了爷爷家，我们是来得最早的。

“爷爷！”

“哦，小春儿来啦！哟，纪子也来啦！”

“爸，最近还好吗？”

“嗯，挺好的。”

说着，继奶奶从厨房走了出来，

“来啦。大家都挺精神的，挺好啊。”

她有点驼背，带着眼镜，一看就是很温柔的老奶奶。

“妈，我也来帮忙吧。”

“没事，难得来一次，跟大家唠唠嗑吧。”

我们和爷爷来到客厅喝茶。

“爸，身体怎么样啊？”

“嗯，没问题。”

“虽然已经春分了，但出门还是挺冷的，您要注意身体啊。”

“嗯，知道啦。”

爷爷跟妈妈说话时都不看妈妈眼睛，两人特别小心翼翼。

“爷爷，我想听以前的故事，您讲给我听好不好？”

“真难得啊，小春儿居然想听以前的故事。”

“最近我明白了，了解以前的事儿有多么重要。爷爷您就告诉我吧。”

爷爷看着我，然后妈妈说话了，

“爸，您就说给这孩子听吧，不用顾虑我。我也没听您说过以前的事儿，而且对于小春儿来说，了解以前的事儿也很重要吧。”

爷爷沉默了一会儿，说，

“行，那就把我的经历，说给我孙子听听……”

——1932年，我和我父母在河南省一个叫平顶山的村子里生活，当时我只有八岁。快到中秋节了，村里面很热闹，到处都是买酒买肉还有买月饼的人。我们家不太富裕，但是只有这天，我父母会花钱让我改善一下生活。那时候虽然大家都不富，但风平浪静也挺幸福的。

可是，中秋晚上，平顶山发生了一件惊天动地的大事。

事件的开端是时逢“九一八事变”一周年，东北义勇军与大刀会、红枪会兵分三路，袭击了附近城镇的日本人。为了给被日本人杀害的同胞报仇，他们在中秋夜，杀了十多个日本人，袭击了煤矿，还烧了几家日本人的店。马上，第二天周围的居民就开始谈论这件事，大家都觉得义勇军救了大家，都在称赞义勇军。周边城镇热闹的声音，连住在村里的我们都听见了。

农历八月十六上午十点左右，噩梦开始了。从千金塞开来四辆坐满日本兵的卡车，车在平顶山西南面的牛奶厂停下了。他们一家一户地敲门，说什么要在我们这儿演习，让我们到牛奶厂集合。他们手上都拿着锃亮的刺刀，一脚踹进了我家门，那刺刀抵着我父亲的胸口，喊："马上到牛奶厂，全部的人！不出去的现在就杀了！"当时我太害怕了，躲在妈妈后面，紧紧抱住她的大腿。那是我第一次见到日本人，第一次觉得大人那么可怕。我们全家都被逼出了家门。

外面已经都是人了，日本人还在挨家挨户排查，确保没有漏网之鱼。给他们翻译的汉奸站在一个配着军刀的日本人边上，对我们说："今天皇军要向这里发炮，为了不让大家受伤，所以请你们到牛奶厂来避一避。"然后又有一个日本人说因为要拍照，所以让我们赶紧到牛奶厂去，还有一个日本兵一直拿刺刀顶着我们，有走得慢的就一刀刺过去。我看见他的刺刀上有红色的液体滴下来。我母亲紧紧握住我的手，咬着嘴唇，我感觉她抖得厉害。我们被他们赶到了他们事先准备好的名为牛奶厂的屠杀场。我在路上不断回头，而我们的村庄已经被一片火海吞没了。除了在村里就被刺死的，曾经热闹的村庄里如今不见一人，烈火中上升的滚滚浓烟遮天蔽日，我仿佛看到了人世间的地狱。即使是现在，那时的景象还时不时的出现在我梦里，让我不禁怀疑，那到底是噩梦还是现实。那可以说是影响了我一生的光景，悲惨至极。

我们到了牛奶厂就被命令坐在一个小角落。我看到了一个被黑布盖着的东西，然后我问我父亲那是不是照相机，我父亲只是紧紧抱住我说，小孩子不要说话。然后那个汉奸说："有小孩的抱着小孩，病人也都互相搀扶一下。"然后又用朝鲜语说："朝鲜人都站起来！"然后有二十多个朝鲜人站了起来，他们被带了出去。这时大人们开始有不好的预感了，大家骚动起来。紧接着，三脚架上盖着的黑布被揭开了，看到那个的大人们喊了起来："那不是照相机，是机关枪！快跑！"就在这时候，一个日本军官一挥手，突突突突突突，六台机关枪疯狂地扫射起来，边上抚顺守备军也同时向我们开枪了。我父亲把我藏在背后，我还不知道发生了什么，但那就是大屠杀开始的瞬间。不仅是我，还有很多大人也没反应过来，就这样不明不白就被打死了。我父母也突然倒在了我前面，父亲在那一瞬间，把我压在身下。周围不断有人倒下，血肉横飞。人们的惨叫和日本兵的咆哮，混杂着枪声回荡在山谷里。"快跑"倒在地上的人用尽力气向活着的人喊，但到底应该往哪儿跑？西面是七米高的峭壁，北面有日本人的铁丝网，东面是机关枪。有几个人跑到西面拼命想翻过峭壁，但还没爬两步就被枪打了下来。无处可逃的绝望。然后机关枪停了，牛奶厂的草地已经被血染成了红色。

不过当时除了我还有几个幸存者，汉奸喊道："日本人都走了，还活着的人快逃吧！"有人信了他的话，刚一站起来，日本人的机关枪就又响了起来，大概又扫射了一个小时。我被打中两枪，但都不致命，但我父母却已经一动不动了。我父亲临死前紧紧握住了我的手，我在他身下，脸朝着母亲的方向，我看到了她脸上的泪痕。我看着母亲的脸，悲痛、仇恨、愤怒，说不清的情绪在心里像爆炸了一样。大概下午五点，又有人喊日本人走了，不过这一次日本人没有再扫射，他们拿着刺刀，不断在尸体间刺着，如果有反应的，就补几刀刺死。丧心病狂的日本人看到孕妇，还要把她腹中婴儿挑出来抛向空中，这样就真的是一个不剩全死了。他们终于走了，而我所幸没有被他们刺中。

天完全黑下来了，我奇迹般地在痛苦和悲伤中醒了过来。睁开眼睛，我叫了好多遍妈妈，但没有任何回应，我又叫了爸爸，还是没有反应。我从父亲身下爬出来，忍着心中的恐惧钻进了高粱田。伤口很痛，肚子很饿，我觉得我随时都可能倒地。那时候我就发誓，要给我爸妈报仇，要给全村人报仇。

在日本人闯进我家前，我父亲给了我一张小纸条，上面写了他弟弟的地址。大爷前些年搬到了哈尔滨，我父亲可能预见日本人要杀过来了，所以告诉我如果发生了什么，就去东北大爷那儿。然后日本人就踹开了我家门。

我朝着城镇走去，走过树林，爬过山岗，我慢慢地往前走。然后走了四天，我遇到了义勇军和大刀会的人。他们抱着意识模糊的我来到基地，给我治疗。我大腿上中枪的地方已经化脓了，周围的皮肤已经腐烂，没法取出子弹。直到两年后，那两颗子弹才自己流了出来。

后来有一个义勇军的人特别好，他好像刚好要去东北办事，说要把我送到东北大爷家。

到了哈尔滨，我隐瞒了自己平顶山人的身份，找到了大爷家。

我终于到了大爷家，告诉了他们那天的事，他们听了之后都泣不成声。大爷紧紧地抱住我说："你能活下来真的太好了，太好了……”大爷就这样抱住我，哭了很久。

那之后过了十二年，1944 年收麦的时候，已经二十岁的我到哈尔滨郊外帮大爷收割。大爷经营了两个农场，那天他和大娘一起去十二里开外的另一个农场收割了。和我一起的还有一个比我小四岁的、名叫张学连的少年。突然，田埂上跑来一队不速之客，伪政府的军队，和那年中秋来的日本人穿着一样的衣服。我吓坏了，但同时又恨不得马上冲上去把他们都杀了。但是我看到他们之后，动弹不得，止不住颤抖。张学连看我呆住了，只能拉着我的手，带着我逃跑。我们拼命跑，狂奔中，我脑海里不断回放着那天的情景。我们很快就被抓住了。那时候我哭了，大声地哭喊着，但那并不是因为想复仇，而是只是因为太害怕了。我们被抓到警察局一样的地方，被关进木牢里。日本人不停地问我们八路军在哪儿、有没有游击队。张学连一个劲儿地说不知道，而我只是狠狠地盯着他们。他们被我的眼神激怒了，鞭子像雨点一样落在我身上。我们被关了一个星期，然后被送到了石家庄的日本南兵营。在车上，我恨自己无能为力，对自己很愤怒。

南兵营里，我们被关在一个简易木制建筑物中。里面没有床，只有一溜木板作为睡觉的地方。那里除了我和张学连还有一百多个人。每天日本人只给我们一点半熟的高粱米，而且没有碗，只能用手挖着吃。刚开始几天，我一点都不吃，我不想吃日本人给的食物。但是，不吃就会饿死，饿死了就没法报仇了，张学连这样告诉我，我才忍着悲痛，含着眼泪，机械地把高粱米送进嘴里。南兵营里里外四道铁丝网，都用通着高压电，而且哨兵还拿着枪巡逻，根本不可能逃出去。被关在这儿的很多人都死了。每次有人死了，日本人都会用人力车把尸体运走。就这样关了二十五天，我们被送到了北京西兵营。

我们在西兵营又被关了半个月。周围还是重重铁丝网，食物还是只有高粱米。半生不熟的高粱米太干了，有几个人被卡住喉咙不得已喝了雨水，然后就害病死了。就在这种环境下，日本人居然还让我和张学连表演相扑，说赢了的人有饭吃，不过不用说我们也明白，日本兵只是拿我们取乐。当时我二十岁，张学连十六岁，我们为了多得到一点食物，故意互相输一次赢一次。当时被监禁的还有两个老人，我们还把自己得到的食物分给了他们。后来我们被送到青岛了。

农历六月，我们被赶上了船，在不知去向何处的船上待了一个星期后，张学连死了。几天前他就已经很虚弱了，不停地说着要不行了。我安慰他说没事的，给他描绘了被释放后的幸福生活，但他还是没挺过去。日本人把他的尸体用绳子裹上铁块，扔进了海里。我不想让他们这么对学连，冲上去抢日本人的绳子，但被他们打得失去了意识。

我很害怕。一想到十二年前的惨状，想要冲上去把眼前的日本人都杀光的愤怒几乎冲破头脑，但被关在这里看到残暴的日本人，恐惧又占了上风。我觉得我受够了，现在唯一祈祷的就是不要去那个岛上，这是我唯一的期望。但是，船靠岸了，那里正是我最害怕的地方——日本。

我们到日本后，马上就开始做苦力。后来我才知道，我们做苦力的地方在福冈县二濑、叫润野煤矿。我们住在木板搭的简易房里，没有床，只有一块木头当枕头，四面漏风，睡的地方也长满了杂草，一个屋子里住了一百多人，都是和我一样被船运来的。刚来的时候每天只能喝跟水一样稀的粥，半个月后开始到煤矿劳作，那时候的伙食只有橡子窝头。一日三餐都吃那个，简直难以下咽。我们早上吃一个，另一个带到矿里当中饭吃。我们一直干，然后就到了春节，当然日本人不可能给我们吃饺子，只给了我们一点小麦粉。因为我们人数太多，小麦粉只能做得细细长长，大家一起分着吃。那时候我们想起了自己在祖国的家人，大家都流泪了。我对我的同胞们说，一定要活下去，只要我们不死，总有一天能回去！

我们在煤矿里挖洞、推车、采煤，不停地劳作。一天十二个小时，没有休息日，而且还会挨骂挨打。如果动作稍微慢一点，就会被监督的日本人用锤子打。身体好的主要负责推车，我主要挖洞。一连好几天我们都没挖到煤，明明过了工作时间日本人还不让我们休息。我们故意把石头装进袋子里想糊弄过去，结果被发现了，所有人都挨了一顿毒打。冬天早上四五点，太阳还没升起来我们就被日本人叫起来，光着身子在一尺多厚的雪上跑。全身都被冻得又紫又肿，一用水洗，皮肤就脱落了。

一天我在煤坑里铺铁轨的时候，一个日本人看到我后狠狠地把我踢翻在地面，他说我动作慢，不停地踢我，最后还重重地踩在我手指上，把我手指踩断了。接下来几天我手都很肿，但他们不管。最后我的手烂了，手指掉了下来，然后就成了现在这样——

爷爷晃了晃他少了半截的无名指，继续了他的故事。

——除了我之外，有很多人都生病或受伤了，但我们还是被强迫劳作，动作慢了还要挨打。有一天我被一个日本人用很粗的棒子打了，我当场就失去了知觉，醒来时候头上被缠了厚厚的绷带。就这个时候，日本人也知道我不能动了，允许我躺着，只是不给我任何吃的。我能挺过来都靠那些可怜我的同伴们，晚上回来分给我一点点吃的。

之后，这一带经常遭受空袭。日本人命令我们到防空洞躲避，我们谁都不想进，但还是被赶了进去。防空洞里很潮湿，在那儿待时间长了，大家都涨了疥癣，其痒无比。又过了一阵子，我们听说日本人投降了，我们也不怕日本人了，无论走到哪儿都不用担心被囚禁，我觉得终于熬出头了。我想亲手杀了日本人，但被释放的喜悦滋润了我的心，欣喜压过了愤怒。又过了几个月，我们终于收到了回国的通知，还有几套新衣服。我们坐汽车到一个叫佐世保的港口，在那里乘美国的军舰，四天后就到了天津的塘沽。之后我们到北洋大学，在那里领到了被日本人强迫劳动的证明，然后就凭那个证明坐火车到了辽宁省的新乐，在那里告别一起受苦受难的同胞，各自向家赶去。

我被抓走之后，我大爷只听说我被抓到煤矿去做苦力，把东北的好几煤矿都找遍了，根本没想到我会被抓到日本去，看到我回来了，他惊喜又难过，再一次紧紧地抱住了我。大爷当时为了找我，卖了二十亩地。我回来之后，我们三人更加珍惜一家团聚的生活了。

之后我走上革命的道路，入伍进了哈尔滨的部队。在那儿我努力学了三年日语，开始了翻译文献的工作——

听了爷爷的话，我和妈妈都不知该说什么才好。

“不过现在都过去了……要说已经不恨了也是撒谎，不过现在看着纪子，我也觉得时代不一样了，还有纪子的妈妈美智子也是当时的受害者吧，也经历了一段坎坷的人生。跟你们接触后，我觉得不是所有日本人都是坏的，就算流着鬼子的血，但在哈尔滨长大的你们都是堂堂正正的中国人。”

妈妈很注意自己的用语，回答道，

“爸……虽然已经过去二十年了，但那时候真的谢谢您帮助我妈，没有您就没有现在的我们。那时候您一定也很挣扎吧，真的太感谢您了。”

“那时候，我一心只想着，如果我承认你和红伟（李春之父）的关系，我的仇恨应该咋办呢，我只考虑了自己的纠结。红伟自从和你认识，就特别喜欢你。红伟那时没跟我说过你的事儿，不过跟他妈在世时他们经常讲。看着我儿子，我也觉得，要不就这么接受了吧。”

“爸，那个时候我和红伟有点儿太倔强了，没考虑到您的感受。红伟当时也很痛苦，他平时不太在人前表现出来，但跟我说了很多。他在您面前总是不够坦率吧……”

“我最了解他了，他从小就和妈妈亲，一旦决定了什么就绝不反悔，一根筋儿。他小时候开始就不太和我说话，大概就是因为这个吧，他一有什么事儿就躲着我不回家，然后跟我已经去了的老伴儿两个人商量着做决定。现在我和他的关系也没有变。”

“爸，下次我跟红伟说说，让他多陪您唠唠嗑。”

“不用了，不用了，谢谢你了啊纪子，不过就算你跟他说了也不会有什么改变的，已经迟了，而且就算什么都不说，我们还是互相能懂对方的。每次见到红伟，他肚子里没说出来的那几句话，我还是知道的，而且我相信他也能懂我的心情。无论怎么说，我们都是父子啊。”

爷爷笑了。我觉得爷爷和爸爸的关系，就像现在我和爸爸的关系一样。爷爷好像想到什么，对我说，

“小春儿，爷爷把自己的故事都告诉你了。了解过去是你前进的第一步，但无论怎么说，这都是爷爷的经历。这些事儿都只是历史长河中的一小段，而且是不常谈起也不为人所知的一小段。我们说的和我们的父辈说的历史可能也有出入，但历史是个人的体验，还会根据后世看待这段体验的不同而改变，事实会被时间模糊，况且根本没有人能看到完整的历史。就算在同一时间同一地点，不同的人也会因为看到了不同的景象，或是因为心理承受能力的差异，而说出一段不一样的历史。爷爷希望你能记住这一点。”

这一次，我好好理解了爷爷的话。

不一会儿，我爸和大爷大娘都到了，大家坐在一起，热闹地吃了一顿饭。我一直暗暗留心爸爸和爷爷之间,果然和爷爷说的一样。我似乎都能预见十多年后的我和我爸了。

三一

星期天晚上，寝室里很热闹，我们几个却悄悄地说话。

“之前马志鹏说的那话啥意思啊？那小子在耍什么花招，竟然对你都说出那种话。”

刘帅思忖着，董巍靠着墙。

“我以为小学最后那段时间，我和他已经和好了，但是如果他在盘算些什么，对象肯定是我。那次见面，他看我的眼神又和我刚来的时候一样了，恶狠狠地。不过，就算他有什么动作，我也肯定能应付。”

“小春儿,你怎么能这么想呢？我们相处了多久啦,万一有什么，当然是我们一起解决啦。千万别想着要一个人出风头哦！”

刘帅语气很冷静，但表情却很严肃。

“嗯。”

“不过，无论马志鹏耍什么花招都没用，一对一他根本不顶用，而且就算他带人来，肯定还是我们人多。”

董巍说。

“我们可是和德强中学外部进来的人都干过仗了，还有二三四年级，大干一场之后现在关系铁的很，一起在食堂吃饭，住同一个宿舍，现在大家都是兄弟了。如果发生什么了，我们肯定能对付。”

“哎，说起来我也挺受打击的，我当时那么照顾马志鹏，现在居然对我这态度。”

“董巍……总觉挺对不起你的。”

“没事儿没事儿，反正我和他之间也就是这种关系了。他要敢乱来，我可真得让他好好记起我的拳头了。”

第二天早上，我带队领大家去食堂，几个穿蓝色校服的高中生向我们走过来，塞给我一张纸条。我有些惊讶，看着他们的背影，迅速把纸条放进校服口袋里。

到食堂后我才拿出纸条，快速地看了一眼。

“我是时一婷的哥，德强高中的。之前就听我妹说过你，竟然敢让她伤心，我要你好看！你就别想在这儿待下去了。这周六，运动会中文休息时，到食堂后面的空地来。如果不来，后果自负——时文博。”

一吃完中饭，我就找到了时一婷。

“时一婷，刚才你也看见了吧。你还在生气吗？”

“你可真是不懂女人心啊。就算你打算啥也不干，我还是无法原谅你们俩。”

“我们俩？你又对她怎么了！”

“我啥也没做！这才是最让我气愤的！是，在学校确实看不到你们独处，也没再看到你们说话过，但你们还是要眼神交流，两个人好像看一眼就能心意相通似的……我就是不爽你们俩之间那股矫情劲儿！”

“但、但是，我跟你说过了吧，我喜欢她！而且我真的觉得很对不起你。”

“不是这样的！我发现了,如果我针对你的话,她一定会难过的。我真正恨的不是你，是孙小蕊！不过为了让她难受，对你我也下得了狠手！”

“我想和你像小学时候那样做好朋友，我不想和你吵架。”

“但是我根本没把你当普通朋友，你说什么像小学时候一样啊，你真的，什么都不懂！”

“我是不懂你！如果怎么说你都不听的话，我也只能一个人承受你的愤怒了。只要你不对她动手，我什么都能忍，直到你解气为止！你爱咋地咋地吧！”

“我爱咋地咋地？哼，你等着吧。”

周二中午，我和刘帅、董巍在打篮球，齐家豪和王源过来了。

“小春儿，不好了！”

看见两人慌张的样子，我把球扔给刘帅，急忙跑了过去。

“咋了？这么慌张？”

“小春儿，你听着，我有不好的预感。”

“不好的预感？”

“昨天晚上，我们班女生在厕所听见时一婷偷偷打电话了，说什么‘干掉小春儿’‘来多少人’之类的。而且，运动会中午休息的时候、食堂后面的空地，连时间和地点都说好了。我们班女生觉得她太可疑，就跟我们说了这事儿。你这儿有啥情况吗？”

“这事儿我也不是不知道……”

我脑海中闪过时一婷表哥的纸条。看到齐家豪和王源慌张的样子，刘帅和董巍也过来了。

“咋地了？刚才那些话我可是听见了。”

董巍说。

“她在电话里还说了什么？你们能不能把那个女生找来啊？”

刘帅接着说

“好。”王源跑去教室了。

“小春儿，你说你不是不知道，这又是啥意思？”

我把纸条的事儿跟他们说了,这时王源也带着那个女生过来了。

“你昨天听见啥了？再详细说说。”

刘帅问道。

“嗯，应该和刚才齐家豪、王源说的差不多。一开始，她先跟那边说‘好久不见，快一年了吧’‘你那边咋样啊’，聊了一阵才说起‘周六运动会中午休息从 12 点半开始，到时候我会到食堂后面的空地来跟哥会合的，其他的就和我之前说的一样’，大概就这些了。”

我、刘帅、董巍都能确定——马志鹏会来。

“我知道了，谢谢你。这事儿先别张扬，传出去肯定要乱。”

那天晚上，刘帅、董巍，还有齐家豪、王源、任乐乐都到我屋里来了。

“听起来，这次还挺严重的吧。我们也得好好开始准备了。”

刘帅说。

“嗯，我们也得多叫些人。本来我应该好好管着马志鹏的，对不住了啊。我是他以前的大哥，应该早点儿发现早点儿制止他的。”

“别这么说，该道歉的是我，总是给大家添麻烦。”

“没这事儿，我们当然要挺你啦。”

“那个，周六，就算他们带一大帮人来的话，这件事我还是想尽量让我一个人解决。但我不是说你们不可靠啊……”

“为啥啊！那你怎么办啊？而且你觉得我们能让你一个人上吗？”

“不，我不想打架，想和他们好好谈谈。”

“小春儿，你觉得他们会听你的吗？时文博干仗好像不出名，但听说朋友很多，而且特别宠时一婷。那张纸条不是明摆着没有可谈的余地了吗。明天我去问问四年级的有没有知道时文博的。”

董巍说。

“就是啊，小春儿，时文博和马志鹏虽然动机不同，但目的是一样的啊。马志鹏搭了时文博的便车，时文博也利用了马志鹏，对他们来说这种结合再好不过了。我们可能搞不清他们在干啥，但找上门来的架就是要打的，事情就是这样的。”

刘帅热血沸腾地说着，这时，一直紧闭双唇的齐家豪开口了。

“小春儿，有件事我想让你明白……现在想想，问题的核心就是马志鹏对你的恨。但是，事到如今，没想到这么多人都没卷了进来。”

“你说啥呢，没明白。”

刘帅说。

“我是这么想的,也许是我在说大话了,不过国家层面上也一样，对另一个国家的恨，也许最初是有根有据的，但时间一久，这种恨就变质了，忘记了初衷，只是一种畸形的恨了。所以对于不得不承担这些的你来说，也许有点儿荒唐。退一百步讲，就算你真的做了让马志鹏生气的事儿，如果马志鹏这样变本加厉地报复你的话，问题的根本就越来越模糊了。”

“你说什么乱七八糟的啊，小春儿做了什么了呀！胡说八道！”

刘帅骂道。

“所以我说‘退一百步讲’啊！只是打个比方。”

“行了，这个傻子理解不了，不过我可是懂了。所以我们更应该找好人手把他们打回去！”

董巍很有自信。

“我还是觉得这样不好，没什么好结果。如果因为他们人多所以我们就召集人手的话，他们看见我们这么多人就更不会听我们解释了，这就真的失去了和谈的机会。所以，可能的话，我想就我一个人去，这样他们也该明白我们不想打了吧。”

“小春儿，你太天真了！这样做只会被对方看扁的。而且，你以为我们的兄弟会眼睁睁地看着我们被围殴吗？你这么做我们只会难过啊！”

刘帅说。

“我不想再连累任何人了……也不想让过去的错误重演。”

“你醒醒吧！”

刘帅抓着我的领子。

“我们怎么可能让你一个人去！我们为啥总一起玩儿啊！你哥们儿想在你困难的时候帮你一把，你懂不懂啊！好哥们儿有麻烦却还不肯告诉我，你也考虑一下我的心情啊！和面子啊自尊啊啥的没关系，这才是朋友啊！”

刘帅的话敲进了我心里。

“就是，这次就让我们帮你吧！”

齐家豪也说。

任乐乐和王源和都毫不犹豫。

“你们……可真得，齐家豪你们……”

“我们没干过仗，可能挺弱的，但我们还是想帮你啊！我们是朋友啊！”

王源说。

“我、这次我来保护小春儿。去年，马志鹏暗暗在背后欺负我，大家都不知道，但是小春儿却挺身而出了，所以这一次，我来保护小春儿！”

“齐家豪……但是，那也是我连累了你啊。”

“我一个人啥也干不好。那时候小春儿渐渐被大家接受了，和刘帅也玩儿得好，成了学校里的名人……其实，那时候我觉得小春儿离我们远去了，但我却连告诉他都做不到。但其实小春儿一直都站在我身边，所以，这一次，我一定要帮小春儿！”

“齐家豪……”

我到底还是没能说服大家。

“我可算是对你们刮目相看了！不愧是小春儿的小弟。为了周六那场，我们得好好准备！”

“行了，不是什么小弟。”我拍着刘帅的背说。

星期三，中午和晚上的自由时间，刘帅、董巍和我都在为收集时文博的情报东奔西走，顺便召集人手。给从外部进来的学生，还有二三四年级的人都打了招呼。除了小学直升的人，大多数都只是觉得挺有意思的，有些好奇。四年级的人因为要进入德强高中，反正明年还会被高年级叫出去干仗，不如现在做个了结，都加入了我们。虽然大家各有心思，但好歹都是为了与马志鹏和时文博对抗而努力的。

晚上我们聚集到了刘帅寝室，

“哈哈哈！一下子就叫了百来号人啦！这下高中部的人也得举白旗了吧！今天我得到情报，时文博他们最多也就有三十来个人吧。”

刘帅爽朗地笑了起来。

“你先别得意了，你没听四年级的人说吗？以前看过时文博干仗的人说,他当时拿了很多铁管啊！如果这次他也拿来了咋整啊？”

“那我们也准备起来不就行了。”

“到哪儿去找这么大量的啊！而且最麻烦的是马志鹏，他现在学校我们一个熟人都没有，根本不知道他会带多少人来啊。”

“不就是马志鹏吗，担心啥。”

“还是不能小看他。他挺会拉拢身边的人的，而且知道怎么讨好高年级。这个我最清楚了。”

“但是,你们听我一句,我先来跟他们谈,如果不行,就算开打了,也不要对马志鹏出手。就算要打马志鹏，也应该由我来动手。”

“不，我来解决他，让他好好醒醒。”

“董巍，你就让我和马志鹏对决吧。他对你其实没什么怨念，他想对付的是我，应该由我来做个了断，不然马志鹏也没法释怀。”

“……好吧，那就靠你了啊。如果他下狠手，你就好好揍他一顿！”

“啊！我想起来了！进了德强大门，那边不是有一个炼铁厂吗？”

刘帅一拍脑袋说。

“啊，对，咋了？”

“如果时文博要带家伙，说不定就是那儿拿的。”

“哦！对啊！肯定是的！”

“我们也去那儿找吧。”

“不行，刘帅、董巍，我们不能干这种事儿。空手去，如果我们也带铁管的话，不就跟他们没啥两样了吗！反正我空手，我来承担所有。而且我说过了吧，我先来跟他们谈谈，带铁管去太没诚意了。今天忘了说，跟其他兄弟也说一声，不许带家伙。”

这时，四年级的学生也来了。

“干啥呢你们，开会呐？”

“嗯，差不多。”

“我跟你们说，时文博肯定会带铁管去的，我们要不要也准备起来啊？”

“现在刚说到这儿呢。我们这次空手去，别带家伙了。”

“为啥呀！我们不做好准备就输定啦！”

“你听我说，周六我想先跟他们谈谈，看能不能就把这事儿压下来，所以我们不能带家伙。”

“他们会听吗,真是的。谈谈？你少做梦了。我们要合作是没错，但我们这边的目的可是打倒时文博啊，你这什么谈谈，跟我们没关系。”

“你们要是不乐意，周六不来也行，就当我们没说过。”

刘帅毫不留情面。

“开啥玩笑，已经和其他四年级的都说好了，现在哪能说不干了呀！”

“嗯，你说的没错。我们把你们卷进来，现在又说这种话是有点儿没脸，但我们也有我们的苦衷。”

“不行，话都说到这份上了，我们也有我们的一套，必须解决时文博。如果看不惯我们，就随便吧，别忘了我们是一条绳上的蚂蚱，过程怎么样都无所谓。行了，都给我让开。”

初一的寝室都在一楼，刘帅他们宿舍窗上的铁栅栏被拧开了，四年级的人为了溜出寝室，总上刘帅他们这儿来。不过现在，刘帅挡在窗前就是不让他出去。

“拜托你了，而且赤手空拳才是男子汉啊，别去找铁管了！”

“喂，最初是你们来找我们的，现在这样像什么话！让开，我不想和你们闹翻，快给我让开！”

然后董巍说了，

“刘帅，行了，你让他们去吧。”

“啥！你忘了刚才小春儿说啥了吗！”

“不是，这些人很强，现在我们不能跟他们闹翻。喂，你们可以去拿铁管，但周六得先让小春儿跟他们谈，没有小春儿的话你们也不会有这种大干一场机会，可别忘了。”

“行了，知道了。”

然后那个四年级的学生就从刘帅寝室的窗户出去了，翻过中学校墙，到工厂找铁管去了。

星期四，有关周六的事也传到了普通同学的耳朵里，校园里流言四起。当然，孙小蕊也听说了。

她每天在家里都给我写信，可是今天却没有信送到我手上。我们四目相对，她一脸不满地看着我。我让同学给她传了小纸条。

“孙小蕊，你在生我的气吗？是因为我没有跟你说周六的事儿吗？我不想让你担心，周六一定能好好解决的，所以，真的，不用为我担心。”

下午课都结束后，通校生都准备回家时，我收到了她的回信。

“你没告诉我周六的事儿，我是挺生气的。我们在交往吧？我没有觉得你做的不对，但是最近我们好不容易安定下来了，可现在又有一种要毁于一旦的感觉，我有点儿不安。至少我想你亲口告诉我周六的事儿。我们现在在学校里不能说话，可正因如此，再小的事儿也应该写进信里啊。如果不这么做的话，总觉得会和你错过。我已经不生气了，以后有事儿一定要告诉我啊，我相信你。”

那天晚上我给孙小蕊家里打了电话，不过当然先找了一个女生帮我应付她爸妈。

“喂，孙小蕊，我看了你的信，结果还是让你担心了，对不起。但是，没事儿的，我一定能摆平的。”

“嗯，知道了，我不生气了。现在我妈在边上，不方便说话，我会给你写信的。”

“啊，不好意思，突然打电话给你。加油学习，注意身体，别太勉强自己了。”

“嗯，谢谢，再见，我挂了啊。”

星期五，孙小蕊一到学校就给我塞了小纸条。整整两页，密密麻麻都是对我的担心，在最后她写道，

“平时在学校里总是得忍着，不能两个人一起，等到了寒暑假，我每周可以出来一次，到时候我们约会吧。”

那天晚自习前，我们把所有星期六要来的人都召集在食堂后面的空地上。

“大家听着”，我大声地说，“谢谢你们能来，还有，因为我牵

连了大家，真的很抱歉。”

“说啥呢，小春儿！”

“就是，小春哥，别那么见外！”

“我们一直都是小春儿的后援。”

“明天对方会来多少人我们不知道，但是让我先跟他们交涉一下，还有，无论发生什么，我们绝对不能先动手，你们能答应我吗？大家站在这儿的目的都不同，我在他们消气之前是不会退场的，但你们，如果有危险，你们就快逃吧！”

我对他们大约一百人做了最后的动员，终于面对明天的对决，大家的心收拢在一起了。

早就熄灯了，但我还是睡不着。虽然事态每天都有进展，但我心里却一直在疑惑，怎么就到了这个地步呢。月光朦胧透过窗帘间的缝隙照进来，到哈尔滨已经两年了，又过了一个漫长的冬季，哈尔滨的严寒在此刻竟也显得让人留恋了。这季节转换时的味道，至今给了我多大的慰藉啊。脑子有些混乱，心却很清醒。这两年的回忆突然翻江倒海涌上来，好像将之前的记忆都侵蚀了一般的清晰，让我沉入深深的感慨之中。

在日本时候的生活，那居然也是我的生活，现在想来真是宛如梦一场。是因为自己适应了不一样的环境，并在此成长的缘故吗。以前我总觉得自己是变色龙，羡慕着万众瞩目的独角仙；而现在，我被朋友们包围，也有了痛苦时默默支持我的同伴，说不定现在我已经是独角仙了。不，我还是变色龙，能有这么多朋友也是因为我变色龙的特质吧。我并没有自己的个性，只是想要随大流，而且我也只是按照周围人的想法，扮演了一个他们理想中的“小春儿”而已。中国人还是日本人，怎样都无所谓了。只要能有与我心意相通的中国朋友，就算自己被叫做日本人也无所谓了。现在有一个如此喜欢我这个日本人的中国女朋友，我甚至怀疑，最初的那道屏障是不是也是我自己立起来的。周围的人都接受了我这个人，这已经是对我的存在的充分肯定了。而且我还有一颗中国人的心，东北人的心。我存在的意义不在于如何被表现于世间，而在于遇见我的人如何看待我。此时此刻我终于懂了这个道理。

我开了一点窗。今晚体会到的东西仿佛在预示着，在我身上又将有一个新的开始。

三二

星期六，运动会。

吃完早饭后，等通校的学生一来，关老师就用二十分钟说了一下运动会的注意事项，和座位的安排。沿着跑道，每个班有两列椅子，一列给学生，一列给家长。我们听完解释，就往操场出发了。

开幕式还没开始，操场上已经很热闹了。我再一次为这个学校的人数所惊讶。每个班都选了十几个不参加比赛的学生，负责帮助运动会进行，现在正在忙碌的奔走。家长们也差不多到了，操场的椅子上瞬间坐满了人。

“小春儿——”

我正在和同学讲话，听见喊声回过头去，看见妈妈带着她的朋友来了。

“妈妈！叔叔阿姨好！”

“小春儿，今天可要好好表现哦，我们都给你加油。”

“嗯，我会努力的！”

不知为何，在朋友面前和妈妈讲话时我会害羞，我不知道自己的脸红了没，先把妈妈她们带到家长的座位上。

开幕式开始，每个班级都面朝五星红旗排好队，我站在队列最前端。唱完校歌和国歌,又听了校长冗长的致辞,运动会终于开始了。

首先是由学校事先选好的同学组成的方阵。军训时的正步在这时候发挥作用了，同学们整齐划一的前进，很是悦目。方阵表演让观众们激动起来，而随后三年级一个男生的独唱更是赢得满堂彩。在学校，唱歌他属第一，面对这么多人也不怯场，从容地唱完了一整首。掌声未落，下一个表演开始了。这是我最期待的节目，八个女生的民族舞，其中初一只有孙小蕊一个。她们都穿着俄罗斯民族服装登上舞台，热烈的气氛也到了最高潮。她们摄人心魄的舞姿妖艳华丽，我望着孙小蕊，希望时间就这么停止。

九点半多，终于各个比赛项目开始了。我的参加的项目中，只有八百米是上午的。现在离比赛开始还有一个小时，我一会儿和同学们聊天，一会儿去看看妈妈她们，怎么也静不下来，尽量不去想今天中午要发生的事。

比赛顺畅地进行着，可我也越来越紧张。倒不是因为比赛，而是对中午的事实在没底。我在心里默默祈祷了好几遍，希望马志鹏不要来，时文博也不要来。刘帅、董巍，还有齐家豪他们，近一百人心里都有一股与运动无关的紧张。

这个学校里每天只有学习，今天是一年中唯一的一次放松，同学们都尽情宣泄，好像在补回属于他们的快乐时光。

十点二十分。

“参加八百米的一、二年级运动员，请到操场内举蓝旗的老师身边集合。”

广播响了起来。

“小春儿，好好跑。”

妈妈说。班里同学也纷纷为我加油，我站起来准备走，这时我注意到了孙小蕊的视线。今天有这么多人在，应该没关系吧，我这么想着，向她举起了手。啪的一声，她跟我击掌，轻轻对我笑了一下。

我站在起跑线上，很紧张，也不知道是因为比赛，还是因为即将到来的中午。

嗙——

枪声一响我们争先恐后地跑了出去。刚开始的半圈，我保持和带头的差不多的速度。两圈后就是终点了，我跑着，看见了给我加油的同学和妈妈。跑完一圈，孙小蕊的身影突然出现在视线中。

“小春儿——加油——跑——”

她两手在嘴边做喇叭状对我喊，第一次看见文静的她这么激动，她的加油声一下下敲打着我的心。

还剩半圈，我用尽全身力量冲刺，第一个冲过了终点线。好多同学赶到我身边，孙小蕊也是。一片欢呼声中，只有她没说话，静静地看着我，但从她脸上，可以看出胜过任何人的喜悦。我对她举了举双拳，然后同学们纷纷都让开了一条道，在我和孙小蕊之间。

“你们倒是也说两句啊。”

“就是，今天关老师也在老远的地方，你们不用这么避讳吧。”

“今天你们也该好好说话了吧。”

同学们如此近人情，弄得我和孙小蕊脸都红了。

“孙小蕊，谢谢你。刚才跳舞也跳得好好。”

我跟她说，然后她回答道，

“你也很棒。”

我们和大家一起回到了座位上，然后又收到一阵热烈的祝贺。被喜悦包围的我，说不定真的忘了那件事儿了。和大家一起笑着，大家的笑脸如晴天般灿烂。但是，只有时一婷一个人，阴沉着脸，她看我的眼神，好像有点哀伤。看见她，我又再一次回到了现实，我们彼此没有说一句话。

“妈妈，我拿了第一！”

我跑到家长席，兴奋地告诉妈妈。

“小春儿好棒！真厉害！”

“小春儿，你挺行的啊，跑得真快，我和阿姨都吓了一跳呢。”

“对啊，我们做了午饭来，中午一起吃吧。”

“啊，那个，中午约好了要和同学们一起吃。我们能不能早点吃完？”

然后我和妈妈，还有她的朋友们一起早早地吃完了午饭。

十二点十五分。

我到了食堂后面的空地。这儿刚好是个死角，被食堂挡住了，从哪儿都看不进来。这时已经聚集了五十多个人了。

“我说过很多遍了，先让我来跟他们谈谈，就算打起来了，大家也别太勉强自己。”

十二点二十分，我们这边已经聚集了七十多个了，齐家豪、王源、任乐乐都在，还有小学同班的同学们。

“你们真的不要太勉强，觉得危险了就快逃。”

我和齐家豪他们说。

十二点半，大家都到齐了，一百多号人黑压压的站了一片。

“你们没拿铁管吗？”

刘帅问那个四年级的。

“没找到。以前地上总是有很多的，那天去一个都没见着。”

“是吗，那还真背啊，不过，反正赤手空拳才是男子汉嘛。”

十二点四十分。

从高中部方向走来了蓝色校服的一群人，还有另一群白色运动服的人。

我咽了咽口水，本来打架都习以为常了，这次却格外紧张，还有点儿害怕。这种感觉，从跟董巍他们打架之后就没有过了。

“小春儿，你紧张吧？”

刘帅问。

“嗯，有点儿。”

“你这样咋说话呢，没事儿的，放松。”

“就是,小春儿。他们的人数,根本不算啥,比我们少多了。不过,看样子他们早通好气儿了，而且那些铁管……”

董巍说。

“不是吧，炼铁厂地下的那些铁管都被他们拿走了啊！”

“嗯，看样子是。”

他们在我们面前停下了脚步。马志鹏带了四十多个人，时文博身后也跟了三十人左右，而且他们几乎人手一根铁管。和我们预想的一样。两群人对峙的紧张气氛，仿佛让天气都为之一变，空气里充满了不安。马志鹏靠近我，说，

“小春儿，看来你为了今天也费了不少心思啊，终于成长了。”

“马志鹏，最后一次了，我想再和你谈谈，可能的话，希望我们能谈拢。如果你出手，事情可就难收拾了，你带来的朋友也有可能会受伤。”

“报仇就是会有牺牲的，我早就做好心理准备了。你是日本人，不，留着日本的血的人，原不原谅你不是我说了算的。我也觉得，我们或许可以有自己的交往方法。”

“那我们一起摸索我们的交往方法不行吗？就算费时间也没关系，我想再和马志鹏做朋友！”

“但是，与你相遇或许就是我的命运。继续恨你，我才有脸面对我家人，还有我死去的爷爷。如果向你报仇了，我觉得我心里的那颗炸弹才有可能解除，而且我也想知道，报仇之后能得到什么，会失去什么，有什么结果。”

“但是如果那个结果很不好，你可能会后悔的啊！如果我们找

到和平相处的方法，以后你的孩子们肯定也会拿我们做榜样的。时代在进步，不要重复过去的惨剧了！”

“不！如果我什么都不做的话，我的孩子肯定会经历跟我一样的挣扎。但，如果我能报仇的话，我爷爷也能瞑目了，我的后代也不用挣扎了。就算我没有成功，我的孩子也能从我这儿学到点啥，会有他们自己的行动。这才是进步，我才不知道复仇过后会有什么，但是总有一天我的后代会知道的。我是为了这个才这么做的！啥都不做就不会有改变，我才没工夫听你用轻松的语气讲这些大道理呢！”

马志鹏的表情透露出焦虑。不管他愿不愿意,他都无法停手了。马志鹏语毕，时文博鼓起了掌，说，

“说得好！我很看好这个叫马志鹏的小子。虽然我是因为你伤害了我妹妹才把这小子叫来教训你的，但看来还是我沾他的光啊。这儿本来就不是你该待的地方，你们日本人到底要伤害多少人才够啊？”

“你啥也不懂别乱说！小春儿可是这学校的英雄，你们这些王八犊子，连小春儿的小脚趾都比不上！”

刘帅想冲上前去，我拦住了他。

“你说啥，操蛋的初中生，你说啥！”

“我可比你初中的时候学到的多。”

董巍也开口了。

“马志鹏、时文博，我明白了，如果你们打我就可以解气的话，动手吧。打到解气为止，我不会逃的。不过，为了跟我一起来的同伴，我还是要出手的。”

这时，我看见了孙小蕊，她站在马志鹏他们后面的远处，一直望着这边。她脸上写满了惊讶，同时还有悲伤，好像知道悲剧即将发生，小小的脸上愁云密布。什么时候站在那儿的呢。

“我才不是要打你！我可是抱着要宰了你的决心来的！”

马志鹏吼道，刘帅也沉不住气了，

“少来了！看我怎么把你打趴下！”

马志鹏和时文博向我冲过来，我又向孙小蕊的方向望了望，她已经不在那儿了。

一瞬间，近两百人的学生混战在一起。这里铺着瓷砖，但不知从哪儿，地上尘土飞扬。不断有粗着嗓子的骂声、钝物敲打的声音，一切都乱了套。

马志鹏和时文博拿着铁管，把我往死里打。我的头被打出了血，我用手捂住头，肚子又被打了，我渐渐有点儿站不稳了。很多同伴聚到我身边护住我，抵挡住他们俩的攻击。我的同伴们也被狠狠地打了，其中我看见一个人摇摇晃晃地抱住时文博的腰，把他往后推。是齐家豪。我心里动摇了，忘了头上还在流血，忘了身体的疼痛，我想放弃一切，任由愤怒将我掌控，凭本能向时文博扑过去。就算被铁管打也无所谓了，我用尽全身力气打在时文博身上，忘了其他一切，只是挥舞着拳头。我身后跟着很多同伴，一次次被打倒又一次次站起来。我的愤怒不断爆发，几乎感觉不到自己被打了，没有疼痛，只是挥拳。我知道马志鹏正在向我冲来，我正准备上前跟他拼命，董巍抢先一步拦住了他。大家疯狂地厮打，谁都拿出一副不是你死就是我活的架势，地面上已经有了斑斑血迹。

食堂窗户破了也没有人听见，全校都沉浸在运动会的热烈气氛中，老师也没有及时发现这场大混战。已经有同伴精疲力竭，被人抓着校服和头发拖着打了，但我却完全没有力气上前搭救，连喊都喊不出了。

终于，十几个老师赶到了现场。

老师们大声喊着，可谁都没听见。于是老师们只好亲自动手，混入了人群中，把打得不可开交的几堆人拉开。可大家还是没有要停手的样子。理智已经失控，疯狂相互碰撞，愤怒没有出口。已经累得动弹不了的学生被老师们运出人群，而和我一起在混战的最中心的几个，好像要把积压在自己心中的所有情绪都释放出来一般，一个个都打红了眼。就算老师也一起打，打到解气，打到发不出声，打到抬不起手，打到站不起来，用尽最后的力气，打。

渐渐地，周围的景色，周围的声音……开始认识到这些的时候，愤怒爆发后无动于衷的心也渐渐觉醒，我终于回到现实。只有大口喘气的声音，在大家停手之后还在延续。

“你们是德强的初中和高中生吧，还有你们，哪个学校的？这儿的所有人，都跟我到医务室来，接下来的活动也不用参加了。”

老师们分批带学生到医务室去，并询问了事情的前因后果。

好多老师都赶到了医务室，教导主任也在。老师们找到各自班里的学生，破口大骂。简单处理了伤口后，我对老师们说，

“老师，今天这件事错都在我，是我把大家卷进来的。”

“小春儿！你说啥呢！我们都是自愿的啊！”

“不，都是我的错。”

“你知不知道你在说啥啊！我们可是哥们儿啊！别说这种让我失望的话。”刘帅满身是伤，用疲惫的声音说道。

“不，我知道，但这次让我来做个了结。主任，关老师，能听我说完吗？”

“在这儿的所有人都要受处分！处理好伤口后都到办公室来，好好教训你们！”

“不，请先听我说完！我有事儿想告诉你们。先把我带走吧，然后再叫他们。”

我扯着老师的衣服说，这时，关老师开口了，

“这孩子以前就犯过错，这次可能真有什么要说的。先听他说说吧，主任。”

“嗯，对，先把这个问题学生解决了再说。”

然后我第一个出了医务室，大家都想阻止我，但我跟在关老师和教导主任后面，头也没回向办公室走去。时文博他们被高中部的老师带回了高中部教学楼，马志鹏他们拒绝到医务室，径自离开了德强。不过我们这边的老师已经事先给他们学校打过电话了。

主任办公室里。

“老师，这次弄了这么大的事儿，真的对不起，对不起。”

“这次可闹大了，前所未闻的大事儿啊。”

“但是，主任，从学生们那儿听来，好像不是这孩子的错啊……之前早恋的事儿，他也好好反省了，现在表现的很好，而且……”

“关老师，你什么都不用说了，我知道这孩子其实是个好学生。

上次那么多学生到我办公室来，小学部的优秀教师王老师都来向我求情了……这孩子在走廊上看到我也总是好好跟我打招呼，是个好孩子……但是……这真的不好办呐……”

教导主任和关老师看着我，脸上浮现出不知如何是好的表情，看起来比在医务室时温柔多了。

“那个，老师，我决定了……我会退学的。”

“关于你的处罚还没定啊。”

“嗯，但是，我闹出了这么大的事儿，给学校和老师都添了这么多麻烦，无论怎样，我都打算回日本了。”

“为什么？发生这件事之前你还是跟大家一样，生活学习也没什么问题啊？怎么这么快就改主意了？你这次得跟老师好好说说。”

“今天我妈来了，能让她一起过来吗？”

老师同意了，不一会儿，妈妈就到了。

妈妈一脸困惑地听老师讲完事情的经过，看着头上缠满绷带的我，轻轻抹了一下眼睛。

“主任老师，关老师，妈妈，我决定回日本了。也不是现在一时兴起，上次那件事起我就在考虑了。”

妈妈有些心疼地看着我。

“小春儿，这次的事儿是要受严重处分的，但老师知道，错也不全在你。以后我和主任也会多考虑一下你在学校里的处境的，对吧，主任？”

“嗯，你的事儿我都理解，这次的事儿我也会尽量以一种学校认可的方式处理，也不会让你受委屈的。你不用一味指责自己，把头抬起来。”

“谢谢您，但是，已经不是这回事儿了。我是自己决定退学的，我就算留在这儿，我也不可能通过高考的，能不能考上大学都不知道。但在这儿学了这么多，回到日本的中学肯定没问题的。”

妈妈和老师都惊讶了。

“小春儿妈妈，您有回日本的打算吗？”

“还没……这话我也是第一次听说。回家后我会和这孩子好好谈谈的。”

然后在我的要求下，我和妈妈当场就办理了退学手续。

三三

那天晚上,我和妈妈在客厅聊了很久。妈妈一点儿都没有怪我，只是温柔地表扬了我在哈尔滨的生活。跟妈妈谈心的结果，我要回日本念书了。

这时，电话铃响了。我觉得这铃声好像在召唤自己，不由自主地就走过去拿起了电话。

“喂？”

“喂，小春儿，是我。”

是孙小蕊。

“小春儿，你没事儿吗？我那时候太害怕了……后来我看见你和你妈出学校了。头上受伤了？要不要紧？你跟学校怎么说的？以后也会来上学的吧？我怎么有种不好的预感……”

电话里，孙小蕊的声音有些发抖，听着她的声音，我顿时失去了向她坦白的勇气。

“没事儿，只是轻伤，马上就能治好，别担心。”

“真的吗？没骗我？那之后我马上跑去找时一婷了，我跟她说了，她说她也没想到事情会发展到这地步，她向我道歉了，还说没脸见小春儿了，她好像挺后悔的……”

“是吗，反正都过去了。那以后可以跟她像普通同学一样接触了吧。”

“嗯……”

“孙小蕊，明天也要上补习班？”

“嗯,上午补习班,下午有家庭教师要来。不过现在我不想学习。”

“明天想见你一下，就一下，你学习休息的时候。”

“真的吗？怎么了突然？”

“没，就是想见你，其实现在就想见……”

“好吧,明天中午,我妈应该不会发现的,只能在我家小区见面,你能来吗？”

“行，没问题。”

“好高兴啊！那明天见！ 12 点半在小区喷泉前见。”

“嗯……”

第二天，我到了孙小蕊说的地方等她。一会儿，她从远处跑来。

“不好意思迟到了，今天拖课了。好高兴啊，你能来。”

“我也是……”

“怎么了小春儿，这么无精打采，没事儿吧？”

“是吗？没事儿啊……”

我心里很纠结，话到嘴边就是说不出口。

“咱们溜达溜达？”

“嗯。”

我们就在小区里散了一会儿步。孙小蕊就在我面前，我对自己的决定产生了一丝疑惑。她肯定希望以后也能像现在这样吧。看着没精神的她，我有些后悔自己一个人下的决定了。我们走到人少的地方，刚好有一把长椅。

“坐会儿吗？我有话跟你说。”

我们在长椅上坐下。

“小春儿，我不想听坏消息。”

“诶？那、那个……”

“你其实瞒着我的吧？昨天那么大的事儿，学校肯定不会轻易罢休的。小春儿，我们以后没问题吧？会跟现在一样的吧？”

我说不出口，她已经察觉到什么了，而且，她一定不会同意我的决定的。我沉默了一会儿。

“怎么了小春儿！到底怎么了呀？停学？强制通校？你看着我啊！”

“孙小蕊……我决定了，回日本。”

就这一句话，好像夺走了她说话的能力一般，她张口无言。

“昨天我退学了，我自己决定的。我想过了，就算留在这儿，我只会惹麻烦，而且能不能考上大学也不一定。回到日本我可以运用的中文，说不定工作也……”

“为什么！为什么这么大的事儿你自个儿就决定了啊！什么回去啊？你是在哈儿滨出生的吧！你爸妈、你姥姥也是在哈尔滨长大的吧！为什么说回日本啊！德强、哈尔滨不是你应该在的地方吗？”

“孙小蕊，你听我说！我来这里以后学到了很多，遇到了我会珍惜一辈子的伙伴，还有我最喜欢的你……中国是什么样的地方，东北是什么样的地方，东北人是什么样的人，我都明白了。我也喜欢这里。我也不想回日本的，但是我是日本国籍的，留在这儿太困难了。无论怎样，总是要回去的……”

“为什么啊！不行！我不要……那你说我们以后该怎么办啊！”

“放心，我回日本去，会好好努力的，变得更强大，然后就来接你。”

“什么时候？”

孙小蕊哭了。我抑制住自己内心的情绪，说，

“其实，我也不知道……但是，你对我来说真的很重要！我想和你结婚！我想回日本之后好好利用在这儿学到的东西，这样肯定更能让你幸福！而且,寒暑假我都可以来哈尔滨见你。这段时间里，你也好好学习，进到你想去的舞蹈学院。我们成为大人也就一下子的事儿。”

“但是，我不要……我都想象不到以后没有你的生活……我不要……”

孙小蕊说着，从椅子上站起来，朝家里走去。我没有勇气立刻追上去，看着她渐渐远去的背影，下意识地，心中突然有一阵骚动，我跑上前去握住了她的手。

“你谁啊！我不认识你！”

“孙小蕊，你听我说！我知道你不好受，我也是！我也很烦恼，我们不能好好说吗？”

“你别管我！”

她大声地喊了一句，一甩手，进了家门。我看着她的背影，知道她一定在忍着眼泪。我没了神，站在她家门口久久无法动弹，咬紧牙关，但是眼泪还是不争气地流了出来。

最后居然是这样收场，我想都不愿意想。

那天晚上，我一个人在家。妈妈难得有事出门了，爸爸就别说了，最近总是不在家。他应该也从妈妈那里听说我退学回日本的事了吧，却一点都没有表现出关心。

这时，电话响了。

“喂？”

“喂？小春儿？”

电话里传来刘帅的声音，周围闹哄哄的。

“刘帅，怎么了？你那儿很吵，你在哪儿啊？你没事儿吧？”

“喂！你们给我静静！听不见小春儿声音啦！现在在学校，用学校的公用电话打的。董巍、齐家豪他们也在，好多哥们儿，你们班的同学，都在。大家都很担心你啊！明天早上学校就会给我们处分。那天在现场的人都查清了，和马志鹏那混蛋的学校也谈好了，学校决定不报警也不声张，学校之间把事情解决了。我和董巍也就停学，其他人应该都没事儿吧。但是你呢？学校跟你怎么说的？”

大家虽然这么担心我，但我却忍不住开心起来。真想马上跑到大家那儿去啊，应该还能像以前那样生活吧。但我立刻醒悟过来，对他们说，

“我决定退学了。”

“啥？退学？”

刘帅话音未落，那边又吵了起来。

“好，没事儿，小春儿！我们帮你搞定！你们几个，还像上次一样到教导主任那儿去，叫他们让小春儿复学！别担心，小春儿！这次人更多，肯定……”

“不，刘帅，这次是我自己决定退学的。教导主任其实也在犹豫怎么给我处分，所以这次就算了吧，你们的好意我心领了。”

“说啥呢小春儿！你瞎搞啥呀！你费不着这么做啊，你可以留在这儿的。”

我听见大家闹哄哄的声音。

“不了，我也有我的考虑。我也不是不喜欢德强……刘帅，男子汉的决定意味着什么，你应该最清楚了吧？哈哈。”

“小春儿，你的决定，我作为你哥们儿当然能理解，但你怎么能自己就决定了呢！”

“小春儿，是我。为啥退学啊？真的是自己决定的？不是学校逼你的？”

电话那头是齐家豪。

“齐家豪……嗯。是我自愿的，而且到德强来留学的时候就决定了，总要回日本去的，就是现在了。也不全是因为这件事，只是现在刚好。”

“咋能这样呢！小春儿，已经想好了？不仅是我，你走了大家都会难过的……”

“齐家豪，谢谢，真的谢谢你。你是第一个跟我做朋友的，你记得吗？哈哈。”

“小春儿……”

齐家豪的声音有些发颤。

“明天我会最后回一次学校，收收东西。还有，齐家豪，有一件事儿想拜托你。”

“啥，说吧。”

“我明天会回学校跟大家道别，然后我想……想再和孙小蕊说最后一次话。明天 12 点 15 分，你能把她叫到教学楼后面的花园来吗？”

“嗯，行，可以的，我会告诉她的。”

挂了电话，千丝万缕的情绪涌上心头。趁爸妈都不在，我想好好哭一场。我回到房间，关上门，倒在床上哭了个痛快。然后下楼在小区里散步，吹着晚风，直到走不动为止。

第二天。

“到了，小春儿。”

“嗯，妈妈你能不能在车上等我啊，我一个人去没事儿的。我想一个人去跟那些照顾过我的人道别。”

我下了车，先进了德强小学的大门。大波斯菊还开得正好，走过小花园我进入了教学楼。两年前经过这里的我还什么都不懂，所有我看到的、听到的，都要好像要把我淹没了一般，那时的我竟是那样的，和现在完全不同。如果没有迈进这里，我就会一直无知下去。如果那时我退缩了，在这里映在眼里的、有感在心的都将会是我想象中的世界,而现在,我确确实实地站在这里,与这里的人沟通,看见了真实的世界。我现在在这里。心中的不舍更让我觉得，此时此刻我的确应该回到这里。

王老师正在上课，她让学生们自习，带我到办公室，聊了很多。回想起来，以前我们也经常两个人在这儿学习、聊天呢。

不过今天我们并没有讲那些令人难过的分别，而是聊了一些以前愉快的回忆，我和王老师大概都想起了两年前快乐的时光吧。

“欢迎随时回来。”

王老师最后说，我对她灿烂地笑了笑。

出了小学，我跟妈妈和大爷打了招呼，往初中部走去。

关老师正在上英语课，看见我在后门张望，她让我进了教室。

“你的事儿，我早上已经告诉大家了。都是因为你，今天大家都不能专心上课，快跟同学们道别吧。”

关老师微笑地看着。孙小蕊一脸孤单地盯着我，我不敢直视她的眼睛。班里同学大多都一副困惑的表情，于是我开口道，

“同学们，我决定退学了。但这绝对不是因为讨厌德强，只是，我决定要有一个新的开始。不能和大家见面我会很孤单，但就算我回了日本，放假的时候还会回来，到时候再跟大家见面！”

同学们静静地看着我。我不想这样的，但教室里突然变得过于寂静。我出了教室，到齐家豪他们班一直等到下课铃响。

铃一响，齐家豪和王源就从教室里冲了出来。然后，任乐乐也来了。董巍、刘帅，大家都来了。

“小春儿，真的退学了？”

“真的不回德强了？”

“现在还来得及吧，你再考虑考虑？”

“还没玩儿够呢！要不你转学吧，别回日本！”

我听着大家的话，确实有些心动。而这时，一个粗狂的声音响了起来，

“行了你们！别再让小春儿为难了！”

“刘帅，可是……”

“有啥可是的！我的心情也和你们一样，但你们也为小春儿想想啊。小春儿人这么好，你们这么说他肯定会心动，你们也为他考虑一下啊！别不尊重人家的决定！”

刘帅把周围的同学骂了一通,大家终于平静下来。齐家豪哭了。刘帅走到我身边，我们紧紧地抱了抱，互相拍了拍背，刘帅的熊抱让我有些喘不过气来。我看到远处董巍捂着脸，轻轻地颤抖。

“我不会再说谢谢了，下次再一起玩吧！”

然后响起了第四节课的上课铃。

我回宿舍，把寝室的东西都收了，还没到孙小蕊约定的时间，我就顺便把寝室整个扫了扫。和想象中的不一样,我心里格外平静，连孤独或失落都没有。

12 点 15 分，我来到教学楼后面的空地，放下行李等她。

“孙小蕊，昨天……”

“昨天真的对不起。”

她抢在我前面说了我想说的话。

“我可能太任性了……昨天晚上我也好好想了想。这样做也是为小春儿自己好，我也有舞蹈学院的目标，而且小春儿也很支持我。所以我也想支持小春儿，回日本后好好加油啊！”

“孙小蕊……谢谢。我昨天也说了，放长假的时候我一定会回来看你的。而且现在可以用电脑聊视频，中国和日本也不是这么远的距离。所以，今后，以后，我都想和你一直在一起！我会为了你好好加油的，成为一个让你骄傲的男朋友！”

“我也会加油的！一起努力吧。以后也要像现在这样，有什么困难、不安，都要两个人商量，我也会便坚强的。我等你。”

“嗯，这不是分别，而是我们新的开始，向前看，一起变得更幸福吧！”

“嗯，小春儿……”

“嗯？”

她的嘴轻轻贴在了我的脸颊上。

“好喜欢你，小春儿。”

然后我们互相道别，离开了教室后面的空地。

而紧接着，我眼前出现的是一大群德强中学的学生。同班同学、好哥们儿……大家一下子把我围住。

要经常回来看看啊，在日本惹了什么麻烦我马上去救你，多保重啊——

我和大家一起走到校门附近。教学楼已经没什么人在了，大家都涌向了校门，简直像游行一样。我和大家并肩走着，收到了很多美好的祝福。

走到校门，齐家豪王源带头，搭起双手做成拱门，然后大家一起给我搭了一条壮观的友谊通道。我不禁停下脚步，感动得不知道该对他们说些什么好。

“快过去啊！”

“这是为你再次启程的拱门，我们举着手可是累死了，你还不快过去！”

我钻进了大家搭起的拱门，这条路一直通道校门外面，我猫着腰不断前行。

“小春儿，如果你敢忘了我们，追到日本也要叫你想起来！”

“小春哥，遇见你我才知道什么叫男子气概！你可是我的目标啊！”

“路上小心啊，随时回来！”

“小春儿，遇见你真好。”……

我含着眼泪，走过了这条通往未来的隧道。

“小春儿，多保重啊！”

“下次再喝酒啊！”

“给我介绍个日本妞儿！”

“别感冒了！”

“多喝中药！”

“我会给你写信的！”……

我深呼吸，几乎说不出完整的句子，我太感激大家了，我朝大家的方向挥了挥手，然后深深地鞠了一躬。

“整啥呀你！”

刘帅冲我喊道。

我再次向大家用力地挥手，然后坐进了车里。

车缓缓离开了德强，同伴们的身影在车的后方越变越小……

第八章

分歧——日本兵与归国者

三四

结束哈尔滨的留学生活已经六年，那之后我进入了东京一所初高中直升的中学，现在高中生活也只剩不到半年时间了。

不知什么时候起我也过惯了日本平淡无奇的生活。熬过哈尔滨刺骨的寒冬，夏天和伙伴们在中央大街的大排档喝到过天亮，饥肠辘辘的晚上还躲在被窝里干嚼过方便面……束缚之中追求自由的快乐，现在却看不出它的意义。这里既没有高声叫卖的热闹，也没有沿街乞讨的辛酸。

回想起刚回日本的时候，我对什么都兴趣索然，好像心被忘在了哈尔滨一般。对妈妈温柔的声音也无动于衷，和朋友在一起时觉得只有自己是孤独的。在日本的生活总觉得少了点什么，但结果，时间一久，这种怅然若失的感觉也淡了。如果硬要说前后的日本生活有什么差别，应该就是我对周围的态度了吧。现在还是会努力迎合，但也变得敢于说出自己的主张了。但这或许也只是为了不要忘记哈尔滨的自己而做的努力罢了。回到日本后，每次想起哈尔滨的自己，都有一种重新发现自我的感觉，但即使如此，我仍觉得自己是不完整的。

除了上学，我平时的生活也没什么乐趣。双休日会去养老院做志愿者，还会和孙小蕊聊视频，仅此而已。

当时，在哈尔滨经常看见无家可归的人，也许这就是契机吧，我在上高中后觉得自己必须要做些什么，于是报名当了志愿者，后来就被志愿者中心介绍到养老院帮忙。

跟朋友们说起和孙小蕊的关系，他们都很惊讶，可对我来说，我对她的牵挂交织于我对哈尔滨的百般思念之中，像搭积木一样，如果没有孙小蕊，一切都会崩塌。周末会在网上联系，一到长假我就会回哈尔滨去见她，还有其他朋友、王老师、亲戚。每次回哈尔滨见这些人，我都会无比怀念那段时光，但同时却又觉得，好像只有自己被渐渐剥离了那个地方。在不一样的环境里，我不知不觉记住了很多新事物，但也许正是因为环境吧，我心里不禁会想，会不会其实是我自己在渐渐脱离哈尔滨呢。也许正因如此，为了不忘记当时的心境,我刻意保持着和当时一样的人际关系。我也不想忘记。

我现在常常会想，会不会只有自己还恪守着那份情谊，那时的伙伴是否也像我一样珍惜呢。

关于大学,现在也没有什么目标。不过在日本新交了很多朋友，生活自由自在，玩的地方也多，如果就这样进入大学然后工作也没什么不好，这样父母也能更放心。只是我隐约觉得，这样下去心中仍会有一丝遗憾。

我和父亲的对话还是只有寥寥数句。

三五

今天是去养老院做义工的日子。养老院离家不远，坐电车 20 分钟就能到。

“铃木爷爷，志愿者小春儿来啦！”

我其实不太喜欢“志愿者”这个词，总觉得好像在炫耀自己的好心似的，贴着“伪善者”的标签。

我在玄关换鞋的时候，看护把轮椅推过来了。轮椅上坐着的是已经过了九十大寿的铃木爷爷，他特别喜欢我。

“爷爷好，吃过饭了吗？”

我提高音量对铃木爷爷说。

“吃过了，好吃。”

“您吃了什么呀？”

“秋刀鱼。”

“真好，我也想吃。”

“下次一起吃吧！”

我对铃木爷爷笑了一下，然后跟看护交接，就推着轮椅带爷爷去聊天的房间了。

“这星期终于考完试了，可以解放了。”

“是吗，辛苦了啊。做学生真不容易。”

“真的很不容易，我好想和铃木爷爷换啊。”

“哈哈哈，如果能换的话，我也想和你换啊。那个，哈尔滨怎么样啊，现在热吗？”

“现在还是夏天，过段时间就冷了。”

铃木爷爷之前告诉我，他年轻的时候在哈尔滨住过。他很乐意听我说哈尔滨的事，每次都会浮现出安心的表情。我问过他以前在哈尔滨做什么，他只回答“工作”，于是在那之后，我总是刻意回避问及他的过去。在哈尔滨的时候，我听了太多有关上一代人的经历，渐渐失去了了解过去的决心。回日本之后，好像要亲自隐瞒那段历史一样，我变得不敢探寻过去。但是在和铃木爷爷的对话中，我又开始告诉自己，不要忘记哈尔滨时的自己。也许，我心里其实是不想和中国失去联系的。

“您还想去哈尔滨吗？”

“想啊，这次想好好参观一下，亲眼看看现在的哈尔滨。”

铃木爷爷的语气听起来有些忧郁，然后他又说，

“小春儿，总是听你说哈尔滨的事儿，我很开心。今天爷爷也有想讲给你听的事儿。”

我在心里做好准备。

“好啊，我很想听爷爷讲故事呢！”

“我不知道什么时候就蹬腿儿死了，本来也不想来养老院，但在这儿碰见你，我觉得也算是命吧。在我死之前，我觉得我有义务把那些事告诉像你这样的年轻人。”

“别说这么不吉利的话，您觉得我这人还不错的话，您有多少话都尽管说吧。”

我说完，铃木爷爷就握住我的手，有些高兴地看着我。然后听完他的下一句，我全身的汗毛都立起来了。

“我见过一个叫石井四郎的人。”——

——那时我大概十六岁，和家里人一起住在千叶县。有一天石井四郎到我们那儿去了。当时他是大佐。他把我还有其他二十六个同乡的人叫到他面前，盯着我们来回打量了一会儿，说：“我可以给你上大学的机会，不过你们得先跟我去一趟哈尔滨。哈尔滨可是个好地方。到了哈尔滨我会再给你们指示。总之你们要好好学习，听教官的话。只要按我说的做，大学的门就是为你们开的。”

之后我们几个就作为少年班队员被派到了七三一部队。但是他在日本时告诉我们的，和在哈尔滨要求我们干的，完全不是一回事。

我们是 1939 年 5 月 19 日到哈尔滨的。从东京出发，先坐车到山口县的下关，然后坐船到釜山，然后再坐火车到哈尔滨。我们坐的应该是三等车。我们到哈尔滨的时候脸啊身子啊都黑了。我们下了火车，看来看去都不觉得这儿像是有部队的样子。正前方有一块牌子“无关者禁入”。我记得边上好像有个烟囱。

1940 年春天到秋天，我在所属的田中班里学习了跳蚤的培养。当时我在一个建筑物的三楼。昏暗的房间里有一个木柜和一些石油，还有大铁桶。铁桶里面养了好多老鼠，有很多都半死不活了。房间里还很热。我的工作是给老鼠注射鼠疫病毒，然后采集携带鼠疫病毒的跳蚤。我后来才知道，这些带病毒的跳蚤是打仗用的。

铃木爷爷的瞳孔有些颤抖，努力想把能回忆起的所有事都告诉我。

——1942 年秋，我被派到一个叫“特别班”的部门工作。那个班可不是想进就进的。进入那里后，我先学习了化学知识，然后允许使用细菌武器的命令下来了，我们班就开始进行细菌实验，这个实验只有我们班能做。我们先给 maruta 注射疫苗，疫苗是从国外进口的。这么做是为了调整抗体数量。然后再给他们注射鼠疫病毒，观察人体内鼠疫抗体的反应。感染的人有很快就死了的，也有活下来的。我参加的实验组里，有五个人死了。

为了一下子杀掉更多人，当时我们也在研究毒气。芥子气、腐败性、伤肺性的气体都用过，还有氢化毒气、氧化毒气、硫酸毒气。这些毒气在 maruta 身上试验，不是一天一种，而是多种一起试验的。我们在玻璃窗外观察，maruta 的反应一目了然。外面还有专门的摄影人员，当时没有彩色，拍的都是黑白照片。为了观察 maruta 的反应，我们投入两倍、三倍、五倍的毒气。然后一边观察 maruta 痛苦的表情，一边做详细的记录。

人的呼吸标准和鸽子差不多，所以基本上鸽子能飞的地方人就能生存。所以也有把鸽子和狗之类的动物一起放进去实验的情况。

一次实验还不能出结果的话就进行二次实验。如果还不行的话就继续实验。比如说，注射鼠疫的实验里，一开始 0.05cc，观察反应后继续增量注射。如果这样还不死的话，就把实验体拿到其它实验里继续用，或者就解剖了。如果最后这个实验体都没有体现出一点价值，或者出不了研究成果的话，就拿他做冻伤实验。如果这样还死不了，就用氰化物或钾化物毒死。这样确确实实死掉了之后，再把尸体烧掉。楼里面有好几个解剖室,解剖室里只能容纳一个人。我的工作是清洗 maruta。一开始很害怕，脚止不住打颤。我根本做不了这种事。然后有个人就告诉我，用最长的刷子就可以了。解剖开始前，我问那个人脸要不要洗，他说要。我洗完出去后，马上解剖的人就来了。他叫我去拿那装内脏的容器。等我再次回到那个地方的时候，解剖已经结束了。太迅速了。被解剖掉的人连人形都没了，只是一堆肉块。我们在装了内脏的罐子里培养细菌。这就是我的工作。那个负责解剖的人，如果他不解剖就没饭吃。他说他也很害怕，但渐渐作为人的感觉就麻痹了。

解剖 maruta 的时候，时机很重要。早了细胞就没活力，解剖体自身也失去了意义。但解剖迟了人就感染了。如果 maruta 在被解剖的时候还有力气，切开胸口的时候血就会猛烈地喷出来，解剖的人也会被溅到，有可能会感染。我听别人说过解剖的过程，根本听不下去。

冻伤实验里，我们自己也是实验的一部分。大冬天，队长要求我们把手指指向天空，然后手指颜色变白了后，马上放下搓手。然后真正的冻伤实验就在 maruta 身上进行了。在东北最冷的十二月和一月，晚上十一点左右，实验体被赶到外面，手被迫浸到冷水里。把手拿出来后，他们被要求站在室外。有人会拿小棒敲他们的手，直到声音听起来像敲木头一样，才把他们带回室内。进入室内，会要求他们把手放到不同温度的水里，然后观察不同水温对冻伤的影响。他们手肿得厉害，好像被无数马蜂蛰过一样……

铃木爷爷没有落泪，可眼里满是悲伤。他缓缓地转过头来看着我，说，

“在那里工作的人，渐渐都分不清什么是人该做的，什么是人不该做的事了，连怎么做人都快忘了。包括我在内，当时在七三一工作过的人，都花了很长时间才变回正常人。我们做的事，肯定是不可饶恕的。让你们这些年轻人现在还背负着当时的罪孽，我们悔都悔不完啊。像你这样的年轻人一定过得很辛苦吧？活在两国的夹缝中可不是一件容易的事儿。如果这两国间有美好的未来的话，我还真想再多活几年啊。多一个像你这样的年轻人，两国的未来就多一点希望……能在我最后的日子里遇见你，真的太好了。”

我觉得曾经好像有人跟我说过同样的话。

“五年前，我去过七三一部队遗址。我听同学说，他爷爷也被迫在那儿做过苦工。我知道以后真的很恨自己是日本人。当时日本

人的所作所为是不可原谅的。不，现在也不可原谅。但是，我最直接的感受其实是‘不可置信’。现在的日本人真的怎么也想不到吧……也是因为这个原因，我现在也不知道自己该怎么活下去……”

铃木爷爷注视着我的眼睛，他的目光充满同情。

“我虽然没资格说你，但你绝对不应该为过去的事而垂头丧气。你已经很好的正视历史了，好好地面对了，我觉得。我虽然不知道你烦恼的这个问题是否有答案，但你的存在就是中日两国历史的象征，也是今后的希望。你绝对是这个社会需要的。”

铃木爷爷和我之间,第一次如此忧郁。不过紧接着是娱乐时间，今天的内容是唱歌。我和铃木爷爷一起，听着其他老人充满回忆的歌声。

“铃木爷爷还好吗？”

电脑屏幕上是孙小蕊的脸。即使是隔着屏幕，我也能感觉到她的皮肤白得透亮。

“嗯，但今天铃木爷爷跟我讲了他以前的事儿。铃木爷爷以前是七三一部队的。”

“……真的吗？！”

她的惊讶也是情理之中的。

“今天听了他的话，我还是觉得我就这样待在日本是不行的。我想和你去同一个地方，我想去北京上大学。”

“真、真的吗？”

“嗯，第一次恋爱就异地，还能持续那么久，都是因为我喜欢的人是你。到了大学，我想离你更近一点儿。”

“真的？你没骗我？”

“嗯，而且铃木爷爷的话也让我想了很多。比起待在日本，我更想去中国多了解了解。但我其实也还不太清楚自己想做什么，所以现在我的目标就是北京的大学。”

“如果你能来我真的要高兴死了。但你总是会想太多，也别太勉强自己了。”

“哈哈，被一个马上就要高考的人教训，我也太不行了。你才是呢，注意身体。”

“嗯，好想快点见到小春儿啊。每次长假都让你往这儿跑，真是谢谢你。”

“你说啥呀。平时总见不着面儿，放假了当然得去看你。”

“我之前还挺不安的，怕小春儿不是真的喜欢我……”

“你这是什么话呀，当然喜欢啦。”

“说不定小春儿只是喜欢哈尔滨，因为不想忘记哈尔滨才跟我交往的……”

而孙小蕊这话，其实也正是我的疑惑。

“你想多了，我喜欢哈尔滨，喜欢哈尔滨长大的你。我们在哈尔滨相遇了，我喜欢上了你，就这么简单，别多想。”

“嗯，其实最近一直在准备考试，尽量让自己不去想这些，不过今天跟你说了之后轻松好多。而且你也说要来北京，我觉得我又有动力了！”

“哈哈，那就好，对不起让你不安了。不过就像我之前说的，如果觉得不安，马上告诉我，好吗？”

“嗯，我会的。”

那天晚上，我突然想起了姥姥，她也是战争的受害者。很久都没有考虑过这些了，但今晚，那段历史在我脑海里挥之不去。

三六

第二天我就去了姥姥家。我常去她那儿，她现在和我舅舅一家住在一起。

到了舅舅家，一进门就看见玄关处放了两个大纸箱。

“这些东西是咋回事儿啊？”

“啊，这些是我姐姐从仙台送过来的，米和蔬菜。一会儿你拿点儿回去啊。”

“这样啊，那姨姥姥还好吗？”

“嗯，刚给她打了电话，挺好的。你已经不记得了吧？”

“嗯，不记得了，但还是想见见。”

那时候在哈尔滨离开姥姥的姨姥姥和舅姥爷，我只在小的时候见过一次。不过我现在却有些想见他们，确切的说，是因为想听听过去的事。

“想见他们？我也好久没去了，小春儿啥时有空啊？”

“下个周怎么样？刚好放三天。”

“好，那我打电话告诉他们。”

说着，姥姥拿起电话。

“等一下！”

“怎么了？”

“不是，我……我好不容易去见他们一次，想听听以前的故事，可不可以跟他们说一下？”

“嗯，行。”

然后姥姥开心地给自己姐姐打了电话,虽然日语还是那样生硬。

接下来的这个周末，我和姥姥两个人去了仙台。姥姥的姐姐现在住在仙台一个叫“古川”的地方。我们到古川站，姥姥的姐姐和她丈夫已经在那儿等着我们了。

“美智子、小春儿，欢迎欢迎，到我们这么远的地方来。哎呀，小春儿现在都长这么大了！”

姥姥的姐姐拉着我的手说。她和姥姥长得很像，特别是笑起来眼角的皱纹，一模一样。

“姨姥姥好，姨姥爷好。”

“真是好久没见了！现在能喝酒了吗？”

姨姥爷说。

“没，我还没成年……”

“你还没成年啊！长得真结实，我还以为你已经是个大男人了！”

这两位老人都很开朗。我们上了姨姥爷的车，向他们家驶去。

姨姥姥家是典型的日式住宅，独门独户、很大。进屋后姨姥姥说要准备晚饭，就进厨房了，姥姥也帮忙去了，客厅里只剩我和姨姥爷，而他已经喝起啤酒了。

“今天您能抽空见我们，真是谢谢了，能和您还有姨姥姥见面，我真的很高兴。”

“我也很高兴！都多少年没见了。那时候你还只有这么大，长得真快啊。”

姨姥爷把手举在肚子左右，说我当时只有这么高。

“你说你对历史感兴趣？”

“也不是，也不是感兴趣，就是觉得我必须得知道……所以，如果可以的话，我想听姨姥姥讲一讲她和我姥姥分离时候的事儿。”

“真厉害，了不起啊！我也不清楚你姨姥姥还记得多少，不过你尽管问。一会儿舅姥爷也会来。”

舅姥爷是姨姥姥的弟弟，也就是我姥姥的哥哥，当时也是在哈尔滨和我姥姥分开的。

我和姨姥爷随便聊了聊，也一起去帮忙准备晚饭了。

到了饭点，舅姥爷来了。饭桌上摆满了菜，我听老人家们聊天，他们也问了问我学校里的事儿。大家吃着，聊得话题也越来越多，我找准时机，问了一句，

“那个，我想问一下以前的事儿……”

“问吧，只要姨姥姥还记得的，都告诉你。”

“我的太姥爷是什么样的人？当时为什么去海拉尔呢？”

“嗯，我自己说有点儿不好意思，但是你太姥爷很聪明，也很有人望。什么时候去的海拉尔呢，我想想，昭和五年（1930年）吧，差不多那时候。”

“但一开始在长春。在日本的时候是骑兵队的，当时是司令，

一开始是被派到长春的。那个时候比起日本本土,满洲挣的钱更多,好像当兵的都挺想去满洲的呢。又过了几年才被派到海拉尔的部队的。”

舅姥爷说道。他看起来也和姥姥有些神似，果然是兄妹。

“这样啊，那姨姥姥、舅姥爷、还有我姥姥，大家都是海拉尔出生的？那我太姥爷在去长春之前就一直和太姥姥在一起吗？

“没,好像你太姥爷在海拉尔的时候,太姥姥从日本给他写了信,然后两个人才在海拉尔相聚的。好像那个时候给军人写鼓励信也算一种风潮吧。”

“所以是通过写信认识的？”

“嗯，两个人互相写信，后来感情就深了，然后太姥姥才到海拉尔去的。”

“原来是这样啊。那您知道太姥爷在海拉尔是做什么的吗？”

“嗯，不太清楚，我们当时也还小，不太和父亲讨论这种事儿，不过他好像是将校，有一些管辖权的。秋人（舅老爷之名）你记得吗？”

“我也没听人说起过，不清楚啊。但是，那时候我们上下学也都是爸部队的车接送的,现在还有印象的就是那个车上有一个‘543’的编号。姐，你记得吗？”

“不记得，没印象啊。”

“嗯，不过如果那个是部队编号的话，说不定爸就是在那个部队里的。”

我马上反应过来‘543’是‘731’部队的支部，以前在查七三一部队资料的时候看到过。

“有车接送上下学？那么好啊？”

“嗯，你太姥爷是将校嘛，当时家里还有很多佣人，军车接送，生活上一点儿都不用愁。”

“对，我们住的地方是日本人密集的区域，当时住在政府的房子里，我们上的小学也是日本人小学。”

“这样啊，但是周围不可能没有中国人的吧，他们怎么看你们呢？”

“你太姥爷人好，我们和中国人的关系还不错，只是关系怎么都好不起来的，是朝鲜人。”

“我们的小学边上有一所朝鲜学校，每次路过的时候都把我们骂得很惨。但是中国人很好，一点儿都不闹。”

“但是毕竟是在打仗……”

“嗯，当时的命令是，看到中国人就抓，但太姥爷一直护着那一块儿的中国人。”

“对，我当时也隐约察觉到了，爸管辖的地方有虐待中国人的。说起来，姐你知道吗？有一天爸一个人在房间里哭的事儿。”

“嗯，那天的事儿我记得很清楚。8月9日，苏军第好几轮的空袭中，爸回来了。以前总是很有精神地说‘我回来啦’，可那天他一回来，脸色就变了，马上进了自己房间。虽然门关着，但能听见擤鼻涕的声音，好像在叹气。过了一会儿他出来了，跟我们说苏联已经打进满洲国了，海拉尔不安全，让我们马上从东海拉尔站出发坐火车到新京（现长春），说完他就回部队去了。那是漫长的分别前我们见到父亲的最后一面。”

“其实，什么才是战争的导火索，或许真相只有那时的一部分人知道，但我觉得我们的父亲是没有那个打算的。”

“嗯，是啊，爸那时候对中国人那么好。我们那时候还小，打仗的时候不能上学，一直待在房间里，但我总觉得外面的声音很悲惨。”

“人的喊叫，咚——咚——大炮的闷响……”

姨姥姥的眼眶湿了，舅姥爷的目光停在一个点上，好像在回忆当时的情形。我没有再说话，过了一会儿，姨姥姥又开口了。

“那个时候的人活得苦啊，美智子也受了不少罪吧。”

姨姥姥看着我姥姥说。

“嗯，是挺苦的，不过现在很幸福，谢谢姐姐。”

姥姥笑着用她生硬的日语回答道。

“是啊，现在可好了，小春儿这么优秀，有小春儿翻译，我也能和美智子多说两句了。”

姥姥微笑着点头，我犹豫了一下，还是决定问一问我最在意的那件事。

“那个……战争结束后，日本人大批撤离时候的事儿，你们还记得吗？”

“记得断断续续的，但是我能想起来的就都告诉你。我们先从东海拉尔坐货车出发的，对吧。”

“嗯,对。日本战败,解除武装,爸成了俘虏被带到西伯利亚去了,所以往港口去的只有妈和姐姐、我，还有美智子四人。先从海拉尔坐运货的火车到齐齐哈尔,最后是在一个叫葫芦岛的地方坐船的。这条路可艰辛了，那时候美智子才两岁，妈一直抱着她，但妈其实还怀着一个孩子，所以也可以说我们是五个人上路的。我们紧紧跟着妈，生怕走散。”

“嗯，是的，我们日本人都是集体行动的。一开始苏联说不会袭击撤离中的普通日本人，我们稍微放心了一点，但其实一路上有好多日本人被苏军还有中国人杀了，还有好多年轻的姐姐们不知道被带到了哪儿去。也有日本人反抗过，秋人，你记得吗？”

“嗯，印象太深刻了，现在还会梦到。妈用手挡住我的眼睛，然后叫姐姐捂上眼，对吧。我还小，不知道发生了什么，透过妈的指缝偷看了。反抗的日本人手脚上、头上都被钉了钉子，还以为他们会被带到什么地方去，其实就被绑在附近的木桩上，那些中国人都用刀啊矛啊捅他们，而他们连叫都叫不出了。中国人好像鬼上身一样，也不管那些日本人死了没，只是一刀又一刀捅。那就是复仇吧，每次想起来都很难过。”

“我们可能是什么都不懂的小孩子，不过那时的艰辛还是能懂的，一个‘苦’字概括不了的事儿太多了。我们过了齐齐哈尔后，到了哈尔滨。当时还有很多人生病了，我们到了哈尔滨这么大的城市，就打算把他们一起带到医院。”

“哈尔滨，就是我们和美智子分开的地方吧。在哈尔滨的时候，有一天早上我们睁开眼，妈和美智子都不见了，过了一会儿，只有妈回来了。”

“妈看起来很悲伤，我们缠着她问‘小美呢、小美呢’，她也没有反应。我们虽然小，但大概也猜出来是什么事儿了。后来妈只说了一句话，‘小美死了’。妈流了好多泪，我们也就没再问什么了。也不是说我们信了，只是我们要拼命忍住自己心里的悲伤，已经没力气再多问了。再后来妈的肚子一天天大起来，看起来很痛苦……”

姥姥只是听自己的哥哥姐姐说着，一言不发。

“妈一直在勉强自己，我们从哈尔滨出发前往长春，但路上妈就已经很衰弱了。”

“嗯，那么困难的时候带着三个孩子，又怀有身孕，对妈来说，这条回乡的路肯定比我们想的艰难多了。一直在逃难，妈营养不良，肚子里的孩子根本不可能活下来。”

“我们到了长春后，妈在以前日本人造的满铁医院住院了，在那儿生了孩子。但妈产后身体更加不好了，越来越瘦，脸上一点血色都没有。在长春的时候，妈一直在医院疗养，我们住在隔壁房间。有天早上我们去妈房里，却发现她已经没有呼吸了……刚生的孩子当然也没活下来。”

“我们走到妈身边的时候，她都已经冰凉了。”

“妈在逃难时跟我们说的最后一句话是，‘你们一定要活着回宫城县，到小牛田去，活着回到小牛田去’。”

“妈去世后，一个叫斋藤的日本男人负责照顾我们，他对小孩子特别好。”

“对，一路上有很多人死了，但我们却还是活着到了葫芦岛。但是到了葫芦岛往码头走的路上，好多中国人都在喊‘把孩子留下’‘把孩子交出来’。好像真的有几个孩子被抓走了……”

“我们很害怕，没了母亲，我们以为自己无依无靠了，但斋藤叔叔语气强硬地说，绝对不会把我们交出去的，然后紧紧地抱住了我们。也许那是第一次，我有一种或许能获救的希望……”

“嗯，我也是。不过秋人你记得吗？我们在乘船之前，大家好像在烧些什么。”

“嗯，就是啊，为什么呢？”

“据说那是大家在烧自己身上的手表啊什么的。”

“是吗，与其让苏联人和中国人拿走，不如烧掉吗？”

“嗯，葫芦岛的海关好像要没收所有东西。”

“原来是这样啊……不过船上也不好受啊，特别是船底，人太多了，根本喘不上气。”

“是啊，船晃得厉害，好多人都晕船了，病人也多了。”

“嗯，但是为了互相鼓励，那时候还弄了表演什么的吧？姐姐你在大家面前跳舞了吧？”

“嗯，明明大家根本不可能高兴起来的……大家明明都很低沉，却要压抑住心中的情绪，表现得很精神……那个时候大人们的背影，看起来都特别宽阔。”

“那时的人都很坚强啊。大概过了四天船底的生活吧，我们终于上岸了，在一个叫佐世保的地方。”

“嗯，但是下船后归国证啊所带财务的确认花了很长时间吧。好像一个人不能带一千日元以上的钱，不过有归国证就可以领到三张饭票和一两面包。”

“哦？这样啊，我都不记得了。”

“我们走了好几个月，在货车上看到的风景只有大片大片的高粱田，灰尘总是很大，我们对这干燥的风景都已经习以为常了，但在佐世保上岸后，第一次见到的祖国的风景让我们充满希望。草木鸟石，水绕青山，还有星星点点的木制房屋……那时候映在我眼里的景象，还有我全身感受到的祖国的空气，一下子将我归国路上所有的伤痛都治愈了。但是秋人下船的时候已经衰弱得走不动了。”

“嗯，那时候营养不良，一直照顾我们的斋藤叔叔背着我去归国者救援局，那条路可真长啊……”

“嗯，最后因为斋藤叔叔得回石川县去，我们就只能进孤儿院了。”

“我因为营养不良特别虚弱，跟姐姐不在一个房间里，说实话，姐姐不在的时候是最不安的。”

“是啊，之前一直都是两个人相依为命的嘛。不过没过多久，爸就来接我们了。”

“嗯，原来以为再也见不到了，看到爸出现在孤儿院里，我都不敢相信自己的眼睛了，又惊又喜。后来听爸说，他在被押往西伯利亚的途中得了肠伤寒，苏联人怕他传染给其他人，就早早把他放了，结果他比我们还早一年回到日本。他回来后就一直在归国船停靠的码头啊孤儿院啊找我们，现在想来爸那么聪明，说不定得肠伤寒也是他计算之中的呢。”

“有可能。爸来孤儿院的时候,透过窗户看我们,我看到他的脸,觉得自己在做梦一样。”

“嗯，我那时也很感动。爸真的走到我们面前时，我哭着跑过去抱住他了。之后我们一起回到仙台，修养了一阵我的身体也好起来了，不过从那之后再到安稳的生活，还是又经历了一番挣扎的……”

“嗯，真的费了不少劲……”

姨姥姥和舅姥爷回忆着六十多年前的事儿，把能想起来的都事无巨细地告诉了我们。

“谢谢你们，让我听了这么多我想都想不到的事儿。如果以后我有了自己的孩子，我也要告诉他们这些故事。”

“还不至于让你的孩子来听我们这些陈年往事吧？”

姨姥姥笑着说。

“不，我觉得这些故事应该被记住，对于现在生活在日本的我们来说，战争像是很遥远的东西，好像世界本就应该是和平的，所以不知道‘归国者’啊‘残留孤儿’这些词的人也很多。但是，事实上，既有像姨姥姥和舅老爷这样从外国回来的归国者，也有像我姥姥一样被留在他乡的残留孤儿。若有什么偏差,以这些人为中心，他们子孙的生活也会有很大的改变。探寻我自己的根，会发现这个一纸之差层层交叠的故事。我觉得我应该去了解，也应该把它传给后世。“

“小春儿真厉害，我们如果也在父母还活着的时候多问一些就好了，可惜啊……”

“是啊，但爸好像也不太想聊以前的事儿啊。小春儿上次来已经是十年前了吧，那时候爸在养老院，已经说不利索了，还坐着轮椅……如果那时候爸还清醒的话，肯定会喜欢小春儿的。”

姨姥姥起来给茶壶里添热水，姨姥爷已经睡着了。我用中文对姥姥说，

“姨姥姥她们知道您小时候的事儿吗？比如养父母之类的？”

“应该不知道吧，也没有人对他们说过。”

“那我说给他们听听？”

“嗯，好啊。”

姨姥姥给大家加了茶后，我把姥姥以前的故事跟大家说了。姥姥最初的养父母、第二个养父、哈尔滨的生活等等，我把姥姥告诉我的事儿全都说了出来——

双方各自讲述了一个故事的两个版本，时至今日也别有一番感触。

“对了，你们等我一下。”

姨姥姥说着又离席了，然后抱着一叠厚厚的相册重新坐下。

“小春儿,你看看这个。这里面有当时和美智子重聚时的照片。”

我翻开相册，里面有照片，有当时的新闻，甚至还有姨姥姥触景生情写下的几行小诗。我仔细地翻过每一张照片，把目光停留在了那页旧报纸上。姥姥的事在当时也算是个大新闻，连着好几天都是头版头条。

——“妈妈在哪儿？”

醒目的标题下写的是姥姥向领事馆提交的个人信息，“中文名为庄天苓，女，昭和 20 年时大概 4 岁，现居住于黑龙江省哈尔滨市，与亲身父母在哈尔滨市分离”，报纸上还印了姥姥年轻时和现在的照片各一张，以及姥姥的生活状况、丈夫、子女，一家人的照片也登上报纸了。

“姥姥，您还记得这个报纸的事儿吗？”

我问姥姥，姥姥缓缓地说了一句，当然记得。

我翻到下一页，又是一篇新闻报道。

——“苦苦等待的家人 仅有一线的希望”

标题左侧是一张放大的照片，照片下有一行小字“昭和 18 年，佐佐木周作一家摄于海拉尔，庄天苓或系茂美女士抱于怀中的次女美智子”。这是姥姥还在海拉尔时唯一的一张全家福，照片右侧的报道里写着事情的经过：“仙台市从事床上用品晾晒消毒工作的佐佐木周作，在退伍军人聚会上得知了疑似次女美智子的庄天苓的消息后，马上给庄天苓的养父母寄了这张全家福。经养父母确认，庄天苓就是佐佐木美智子。佐佐木预计八月前往中国，届时将带上所有保存下来的照片，希望能唤起庄天苓的记忆。”

我像发现了宝物一样，不停地翻着相册。下一篇的标题是——“不待正式面对面 心中已是父与女（佐佐木寻找骨肉，希望早日团聚）”

残留中国的日本人孤儿寻亲活动于今日（9日）开始了子女与父母的见面，在县内仙台市新寺从事床上用品消毒晾晒工作的佐佐木周作，本应于今日上午九时三十分同或系次女美智子的庄天苓见面，但盼女心切，佐佐木已于昨日在代代木的奥林匹克中心与庄天苓重聚了。

今年八月，佐佐木在中国见到庄天苓并确信她就是自己的女儿。距离上次见面已时隔三月，被翻译告知“父亲”突然来了，庄天苓马上赶了过去，一见面就紧紧握住了父亲的手。庄天苓看着自己的父亲，落下了眼泪。佐佐木老人也感慨万分：“我想早点见到你就来了，能看你一眼真的太好了。”而庄天苓也含着眼泪道：“您能赶来我真的太高兴了。”虽然只见了两面，两人的心却早已是父女心——

——“访谈调查从今开始 眺望富士缓解紧张”

标题旁有一张照片，配的文字是“透过窗户眺望夕阳中富士山的残留孤儿”，照片里姥姥的脸清晰可见。

“姥姥，您还记得这时的事儿吗？您边上的这个人在哭吧？”

“嗯，第一次看见祖国的象征富士山，我们都把脸贴在窗户上想看个仔细。特别是能证明血缘关系的线索比较少的人，心里肯定特别不安吧。我们看着富士山，都在问‘那是什么方向？’‘中国在那个方向？’‘富士山近看也这么陡吗？’，把厚生省的翻译问得团团转。兴奋、焦虑……心情很复杂，坐立不安。”

下一页，有很多照片。代代木奥林匹克青少年综合中心的照片，那里七层正在进行访谈调查的姥姥和她家人的照片。时隔多年，我看着照片里姥姥的表情，还是能感受到她当时的不安。不管我接下来要走什么样的路，照片里姥姥和她家人走过的路都是现在的我无法轻易了解的吧。被强行分开后，度过漫长岁月却仍不愿忘记的思念，终于再度联系在一起。其中的辛酸与喜悦，大概只有亲身经历过的人才能懂。

我又翻了一页，下一张照片是握着父亲的手嚎啕大哭的姥姥。

“父亲的温暖 女儿的眼泪”、“中国孤儿 感人重聚”、“父女重聚感人至深”、“亲生姐妹 含泪相望”等等，姥姥和亲人正式相认时的报道有很多，好像那时有记者一直跟在姥姥和她的亲人身边采访。

——“中国残留孤儿在眼前 佐佐木一家泪流满面”

“我们以为她已经不在了，没想到还能见面”——本月九日，残留中国的孤儿庄天苓被确认是仙台市新寺四丁目，从事床上用品消毒晾晒工作的佐佐木周作的次女美智子。东京代代木青少年综合中心，明亮的记者会见室里，姐姐夏子用白色手帕捂住脸痛哭。坐在左边的庄天苓紧紧握住姐姐的手,也留下了眼泪。夏子含着泪说：“越看越像，这孩子一定就是美智子。”

本日上午十一点多，庄天苓与周作和夏子，还有哥哥秋人、叔叔铃木纪夫等六人相见了。除了见过今年八月跟团到中国的周作，其他人天苓都是第一次见。感动之余，夏子说：“妹妹的心情一定和我在佐世保与父亲重聚时一样。”说这话时的夏子，表情明朗。铃木也说：“去年九月，我还去长春和哈尔滨，祭奠姐姐茂美和外甥女美智子，给她们烧了香。就是这个美智子，现在还活着啊。”铃木拍着夏子的背，眼眶有些湿润。

昭和二十年八月九日，父亲周作接到集合命令后，夏子和母亲茂美、弟弟秋人、妹妹美智子四人一起，向哈尔滨出发。那时候美智子突然不见了，所以夏子一直以为妹妹已经死了。随后在长春，她看着妈妈病逝。成了孤儿的夏子和秋人和其他孤儿一起，在昭和二十一年乘船来到了佐世保。“弟弟因为营养不良住院的时候我真的很害怕，还好不久我爸就找到我们了。”夏子这么回忆道。

庄天苓说她没有回日本永久居住的打算。在东京和亲人稍作歇息后，十日下午，庄天苓同父亲周作一起回老家，打算大家一起好好团聚一下——

——“我们家的手指 亲父女的标志”

“好好在老家歇歇啊”——九日于东京代代木奥林匹克中心的残留孤儿访谈调查上，仙台市新寺四丁目，从事床上用品消毒晾晒工作的佐佐木周作与孤儿庄天苓相认，庄天苓就是当年离散的佐佐木美智子。两人终于证实关系，以父女相称。

“除了高兴不知道还能说什么”，女儿满面泪水。“活到这把岁数也值了”，老父亲点着头。跨越三十八年的岁月，互相紧握的手好像在确认亲人的温暖。

父女两人得以相认，多亏了庄天苓小时候的记忆，还有那和大姐十分相似的面孔。除此之外，周作还拉着庄天苓的手说：“你们看看她的手指，又短又胖，是我们家的遗传。”……

这对父女在昭和二十年分别，父亲到前线与苏联对战，女儿跟着母亲逃难。母亲在逃难途中病逝，膝下一男二女，长男长女成功撤回日本，但小女庄天苓被托付给中国人，最后失去了联系。

“也有过放弃的时候……不过现在，没什么能比这更幸福了。我们找了三十八年，终于找到了她。”周作说。一旁的庄天苓，和姐姐坐在一起，肩靠着肩，拉着手泣不成声。

“我在中国也有了孩子，生活上也没什么困难，所以还是打算留在中国，”庄天苓说，“不过现在，我想先去给母亲扫墓。”父亲点点头：“我希望她早点回来，一家团圆，好好享享清福。”重聚的家人之间，有着说不完的话——

这篇报道配的照片说明了一切：嚎啕大哭的姥姥和姨姥姥抱在一起，一旁太姥爷看着她们，露出欣慰的表情。

到这里，新闻报道还没有结束，接下来几篇写了姥姥回到日本后的生活。

“重新感受父亲的温暖 手工水饺里的大团圆”“初回故里 残留中国的孤儿美智子回到仙台”“其乐融融的一家”“仙台的周末 与亲人共度”等新闻中记录了姥姥回到故乡后的点点滴滴，还有姥姥坐新干线到仙台时的照片、被记者采访时的照片、姥姥第一次进入亲人家里的照片、一家人聚在一起吃饭干杯的照片……每一张照片上，姥姥都笑容满面，我看着这些报道和照片，也觉得心里暖暖的。

——“我要给大家包饺子 梦里回乡的景象”

“坐在新干线上看到的日本的景色真的很美，什么都很好”——十日上午，庄天苓坐东北新干线离开东京，回到了故乡。

中午一点五十九分，美智子、周作，还有两姐弟，四人乘坐的新干线到达了仙台站 12 号站台，美智子的堂兄妹早已在此等候了。

车上，父亲周作说：“家里已经准备好了小麦粉和肉馅，肯定在包饺子等我们了。”接着，美智子回答道：“那我来做中国的饺子给你们吃。”三十年未见的父女有说不完的话。

美智子下车，一身灰色的套装搭配着一条深蓝的围巾，背着一个乳白色的单肩包，手上拎满了土特产的纸袋。周作穿着深蓝色西装，神情骄傲——我终于把女儿平安带回故乡了。

美智子在和前来迎接的堂兄妹握手后，被大批记者包围。“我一直都想亲眼看看自己的故乡，所以我回来了。”踏上故乡的土地，美智子高兴地说道。母亲茂美在长春病逝，庄天苓说，她想和母亲埋葬在同一片土地上。不想回日本永住的她咽唔着说："我想快点给母亲扫墓，告诉她我现在过得很好。"父亲周作挽着美智子的手，也很感慨："昨天我们聊得很开心。我也会一点儿中文，但我们对对方的思念是超越语言的，我真的感受到了，这就是父女啊。"

随后，周作、美智子父女两人回到家里，好像要补回失去的亲子时间似的，两人聊到很晚——

之后新闻报道了姥姥在宫城县厅和仙台市政府参观的过程，还有几张照片。

姥姥还去了她母亲的老家小牛田，在当地受到了隆重的欢迎。这篇报道中有一张姥姥接受町长送的《小牛田町史》的照片。

——"庄天苓扫墓 墓前痛哭"

庄天苓（日文名美智子）于十四日和母亲茂美的姐弟见面，并一同给姥姥姥爷扫了墓。

庄天苓和父亲周作、姐姐夏子一起来到小牛田町公所，同亡母茂美的弟弟铃木纪夫、町长栗村一起给祖父母扫了墓。"我天天盼着这一天（给姥姥姥爷扫墓），能到小牛田来真的太好了。"庄天苓这么对大家说。

随后，在不动堂皎善寺别院的墓碑前，庄天苓嚎啕大哭，说："姥姥、姥爷，我回来了！"父亲周作也双手合十，表情感慨万分——

不仅是姥姥的故事，相册里还有当时我妈和我姨妈在黑龙江大学学日语的新闻报道。

翻着这个相册,我知道了姥姥是如何与亲人分离又如何重聚的,但她们那代人走过的历史，是一个讲不完的故事，无论我怎么了解都无法知晓全部。姥姥的故事敲打着我的心，深刻地、浓厚地印在了我的心里。

姨姥姥看我心思沉重，便对我说道:“小春儿，你再看看下一页，是我们去哈尔滨第一次见到美智子时的照片。那时候真的太高兴了。你爸也很热情，为了招待我们飞了不少苦工呢。”

我翻看下一页，最上面有一行小诗。

——初秋时节来相会 相会怎忍再离别 月亏终有盈满时 哈市凉夜架明月——

这首诗的下面贴了一张姨姥姥和舅姥爷在哈尔滨观光的照片。照片里还有青年时期的我爸妈、诸多亲戚，当然也有姥姥的身影。她脸上是跨越过去苦难岁月后留下的最真挚的笑容。

姨姥姥她们在姥姥和我爸妈的陪同下还去了长春和海拉尔，都是充满回忆的地方。

——儿时与母住长春 昔日时光不复返 今日故地又重游 好似岁月不曾走——

相册最后贴着的是姨姥姥她们在海拉尔的照片。我一下子就认出了姥姥和爸妈年轻时的样子，心中一阵翻滚，说不出是什么滋味儿。在我不知道的时候，他们承受了无数我不知道的压力，我终于明白了姥姥和爸妈的伟大。我走过的这十八年跟他们那时完全不同,不过看着照片，除了明白过来他们的不容易，我还感受到一股家庭的温馨。那时理所当然的事在现在变得稀有，那时还没有事物现在却很普遍。他们的年代里，有我无法忍受的艰辛，但肯定也有我从小渴望的东西。在哈尔滨留学时和父亲大吵的那一架，或许早已根植在我们彼此走过的道路上，爆发或许是不可避免的。

我一张一张认真地看着剩下的几张海拉尔的照片。

“那些就是最后的照片了。今天能和小春儿这么聊聊，总觉很高兴。”姨姥姥说。

“我也是，能听到这么多故事，我也恨高兴。谢谢您。”

“说什么呢，年轻人还能听我们讲老故事，我们才高兴呢。今天我要先回去了，我妻子肯定在着急了。明天你们回去时路上小心啊。那你们再聊会儿，我先走了。”

舅姥爷说着起身走了，我送他到玄关。

“我们这儿收拾一下也休息了，你们俩先去洗澡吧。”

“我也来帮忙吧。”姥姥说。

我也想帮忙，但姨姥姥怎么都不让。

“你先去洗澡，这里我们来就好了。”

我只好先去洗漱了。

我躺下后不一会儿，姥姥也躺下了。

“姥姥晚安。”

“晚安。”

第二天一早，我和姥姥就乘新干线回东京了。

车上，姥姥问我，

“想问的事儿都问清楚了？”

“嗯，谢谢姥姥。”

“我才想谢谢小春儿呢。我日语不好，就算问姐姐那时候的事儿我也听不懂，这次小春儿在，把姥姥的话都告诉姨姥姥了，姥姥真的要谢谢你呢。”

“嘻嘻，没事儿。”

“虽然现在我们关系很好，但当时我们说想在日本永久居住的时候，她们可是极力反对的。”

“嗯，以前听我妈说过。那时候她们也有她们的苦衷……分开太久了，一下子要你们完全互相理解也是不可能的。”

“嗯，也有这个原因……不过现在，夏子姐姐是我的亲姐姐，秋人哥哥是我的亲哥哥，姥姥真的感受到了。想一想她们原来的生活，那时候对我们那个态度也不是不能理解……”

窗外的景色飞速倒退，好像在回忆过去似的，姥姥一动不动地看着窗外。

——海拉尔长街 参差连狭斜 沙尘马粪远 故乡在吾心——

三七

从仙台回来之后，日子并没有什么特别的变化。这一天，我也像往常一样和朋友到学校附近车站旁的家庭餐馆吃东西，然后乘一个小时的电车回家。家里没人，爸爸不在家是家常便饭了，妈妈五年前开始了人才输出的生意,最近也频繁在中国和日本之间来回跑。

我回到自己房间，打开电脑和孙小蕊视频。自从我跟她说打算到中国念大学后，我们聊得比以前更开心了。

“小春儿，你记得以前你们班里有一个叫王恒的吗？”

这个名字很熟悉，只是我没想到会从她嘴里说出来。

“当然啦，他是我室友。怎么了？你认识他？”

“不认识。我虽然不认识他，不过上次和德强中学的女生一起，她们聊起来的，说王恒现在也在日本。”

“诶？真的吗？王恒在日本！为什么啊？”

“我们也不知道，好像是家里的关系去日本的。我去打听一下他的联系方式？”

“嗯，拜托了！”

我好激动，王恒居然在日本。平淡无味的生活好像突然又充满了期待。

第九章

缘——在日本的中国人

三八

今天就要和七年没见的王恒见面了，而且是在东京。要和小学毕业后就没再见过的王恒在东京碰面，怎么想都有些不可思议。我们约的地点是锦丝町站边上的一个咖啡店，王恒就住在附近。

下了电车我忍不住加快脚步走向那家咖啡店。推门进去后，我环顾四周，看到了一些空座，却没有发现王恒。他还没有来，我先点了喝的，随便找个地方坐了下来。

我点的香草拿铁送过来了，服务员转身刚走开，店里就进来了一个金发男子，四处看了看。他看起来是典型的日本男生，我根本没想到他就是王恒。带帽子的上衣外套配上宽松的长裤，脖子上金色的项链很惹眼。我和他对视了一下，他很自然地扬起了嘴角。他向我走来，我看着他，不禁站了起来。

“好久不见啦，小春儿！七年了？”

“王、王恒！？好久不见，刚都没认出你。”

我们还是像以前一样用中文对话。

“哈哈，你等我一下，我去点点儿喝的。”

“别了，今儿我请你。”

“行了你，你大老远跑过来，就好好坐着吧。”

王恒点完饮料，坐到了我对面。我们都不知道该从什么聊起，不过想说的话却真的是有一大堆。久别重逢反倒有些尴尬，为了掩饰我们迫不及待地想要说话。

“王恒，你怎么在日本啊。你来了怎么都不和我联系？”

“我以为你留在哈尔滨了呢。总之，中间经历了挺多事儿的，我们慢慢聊。”

“嗯。你啥时候来日本的？会说日语吗？”

“嗯，日语没啥问题，虽然有时候会被日本人说有口音，不过交流起来没问题啦。来日本是，四年前吧。虽然从德强小学毕业后我去了想去的初中，但马上我爸妈就离婚了，我跟了我妈。我初二的时候，我妈和日本人再婚了，第二年我就跟着她到日本来了。”

“这样啊，刚来的时候挺苦的吧？”

“没啊，和你刚到哈尔滨的时候比已经不算什么了。刚来的第一年在语言学校学日语，在那儿认识了些东北人，都跟着他们混。真正辛苦的是从那儿毕业进入高中那会儿。”

“是吗，有人找你干仗？”

“嗯，是啊。中国又没什么上下关系，我敬语不好，高年级的人就总说我装逼,老找我干仗。不过每次我认识的东北人都会帮我。现在已经没事儿了，中国人日本人都玩得转。”

“哇，不过你在德强的时候根本不干仗吧。而且，现在你和以前好像有点儿不一样。”

“是吗？周围日本人的影响吧。对了小春儿，你高中毕业后打算咋整啊？”

“没想好，但在考虑去北京。我查了查，觉得北京外国语大学还不错。”

“北京？为啥去北京啊？”

“你问为啥，我也不太清楚，现在中国是日本的最大贸易对象，经济发展势头也不错，比起就这样待在日本，到中国的中心北京去的话，还能发挥自己在哈尔滨积累的经验呢。而且，现在我女朋友也打算考北京的大学。”

“哈哈！我知道了！小春儿是为了你女朋友啊！她是日本人？”

“也不是为了她啦……但是她一直在中国等我，总不能一直这么拖下去吧。你记得孙小蕊吗？”

“孙小蕊？！就是那个德强小学的小天使吧！你小子该不会跟孙小蕊在交往吧？”

“嗯……”

“啥？！啥时候开始的？你挺行的啊！”

“已经六年了。我回日本前我们在一起的。”

“哇！你真行啊！我该对你刮目相看了啊！”

“行了，别说我了。你后来就没跟大家联系了？”

“差不多吧。我觉得你应该能理解我的，比中国发达这么多的日本是个什么样的地方，我也是自己一路看过来的。工作上、生活习惯上，我觉得还是有挺多不同的，不过现在我两方都掌握了。就算现在和原来那些人联系，也总觉得不会和他们合得来。反正我在这边的辛苦，他们大概也不能懂吧。他们根本不知道这边的世界是什么样的。也不是说他们不对，如果我也不知道的话，说不定能像以前一样和他们接触，但问题是我知道了，已经回不去了。我倒是能装得和以前一样，但要靠这样维持的关系，总觉得不好，那我就在这边交些谈得来朋友好了。所以我觉得你很厉害。”

他说的我都能懂，我觉得他还没变。

“你说的我很理解，我回国后也一直在烦恼这件事。回国后反而和以前日本的小学同学没什么联系了。但是我觉得我和在哈尔滨认识的那帮朋友，不仅仅是这种程度的关系。的确就算告诉他们我们经历的事儿，他们也不一定能理解我们的感受。但是，我之所以是现在的我，还要多亏了在哈尔滨和他们的相逢。如果我没去哈尔滨,就会更加胆小。哈尔滨是我出发的原点,也是最令我成长的地方。现在我最不希望的就是失去和哈尔滨的那些人的联系。所以，被不被理解不重要，我只是单纯的想要和他们保持联系而已。”

我滔滔地说了这么多，但心里的某个小角落却觉得自己像个伪善者。如果要说利害关系，根本没必要和那些人保持联系。我到底在守护着什么，我难道不是勉强维持着这些联系的吗？这些想法一瞬间占据了我的心。

“你还真是一点没变啊。果然是小春儿啊！你怎么就可以这么坚定呢？我也该学学你啦。”

其实可能我也只是在这个叫做“我”的存在上强加了什么破意义，强迫自己去保持“我”的。如果王恒告诉我，活得随性一点儿吧，我说不定立马就忘了和哈尔滨的联系了。

“王恒，你刚才说你在这边和中国人玩儿挺好的吧？”

“还行，刚开始连左右都分不清，好歹是和他们一起挨了过来。而且都是东北人，挺合得来的。今晚也会聚，你没啥事儿就来吧，我给你介绍介绍。”

三九

和王恒的朋友见面还有一段时间,我和他一起去了他妈妈那儿。他母亲现在开了一个按摩店，就在我们见面的咖啡店边上，据说有两个店面。

“王恒，你妈妈居然有两个店面啊，好厉害。你爸是干啥的？”

“啧，他也不是我爸。我们来日本后没多久他们俩就离婚了，那之后都是我妈一个人撑过来的。我们跟那个日本男人一点儿关系都没有。”

“这、这样啊。不好意思啊，我问了这种话。”

“没事儿！我妈不仅赚到了我们的生活费，还有我的学费，甚至还寄钱给我姥姥姥爷呢。都快四十的人了，一个人到日本来还开了两家店，看着我妈我都为自己难为情。晚上要见的那帮朋友，我打算和他们一起开店，也好早点独立。”

“是吗，你真行啊。你妈也好厉害。你要是出了啥事儿，我可得罩着你啊。”

“哈哈，行啊，如果你有能力的话。不管怎么说，店开在锦丝町客人也多，钱周转的也快，但也是有风险的……得有靠山。我如果也能被人罩着就好办多了。”

“你妈妈现在有人保护，这样不就够了吗？你急什么啊？”

“你不懂，中国人想要在日本混好，没有点儿觉悟是不行的……总之，现在想给自己定个目标，早点儿让老妈享福。真的觉得对不起她……”

这时我还没能完全体会王恒对于未来的焦虑。

我们走在一条都是情侣酒店的小路上。天还没黑，我却已经开始不适应这周围的环境了。

“小春儿，马上到了，拐弯，那个楼四层。我跟我妈说小春儿要来，她可高兴了。其实在哈尔滨的时候她就想见见你了。”

这是我第一次见王恒母亲。小学的时候好像王恒经常在家里说我的事儿。我有些紧张。

我们出了咖啡厅后走了十五分钟，现在乘电梯到了王恒说的四楼。

“甜蜜蜜”。

店门上写着这三个字，门开着，王恒妈妈迎了出来。身材很好的女性，棕色头发，看起来比实际年龄年轻很多。她的衣服领口开得很低，肉看着有点松弛。背影身材很好，肯定经常被人搭讪吧。

“妈，这就是我以前常说的小春儿。”

“小春儿啊，你好你好。没想到能在日本见到你，真是的。快进来。”

我更紧张了。这倒不是因为见到王恒妈妈了，而是因为店里的氛围。

可能因为是白天吧，店里比我想象的明亮很多。里面有很多挂着粉红色帘子的隔间，大概是按摩室吧。店里还有几个中国女人，大家都穿得比较少。

“王恒，今晚和安云龙他们吃饭？”

“对，他是我最好的哥们儿。我打算把他们介绍给小春儿。”

“自己小心点儿啊，别喝酒，知道了吗？”

“知道啦！别担心！”

“小春儿，晚上好好玩儿。王恒就拜托你看着啦！”

“哪的话。今天能见到您真是太好了。”

“来日本后能早点儿见到小春儿就好了。你爸妈还好？现在日本工作？”

“他们挺好的，生意上的事儿我妈也在帮我爸，总是在中国和日本之间跑，我爸基本在哈尔滨。应该是以哈尔滨为据点弄些贸易吧，我不怎么和我爸说话，也不太清楚。”

“这样啊，不过他们挺好就好。”

“谢谢您。但他们刚来日本的时候好像也很辛苦，阿姨您也挺不容易的吧。”

“嗯，挺辛苦的，不过现在已经差不多习惯了。但现在日语也说不溜，说实话还挺想回哈尔滨的。可为了这孩子，我还是得努力赚钱啊。”

王恒母亲说着,看着自己的孩子。王恒好像有点儿不好意思了，妈妈说这种话他心里肯定不好受吧，我猜。

“不过，我们现在已经是日本国籍了，挺方便的。而且这儿街道整洁，大家都很有礼貌，素质高，刚开始我还挺惊讶的，但说来说去，还是日本住起来舒服。在哪儿养老，我都有点儿犹豫了。。”

“您说啥呀，养老什么的还早着呢。”

“小春儿真会说话。你们晚上约的几点啊？”

“六点，在上野。”

王恒答道。

“那你们该出发了吧，拿着这个。”

王恒母亲说着，从钱包里拿出了一张一万日元的纸钞。

“别让小春儿出钱了啊。”

“知道啦！”

“不不不！我自己有钱。”

“说啥呢，今天见到你阿姨很高兴，而且你和我家王恒这么久没见，你就让阿姨表点心意吧。有空常来玩儿啊。”

“真是不好意思，谢谢您了。”

即使有空，这种地方我也不好随便一个人来。不过我感觉好久都没跟中国人打交道了。

和王恒一起坐电车也有一种不可思议的感觉。

“小春儿，刚才你去店里也应该发现了，那不是你想的那种按摩店。”

我一路上都故意没有提这事儿，没先到王恒先开口了。

“你看我妈开了那种店，可能心里也会有想法。但是我希望你明白，我妈也不想开那种店的。只是为了生活，为了钱。”

“我知道，你妈很不容易。我没啥偏见，跟我客气什么呀。”

“我也不想让我妈开那种店，但不只是我妈，在店里打工的那些女人都各自有苦衷。而且，中国人开那种店也是有很大风险的。”

“什么风险？”

“简单点儿说，就是要有黑社会罩着，得交保护费。”

“真的吗？那你妈跟黑社会有来往？”

“你别误会了，他们是在保护我们，但他们也是东北人，在日本挺有名的。日本人都怕他们，但其实是好人。”

“但是黑社会吧！”

“按现在的社会来说是黑社会，但大家都是东北人，都知道刚到日本时的艰辛，挺会为同伴着想的，他们是好人。同伴在日本有麻烦了他们不会坐视不管的，挺靠得住的。你知道怒罗权吗？也叫中国龙。”

“不知道。”

“你不知道吗！老有名啦！你姥姥是残留孤儿吧？”

“是。”

“怒罗权的老大，大峰和小峰，他们哥俩的老妈就是残留孤儿，他们是残留孤儿二代，和你妈一样吧。他们刚回日本时候，日本社会接受中国人第体制还不完善，其实就是跟中国人接触的日本人还很少。这些中国人也很难融入社会，各种偏见和歧视都是因为他们是中国人。我经常听人说,那时候的中国人走路都抬不起头。不过，就这么任人欺负就不是他们了。大概是为了给在日本的东北人出头，要给日本社会提个醒,他们闹得挺凶的。生意在日本有点儿起色后，他们就开始照顾那些到日本打工的人还有留学生。以他们俩为中心，东北人的圈子渐渐大了，跟好几个日本暴力团伙都闹过了，干仗干得厉害，玩儿得也开，后来他们俩的名字响遍日本，警察都盯上他们啦。可以说，他们已经是我们心中的传奇人物了。”

“好、好厉害啊，大峰和小峰。他们现在也在日本？你妈的店就是他们罩着的？”

“他们现在好像把重心放在中国，在做生意。但我妈的店的确是他们保护的。我不知道我老妈怎么跟他们认识的，但是到日本的东北人大都想跟他们攀点关系。在日本可没有比他们更靠得住的同胞了。”

“也是啊，我竟然第一次听说。在日本也有这样的人啊。”

“是啊，我第一次听说他们的事儿后我也可兴奋啦。一会儿我们要见的三个人，是我在这儿最好的哥们儿，其中又一个叫安云龙的，我叫他云哥，是像我大哥一样的人，我老崇拜他了。”

“诶，啥样的人啊？”

“嘿嘿，我说了你可别吓一跳啊。云哥比我大八岁，小峰在日本混的时候他们就很要好了，好像还和小峰一起做了几趟买卖，所以他对怒罗权肯定也很了解。我刚到日本的时候他和很照顾我，现在他都在经营自己的物流公司了。”

“你好厉害啊！你怎么和他认识的呀？”

“没那么厉害。三年前在语言学校里认识的中国学生，他们在开派对，叫我一起去了，刚好云哥也来了，那次聊得挺来的，后来就熟了。一会儿介绍给你啊。”

我虽然没说什么，但却对王恒所谓的这帮朋友起了戒心。我一直过的是普通的高中生活，除了学业和志愿者什么都不懂，但王恒不同。他们比我更了解社会，最重要的是，他们比我更早就懂得要自己赚钱和独立。我看着王恒，突然觉得自己比他幼稚很多。我总觉得自己是中国人，但看着他，我才明白，那些只有中国人才能体会到的社会的残酷和社交关系，我一点儿都不懂。

四十

我们到了约定的地点，一家在上野的中餐馆。进了店里，一个坐在最里面的男人向我们招了招手。

“喂——王恒，这儿！”

当然是中文。店里有八桌，客人大多是中国人，店员也当然是中国人。

“大家都到了啊。我给大家介绍一下，这个就是我在德强小学的好哥们儿，小春儿。跟他说中文没问题。”

马上已经坐着的三人站起来跟我握手。

“我是安云龙。”

他的手大而厚实，头发剪得很短，身材高大。他就是王恒崇拜的大哥。

“我叫小春儿，刚还听王恒说你来着。”

“我叫伟宝雨。”

棕色头发戴眼镜的青年。

“我叫张丽芳。”

最后一个说话的是一位长头发的女生，年纪跟我们差不多。

“行了，坐吧。”

安云龙张罗着，我和王恒也都坐下了。

“你们都已经喝上啦？”

王恒说。

“那是啊，有俩人就能喝。你们也和啤酒吗？”

“您饶了我吧，今天不想喝。”

“喝一点儿有啥关系。你都见着你的老朋友了。喝吧喝吧。服务员，来俩啤酒。”

啤酒上来了，安云龙拿起酒就要给我们倒满。

“行了，我来吧。”

张丽芳从安云龙手里拿过酒瓶。

我有点儿受宠若惊，双手端起酒杯，啤酒丰盈的泡沫满过了杯口。总觉得有点儿怀念，这一秒我忘了自己在日本，忘了自己还未成年。本应该拒绝的，但我却并不讨厌大家的热情。

“好！今天，让我们为王恒和他的哥们儿重聚而干杯，为我们认识新朋友而干杯！”

我们五个举起酒杯碰在了一起。接着，轮到我给他们倒酒了。

“谢啦。接下来可都要喝完啊，尽情喝！”

“嗯。”

“你们几年没见了？很有缘嘛。你在哈尔滨的小学里认识的日本人，这次却在日本见着了，总觉得挺感慨的吧。”

伟宝羽说。

“是啊，已经七年了吧。过得真快。”

王恒答道。

“刚到哈尔滨的时候挺不容易的吧，小春儿？”

“嗯，那时候真的很辛苦，但是想在想起来还挺好的。”

然后王恒就和他们聊起了我在哈尔滨的故事。刚开始我在学校被欺负，后来我成了学校里的大明星，还有我很会打篮球，还打过架，王恒讲得绘声绘色，他们也听得起劲。到后来，他们看我就好像看着认识多年的兄弟，一下子跟我熟稔起来。

“今儿能见到你真好啊！我太高兴了！干杯！今天要喝个痛快！”

安云龙爽快地说。

“谢谢你们。王恒,你把这么好的朋友介绍给我,也谢谢你啦！”

我说完，王恒拿起酒杯跟我碰了一下。

“小春儿，说啥谢谢呢！”

我们点了三个东北菜，还有很多烤串儿当下酒菜。我很享受这儿的氛围，简直觉得这儿就是我的故乡。大家用中文聊着家乡的事儿，还有小时候玩过的游戏，我听着，也不知不觉融入到他们的回忆中去。

“来这儿的路上听王恒说了一下，你们要开店？大家以后都打算待在日本吗？”

我很想知道他们对未来有什么打算，有些冒昧地突然就问出了口。安云龙回答道，

“嗯，我和王恒，还有张丽芳、伟宝羽，等王恒毕业，我们打算一起开一个中餐馆。弄点儿烤串儿啊火锅什么的。”

“哇，好棒！大家好厉害！”

“不就开个店儿吗，不是啥大事儿。大家先经济独立，赚些钱，以后才能做想做的事儿啊。也不知道能不能成功，但不赚钱什么都做不了啊。多一两桩生意是好事儿，对吧？”

“嗯，我真的觉得你们好了不起！开店什么的我想都没想过。刚听王恒说，云哥已经有一家自己的公司了？”

“嗯，也算不上是公司吧。把日本的手表啊包，还有衣服、化妆品，有些小玩意儿放到网上卖给中国人，因为是日本的东西嘛，质量好，大家都爱买。中国没得卖的东西，或者太贵的东西，在日本买都相对便宜一点儿，然后在微信上卖。”

“微信？”

“小春儿，你连微信都不知道啊！就像日本 LINE 一样的东西。我们把商品的照片放在上面，如果大家有喜欢的话我们就多进点儿

那个货卖。这两年做这生意的人多起来了，日本奢侈品打折季还有拍卖会上都是中国人。看样子这行也干不久了，再看看行情我就打算收手了。”

“好厉害啊，真的，都是我不懂的事儿。云哥真是能干啊！”

“对吧，云哥很行吧！以前云哥还和小峰一起做过买卖，对吧，云哥？”

王恒都要把安云龙捧到天上去了。

“算是吧，但是基本是小峰哥在做，我就给他帮帮忙。在日本怎么赚钱、怎么玩儿，都是他教我的。小峰哥很大气，特别为哥们儿着想，很能冲的。”

“我也好想见见小峰和大峰啊。”

伟宝羽说。

“大峰哥基本都不回日本了，小峰哥好像这个月末会回来一次。”

“真的吗？你带我见见他吧！”

“我也想见见这个传说中的男人！”

“好！那月末我约一下小峰哥，到时候告诉你们啊。”

“不愧是云哥，拜托你了啊，就算是为了我们的未来。”

伟宝羽说。

“是啊，如果以后想在日本做事情，认识小峰哥没坏处的，说不定还能沾点他的光。”

听大家说着，我也对小峰这个人充满了好奇。

“小峰哥很厉害吧。我妈也是残留孤儿第二代，但总觉得他们好像完全不是一个世界的人。”

“他们那个年纪的人年轻时候都挺苦的。我觉得，都是因为有了大峰小峰，中国人在日本的地位才有所提高的。”

“大峰和小峰也是哈尔滨人吗？”

“严格地说不是。他们都是东北的，也是黑龙江的，但他们是通河人，跟我一样。”

“通河？”

“对，不是什么大城市，现在也不是特别发达。但是通河的主要交通工具‘蹦蹦车’就是大峰小峰的爸爸引进的。他们爸爸是通河的大财主，大家都叫他‘潘大胡子’。通河县和边上方正县没有人不知道他的名字。他妻子是残留孤儿，他们应该是八六年回日本的。听说大峰小峰上小学的时候因为母亲是日本人被欺负地很惨。那时候开始他们就和日本结了缘。到日本后他们拼命工作，一开始在保洁公司，后来熟悉了日本社会的情况，他爸也给了他们一些支援，他们就自己弄了个贸易公司。不过这个公司也没做长久，后来就在锦丝町做小买卖了。他们有能力，后来就慢慢在在日华人圈里打出了名声。”

“但为啥他们在黑社会里也这么有名啊？”

伟宝羽问。安云龙不动声色，继续淡淡地说道，

“要说契机，就是他们的小买卖：把日本的旧车拆了，拿里面的零件和轮胎出口到中国。有一次有人拿了一辆偷来的摩托让他们处理，然后他们就走上了这条路。偷高级车和贵金属，还伪造了老虎机和高速公路的卡。但要干这种事儿，当然还得有黑社会的‘关系’。那时候光靠中国人在日本还干不了这种事儿。看上他们的经商头脑，黑社会的人把他们俩吸收了，然后以他们俩为中心东北圈一下子就扩张了。福建帮、北京帮、上海帮，都请他们去做帮派争

斗的仲裁。他们俩做得风生水起，警察当然也不会坐视不管，对他们的监视也加强了。不过，他们在日本的时候也经常帮助留学生，不管是经济上还是生活上。我就是在留学时候跟他们认识的，就在这家店。”

“就在这家店？”

我脱口而出。

“嗯，那时候我和另外四个哥们儿就在这儿、这个桌子上喝，然后因为一点儿小事儿跟其他桌的个人起了口角。对方是日本人，看起来像小混混，也是四五个人吧。我们打起来了，店里被我们弄得一片狼藉，饭菜碗瓶乱飞。这种情况下，店主最先联系的不是警察，而是小峰哥。刚好就在附近的小峰哥一到，对方的脸色就变了。他们看小峰哥踱着步子，就好像看见老虎一样吓得不行。小峰哥看到我们后说：‘你们是中国留学生？我马上把这儿收拾了，你们等我一下。’他力大无穷，我们看他的身手都看呆了。然后小峰哥说他也正无聊，就跟我们喝了起来，最后他请了我们。”

“好、好厉害！”

“对吧？据说现在大峰小峰的圈子里有两三千人呢。”

我们大家都听得愣住了，觉得不可置信。

“行了，这个月末他回来我就介绍给你们。说起来小春儿，你也还有三个月就毕业了吧？接下来打算咋整呐？”

“毕业后我想去北京念大学。”

“做啥去北京呢？留在日本不好吗？这儿啥都有，住得也舒服，钱也是日本挣得多啊。”

伟宝羽说。

“喂，伟宝羽，你这就错了。在日本挣的钱都只是零花钱，小春儿可不止这么点儿能耐。你肯定是好好考虑过了吧，小春儿？”

“也不是,我不像大家这样目标明确,也没什么自己想做的事儿，只是觉得再这样待在日本，自己只会越来越无知，视野越来越狭隘。我十一岁到哈尔滨待了两年，现在再去中国应该会看到不同的东西吧。在中国还有很多我不知道的事儿，别看我这样，我骨子里还是中国人的血多，我爸妈也是中国人，所以我觉得我不能就这样过下去，我得多去了解一下中国。听起来可能像胡扯，但这就是我的理由。”

“不会，你也很行啊，小春儿！小春儿和我们不太一样，虽然都是在日华人，但我们的身后是中国，小春儿的身后是日本，在中日之间，他和我们走的完全是一条相反的路啊。”

“真好。我们留学生、研修生，都是为了赚钱才来日本的，要不就是父母再婚。我们的思维方式、生活习惯都是中国的，所以就算到了日本也只能和老家的人玩在一起，但小春儿今后的可能性还很多啊。小时候就接触了两国文化，和两边的人都玩儿得好，以后无论选择哪儿都有可能。我们虽然在日本待了挺长时间了，却不可能成为日本人，只能作为中国人在日本活下去。”

“什么不可能成为日本人啊，是根本没想成为吧。你还是做中国人比较习惯吧，真是的。”

安云龙对张丽芳说。

“但是我也有我的烦恼啊,现在也没找到答案。也许是叫做‘身份’的东西吧，我不知道自己应该是哪国人。跟中国人在一起的确更自在, 对自己也更有信心, 但也不是说我不喜欢和日本人在一起。

中文日语我都能说，在哪儿生活我都没问题。你们也许不相信，但无论中国人还是日本人，我都很喜欢。”

“我是不能体会了，对我来说，跟日本人在一起还觉得自在才是不可思议的。日本人跟人交往很有心计，不管关系多好、交往多久，他们总是很介意利害损得。一起去吃饭也是各自付钱，送了礼物就要求回礼，分不清一般朋友和知心朋友的界限，倒也不是只在说钱的事儿，但他们应该像东北人这样，别总算计，那么点儿小事儿别总放心上过不去。跟朋友在一起就是开心，这不就够了么！”

“我也这么觉得。不能说心里话的就不应该叫朋友，这种关系的熟人一辈子都成不了朋友。”

王恒也说。

“行了，话也别说太过，日本人也有好的地方啊。国民素质高，地震的时候大家都很守秩序，很谦让。如果中国地震了，那才是暴露人性的时候呢。”

“这可不是一件事儿啊，云哥，我们在说朋友呢。我承认他们素质高，但我总觉得这也像一堵墙似的。”

“什么墙？”

“比如说日本人总说的‘热情好客’,的确随便进个商场或饭店，店员都服务地特别周到，这也算一种文化吧。但是我们说的‘热情好客’是从心底欢迎那个人吧，也没这么多形式上的礼仪，不会特别小心地说话。我们讲的就是和那个人心与心的碰撞，把见到他的高兴、和他一起的感动，还有希望长久交往的心情都放在这个酒杯里一碰，干了就是‘热情好客’。这就是我们的‘热情好客’，不是表面功夫。最重要的是和日本人在一起总觉得有距离感，他们太有礼貌了，反而读不懂他们的心。”

“哈哈，这说的也没错，但这就是所谓的文化差异吧，我们可以学习的地方应该有很多。不过王恒，你小子成长了不少啊。小春儿，你去哈儿滨之前这儿很习惯这儿的生活吧，到中国去的时候没什么文化冲击吗？”

“说实话刚开始的时候挺不适应的，但大家都很真心，那种环境也是在这儿体会不到的。中国人都很直爽对吧，有什么话直接就和对方说了。就算被说了坏话，也能感受到对方心里在想什么。我觉得这样比较好交往吧。”

“云哥，小春儿挺懂东北人的吧？”

“嗯，比你更懂。哈哈哈，喝吧，多喝点！”

我们干了好几杯，我想起了在哈尔滨的伙伴，不知不觉把眼前这些人和他们重叠了起来。

“小春儿，你刚才说了‘身份’啥的，这种事咋整都行啊。我可不是随便说说的，和你喝酒就能感受到，你就是东北人嘛。自己的存在意义啥的，本来就不是你烦恼一下就能解决的。我觉得你是中国人，是东北人。周围人怎么看你很重要吧，你的日本朋友觉得你是日本人也没错，是哪国人都好，这样不是挺好的？你已经很优秀了。”

安云龙说。然后我借着酒劲，继续说道，

“也是……但是说实话，我觉得我两边都像在演戏。在日本朋友面前就把自己的这一面藏起来，现在在你们面前就把自己日本人的一面藏起来。我想要一个明确的答案，或许就是因为以某一边为重心会更轻松。”

“所以我说怎么着都行啊。两边的朋友都有，那大家也得跟着你的步子啊。不合着你的步子，他们可能就没这么多朋友啊。就算你不喜欢这样,但只要有一个对你敞开心扉的朋友跟着你,就够了。”

王恒说。

“王恒你这话说得好啊。就是啊小春儿，就像他说的一样，什么‘身份’啊啥的，对于生物来讲就是无所谓的。无论什么生物都会成长、会改变。就像动物适应环境进化一样，人也要适应环境成长的。就算一定要‘身份’的话，到时候根据自己所处的环境变化又有什么关系呢。以后你会认识更多人,再纠结下去你就更混乱了。你从一开始就不应该在意这个的，只要根据你的经历、你认识的人而调整就行了，从过去的自己发现新的自己。如果从你的血缘和你的出生决定你的存在意义的话，你是……”

我全神贯注等着他的下文。

“你是‘日中人’。”

“日中人？”

“对,是哪国人都好啊,反正大家都是地球人！既然你这么烦恼,那就把你归为‘日中人’就好啦。不过流着中国人的血,你想叫‘中日人’也可以啦。因为你在日本长大的，所以我刚才说‘日中人’。反正都一样！咋整都行！”

“‘日中人’吗？嘿嘿，我还挺喜欢的，谢谢你。”

我和说着‘日中人’的安云龙，还有大家又干了一次杯。

“存在意义啥的，只要有朋友在就够了啊。朋友们都叫你小春儿的话，你就是小春儿，多好的名字啊，这就够了。”

“就是啊小春儿，你比我们幸运。我们一开口就会暴露自己不是日本人，我们想要在日本混下去，只能把自己当作中国人才行，所以我们才会以中国人为豪。但你不同，你可以以两国为豪啊，挺起胸膛做自己就好。”

伟宝羽说。

这个晚上我们聊到天亮，喝到天亮，已经多久没有这么开心过了呢。说出了心里话，我几乎忘了过去的自己。东北人的声音让我真切地觉得，那里才是我的故乡。

从这天起，每周做完志愿者后我都会和他们一起喝酒。一直以来单调却充实的高中生活因为遇见了王恒而变得不同。跟他们一起看见的东京和以往不同。在中国的中国人，在日本的中国人，对于他们来说，这又完全是两种活法、两个世界了。

就这样过了一个多月，离高中毕业还有两个月。

“今天累了吧？刚从补习班回来？”

面对电脑，我每周末晚上都会跟她说这句话。

“累死了，但是我得努力啊。还有半年，今年九月一定要被舞蹈学院录取，一定要去北京。”

“什么都帮不上忙，真对不起。我也决定了，这次好好决定了。”

“真的？你没骗我吧？你真的来北京？”

“嗯，想好了，我打算去北京外国语大学。”

“好高兴！本来已经很累了，但听你这么说我觉得我还能再加把劲！”

“哈哈，但别太勉强自己了，注意身体啊。之前总是下不了决心真对不起，但我一直都想回中国的。”

“真的？”

“嗯，真的。一直让你这么不安，真的对不起。只是，我一直在寻找一个回中国的明确的意义。现在我已经下定决心了。”

“那就好。是因为跟王恒见面了才这样决定的吧？”

“嗯，但也不是没考虑过和你的将来。但是，如果只考虑我们的感情，我不知道我去中国还能做些什么，有些不安。如果只是为了见你，我怕你会觉得我没用。”

“为啥呀？这话可不像你说的。”

“因为我回日本已经七年了，我已经越来越像日本人了，不，是我觉得我日本人的一面又出现了。和王恒见面后我发现，也许这对我来说比较轻松。但是我流着中国人的血,如果变成日本人的话，总觉得有些浪费。我爸妈是中国人，我也知道自己是在哈尔滨出生的，我觉得我不应该忘记这一点，或者说假装忘记，然后就这样在日本生活下去。我也不知道未来会怎样，但我想我还不了解中国，不了解中国人。”

“对，但是，你还是挺闹心的吧？我才是，一点儿都帮不上忙。但对我来说你是哪儿人都无所谓，我就是喜欢叫李春的男人。你别忘了哦！”

“嗯，谢谢。在日本跟王恒和他的朋友见面了，果然还是跟东北人在一起比较合得来。但也许这只是因为和他们在一起会让我想起我最热烈的青春,还有那时候体会到的人生而已。但是我总觉得，这种感觉跟我的原点有千丝万缕的联系。”

“有那些联系就好了啊，我也只知道中国的哈尔滨。不过受你影响，现在我也开始看日本节目和电视剧了，每次看都好羡慕你。因为在我无法触及的世界里，有你在。”

“但是电视剧和现实可不一样啊。”

“也不是，中国的电视剧又是另一种感觉了。我也知道电视剧和现实不一样啦，但是你不费力气就能听懂，我却要看字幕，我是羡慕这个。”

“是吗，我都没想过。”

“我完全不知道的世界，对你来说就是日常生活，但是，我所在的日常生活却是小春儿熟知的世界。如果要问我为什么不安的话，或许就是这个原因。我觉得只有你一个人积累经验、成长了，可我还在原点。”

“别这么想，我也一样啊，中日之间还有太多我不知道的事儿，所以我决定去北京。如果只是一知半解的话，我也就只是一个到中国留学过的日本人和到日本留学的中国人。我流着两种血，我接受着两种眷顾，所以，虽然我还没想明白，但我已经有了梦想。”

“梦想？”

“对，梦想！我要做沟通日本和中国的桥梁！”

“桥梁？”

“哈哈，就说我还没想明白吧。我对梦想没什么概念，只是想好好利用我的身份。我理想的桥梁的状态应该是在中国能挺起胸膛说自己是日本人，在日本也能自豪地说自己是中国人。也许会有人讨厌这种想法，但总有一天我会找到真的自我，让中国知道日本人的好，让日本知道中国人的好，让更多的人了解对方。所以第一步，我的目标是活得堂堂正正。”

“我觉得这个想法很好！”

“我是受着两国的恩惠，被两国的人爱着长大的。因为有了一路上遇见的那些人，才有了现在的我，我想成为让他们引以为豪的人。所以,以后不管我遇见中国人还是日本人,或者是其他国家的人，我想把中国和日本的好，把我知道东西全都告诉两国人民。我在想只要我挺起胸膛活下去，就自然而然会成为沟通两国的桥梁吧。”

“小春儿，你真的太了不起了。我根本没考虑过这种事儿。我就喜欢跳舞，只想着去舞蹈学院，以后能登上更大的舞台，从来没考虑过其他的。”

“你就这样就好，你对自己的将来有明确的目标，你才是有梦想的人。我的梦想，说来说去其实只是个理想的生活状态，哈哈。”

“很有你的作风啊，很棒。”

“谢谢。中国都开过北京奥运会了，肯定和我在的时候变化很大吧。如果没遇见王恒，我可能永远都不会知道中国人为什么要来日本。这样一想，我就发现我对中国还不够了解。现在来往两国之间的人更多了,有了网络人们也可以很方便地了解对方国家的信息。我就是单纯地想亲眼看看现在的中国，中国变成什么样了，中国人变成什么样了，中国的首都北京是什么样。而且，北京外国语大学就在舞蹈学院边上，之前总是让你一个人，以后我要好好补回来，还要跟你一起分享我见到的世界。”

“嗯,那我一定要努力进入舞蹈学院啦。我们的异地恋没有白费，我会证明给你看的。因为，我也成长了。”

“我知道。你能做我女朋友真的太好了，就是因为是你，我们才能走这么远，真的谢谢你。”

“我才要谢谢你呢，每次放假你都回来看我，其他时候就专心学习，张弛有度，这种距离刚刚好。”

“喂，明明马上就要在一起了，说什么这种距离刚刚好啊。你太坚强了啦。”

我特别珍惜周末和孙小蕊视频的时间，每次和她聊天，我去中国的热情就会高涨一分。

想来高中生活也算是充实的了。每天早上和同学一起坐电车上学，中午和同学去小卖部买午饭或者带便当一起吃，上课时总是很困在发呆，偶尔和朋友出去逛，也在同学家住过。没什么不满，这应该就是我的日常，本应该好好珍惜的。作为日本人，就这样考大学然后工作也没什么不好。只是，也许是我对中国过分执着了。不过，我从前走过的路，今后要走的路，我的人生，我的梦想，或许都是冥冥之中注定好的。

四一

今天我又和王恒、安云龙、伟宝羽、张丽芳一起来到了这家店。

“一会儿七点和小峰哥在锦丝町见。跟他说有兄弟想认识他，他还挺高兴的。”

安云龙说。今天我们就要和这个叫做小峰的人见面了。我虽然心中有点儿害怕，但对他的好奇克服了我的恐惧。和我妈一样来到日本的他们在日本社会里一步步往上爬，被看做对残留孤儿二代对日本社会的愤怒的象征，我对他们多少有一点亲近的感觉。

“小春儿，你在紧张吗？”

伟宝羽说。

“你才在紧张吧。”

王恒反问道。

“但是多少会有些紧张吧。因为那可是个传奇人物呢，只听过没见过”

除了安云龙，我们的差不多有点儿紧张。

“你们别瞎紧张了，小峰哥可好了，你们就跟平时一样就好。”

“不过，在日本做了这么多坏事的人怎么就没有被遣送回国呢？”

伟宝羽说。

“残留孤儿二代都是日本国籍的不是吗？”

我说。

“对，但也不是所有都有日本国籍。只要永住权，不要日本国籍的人也有。但是大峰小峰和他们的大姐，还有他父母，都拿到日本国籍了。从他们拿到日本国籍开始，或者说从日本国内开始大肆讨论残留孤儿的时候开始，政府也不能随意把他们强制遣送了。”

安云龙说。

“这样啊，但他们现在的生意是以中国为中心的吧？”

伟宝羽又问。

“是，但是他们已经在日本把该看的看了、该学的学了，也是刚好碰到了机会,就回中国做生意啦,利用他们在日本积累的经验。”

“现在他们在做啥生意啊，云哥你知道吗？”

张丽芳问。

“我也不太清楚。我就知道大峰小峰有一起做的生意，但两个人也都各自有其他买卖。前段时间他们在东北弄城市开发、投资铁矿什么的。小峰哥主要在哈尔滨，大峰哥主要在北京。听说开了餐厅，在北京郊区也建了别墅。”

“好牛逼！那就没必要在日本赚钱了吧？”

王恒羡慕地说。

“嗯，比起在日本做灰色买卖，还是在中国弄些合法的生意比较好吧。而且，来日本之前他们当过兵，军队里认识的朋友啊曾经资助过的留学生,现在都对他们的生意网有帮助。他们俩人朋友多，在中国做生意比较如鱼得水吧。”

我们听安云龙说着，对小峰的好奇更深了一步。

“行了，差不多点儿了，走吧。服务员，结账。”

说着，安云龙站了起来。

安云龙带我们来到了锦丝町的一个酒吧。这个酒吧离车站有点距离，在一个底层建筑的二楼。我们跟在安云龙后面进了酒吧。

里面比我们想的宽敞，光线柔和，吧台很长，后面的柜子上整齐地排着看起来很贵的酒。最右边有一个投影屏幕，还有台球桌、桌上足球、飞镖，娱乐很丰富。店里唯一的一个沙发席上，三个男人正在聊天。其中一人注意到我们，马上笑着走了过来。手里夹着抽了一半的烟，穿着带皮毛的白色外套的男人走到我们面前，眼睛细长，看起来心情不错。

“云龙，好久没见了吧，最近还好吧？”

那个男人说着，和安云龙握手，然后互相拍了拍背。

“嗯，挺好的。你咋样啊？啥时候回来的呀？”

“前天。好久没回日本了，果然还是日本好啊。你上次说的就是这些孩子吗？”

“对，这是张丽芳，到日本工作来的。”

“您好，叫我芳芳就可以了。”

“这是伟宝羽，现在还在上专门学校。”

“能见到您是我的荣幸。”

“这是王恒，还是高中生，不过马上毕业了。”

“您、您好。”

“这是李春。在日本长大但父母是中国人，他小时候也去哈尔滨留过两年学。”

“您好，叫我小春儿就行，很高兴见到您。”

不用说，我们都很紧张。小峰微笑着，跟我们挨个儿握了手，他的手厚实，而且很有力量。

“好，好，行了，你们放松点儿，这儿是我的秘密基地，你们想喝点儿啥，都能喝酒吧？”

“当然。”

伟宝羽抢在前头回答道。

“哈哈，是嘛。那就自己点点儿爱喝的吧。喂，给这几个孩子弄点儿喝的。”

小峰说完，坐在沙发上的一个男人就走进了吧台。

我们四个坐在吧台，安云龙和小峰还有另一个男人一起坐在沙发。

马上，四小瓶啤酒摆在了我们面前。

“别紧张，放松点儿没事儿。”

吧台里的男人说。

“谢谢，您跟我们一起喝吧。”

说着，我们拿着啤酒走到沙发席。

“那个，今天谢谢您。”

“哈哈，别在意。”

小峰心情不错，和我们干了杯。

“小峰哥,他们几个打算在日本开店,不过我也会资助他们一些。以后如果有什么麻烦，还请你罩着他们啊。”

安云龙说。

“开店？这么年轻着什么急啊，不用这么着急赚钱吧？”

“这些孩子都很自立，说总是靠父母觉得很对不起他们。你有啥工作，让他们打打工呗。”

“是吗，真懂事啊。你们坐那儿吧。”

然后我们就在小峰对面的沙发上坐下了。

“你们的心情我很理解，叔叔我年轻的时候也很焦急，想早点儿自立。不过现在和以前不同啦，你们爸妈也不是为了让你们在日本开店才这么努力地工作的吧？该看的看、该学的学，你们还可以再好好考虑考虑。真年轻啊你们，看着你们总觉得很怀念啊。”

说着，小峰呷了一口威士忌。

“但是说实话我们待在日本也不知道以后该干些什么。完全看不清未来。”

伟宝羽说。

“那是因为你还年轻。机会什么时候回来谁都说不定，就算机会来了，又白白错过的人也有很多。你们说不定就是因为一心只想着开店，反而看不清周围了。对你们的将来我可能没啥资格指手画脚，但我们都是东北人，叔叔多说两句可以吧？”

“您这叫什么话，我们都很想听听小峰哥的意见啊。”

伟宝羽说。

“是么。那我可说了，你们还是别开店了，你们不是这块料。”

“啥、啥意思啊？”

张丽芳忍不住了。

“开店有很大风险。中国人开店，没有人脉是不行的。管理也很麻烦，经营也很麻烦，而且最重要的是，就算收益不错，你们这么多人一起开，最后每个人能分到的也没多少。根本自立不了。”

“那我们应该咋整呐？”

伟宝羽有点儿急了。

“那就是你们应该考虑的事儿了。而且，这两个连高中都没毕业吧。我觉得你们还太早。”

“那个，我不是要开店的，我也没什么能力，现在打算上大学。”

“是吗，那挺好的啊。没啥可急的。以前跟我一起混的人，大家年轻的时候都很苦。埋头工作，看不清未来。在工厂打工、在饭店厨房打工，刚开始都是干这种活的。因为是中国人就会被日本人看不起。但后来我们终于有了自己的小买卖，但也都是跟法律打擦边球，或者像我这样做违法生意的人也有。不过也多亏了那时候的积淀，现在我还过得不错，不过也是在中国。那时候一起来日本打工的兄弟们也看到了中国的发展，所以说要说机会，还是中国多。你们比起在日本做些什么，更应该在日本学些什么，然后运用到中国去。云龙，你也来中国吧，日本的警察还在监视我们吧，我可不想再有些什么事儿被拘留了啊。跟日本警察也混了个脸熟，我们在日本没啥好处，还有很多风险。还是中国好啊，也是你们的故乡吧，是时候就回来吧。”

“那个，我一直没机会说……”

王恒突然开口了。

“咋了？”

“我妈在附近开了一家叫甜蜜蜜的按摩店，一直以来受您照顾了，那个，谢谢您。”

“哦，你是甜蜜蜜那儿的小子啊，没啥，我们也就是名义上照顾了一下。你妈可是不容易啊，你得好好孝敬她啊。”

“嗯，谢谢您。”

“那也就是说，你是日本国籍的？”

“对，这个小春儿也是日本国籍。而且，他是日本长大的。”

“是吗，那你们俩就更加了。我建议你们高中毕业后回中国。说是建议,其实也就是如果我是你们那个年纪,我一定会这么做的。”

“诶？为啥？”

我忍不住问了一句。虽然我已经决定去中国了，但我觉得他可能会给我一些更坚定的理由。

“现在的中国可了不得，到处都是商机。虽然你们现在没眼力，看不出来，但比起待在日本，中国有更多机会在等着你们，至少我是这么觉得的。见过越多世面,认识越多人,你们就越能看清自己。”

小峰最后的话听起来就像就是对我说的。

“那个，小峰叔，大峰叔也是，你们都是残留孤儿二代吧？这么问可能有点儿失礼，但你们刚来日本的时候，吃了很多苦吧？”

我不由得问了一句，小峰听后脸上浮现起一副沉浸在回忆里的表情。

“其实，我妈也是残留孤儿二代，我听我妈说她们当时很辛苦，所以有些在意……”

小峰看着我，问，

“你刚说你叫啥名儿？”

“小春。”

小峰听后轻轻出声笑了一下，然后单手抱头微笑地看着我，可谁也说不清他笑里的含义。

“那个，怎么了？”

“呵呵，没什么……是吗，你妈和我一样啊。她有你这么优秀的儿子可真难得啊，哈哈。是啊，吃苦是当然的啦。我们父母是残留孤儿，说起来也是受害者，但我们无论走到哪儿都被当作坏人，虽然我们是干了不少坏事儿。来日本之前在中国的学校里，因为我母亲是日本人，我们总是被欺负；但到日本之后，又因为我们是中国人总是被看不起，也没什么正经工作可做。刚开始在保洁公司，学着周围日本人点头哈腰，但有一天我们遇见了住在葛西的一个叫佐久间的中国人，跟我们经历差不多。他召集了一批中国人，经常和日本的暴走族有冲突。他们闹得很厉害，无法无天，在当时的我和我大哥眼里，那就相当于自由。在调布和三鹰也有这样的组织。我和大哥渐渐就想，玩儿去吧，做点儿买卖，然后就跟他们混熟了。从那以后，无名无姓的我们自称‘怒罗权’，开始有点儿名气了。来日本之后的故事还有很多，不过其中我觉得最难过的，是我越是追求自己的存在就越是辛苦。”

小峰说得很云淡风轻，但我知道，他这一路走得不容易。

“我们是黑龙江通河人，也是个农村吧。那儿也有从小一起玩儿的哥们儿，我一直很珍惜他们，现在也是。但是我到日本后经历了很多，后来再跟以前的哥们儿见面却总也谈不到一起去。我赚到钱了之后，好久都没联系的哥们儿张口就是借钱，虽然不是什么大钱，他们也没直接说，但他们根本不知道我们在日本吃了多少苦，他们觉得只要去了日本就能赚大钱。当然，兄弟有难，用钱就能解决当然也是好的，如果借了钱就能和他们保持兄弟关系那也行，如果他们能记得我们小时候的友谊也就够了，但价值观、想法、最看重的东西，一切都变了。他们可能觉得在那个小地方能有几亩地就不错了，能种田就算安稳了，能经营个小店就自鸣得意了，这是他们的幸福，但相对的，因为他们一直待在一个地方，反而不会珍惜人际关系。而我，接触了很多人，积累了很多社会经验，并且越成长我就越要告诉自己不要忘记自己的初心，时刻记得自己出发的原点。但怎么说呢,我已经无处可归了。即使如此我还是会想回故乡，大概是因为曾经的那个地方让我最安心，而我一直在寻找着和那里一模一样的地方吧。就算经历了很多事后你的心还是没变，但曾经和你一起站在原点的同伴的心会变。我的价值观可能有改变，但我的初衷不会变，但他们的可能已经变得面目全非了，或者说他们根本没什么初衷……怎么会有这么难过的事儿呢。在他们看来好像是我变了，但我就算有再多钱，吃再多佳肴，我最怀念的还是和曾经的哥们儿一起啃馒头，还有家的味道。也许我们都只是羡慕别人有而自己没有的。没什么工具可以测量到底是谁变了心,只要人前进，心就会变。无处可归、失去原点的人要寻找自己活着的意义，就一定会与空虚并行，因为如果连空虚都体会不到，你就真的已经忘记自己的存在意义了。活在中日夹缝中的残留孤儿和他们的后代必须要面对的是缤纷变幻的世界里坚守自己初心的痛苦,也许这就是命。你也说过吧，这条路很难走，但我还是希望你能直面你的人生。真希望有一天有人能把我们这种无法判明身份的人的存在告诉大家。我的做法好像有点乱来，但是现在社会上捣乱的中国人基本和我们无关，我不会那么做的。不管世人怎么想，我们只想让大家发现问题的根源。”

我听完后什么话都没说，只是拿起啤酒敬了小峰一杯。

“小峰，差不多点儿了。”

一言未发坐在小峰边上的男人终于说话了。

“我们还约了别人，现在该走了。我说的话是不是好的建议就看你们怎么想了。我说的这些道理，你们也许早就懂了。但是就算是你心里明白的事儿，有没有人这么告诉你还是不一样的。如果有人碰巧说了你们心里想的，那你们也算有了后盾。今天能见到你们我也很高兴。总之，好好努力吧。”

“小峰哥，今天真不好意思啊，那我们和你一块儿走吧。”

安云龙说。

“没事儿，你们继续喝。”

“不，我们也结束了。”

“我在日本要待一周，到时候再联系吧。对了，你们如果想换个地方喝的话，把这个带上吧。”

小峰说着从口袋里拿出了几张一万日元的钞票。

“这些算是红包吧。”

“不不不，这怎么好意思呢。”

我们拒绝道。

“就是，哥，我有钱。”

安云龙拍着口袋说。

“行了,拿着吧。跟你这么久没见我却得先走,也挺对不住你的。再联系啊。”

小峰把钱塞到安云龙手里，然后先出了酒吧。

随后我们也出了酒吧，五人一起朝电车站走去。

“云哥走路是不是有点儿晃啊？”

在他们三个后面，我看着安云龙的背影对王恒说道。

“小峰叔走了之后云哥喝得比我们都快吧。”

“没事吧？”

“没事儿的，云哥喝酒后总喜欢一个人想很多，和小峰哥这么久没见，大概又在想些什么了吧。有会照顾人的张丽芳在，伟宝羽又和云哥住一幢楼，应该没事儿的。”

“是吗，那就好。那个，王恒。”

“嗯？”

“我听了小峰叔的话，还是决定跟你说一下。”

“啥？”

“你毕业之后跟我一起去北京吧。”

“为啥呀，咋了突然？”

“我也不是突然想到的，之前就想这么跟你说了，但听你说了开店的事儿，不知道怎么开口才好。怎么样，跟我一起去北京读大学吧。”

“你叫上我我当然高兴，但我想在日本赚钱。”

“所以啊，小峰叔不是也说了吗，我和你有日本国籍，和他们不太一样，去中国肯定有更多机遇的。比起已经开发的差不多的日本，要赚钱肯定还是中国好啊。把在日本学到的经验用到中国，长远看来还是这样更有希望。”

“但，我能考进北京的大学么。”

“能啊，日本国籍的话就考留学生考试啊，毕业证、学位证一样都不会少。”

“留学生考试？你说的是让外国人学中文的那种吧，那去了不就更学不到什么了？”

“去留学又不是为了学语言，就是为了发现机遇啊。”

“机遇……”

“对，机遇。我能懂你现在焦虑的心情，也能懂你想替你妈分担的心情，但是也就四年，四年里打好基础，长远看来是为了更大的成功。迟一步却能获得更大的成就,所以第一步要有一个高起点。我们需要有力地走稳第一步。”

“你说起来就是特别有说服力。但是现在回中国也没有像他们那样谈得来的朋友,而且去了北京自己心里的世界又要有一番变化，到时候和他们也谈不来了怎么办，我下不了决心啊。”

“王恒……有我在啊！如果你走歪了我会把你拉回来。而且我们现在有了这么多人生经验，环境再怎么变都不怕，我们不需要再一味地迎合别人了。你现在知道了对于自己最重要的事，就这么待在日本太浪费了。在中国有更多等我们发掘的事物、更多等我们遇见的人，所以，一起去吧！”

“小春儿，我好高兴啊！有你在真的太好了。其实知道来日本之前的我是什么样的也只有你了。不过你说的这些让我再考虑考虑，现在还答不上来。”

“嗯，当然。你下定决心了再告诉我就行。”

四二

“终于回来了？”

走进家门听到的是一个久违的声音。

“你在家啊。”

客厅沙发上爸爸只说了一句话，但我已经忍不住想要躲回自己房间了。我和我爸的关系还是老样子，不知道该和他说些什么。我心里当然希望我们能像和睦的父子一样无话不谈，但只要爸爸出现在我面前，我就不由自主地想逃避。

过了一会儿，妈妈走进我的房间。

“小春儿，爸爸好不容易回来一次，你跟他唠唠嗑呗。你自己去告诉他你决定去北京怎么样？”

妈妈总是努力在维持我和我爸之间的关系，我不忍拒绝她，强迫自己走去客厅，心中大义凌然，觉得自己像一个要就义的烈士。

“那个，我高中毕业后打算去北京读书，北京外国语大学。”

“是吗，我听你妈说了。怎么又想去中国了呢？”

“只是想再好好学学中文。”

“是吗，既然决定了，在那边就好好学习，别总玩儿，要以学业为重。”

“知道了。”

然后是一阵沉默，每次都是这样，但就这么简单的对话就已经够了。我和父亲都不够坦诚，这点彼此再清楚不过。

“你们这么久没见，再说点儿什么呗？”妈妈说道。

我只好硬着头皮问，

“工作还顺利吗？”

“还轮不到你关心，没问题。你呢？最近好像都很晚回家啊，都交了些什么朋友啊？”

父亲今天竟然问起了我的近况。

“同学，还有一些中国朋友。”

“中国人？”

父亲原本温和的表情突然一变。

“怎么认识的？”

“德强小学的同学，偶然得知他也在日本，就和他联系上了。”

“和他一起开心吗？”

父亲的表情没有任何变化，我不懂他为什么这么问。

“开心啊。”

“嗯，我也觉得你应该挺开心的。你也在哈尔滨待过一段日子，跟中国人在一起肯定也有一种怀念的感觉吧。但是小春儿啊，交友要谨慎，尤其是和在日本的中国人打交道尤其要小心。”

父亲的话听着有些刺耳，我只能随口回答一句“知道了”。

我和父亲大概是在尽量避免冲突吧，有些话不便多说，而母亲总是一脸担忧地在一旁看着，这基本就是我家的状态了。父亲点了一支烟，换了一个电视台。

现在的我，无论学业也好，对将来的目标也罢，都寄希望与去北京这个决定，想以此做出个样儿来让爸爸好好看看，我或许只是想让父亲认可。

大约十天后，王恒来电话了。

“小春儿，你现在有空吗？不好啦！”

“咋了？”

“云哥今天被六本木警察局拘留了！你能跟我一块儿去吗？”

“警察局？到底啥事儿啊？”

“具体我也不清楚，好像是因为跟日本小混混干仗了。他让我们去接他出来。”

“行，我知道了，我马上出来。”

“六本木车站见，到了联系。”

大概四十分钟后，我和王恒一起来到六本木警察局。

“不好意思，这里是不是关了一个叫安云龙的人？”

“嗯，你们是他朋友？”

“对。”

“那你们跟我过来吧。”

警察带我们往里面走去，我忍不住又问了一句，

“那个，安云龙现在在哪儿？”

“他在另一个房间等着你们呢，但我们警方还想听你们说说，

谈完话马上就能见到他了，还请你们配合。”

说着，我们被带到警局的一个小房间。

“行了，就坐这儿吧。”

房间里还有另一个警察，准备好纸笔坐下。

“您想问点儿什么？”

“啊，别紧张，就是几个小问题。”

我和王恒面面相觑，只好也坐下。

“那、那个，能不能劳烦您先告诉我们安云龙做了什么啊？”

“啊，那当然，话也得从这儿说起。简单来说，就是安云龙一个人在六本木喝酒，后来和其他日本客人起了纠纷，双方打起来之后，安云龙用啤酒瓶打了对方，然后店里就给我们打电话了。这已经是一周前的事儿了，我们也多方取证，安云龙也好好反省了，今天他的拘留期满了。”

“这样啊，闹出这样的事儿真是给你们添麻烦了。”

不管事实如何，我先道了歉，王恒也和我一起低下了头。然后警察问了我们和安云龙的关系，还有有关他的一些事儿，谈话就结束了。

“麻烦你们了，占用了你们宝贵的时间。”

警察特别有礼貌，马上他就把我们见了安云龙。

“云哥！没事儿吧？”

“嗯，王恒，还有小春儿，让你们到这种地方来接我真是过意不去啊。没人来接的话他们不放我走，真是服了这群日本条子了。”

“你说啥呀，别介意，行了，我们回去吧。”

我们在锦丝町的那家中餐馆里解决了晚饭。

“云哥，上星期到底咋了？当时怎么没叫我们啊？”

“你们还是高中生，怎么能叫你们来呢，傻啊你！行了，都是我自己惹的祸，跟你们说我都举得放不下面子。”

“哪儿的话，我们是兄弟应该无话不说吧。现在再说这么客气的话干啥呢。”

“也是，对不住啊。其实最近有点儿烦心事儿。”

“云哥也真是的，有烦心事儿怎么不早说呢。快说吧，可别再叫我失望了。”

王恒有点儿不高兴了，我坐在一旁静静等着安云龙开口。

“一周前我一个人逛到六本木，以前经常和小峰哥在那儿潇洒。可惜以前一起混的哥们儿现在都不在了，大家在做些什么我都不知道。我可能也有点儿伤感了吧，越走就越怀念以前放肆的时光，很想念以前一起吃苦、一起闯的兄弟们。到头来大家都赚钱去了，我们之间的关系也就变了。不知啥时候开始，兄弟之间也开始讲利害关系了，想起来就心酸……”

“可是云哥，这和你进警局有啥关系啊？”

“我当时想如果去那个酒吧说不定还能碰见以前的兄弟，不知不觉我就走到了那家酒吧门口，但抬头一看已经改成别的店了。不过我还是进去了。店里的氛围变了，放着爵士乐，一点儿都不吵闹，我心里更不是滋味儿了，感觉好像无处可去了。我在吧台坐下，喝了七八杯龙舌兰，无意间听到边上的客人和老板的谈话。他大概也是东京哪个黑社会帮派的吧，竟然在说小峰哥和怒罗权的坏话，说什么大峰小峰是在日本被打怕了才回中国的。这种话我能听得下去吗，听到他们这么说中国人，我一下子火就上来了。”

“然后云哥就对他们动手了吗？”

“从这儿开始我就记不清楚了……我能记得的就是接下来酒吧里已经一片狼藉了。地上都是玻璃渣子，桌椅也断了，那个人头上一直在流血。这些也都是我被警察控制住以后才发现的。我突然觉得，好像只有自己被困在了这个叫做日本的牢笼里。说实话我也想回国啊，但回中国后我什么都做不了。留在日本，靠着仅有的一丝光亮，我还在做着梦啊……什么时候日本人会像看其他外国人一样看中国人呢，什么时候中国人才能摆脱粗暴、只会干苦力的偏见呢。这就是挡在在日华人面前的阻碍，大家还是不能抬起头走路，还没有觉醒，歧视的像一种社会习惯一样抹不去。在日本的中国人确实在进步，有份体面的工作，甚至也有在日本买了房子的人。但是日本人心里对中国人的看法还是没变。对外国人抱有偏见是这个岛国的人的本性。至少我到日本之后碰上的净是这种人。多亏了中国人他们才生活的这么自由的！只要双方利害一致就可以忘记最起码的尊重了吗！和平主义？平等主义？自由主义？这些东西都是过得自由自在的人喊的口号。善恶都是打赢了的那方说了算的。如果只有斗争才能改变，我无论啥时候都做好了为中国而战的准备！”

在我和王恒看来，安云龙自身好像就是中国人愤怒的化身。

“云哥，别这么想，你还有我们啊，而且日本也有很多好人。”

王恒说。

“是啊，而且小峰叔也说了，机遇这东西啥时候找上门来都有可能的啊。”

“你们还年轻，照小峰哥说的回中国也挺好的。你们有时间慢慢考虑，你们的未来还充满可能。”

“要这么说的话云哥也一样啊。”

“我还得再考虑考虑。对不住啊，我这个大哥当成这样。”

我和王恒吃完饭就走了，留安云龙一个人在店里好好考虑。我们在锦丝町站附近公园的长椅上坐下。

“小春儿，我决定了。”

王恒表情严肃，但却又熠熠生辉。

“我决定和你一起去北京。”

“嗯。”

“一起去看看吧，如今的中国。”

四三

出发去北京的前一天晚上，我回家就看见饭桌上摆满了吃的。东北菜，还有日本料理，都是妈妈准备的。

“爸爸没回来啊。”

我心中有一丝失落，不过，这也是家常便饭了。

“应该快了吧，他知道你明天要去北京的。今晚可是顿大餐，先吃吧。”

客厅电视放着综艺节目，笑声听起来很热闹，刚好当做这个略显安静的家的背景乐。吃着妈妈亲手做的饭菜，时不时地看两眼电视，怎么看都是一般家庭常见的画面。

“妈，你听说过怒罗权的大峰和小峰吗？”

我慢吞吞地问道。母亲有些惊讶，

“你在哪儿听说的呀？”

“也不是听说啦，他们不是很有名吗？而且和你一样他们也是残留孤儿第二代吧？”

我的直觉加上父亲之前的反应，我决定不告诉母亲我遇见他们的事。

“我当然知道啦。其实在你还是婴儿的时候你就见过他们了。不过你可绝对不能喝他们扯上关系啊。”

“诶？我见过他们啊？咋回事儿？为啥现在不能跟他们沾边呢？”

我的心里既兴奋又混乱。

“大家虽然都怕他们，但他们绝对不是坏人。但是跟他们扯上关系就等于是否定了你爸的决定。”

“什么呀？你们和他们有过关系？”

我觉得母亲一定有什么瞒着我的事儿。

“嗯，你也要再次踏上中国的土地了，还是应该让你知道一下，你爸的决定。”

“我爸的决定？”

——十七年前，也就是我和你爸到东京后两年，你刚出生没多久，我在家里带你，有一天你爸打完工回来就兴冲冲地跟我说，

“我新认识了一个老乡，明天一块儿吃顿饭吧。我太想介绍给你认识了，明儿带小春儿也去吧。”

你爸很久都没有那么高兴过了。大概是我太孤独了吧，抑或是

你爸脸上的表情太过生动,我也很期待和你爸所谓的“朋友”见面。对于当时的我们来说，没有什么能比老乡更让我们觉得亲切的了。

第二天我就抱着你去和他们见面了。他们就是后来统领“怒罗权”的大峰和小峰。那天我们谈了很多，家乡的事儿呀，到日本后的事儿呀，话题多得数不清。他们豪爽大方，怪不得你爸能和他们谈得这么投机了。

当时他们和你爸一样，刚适应了日本的节奏，不想再过下等人的生活，打算自己创业。

“我说，红伟，我有笔大买卖，要不要一起干呐？”

大峰说起了生意上的事，那就是一切的开始。

“我们可以偷二手车，拆了之后再把零部件卖到中国去。我已经都整好了，不会被人发现的。”

我听完这话，手心一抹冷汗，担心地看着你爸。不过，他的脸上看不出一丝犹豫。

“大峰、小峰，你们能想到我我很高兴，但我不会做违法的事儿的。”

“都说了别担心嘛，最近我都在跟日本黑社会谈合作了，肯定能大赚一笔。而且万一出了啥事儿，大闹一场就过去了。日本的法律还管不了我们，大不了强制遣送回国呗。我们得好好利用这一点啊。”

“你们好好工作吧，这种买卖可干不长久啊。”

你爸的表情很严肃。

“为啥呀！这么大好的机会你怎么这么不懂得珍惜呢！你这么善于交际又有行动力，我们联手没有什么做不到的呀！我们就是要让那些欺侮中国人的日本人看看，我们要像这个社会报仇！”

就在这时候，你突然哭了。平时哄你一会儿就安静了，可那天你就是哭个不停。大峰小峰说得那些话，我听了挺害怕的，但是他们心里的苦痛，我也能感受，是不是他们的心情也传到你心里了呢。只因为我们是中国人，就不能有份体面工作，为了抓住那虚无的明天里的唯一一点希望，我们不断向日本人卑躬屈膝，奢求他们的一点点理解……可我最害怕的，其实是渐渐习惯这种生活的自己，而大峰、小峰应该也只是想逃离这片苦海吧。

“大峰、小峰，我和你们一样，都想早点儿摆脱这种下等人的生活，但是我已经不能像你们这样胡闹了。”

“红伟，一起轻松轻松吧，我们在日本会更自由的！”

小峰向你爸伸出了手，但你爸却没有握住。

“自由啊……如果只是为了自己的自由，我早就回东北老家啦，可是啊，我现在有了孩子呀。”

你爸说着，就从我手里抱过了你，然后突然，你就不哭了。

“他叫‘李春’，他们这一代一定会带来中日关系的新气象，冲出这永世冰封、不见天日的中日关系，给我们带来春天的希望的。如果我们现在在日本追求自由，就相当于抢走属于这孩子的自由，你们到底懂不懂啊。”

“红伟，你为孩子着想是很伟大，但你难道不辛苦吗？日本人只把我们当廉价劳动力看，可我们，还有那些老乡们到底流过多少汗，吃过多少苦啊！我们现在要做的，是为老乡们在日本创造一个立足之地，以我们为首把大家团结起来，从日本人那里抢回属于我们的地盘。”

大峰、小峰，还有你爸，大家都在努力着，只是做法不同罢了。

“光凭蛮力能抢回多少东西啊！如果连我们都不去适应日本的社会，我们怎么给其他老乡创造环境啊！就算你们现在能赚钱，就算你们闯出了一片天地，但凭你们的方法能给后代留下什么呢！”

“红伟，但就算老实呆着，当在你面前的墙也不会自动倒塌。只知道对日本人点头哈腰，这样下去那帮小鬼子可是要蹬鼻子上脸啦，中国人只会受到更多伤害。他们天生就比我们残忍，现在只是因为战败，他们狂暴的血才暂时安静了而已啊！”

“你们就按你们说的去闹吧！接下来日本人就会害怕中国人，觉得中国人都很粗暴野蛮，两者间的距离就更远了！那你们孩子该咋整呐？他们的身份本来就不纯粹，就因为他们身上流着中国人的血，他们会被日本人怎样看待啊！我们第二代不忍耐，这些孩子以后就没有未来。孩子们啥都不懂，他们会用亲眼去看，亲身体会，并且会学习。残留孤儿第二代胡作非为，让日本人害怕的话，这个印象就会这样传给他们。我们要做的是去证明，努力工作，一点点往上爬，要堂堂正正地在日本为中国人打下一个好名声。”

“你说的我都懂，但是我们还是不能眼睁睁地看着老乡们受苦。你现在做的都是为了下一代，但下一代真的会以做一个中国人而感到骄傲吗？我们现在赚大钱，大干一场闯出一片天，这难道不会让下一代人感到中国人的强大，给他们带来民族自豪感吗？中国人脸上无光、中国人丢脸，我们不能给他们这种印象啊！红伟，你该不是想让这孩子作为日本人长大吧？”

“要当中国人还是日本人，这都得等孩子长大了让他自己决定。但至少，我们应该为他们创造一个能自我选择的公平的环境。歧视啊偏见啊，这些东西没那么容易消除，但我们不能让这种不公正的价值观这么一代代传下去。自尊不是抢得来的，地位也不是抢得来的，抢来的权利不会长久。只有靠我们像日本人靠拢，这两个国家才能并驾齐驱。大家都不容易，想向日本人报仇的中国人也大有人在吧，但是这只会让历史的悲剧再次上演。我们不能再让下一代受这样的苦了！”

就从这时起，大峰、小峰和你爸走上了不同的路。一个报复社会，让日本人害怕自己；一个含辛茹苦，让日本人接受自己。一个放弃了未来，只为现在在日本受苦的同胞们打拼；一个放弃了现在，只为下一代创造一个更好的社会。虽然有很多人追随了大峰、小峰，但对于中国人来说，哪种才是正确的选择，到现在答案还未见分晓。

现在中国作为经济大国实力不断增长，生意场上日本人也不能小瞧中国人了，可当时的日本人根本不把中国人放在眼里。你爸有了点儿钱后就跟日本人一起搞贸易，但那是他吃了多少闭门羹、低了多少头、求了多少人才换来的啊。你爸那么没耐心、脾气又大，可那些侮辱他都忍了，火上心头也只能强压下去，拼命挤出笑脸，为的就是能和日本人平起平坐。你爸虽然楞，但他就是想挺直脊梁给你们照亮一条前进的路啊。他做的一切都是为了你们下一代，为了你们能更自由地生活——

如果不纠结自己的身份，不以任何一方为豪，不知晓过去，我们残留孤儿第三代应该能在日本好好生活下去的吧。但这种选择同时也将历史，还有在中日夹缝中挣扎的人们的意志也都埋葬了。父亲为我们照亮的前路，我们必须好好走下去，我觉得如果一直往前走，就能看见未来的光亮。

出发当天早上，我起床时父亲就已经坐在客厅里了，也不知道他是何时回家的。我看到了父亲，全身突然勇气了一股斗志，

“爸，我走了。”

“嗯，注意身体啊。”

我终于了解了父亲的伟大。

第十章

希望——自我的归属

四四

在北京外国语大学，有一个中文学院，来自世界各地、背景各异的留学生在那里学习中文。

三月，我和王恒经北外“香坂班”东京事务所的介绍，和其他十五个日本学生一起，作为本科生进入了北外。

“香坂班”是一位名叫香坂顺一的日本人创立的非营利组织，目的是培养能够作为中日两国桥梁的人才。虽然创始人香坂顺一已经去世了，但香坂班保留了下来，每年都在接收日本留学生。

两周前，我在成田机场第一次见到了其他同学，然后和他们一起飞到了北京。这两个星期都是入学指导，参观了学校和北京，认识了班主任，还有一个日本式的入学典礼。

北外被三环路分割成东院和西院两个校区，我们留学生上课的中文学院在东院，其他主要设施，如操场、宿舍和人满为患的食堂也在东院。

我们的宿舍是留学生专用宿舍，既有厨房又有洗衣机，比我想象的干净多了，住得挺不错。当然也有不满住宿条件的日本人，不过对于在哈尔滨上过学的我来说，这里简直可以称得上是奢侈。

跟班里同学待了两个星期，大家都差不多混熟了。除了我和王恒，还有几个日籍华人的学生，班里的其他同学好像都挺依赖我们的。

今晚是日本留学生的前辈给我们办的新生欢迎会。晚上七点半，人都到齐后，一个四年级的学长就来带我们往西院走去。北外西院正门旁有一个宾馆，地下一层是一个大型的酒吧，一进去我们就被热烈的掌声包围了。除了香坂班，北外还有其他短期交换的日本留学生，大家都来参加了我们的欢迎会，酒吧大概被我们包场了，里面聚集了一百多个日本人。我们小心翼翼地绕过地上各色的气球，往里走去。

我们香坂班的新生十七人被安排分别坐在六个沙发，每个沙发上已经有学姐学长等着了。舞台上主持的学长拿起话筒说了一段欢迎词，今晚的欢迎会就正式开始了。负责小游戏的、负责饮食的，酒吧里总是能看见学姐学长们忙碌的身影，为了今天的欢迎会，他们好像做了很多准备。

坐下后，我们先向学姐学长做了自我介绍，随便聊了聊。我看了一眼王恒坐的那桌，他居然已经和学长喝起了啤酒。

大概过了半个小时，主持人又一次握起了话筒。

“我想现在新生们应该也不紧张了吧，那我们要开始自我介绍吗？那就开始自我介绍吧。好，自我介绍环节！新同学们，请你们走出来一下。现在有人会把话筒拿过来，拿到话筒的人要说自己名字、出生地、兴趣、来北外的原因，还有其他想说的就尽情说吧。“

于是我们开始自我介绍。我们这个班里最北的有北海道，最南的有冲绳，聚集了来自日本各地的学生。

话筒在大家手里传递，下一个就是王恒。

“我叫大林恒一，来自东京。比较关心时尚。对中国的中心、北京很有兴趣就来了。请多关照。”

“诶，你日语很特别啊，难道你是华侨？”

“嗯，是的。”

“那中文没问题咯？真好啊。好，下一个。”

接下来拿到话筒的是一个个子矮矮的，眼睛细长的男生。

“我是野口学，从爱知来。没什么兴趣爱好。在日本没考上想去的大学所以来这儿了，我说完了，请多关照。”

“野口君，大家该怎么称呼你好呢？”

“随便。”

“是吗是吗，你怎么这么冷呢，你喜欢中国吗？”

“很讨厌。”

“哎哟，啧啧，太冷静了。希望以后你能喜欢上中国。”

“我叫安田博文，来自九州，兴趣是柔道，想再好好学一次中文就来了。毕业前的目标是，找到女朋友！”

“好呀！我挺你！看你长这么大个儿，多高啊？”

“因为我一直练柔道。身高 185，体重 240。”

“哇！好厉害！刚才你说想再学一次中文，你之前学过？”

“也不是，也没学过，因为我爸妈是中国人……”

“是吗，你也是华侨啊。”

“嗯，算是吧……”

“好，努力学习啊。”

“我叫谷贺爱美，出生在长野县松本市。爱好是喝酒，学姐学长们以后多带我玩儿呀。来北京是为了锻炼自己。请多关照。”

她笑得很开朗，虽然不是美女，但是班上所有人都会觉得她可爱吧。

“那么，接下来是我们最后一位新同学。”

我拿过话筒。

“我叫佐佐木春，来自东京。我喜欢运动，特别喜欢篮球。来中国是因为我觉得这儿更适合我。请多关照。”

自我介绍环节后是半小时的自由交流时间,然后又是互动环节。

做完游戏，我正准备去吧台取饮料，一个学长说他帮我去拿，但是我拒绝了，总觉得麻烦前辈特别不好。

“不用了，谢谢，但是您歇着吧，您想喝什么，我帮您拿。”

“哈哈，好吧，那可乐吧。”

“好，马上。”

我去吧台点了啤酒和可乐，这时边上同班的女生跟我说话了。

“小春儿，玩儿得开心吗？还在喝啊，你可真能喝。”

谷贺爱美，她也跟我和王恒一样，在这里被叫做华侨。

“爱美，你没事儿吧？你醉了吧？”

“没事儿，没事儿。小春儿你点的东西来了，我们一块儿喝吧。”

“一块儿喝？你看起来已经醉了啊。等我一下，我要把可乐先拿给学长。”

我放下可乐，发现沙发上还坐着野口学和安田博文。他们俩也是华侨，但我们之间却都是用日语交流的。

“开心吗？”

我问他们俩，然后在找空坐下。

“开心啊，现在休息下。你呢？”博文说。

“嗯，我也是，但好像有点儿喝高了。对了，自我介绍的时候阿学为什么说讨厌中国啊？”

“讨厌就是讨厌，这是事实。我觉得还是早点告诉大家的好。”

“是吗，但是刚才学长也说了，以后能喜欢起来就好了。”

“谁知到呢。”

我想不通阿学为什么讨厌中国。

“不过在这里一点儿都没在中国的感觉啊，都是日本人，好像在日本一样。”博文说。

“是啊，你们觉得怎么样，现在这样就好，还是希望来点儿不一样的？”

“我觉得这样挺好的。我挺开心的。”阿学说。

“嗯，我也是，觉得来了挺好的。”

“北京万岁！”

一旁已经醉成一摊的爱美喊道。

“呵呵，她喜欢这儿白痴都看得出来。小春儿你呢？”博文问我。

“我现在也挺高兴的，但，不知道，哈哈。”

博文和阿学都对我的回答露出了一副困惑的表情。

野口学、安田博文、谷贺爱美，还有我和王恒，不知是因为我们五个都是华侨，还是只是因为比较合得来，自然而然我们五个就走到了一起。

四五

星期一，终于开始正式上课了。

“好，下面把这些汉字标上拼音。华侨同学不要帮其他同学哦。”

老师发了卷子，大家埋头写了起来。

我们一起来北外香坂班的都在同一个班里上课，大一大二学中文，大三开始可以选方向，汉语经济贸易或汉语，到时候就会跟其他国家的留学生一起上课。

因为来北外学中文的大多是零基础的，所以课程安排从拼音开始教起。可是对于我和其他华侨来说，这堂课无聊透顶。特别是王恒，他肯定觉得这些课程都太小儿科了。不过，能和从日本来的同伴们一起上课，总归还是有点儿乐子的。

白天上课，晚上就去谁房间里打牌或聊天，周末还可以去王府井、西单、中关村逛街。北京的地铁如此干净，完全超乎我的想象。可以玩儿的地方很多，这儿的课余生活还算丰富。

过了两个月，我们都吃腻了学校食堂，开始开发学校周围的小饭馆。东院后面的小街道被中国学生叫做后街，从正宗的中华料理到蒙古菜、新疆菜，还有日本料理，街上到处都是吃的。来北京已经两个月了，一起来的同期生里，积极的人已经开始参加社团活动了，还有其他社会上的日本团体、聚集了很多日本职员的同乡会等等。我和王恒对这些都不感兴趣，有空的时候就和学长还有其他国家的留学生一起打篮球。

对于篮球，我和王恒都有一段难以忘怀的回忆。无论过了多久，就算觉得只有自己被落下了，跟王恒打球的时候我就又有一种回到最初的感觉。没什么能比这更快乐的了。我总是和王恒在一起，两个人经常会出去喝酒。喝酒的时候，我们不断地干杯，好像在以此确认我们的友谊。无需过多的语言，我和王恒的友谊深深根植于我们共同的过去中。

“好球！王恒！”

中午，我和王恒跟中国学生一起打球。王恒进球后，大家都赞赏似地拍了拍他的后背。一切看起来都这么自然,而我却突然在想，我的中文还能不能再提升了呢？虽然在这里生活完全不成问题，但一遇到比较专业的词，还有成语和古文时，我的中文就不够用了。而且我在激动的时候，总是会突然忘词。如果我的中文能说得和百分百的中国人一样好的话，王恒也会替我高兴的吧。有时候我会觉得，自己作为东北人的一面是不是只是在迎合和王恒而已。如果是真正知心的朋友,应该全面了解自己和对方的所有才算真的知心吧。我的脑子里突然充满了这些无聊的想法。不过我也知道，这些都是多余的担心，就算是真的知心朋友，也不可能了解对方的全部。现在这样我已经很知足了。

晚上，跟平时一样，我和王恒还有阿学、爱美聚到了博文房里。

博文房间在走廊尽头，比我们宽敞一点儿，大概有三十平，已经完全成了我们的据点。橙色的桌布很好看,但总是散乱着啤酒瓶。我和爱美总是坐在双人沙发，床是王恒和阿学的专座，而房间的主人博文只能坐到一只弹性极佳的粉色健身球上。就算在我们这个圈子，王恒的中文也是最地道的。我们聚在一起的时候，只要王恒在，大家都会讲中文；王恒一不在，我们自然而然就会说起日语，这也算件挺神奇的事吧。除了王恒，我们都在日本待的时间比较长，要说母语，其实还是日语。

“上课好无聊啊，一点儿都没有在进步的感觉，觉得好浪费时间啊。”阿学说。

“但这儿本来就不是我们该来的地方啊，这儿是给日本人学中文的吧。”博文说。

“话是这么说。但是，我觉得留学最重要的不是学语言，而是跟当地的人接触，了解当地独特的文化氛围。”阿学说。

“但我爸妈是中国人啊，你们也都是东北的吧？中国人啥样子我们都清楚的很吧。”博文说。

“不，并不是这样的。我们在学业上可能很轻松，所以我们才更应该把精力都放在为未来做准备上啊。反正我就这么打算的，来北外就是为学位和毕业证。”王恒说。

“但是就算你打算做些什么，你也还太年轻了吧？”爱美说。

“年不年轻要看那个人都经历过什么，跟岁数没关系。我们如果就这样无所作为地过四年，根本抓不住身边的机遇，特别是北京，变化太快了,到那时候再想做些什么就太迟了,我们得有先见之明。”

王恒没有随波逐流，他的这番话让我再一次认识到了他的焦虑和坚定。

“可是，话虽这么说，我又能做些什么呢……我们怎么就到这儿来了呢？”博文坐在粉色的健身球上自言自语道。

“博文，说起来你爸妈在日本是干啥的？”阿学问道

“我妈离过两次婚，第二次是跟日本人，结了马上就离了，现在福冈打工。”

“这、这样啊，那你还真得像恒一说的那样，早做打算啊。”阿

学说。

“我没啥想做的，也不知道以后会不会有。阿学你考虑过毕业后的事儿吗？现在想还太早吧。”这次换博文问了。

“我就跟大家一样找工作啊。能去大型日企就好了，这样爸妈也不会说啥。有机会的话再从那个公司派到中国来。”

“你不是说你讨厌中国吗？”王恒调侃道。

“讨厌是讨厌，但有能力不用还是挺浪费的。”

“那你为啥讨厌中国啊？”

“倒是你们，我真想不通你们为啥喜欢中国啊。无论是空气还是街道都是日本比较干净,大家的素质和社会秩序也是日本比较好，而且我从记事起就待在日本了。我小学二年级的时候，因为父母工作的关系到东北去过，在姥姥家待了一年，也在当地上了小学。你们可能不懂，但那里条件太差，我都有心理阴影了。”

我觉得阿学可能跟我有相似的经历，我在哈尔滨留学的时候也一样，回想起来，当时若是一不小心做错了一个决定，说不定现在我也讨厌中国了。我想都没想就问，

“但是到头来你还是个中国人吧。当时肯定也交到中国朋友了，你父母也是中国人啊。”

“我爸妈是在名古屋开中餐馆的。每天两个人都累得要死要活的，日语说的也很次。看着他们的背影我就会觉得我们在日本很多余，不知道他们为啥非得到日本来，然后就觉得自己是中国人这件事很没面子。”

这是阿学第一次说他的心里话。

“你的心情我超级懂。”博文说。

“我也是，十岁的时候老妈再婚我就跟到日本去了，在那儿上小学时半点儿日语都不会。那时候我妈也没什么钱，却为了我请了一个会中文的老师，大家上课的时候我就在别的教室学日语。现在想想那时候我妈肯定也想学日语的吧，学了的话工作机会也更广一些。老妈拼命工作，赚来的钱全都给我学日语了。当时我不理解她的苦心，只是觉得自己和别人不一样，作为中国人一直挺自卑的。对我来说的日常和对周围同学来说的日常，真的太不一样了。”

我静静地听着他们俩的话。

“但是，现在你们也知道了父母的不易，你们父母已经很欣慰了吧，这样就很孝顺了。”爱美说。

“对了，那爱美你家里是干啥的呀？”阿学问。

“我家很普通啊，我妈是家庭主妇，我爸做贸易。”

“那你家爷爷奶奶是不是也是残留孤儿啊？”

“我姥姥是。”

我听她说了后忍不住也发话了，

“是吗？我家也是这样的。那你姥姥的亲人当时在长野？你姥姥是第几批归国者啊？”

“嗯，他们是在长野，但我不知道我姥姥是第几批的。”

“这样啊。阿学你家里也有残留孤儿吧？”

“嗯。但我没怎么听说过以前的事儿，所以不清楚。”

“是吗。我们是残留孤儿三代，能理解父辈的辛苦已经不错了，但我觉得回日本后你们还是应该听一听你们爷爷辈的故事啊。”

“小春儿你好像对这事儿特别有兴趣啊。你知道你姥姥的事儿吗？”

“我当然知道,虽然也只是听当事人讲过。平常我们可能不觉得,但老人们的故事可比他们的皱纹多。我们如果不关心的话，那些故事可能就失传了。但只要我们表现出一点儿兴趣，他们就会很高兴地告诉我们的。现在的年轻人，不，至少是像我们这样活在框架外的年轻人更应该去了解自己的根。如果我们不去了解，我们的后代也会继续迷茫的。”

“你说得好激动啊，小春儿。不过，‘活在框架外’，说得好啊。”阿学笑着说。

“嗯。我一直在想，什么在日华人啊，或者是到中国来之后大家说的华侨啊，其实跟我们根本对不上号。”我说。

“对不上号？那我们应该被叫做什么？”

“我觉得没啥特别合适的称呼。要说华侨，是指那些生活在海外但国籍是中国的人，但对于华侨的定义也会因地方不同而不同。你们不觉得这个称呼本身就很暧昧吗？”

“嗯,是啊,因为我们国籍是日本的啊。那‘华人’呢？”博文问。

“‘华人’可能还比较合适一点，指的是血统是中国的但是外国国籍的人。但如果有人这么称呼我们,我们会觉得是在叫我们吗？”

“不会……”阿学小声地说。

“我们从懂事开始，或者说在脑内语言区成熟的十二岁前就待在日本了，我们都觉得自己是日本人吧，抑或是大家都有过想变成日本人的时候吧？现在再把我们叫做华人，我觉得挺难接受的。就算现在我们不否认华人这个称呼、接受这个称呼，但如果问我们是否真的觉得这个称呼合适的话，我们都会摇头的，不是吗？”

“嗯,我也这么觉得。等一下,你说语言区成熟啥的十二岁啥的,是咋回事儿？”博文问。

“来北外后一个中日翻译专业的老师说的。过了十二岁再学新的语言，无论未来学多久都不可能超过自己的母语，说这话的老师已经研究日语四十多年了，而且我自己也深有体会。不过这又是另外的事儿了，言归正传，我们应该被叫做什么呢？”

“抛开主观因素，‘华人’这个称呼对于博文和王恒来说应该是比较合适的。但是我和阿学还有爱美这样，爷爷辈里有残留孤儿、血统不纯的人来说，无论什么称呼都无法准确定位我们在社会里的位置。”

“但是有这样烦恼的也不只我们中日混血吧？”

“嗯，但也不只这些。从更广泛的意义来说，现在的社会里不只是混血，还有比如说在学校里被欺负的孩子、社会上被排挤的大人，他们当中也有很多人在苦苦寻找着自己的存在意义。”

“‘身份’吗？”阿学问。

“对,身份。只是,对于我们来说,首要问题是认识自己是哪国人,确定好框架才是我们的第一步。”

“那可不容易啊，我活这么大考虑了很多次了。”博文说。

“我觉得我是日本人。”阿学斩钉截铁地说。

“但是两个国家我都喜欢，下不了决定。恒一，你怎么看？”

“我随便啊，哪国人都行。”王恒说。

但是我却很惊讶王恒会这么回答，他的身上明显能感受到中国气息。我接着他的话说，

“我也和王恒一样，我无所谓，不过这也不是说我对哪个国家都没感情。我和王恒认识一个人，他跟我们说‘日中人’这个称呼

可能挺合适的。”

“‘日中人’？”

“对，既是日本人又是中国人，你想叫自己‘中日人’也可以。身体里流着的血是日本的那就‘日中人’,在中国时间更长那就‘中日人’，全由自己决定，他这么告诉我们的。那个时候我就在想，在中国的时候称自己是日本人，在日本的时候称自己是中国人，跟两边的人都好好相处。只要我坦率地活着，拥有两种文化背景的我的存在就是一种很好的表达，我想告诉大家我看到的两个国家真实的样子。”

“你这想法不错啊，好帅！”

“我可不觉得。”阿学冷冷地说了一句。

“为啥呀，我挺喜欢日中人这个称呼的。”博文反驳道。

“你不觉得这很狡猾吗？你想说自己是中国人的时候就说是中国人，想做日本人的时候又说是日本人。如果做日本人有麻烦就改口称自己是中国人,做中国人有麻烦就称自己是日本人,是这样吧？我可不觉得帅。”

“不，我不会只是为了自己方便就随便改口的。”

“谁知道呢。如果反日游行逼近你的时候，你能说自己是日本人吗？”

“能。”

“哼，是啊，如果你真能这么做才是耍帅呢。如果真的遇到这种事儿了，我赌你会说自己是中国人。”

“喂，阿学，你可别小看小春儿啊。”王恒不服气。

“我哪有小看他啊，而且我也不光在说他，我说的是在场的所有人。因为一个错误身份的主张就白白送死，哪有白痴会做这种事儿？反正你是中国人也是事实，是日本人也是事实，那万一碰上了啥事关身家性命的大事儿，随大流改口才是上策。”

“不，如果真的遇上游行，我一定会在中国说我是日本人的。正是在这种紧急事态下，我们一个不小心，就会让我们后代的存在被暧昧化。至少，一味地躲避自我只会让我们自己，还有我们的后代一直这么游离不定。”

“什么游离不定啊，扔掉一个不就好了，多简单。就好像你脚踏两只船，你能把你的爱平分给两个女人吗？这就叫做不道德。中国和日本不都是一夫一妻制吗？所以活在夹缝里的人应该舍弃一边。小春儿，你说的都是些空话，连大话都不是。一心一意才会萌生爱国之心。你能说你有中国人那么爱国吗？你能像日本自卫队那样为了国家而做好牺牲的准备吗？人根本不可能同时平等地喜欢两个国家。”

我觉得阿学说得虽然直接，但是很对。

“喂，阿学，你说话可得小心点儿。你能像小春儿一样爱国吗？现在还轮不到你说爱国、为国献身啥的。你连自己爷爷辈的故事都不知道,要谈论残留孤儿三代不得不继承的血的重量和可贵还太早。在日本随波逐流，平时跟日本人打打闹闹，连自己的存在都不敢面对的你才叫虚伪，还说些自以为是的话。你说你小时候在东北受过的苦，哼，这些小春儿也……”

“行了王恒！”

一瞬间，大家都静了下来，房间里飘着股火药味儿。过了一会儿，我开口道，

“啊，对不起，阿学你说的也对。其实我才是不伦不类的，这点我也很清楚，一直在逃避的或许是我自己。我一直在寻找我到底是什么，但我越寻找越迷茫……但就这一句，阿学，你得让我说完，我还是希望你能喜欢上中国。”

阿学没说话，博文和爱美也一动不动，大家都不知道该说些什么才好。王恒叹了口气，努力平息自己的情绪。

“没想到阿学你也考虑了这么多，但是我希望你明白，国家和祖国是不一样的。”

“什么意思？”爱美终于也开口了。

“我觉得这两个是不同的。国家，就是大家想的国家，国民的国家，一个国家的首脑和另一个国家的首脑谈话的时候，会说‘我们国家’。”

“咋回事儿？那祖国呢？”博文问。

“祖国是你在外国时最终应该回归的地方。自己出生的地方，父母生长的地方，可以叫做自己的根的地方，就是祖国。这个地方和血统差不多，你无法改变你出生的地方。也就是说，你不能断绝你和祖国的联系。阿学你无论多讨厌中国，你和中国的关系是切不断的，其中的羁绊都流淌在你的身体里了，像血液一样无法抽离。就算你再喜欢日本，就算你把日本当做自己的祖国，你在中国出生的事实不会变，你爸妈在中国长大的事实不会变。我只希望你弄清楚你能回归的地方。”

好像是在说给自己听，我仿佛在再一次确认自己的归处一样，每一个字都说得很认真。

第二天，我和孙小蕊打电话了。进入高考冲刺阶段后，为了让她专心学习，最近我们连电话都不常打了。

“感觉怎么样？没勉强自己吧？”

“嗯，没事儿，但还得再加把劲儿。你呢？在北京还习惯吗？”

“嗯，最近交了一些外国朋友，有空会去打篮球。好希望你也快点儿来北京啊。”

“是啊，在等我一下。到了北京一起做什么呢？”

“放心吧，我想带你去的地方太多了。北京有地铁很方便，还有很多繁华的商店街。而且最近在亮马桥找到了好吃的日本料理，店主是日本人，味道很正宗，好想让你也尝一尝。”

“是吗，好期待啊！你还真会找啊。”

“嗯，之前跟你说过一个叫博文的人吧，他带我去的。在北京有很多日企和日本留学生，在这边的日本人聚餐都去那家店。博文参加了柔道俱乐部，他吃过那家店然后才带我们去的。”

“这样啊，那就有保障啦。”

“啥意思啊，怎么听你说的我这么不可靠啊？”

“嘻嘻，开玩笑啦。无论怎样我都要考上舞蹈学院，然后去北京，然后把我们分开这么多年的时光都补回来。”

“当然啦。北外和舞蹈学院走走就能到，很近。真的很期待你来。最近跟王恒在讨论，说放暑假了就去哈尔滨，所以马上我们就能见面了。现在你要好好注意身体，别太累了啊。”

我们同一批来北京的，大家各自都过得很精彩，偶尔会有只有日本人的聚餐，有空的时候会去五道口喝酒或唱歌，奢侈一下就去三里屯的酒吧或夜店，三元桥和亮马桥附近的日本料理也是我们改善生活的重要据点。就这样，一眨眼就到了暑假。

四六

暑假，我和王恒一起坐火车回哈尔滨。我们坐的是像日本新干线一样的最快的“动车”，但还是花了九个小时才到哈尔滨。

“小春儿你回哈尔滨后住自己家吗？”

“三年前还有家可住，但这两年我爸生意好像不太顺，就把那儿卖了，所以这次应该住我大爷家吧。”

“这样啊。那你爸现在哈尔滨？”

“现在不在，但反正在中国。我爸是搞投资的，哪儿有大项目他就去，所以在中国各地跑。”

“是吗，感觉不怎么听你说你爸的事儿啊。”

“嗯，我和我爸见面了都不说话，现在也不清楚我爸具体在干些啥。我妈也习惯我爸总是不在家了。王恒回哈尔滨后住自己家吗？”

“我住姥姥家，去日本之后这边就没有家了。不过，现在觉得到北京真好。”

他能这么说，我很高兴。

“虽然一半时间都玩掉了。”他又补充了一句。

“也挺好的啊，又不是说啥事儿都玩儿。虽然只待了四个月，但在北京已经差不多有方向感了，北京的情况也了解了不少。用这四个月来熟悉北京的生活，我觉得挺好的。寻找目标是接下来的事儿，暑假该好好想想了。”

“嗯，一起努力！有一群好兄弟真是太好了。”

“是啊，我也觉得。”

“没想到能在北京遇见跟我们境遇一样的同伴。”

“嗯，但是准确地说，我和小春儿是相反的，在日本长大的小春儿和在中国长大的我。但我觉得我们比谁都了解对方。”

“对，但说实话，要说毕业之后还会联系的，应该也只有王恒和阿学他们了吧。”

王恒顿了一下，然后说，

“真少见啊，小春儿竟然还学会择友了。”

“我也没在选择什么。现在我回哈尔滨，当时认识的那帮哥们儿还会聚起来，也不算断了联系，但其实见面了真的不知道聊些什么好。无论过了多久、无论分开多远，能够保持关系不变的，应该也只有和我有相似的遭遇、想法啊价值观啊都和我差不多的人了吧。这样想来就只有他们了。”

“但是我觉得他们跟你还是有点儿不同的。你虽然也有特别日本的一面，但你是中国人的时候就特别中国。他们不像你这样这么平均，习惯啊想法啊，他们虽然也有像中国人的一面，但他们不敢表现出来。他们正在变成日本人。特别是那天阿学说的那番话，我真是听不下去。这样下去，总有一天和他们也会产生分歧的。”

“但我觉得阿学说的没错。在阿学那么直截了当地告诉我们之前，我们可能一心想的都是让对方理解我们。我们虽然想通过我们的力量让两个国家的人都互相了解对方，但阿学的话提醒了我们，要让他人理解我们，我们的努力还不够。我觉得现在能听到这样的意见很好。”

王恒又停顿了一下，说，

“我觉得你够努力的了。”

这次轮到我停顿了，我一下子没想到怎么回答他。

“小春儿，像你这么努力地思考自己的存在和身份的年轻人太少，估计大家还会说‘谁有功夫为中日两国而努力啊’。你就像现在这样，不，你从小就很有号召力，这就是你被周围认可的证明啊。我觉得接受你的人根本不会介意你是中国人还是日本人。反正至少对我来说，细眼睛、白皮肤的李春，这个人就是我的朋友。没什么正确答案，你就是你。”

“嗯，谢啦。”

我绞尽脑汁，只吐出了这么一句话。

“历史上残留孤儿一代坎坷的命运，二代对日本的仇恨，三代对自己存在意义的迷茫，这些都是人们活过的痕迹。虽然他们之中有人一生都无法融入社会，甚至有人干脆忘了这段过去，但只要和他人相处过，就会在他人心里留下活过的痕迹。在这个由人与人之间的联系组成的世界里，这就是存在的意义。”

王恒的这番话好像给我这样的人点燃了一丝希望的光亮。

“是啊，也许我只是一直都闭着眼而已。”

“啥？”

“就像你说的，我的周围总是有朋友围着，但其实我总是有一种被疏离的感觉。可是也许那时因为我一直只关注自己，睁开眼，其实总是有人在我身边。如果我笑了，他们也会笑，这应该就是现实吧……也许是我一直在逃避现实，也许是我一直在自己的幻想和偏见里寻找存在意义。在这种虚幻的世界里，就算过几个世纪我都找不到自己的归属吧。就算再孤独，只要不放弃前进，总会遇见能理解你的同伴。难过的事儿、开心的事儿都可以和他们分享，我觉得这样才是现实世界。在现实世界里，人会成长，会有皱纹，并终将老去。这就是活在现实中的证据。”

“呵呵，是啊，突然很怀念德强的时光，不过现在北外的生活也挺快乐的。我有这种感觉也证明我活在现实中吧？”

王恒能和我进行这种对话，大概也是因为他自身也经历过一番挣扎吧。

“还有，来北外之后我想到了。”

“啥？”

“人总是要一个人过完一生的。”

“咋地了？好不容易刚总结地挺好的，咋突然这么想呢？”

“不是，刚才说的人要互相支持才能活下去，和我说的人只能一个人过一生，是两种不同的理解方式。”

“咋回事儿？”

“比如说，人的记忆、经验、想法、价值观的总和就是一个人的一生，如果能把漫长的人生分割成几段的话……”

“分割？”

“对，比如说小学升初中的时候，王恒从中国到了日本，这就是很大的一个分割点。”

“嗯，也对。”

“就这样把人的一生分成很多段，这样每个部分都有关系要好的朋友，孤独也就突显出来了。每个时期跟自己玩得来的朋友肯定不一样,这样就会看见每个部分站在你身边的人是不同的。分段看，你总是有人支持，但看你的一生，你终归还是一个人。所以我说，人总是要一个人过一生的。”

“嗯，你说的也有道理。那你说的人生就好像一个故事，有不同的章节。也就是说，我和小春儿已经一起演了三章了！”

“哈哈哈！是啊！哈尔滨、东京，和北京！”

“自己人生的主角果然还是自己。”

“对。刚说了这么多，我又想了想有关身份的事儿。”

“说我听听？”

“这也就是我自己的想法。从结论来讲，如果这个社会能认可身份的多样化就好了”

“怎么说？”

“我说的身份是指在自己在社会里的存在意义，或者说是自己本来的面目。一个人有几个存在意义或真面目不也挺好的吗？”

“我还是不太明白。这种东西有好几个真的没问题吗？”

“自己为何而生，自己又为何物，烦恼这些的人其实都不是在探寻自身,而是在寻找自己的归处。我就是这样,身边的环境在变,身边的人来了又走，我渐渐不知道自己到底是什么，不知道自己该和哪些人保持联系才好。但如果我从一生下来就一直待在一个地方，和同一群人交往，也许我就没这么烦恼了。重点就是，你得有一群能很自然地接受你的人。身份啥的，对于人来说本就是一个可以无限讨论下去的主题。就算谁找到了一个确定的答案，那恐怕也只是为了妥协而把自身限制在一个特定的形状里罢了。就算如此，困惑自身存在的人还是会在囹圄之中继续困惑，备受煎熬。”

“那不就没有解决方法了吗？”

“这就跟刚才说的人生分割论联系在一起了。在人生的各个阶段遇见的人、经历的事，会以不同的形式留在记忆里。如果把记忆比作房子，各个部分是各个带有镜子的房间，这样每经历一个部分，你就进入了一个不同的房间。活得越久就有越多镜子，每个镜子映出的自己肯定和现在的自己不同。我觉得自己是什么本来就不是我们应该寻找的，有多少镜子就会有多少自己。”

“这样说来，在接触过的人的心里留下过多少个自己，就有多少个自己？”

“对，房间里镜子的数量，简单地说就是那个阶段自己接触过的人数，镜子的大小就是遇到过的人对自己的印象的深浅吧。只在一个环境里接触同一群人，就只能见到一个房间里的自己，自然就会以为那个房间里的就是自己，没有机会想象其他模样的自己。我觉得还有一个架空的房间里的自己。”

“架空的房间？”

“那不是一个现实的自己可以走入的房间，是一个想象、理想、妄想打造的世界。现代社会里困惑自己存在意义的人都是因为看见了不同房间里过于相异的自己。他们感到错乱，是因为他们非得把现实里的自己同镜子里的自己和想象世界里的自己合为一体。

“他们想把自己和镜子里的自己对上号，是这个意思吗？“

“对。但是，镜子里映出的自己，说到底只是别人眼中的自己，或者是你自以为的自己。所以，我们现在烦恼的身份，或许也是根本不存在的东西。散落在无法重来的过去里的多个身份的集合体，就是现在的自己。也就是说，因为我们一路上遇见了这么多人，才有了现在的自己。”

“照你这么说，寻找自我的人永远都不会找到自我，因为自我是存在于他人眼中的？”

“对。没有身份困惑的人是因为他知道自己在他人眼里是怎样的形象，就算不知道，也会本能地感觉到。而另一方面，纠结的人是因为他一直在追求他人眼中自己所应该表现的模样。这时候就算你不知道自己为何物，他人眼中还是会映出他们所看到的你。”

“不明白现在的自己就走入他人的镜子并被记住？那自己的镜子是如何反映自己的呢？”

“重要的是，迷失自我时遇见从心底接纳你的人。最后，对于你来说，你最安心的地方应该是和那个人的相遇，那也就是你的归属。或许在你发现最合适的自己、进入最安心的房间之前，你都要苦苦挣扎。但我觉得总有一天你会看见同一个自己，无论是在他人的镜子里，还是自己的镜子里。”

“那你刚才说的认可身份多样化的社会是咋回事儿？社会应该怎么给这些人创造空间啊？”

“其实这样的社会应该靠这些纠结身份的人自己建造，而且在一定程度上这样的社会已经形成了。”

王恒摇了摇头。

“我说的社会不是眼睛能够看到的，也没有特定的形状。”

“不明白,啥意思啊？互相尊重、互相包容的社会是不可能的吧。排他性是生存于社会的人的防卫本能。

“不是。先让我们来梳理一下刚才的话，一个人是可以拥有多重身份的。如果那个社会形成了的话，多重身份就必须被承认。在那个社会里，纠结身份的人应该做什么……”

王恒没说话，静静等着我的下一句话。

“那就是在各个房间里架起能够让自己随时都可以回归的桥。”

“桥？”

“这个桥说起来简单，但其实是社会里最重要的东西——人与人的联系。纠结身份的人在寻找归处的时候会迷路，不知道该回哪个房间，或者哪儿也不想回，但就是这种人必须得找到一个自己的归属。万一到死都没有找到最舒心的房间，只要记住曾经去过的一个相对较好的房间就好了。架桥就说明你很珍惜在各个阶段遇见过的人。桥是为了不让自己迷失，也是为了让他人能够找到自己。不要断绝和他人的联系，而是记住房间，哪怕只有一个，然后记住那些人。就算人际关系破裂了，也有能够被时间修复的桥。最简单的例子就是父子关系。孩子出生的时候，在第一个房间里树起了一面名为父亲的巨大镜子。孩子不断吸收新鲜事物，在父亲那面镜子里不断成长。牙牙学语，蹒跚学步，交到新朋友，然后到了青春期、反抗期，后来还谈了恋爱。在这个过程中，不知不觉孩子有了很多身份，也有了很多房间。大家都说父子关系是最深的，是因为无论在那个房间里，都有一面名为父亲的镜子，而沟通各个房间的桥就是血缘。但是就算没有血缘，人和人之间也能自己架起桥梁，我觉得和他人的联系是最重要的。”

“与他人的联系……是啊，你这么说还真是如此……”

“所以说，现在的社会已经是认可身份多样化的社会了，只是大家先入为主，以为身份只有一个，所以才会有这么多人烦恼。而且，现代社会人跟人之间的联系越来越淡薄，所以烦恼的人才越来越多。”

“也许吧……其实没有殖民啊战争啊的，也就不会有残留孤儿这样的存在吧。不过‘身份的多样化’，我还真是听说了新鲜玩意儿啊。那双重性格的人咋整呐？把现存的两种性格都平均平等地保持下去吗？”

“嗯——可能吧，是会这样。我觉得最重要的还是社会上少一点歧视，多一点包容。”

“是吗。那对长辈和上司卑躬屈膝，对自己认为无所谓的人就爱理不理，这些人算什么呢？”

“啊，最近这种人很多。怎么办呢……也不止是这种人啦，也有天生圆滑的人。我觉得这些人也会在遇见形形色色的人之后，学会在潜意识中分析他人，并渐渐明白自己在什么样的人群中应该扮演什么样的角色。他们很能适应集体生活。在不同场合表现出不同的人格，用现在流行的话说，就是角色扮演吧。他们应该是能明确地给自己定角色的人吧。如果用刚才那套来讲，他们应该就是比较擅长控制和应用身份的人了吧。”

“哇，又出现了新词儿。但是如果社会认可了身份多样化，要是有人做了坏事后说那是他的另一个身份，或者说人格做的呢？”

“只要他精神正常，法律还是能制裁他的。而且我说的社会的认可是伦理层面的。”

“我还是觉得你好帅！”

“诶？”

“听了你的一番话我又忍不住想感慨一下。你从小就对周围人的反应和发言特别敏感，观察能力比大家都强。而且除了这种认真的发言，你平时都不会随意对事物发表看法。你心思细密，应该很容易感觉到压力吧。但是小春儿你对谁都很好，比谁都执着。没人会讨厌你的，就算有，我肯定也会讨厌他的。你认识的人越来越多，就算你死了，你的存在也会鲜明地留在人们的记忆里。还有，我来北京之后发现，现在中国真的讨厌日本的人很少。”

“我也觉得。”

“对吧。北外的中国人，特别是日语系的都很热情。还有看了日本动漫就喜欢上日本了，他们可能不喜欢日本人，但他们一定喜欢日本文化。”

“嗯，我也是这么想的。不过，就算民间发展了友好关系，只要国家之间出点啥事儿，马上之前的友谊就毁于一旦了，总觉得很不值。上次坐出租车时那个司机还说，国家和国家之间的关系和人与人之间的交往无关。那个司机觉得日本有很多值得尊敬的地方，说日本人懂礼貌、守秩序，是优秀的国民。”

“是吗，开出租车的大叔也会说这种话啊。”

“嗯，而且他还说，现在日本人习以为常的东西，比如汉字，还有儒家文化，都是中国传过去的，所以在日本觉得中国伟大的人也不少。”

“也就是说两国间都有互相理解的人。”

“王恒，谢谢你！”

“干啥呢！”

“就是想谢谢你。”

“干啥啊，你少恶心我啦！我们是好哥们儿吧。你快迷失自己的时候我当然得把你拉回正轨啊。”

“哈哈，谢谢。”

“都这时候了就别说谢了！”

大概九小时的路程，我和王恒一直在聊天，当然也聊了我们的梦想，虽然那还只是一个朦胧的轮廓。

到哈尔滨站的时候，大爷已经等在那儿了。王恒三年没回哈尔滨，我们把他送到他姥姥家后，在晚饭时赶到了大爷家。

我也一年没回哈尔滨了。一推门就闻到了香味儿，桌子上摆满了大娘做的菜，真想现在就扑上去大吃特吃。

“再等一会儿啊，我妈还要再做一个菜。小春儿你喝酒吗？”

跟我说话的是比我大七岁的堂哥。去年夏天也没见着他，上次见面已经是好几年前的寒假了。我每次见到堂哥都觉得他比以前更壮了，他的背影和大爷一模一样。

“我也喝啤酒吧，我自个儿拿，哥、大爷，你们都坐着歇会儿吧。”

“行了，你是客人啊小春儿，我来吧。”堂哥说。

“一年没见了吧小春儿，每次见到你都觉得你又长大了。北京咋样？还习惯吗？”大爷问。

“嗯，交了很多朋友，每天都过得很充实。”

“是吗。你之前在哈尔滨留学过，现在肯定没问题吧。”

“下次在北京有啥事儿就联系我，没事儿也可以一起吃个饭。”堂哥说。

“对啊！哥，你是在北京工作的吧？警察？”

“嗯，公安部下面的武警。你等一下，给你看个好东西。”

说着，堂哥就进了以前我住过的那个房间。

“李明，饭做好了，快来吃吧。”

堂哥刚进屋，大娘就拿着最后一盘菜从厨房出来了。

“好久没吃大娘亲手做的菜了吧？今天可得多吃点儿。”

大爷大娘都没怎么变，这个家还是像以前一样融洽。

“李明，快点儿，我们先吃了啊。”

大娘刚说完，堂哥就从房里出来了，手里拿着他工作时穿的绿色军装和帽子。

“怎么样？帅吧？”

堂哥一脸得意地说。军装上还有徽章和军衔，拿在手里比看着沉多了。

“好帅！你好牛啊，哥！”

我刚说完，大爷就说，

“小春儿也难得来一次，穿上看看吧，我帮你拍照。”

“不行,这是保卫国家的军人穿的军装,怎么能给日本人穿呢！”

堂哥想都没想就说，语气强硬得我浑身都紧张了一下。

“怎么说话的！真小气啊你，小春儿可是中国人啊！”

“就是，你如果不想让小春儿穿的话，拿来干啥呀？”

大爷和大娘说。

“这个军装可是我的荣耀！给他看看和给他穿是两码事儿！”

这个时候我第一次感觉到了和堂哥之间的距离。

“那你就快点儿把它拿回去，吃饭吧。”

这之后堂哥也没有任何尴尬，还是像以前一样跟我挺亲的。

第二天，我和大爷大娘还有堂哥一起去了爷爷家。

在车上，我漫不经心地看着窗外的风景。和那时候比，这两年哈尔滨变化很大，多了很多高楼大厦，还有咖啡厅、快餐店、商场。那时候街上根本没这么繁华，听说最近还要开通地铁。特别是松花江北区，通称“江北”，盖了很多高楼，企业和宾馆还有各种大型设施都在建设中。不仅是街道，人也变洋气了。我觉得我亲身感受到了哈尔滨发展的势头，大概王恒现在也在想着怎么搭上这趟发展的快车吧。

当时我来哈尔滨留学的时候，姥姥和爸妈总是在说“哈尔滨真的变了”，现在我终于也能体会这种心情了。随着一代代人的成长而不断改变的城市，这么想来却是有些寂寞。

“我的两个孙子……都长这么大了……都这么优秀……爷爷很欣慰……”

爷爷坐在我和堂哥之间，好像刚学会说话的孩子似的，断断续续地说着。

爷爷的变化让我吃了一惊。堂哥握着爷爷那少了半截手指的右手，好像在安抚他似的。我们静静地坐着，爷爷一个词儿一个词儿往外蹦，而我们只是听着，不想错过任何一个。这次见到的爷爷真的不一样了。虽然我也听说了，但没想到爷爷说话已经这么慢了，笑容也很浅。爷爷应该也想像以前一样跟我们说很多很多话吧，只是现在语速已经追不上他的思绪了。爷爷说得很慢很慢，中途还会突然出现长时间的停顿。看着爷爷，大家一定都很心痛，只是谁都没有表现出来。最着急的还是爷爷自己吧，我们都懂。

“你们俩……都很优秀……李明……你现在……为国家……工作……你该……骄傲……好好干……”

堂哥一手握住爷爷的右手，一手在他手背上拍了拍，说：“当然啦。”

“小春儿……你一直很……聪明……很有……行动力……以后……也要为……中日……努力……别忘了……你中国人的……心……”

“嗯，我会努力的。”我注视着爷爷的眼睛，说。

“一起加油吧！”堂哥对我说。

“嗯！”

除了爷爷，大家都像以前一样聊着天，而爷爷只是微笑着看着大家。我们经常提到爷爷，成为话题的中心爷爷更开心了，发自内心的喜悦让他已经有些僵硬的面部终于柔和起来。

暑假我经常去爷爷家，还去给七年前去世的赵亮扫了墓，见了王老师和以前的朋友。孙小蕊终于如愿以偿收到了舞蹈学院的录取通知书，我们一起把哈尔滨玩了个遍。

我很想快点儿开学回北京去。每次回哈尔滨我都觉得自己和大家的距离不断加大，渐渐连话都说不到一块儿去了。虽然这种巨大的空虚感让人难以忍受，但我还是决定一有空就回哈尔滨。好像是为了让自己相信我与这片土地的羁绊，让自己打消不安，我固执地要回来。就算大家的价值观与我的产生分歧，但这片土地不会忘了我，我在心里如此期冀。也正因如此，哈尔滨街道的变化才会让我觉得如此寂寞。

或许是因为和孙小蕊联系最多吧,我觉得她是这里最懂我的人,不,也许是我让她成为了最懂我的人。我怕她也会渐渐和我产生距离,所以总是把我身边发生的每一件事儿都说给她听,没话说了就编故事,为了让她不无聊我下足了功夫。也许在她高考时我一直支持她也是因为我希望她来北京后能陪在我身边。也许我一直在把我的存在强加于她。

想和那时候的一切保持联系或许只是我的任性。老朋友、王老师,还有哈尔滨的街,一切可能都未曾改变,只是因为我不断进入新环境,遇见新的人,所以察觉不到自身的变化而已。觉得寂寞也好,感伤也罢,或许只是我在幻想世界里的体验。

说不定血缘在寻求自身存在意义时是毫无意义的。包围着这血缘的环境是一切事件的元凶,被这血缘引导的人生是命运,行走于社会中迷失了自我,或许也只是行走的一部分而已。如果“恨”有一个明确的对象的话,那应该是自己的血缘还是自己所处的环境?不过在此之前,“我”是因血而存在,还是因环境而存在?

这个世界上到底有多少人在为自己的存在而纠结?时而感觉到的那份疏远,是因为心中没有足够的空间容纳他人?还是因为单方面地想把自己的存在加于他人?抑或是两者皆有?简单地说,孤独的人是因为他过分清楚地认识到,没有两个完全一样的人。

四七

放完暑假开学后的第一个周末,我和孙小蕊第一次出了学校圈。

聚集了众多外国人的三里屯有点像东京的六本木。我们牵着手散步，累了就走进一家咖啡店一起吃了蛋糕。聊起以前的事儿，两个人都有些激动。我们滔滔不绝地说着，想把分开的那些时光都追回来。才开学一个星期，她却有数不清的奇闻异事要说给我听。我和孙小蕊交往的时间也不算短了，但到了北京被置于崭新的环境，我们好像又回到了初恋，周围的一切都很新鲜。现在能这样一起漫步于北京街头，我觉得这些年来所有的努力都没白费。

晚饭订在了亮马桥，我带她来到之前博文带我来过的那家店。

店里贴着旧广告和曾经红极一时的艺人的海报，渲染着浓厚的昭和风。我订了有地儿放脚的半榻榻米席，坐下没多久，用新鲜食材制作的精致菜品就上来了。

这家店的名字叫“食屋——和心”。和风佐料拌的萝卜沙拉、生鱼片拼盘，接下来是金平牛蒡、味增鲭鱼，还有烤魔芋、生姜炒猪肉、梅子紫苏风味豆皮包，最后是牛肉火锅，这些都是我爱吃的，当然孙小蕊也对这一桌子菜赞不绝口。牛肉火锅要沾生鸡蛋吃，中国人一般不太习惯，但是这家店里用的是日本进口的有机鸡蛋，孙小蕊一听要十元一个惊讶得不行，但同时也放心地吃了起来。

吃完晚饭，我把她带到北外。我说要给她介绍我的朋友，她听了很高兴。

“吃饱了吗？”出租车上我问她。

“太饱了！都吃撑了。真的好好吃！”

“嘿嘿，那就好。真没想到能这样和你约会，我太幸福了。”

“说啥呢你，你觉得我考不上北京的大学？”

“不、不是！因为一直异地恋都成习惯了，现在这样总是能见面反而有点儿不真实。”

“才不是呢，这是我们俩努力的结果啊！为了能一起在北京我们都很努力不是吗？”

“嘿嘿，是啊。”

车开了一会儿，突然眼前出现了一大片人，占据了半个车道。

“那是啥游行啊？”

我随口问了一句。

“啊，该不会是……”

孙小蕊还没说完，司机就抢在前头告诉我了，

“抗日战争胜利纪念日。”

“原来是抗日纪念日啊。”

这里是中国的政治中心，作为多国籍、多民族的大都市北京，没想到也会有反日游行。在北京有很多日企和日料店,日本的动漫、时尚在这儿也很流行，平时连反日这个词都想不到，没想到今天却碰上了游行。

在车上看着外面闹哄哄的人群，我想起了以前哈尔滨的事儿。中国人的反日情绪，一点儿都没淡。这不是时间能解决的问题，我突然想起了阿学说过的话。

如果遇上反日游行，你能大声跟他们说你是日本人吗？现在身临其境，我想想就觉得背后一凉。但我到底还是觉得，这个游行不单纯是反日。作为有中国人一面的我来说，我完全感受不到他们对我的恶意，因为我认识很多善良的中国人；但纯粹的日本人会怎么想呢？他们对历史有不同的认识，对于他们来说这个游行是难以理

解的吗？

外面的人群高喊着反日口号缓缓前进，但我却觉得他们的呐喊很虚。从哪儿聚集了这么些人的呢？他们的愤怒又是冲着谁的呢？什么时候日本才能被原谅呢？

我脑海里不断涌现出一个又一个的问题,然后车就到了北外了。

我带孙小蕊去了博文房间。除了睡觉，博文总是开着房门。果然王恒、阿学、爱美都在，只是屋子的主人不知上哪儿去了。

“小春儿你回来啦。”

“那位就是传说中的女朋友？好漂亮啊！”

我有些不好意思了，同时又觉得很有面子，跟大家介绍道，

“这个就是和我交往了八年的女朋友。”

“大家好，我叫孙小蕊。经常听小春儿说起你们，今天能见到真是太好了。”

“能见到你我们才叫高兴呢！快进来吧。”

阿学说完，爱美就自动把沙发让出来，坐到床上去了。

“博文呢？”

“他柔道有活动，会迟点回来。我们就先拿了钥匙。”爱美说。

“你们还真是想得周到啊。”

“小春儿，你听我说！我也参加了一个社团！”

“阿学你也会参加社团啊！”

“嘿嘿，我和北外的几个中国学生组了一个乐队。我是鼓手，虽然也是初学者，但以后肯定会有所长进的！”

“好厉害啊！真没想到你还对音乐有兴趣。”

看着阿学兴奋的脸，我也不由得高兴了起来。

“好不容易来留学了,总得干点儿什么吧,然后我就想到了音乐。不是都说‘音乐无国界’嘛，音乐很能打动人的！”

阿学特别开心。

“那你好好努力啊，我可等着看你的演唱会呢！诶？你们怎么都喝上了啊？”

我看着桌子上的空瓶子问道。

“等得快睡着了，没啥事儿只好就先喝起来。今天小春儿的女朋友第一次来北外，祝他们俩百年好合，哈哈，干杯！”

孙小蕊不会喝酒只能举着饮料，其他人都举着啤酒，一起碰了杯。然后王恒开口了，

“孙小蕊，你认识我吗？之前德强小学和小春儿同班的，王恒。”

“不好意思，那时候不太有印象，但小春儿经常跟我说你，所以我知道你呀。你总是很照顾小春儿。”

孙小蕊有点儿抱歉地说道。

“没事儿，现在知道就够了！”

王恒说。然后大家看着他，都笑了。

“你们应该不知道，孙小蕊当时可是我们学校的小天使，多少男生想追都追不到。她能跟我这么说话，我就知足了。”

“看你那德行。哈哈。真羡慕小春儿啊。”阿学说。

“嗯，真的好可爱啊。”爱美也说。

“你们俩怎么开始交往的呀？给我们说说你们怎么好上的？”

阿学问道。于是我和她回忆着当时的情形说给大家听。刚升入初中晚上她一个人在教室的事儿，我刚好路过教室的事儿……大家

都笑着说我是有预谋的。我当时没想过，未来的某一天能有一群好朋友笑着听我和孙小蕊的故事。还有为了她干仗的事儿，晚上爬上女生寝室敲她窗的事儿，她通校的事儿，一起滑冰的事儿……我炫耀着自己的恋爱史，大家却听得很认真。

虽然是第一次见面，但大家的中文都很流利，孙小蕊一下子就和大家熟络起来了，我看了也就安下心来。聊着天喝着酒，然后房间的主人就回来了。

“咋整的呀你那头！”

博文头上卷着绷带，看见他，刚才还醉醺醺的爱美一下子站了起来，我们回过头一看，一下子大家的脸都绷了起来。博文没说话径直走了进来，我们马上给博文腾出一个位置。

“咋了？发生啥事儿啦？”

“你被谁打了？跟人干仗啦？”

“说啊！咋了呀？”

“被中国人……打了……”

“中国人？为啥呀？”

“我和两个朋友在五道口的居酒屋喝酒，突然冲进来一帮中国人把我们桌子掀了。我们刚开始也没搞清楚状况，后来才想起来今天是抗日纪念日……被打也没办法吧。”

“跟你一起的两个朋友是日本人？”爱美问。

“嗯，日本人。”

“那你们肯定用日语对话了吧？”孙小蕊说。

博文看到孙小蕊，点头打了个招呼，继续说道，

“应该是的。”

“对方有多少人？你朋友没事儿吧？”我问道。

“对方人可多了，我也不知道多少人。我朋友也受伤了，但没什么大事儿。”

“是吗，那真是打不过的。没事儿就好。”阿学说。

博文看起来还是有些坐立不安，大概脑子里还在回放当时的情景吧。

“我太害怕了，啥都干不了……”

“也是情有可原的呀。就算你练了再久柔道，寡不敌众，根本打不赢啊。”阿学说。

但博文马上纠正道，

“不是，不是。我有点儿弄不清了……我真的感受到中国人对日本人的杀意了。但之前他们到底把那些杀气藏哪儿了？之后又会如何结束？想到就后怕。我也是中国人啊！但他们好像把我当成另一个世界的人……对啊，我也是中国人，但我却怕中国人……”

博文如此害怕,我们一下子也说不出那些微不足道的安慰话了。

“我觉得如果我当时反抗的话，我就会完全被当作日本人吧。虽然我也不讨厌当日本人，但，我是中国人吧？我在日本生活的时间比较长我就不是中国人了？我不想背叛中国，也不想背叛日本……我到底是啥玩意儿啊！小春儿，你之前说的那些我现在终于明白了。我也想要有一个明确的归属啊……就这样活下去太窝囊了。只要告诉我一个答案，至少我也不用这么迷茫了……”

“博文……打你的那些中国人在哪儿？五道口？他们是一起行动的？”

我腾地一下站起来问道。

“诶？”

“小春儿，你想干啥？”孙小蕊说。

“小春儿，你该不会想去打回来吧？”王恒说。

“嗯，对。”

“不行！小春儿，快坐下！”爱美也劝道。

“是啊，小春儿，我已经没事儿了，而且你去了又能咋样呢？”博文也说。

“博文，也不光是为了你。我要让他们知道我们的存在！”

“你凭啥去啊！冷静一点儿！”阿学吼道，“你想以牙还牙？有那么简单的事儿吗！中国和日本从过去就是对立的两个国家，大家都曾背负着自己国家的命运战斗过！你又不是不知道今天是啥日子，过去死了多少人、流了多少血啊！让交战过的两国都互相接受的结果根本不存在，都是你的空想！”

“现在中国人、日本人都无所谓了，我是为了哥们儿才去的！”

“你说哥们儿？哥们儿被干了就要干回去？就是因为有这种拉帮结派的想法才会引发这么多纷争的！”

“那你说到底应该由谁来给中日之间的这种关系画上休止符？就算日本人说什么，中国人又说什么，两边人会听吗？的确，背负两个国家的伤痛，平等地爱两个国家是不可能的，但我继承着两个国家的血，无论哪个我都引以为豪，如果我们这样的人不去做点什么还有谁可以做？！我可不想就这么身份暧昧地过一辈子！”

“你说的东西都太过理想！如果这种事儿你能做成的话，中日间早就实现友好了。小打小闹根本成不了气候！别说地神神叨叨的了，又不是宗教！你就是太乱来！明明连目标都没有，你到底想往哪儿走？！”

“正是因为看不见目标我们才应该寻找，不是吗？就算我们找不到，也应该把这个接力棒传递给下一代啊！你就不纠结吗？你，你难道不会不甘吗？你啥都没感觉到吗？！”

“别以为大家都像你一样非得追究什么明确的东西！我最听不惯别人说这种空话了！”

“你们都静一静！平时都是朋友啊，怎么一说到这话上就要翻脸呢！”王恒劝道。

“还好这次博文就头部受了点儿轻伤。小春儿，这次我再教你一件事儿吧。听着，哥们儿被打了，你要忍着，你只要在心里背负他们的伤痛就可以了，有多少人就有多少伤疤。把仇恨、悲伤埋在心里活下去就够了。”

“瞎扯淡！阿学，这种人根本无法前进！”

“同伴的死是难以忘记的吧？只要能够忍耐的人越来越多，总有一天国家层面的问题也能解决。”

“那你告诉我，死去的同伴的不甘和遗念该怎么办？”

“死去的同伴最希望的就是活着的人不要犯同样的错！你如果反击，牺牲的人数只会越来越多，你自己也有可能会死啊！这样的话还有谁来继承死去同伴的遗志呢？你那样才会让同伴死不瞑目呢！”

“你这种人能体会失去好哥们儿的心情吗？！他妈的……行了，走吧，小蕊，你宿舍快关门了吧？”

我拉着她的手头也不回出了门。她左右为难，歉意地看了大家一眼就跟我走了。

“小春儿！你不会去五道口的吧？”

王恒追了出来。

“不去了！我就送她回学校。你回去吧……我也挺担心博文的。”

“小春儿……”

“行了，你就回去吧！我没生阿学的气，我没事儿的！”

“今天……真对不起啊。”

走出北外，我对她说。

“没事儿，我才该道歉呢……”

“你没有要道歉的地方。让你见到我失控的样子，我真太丢脸了……”

“没这回事儿。我觉得能真诚地跟朋友交换意见才好呢。而且，在房间里肯定只有我无法理解大家活在两国夹缝之间的心情，总觉得挺抱歉的……”

“怎么会！”

“因为，大家看起来都很成熟、很可靠，肯定比我考虑的都多，烦恼的也是更重要的事儿，大家一定都经历了很多困难吧。不过跟你交往后，我对日本也加深了了解。更深刻的理解可能会花时间，但我打算努力。我觉得活跃在两个国家的人都很厉害。”

“是、是吗……”

“不过，还是小春儿最帅最厉害了！”

可是我还在气头上，并没有像平常一样因为孙小蕊的一句话就高兴起来。不过我们手牵手向舞蹈学院走去。

第十一章

天命——不明身份者的终点站

四八

我努力提高自己的中文水平，用头脑、用身体去感受中国。在北外和朋友们混在一起的日子，现在看来可能是跟吃饭睡觉一样理所应当的，但我不断告诉自己，有一天这样的日常也会成为无比怀念的过去的，必须好好珍惜——看似漫长的大学生活对于大四的我们来说，也快接近尾声了。

吃完晚饭后，我和孙小蕊经常在学校附近的紫竹院公园散步。虽然这已经成了习惯，成为极其普通的一天中的一个环节，但能这样和她在一起，是我最大的幸福。

天气已经开始凉了，公园里有跑步的夫妇、练习发声的年轻人。我们稍微走了一会儿，就在长椅上坐了下来。

“前两天你的表演太精彩了，真是让我吃了一惊，不知不觉就看呆了。”

两天前，孙小蕊学校有汇报演出，不仅是我，经常和我混在一起的四个哥们儿也受到了邀请。舞台上孙小蕊是主演，她的技巧、舞姿都将我深深折服。这就是她的成长吧，也是对我的鞭策。站在舞台上的她一如初见时,流畅华丽的动作只能用“美”一个字来形容。

“小春儿你别急啊，我是专业学舞蹈的，这点儿小事儿不算什么。”

“那个，小蕊，我觉得我找到真正想做的事儿了。”

“啥？让我听听！”

“我毕业后要留在北京。”

“无论小春儿到哪儿，我都会努力一起去的。”

“其实我一直是这么想的。你毕业后也留北京吧？我之所以一直没告诉你，是因为我一直没想好待北京有啥可做的，没有找到明确的目标和稳定的工作，但是现在已经都解决了。”

“真的吗？你要干啥？”

孙小蕊好像比平时都兴奋。

“我会在香坂班工作，负责香坂班北京方面的事务。”

“哇！好厉害！”

“只要能安稳毕业，这事儿应该就能成，不过毕业肯定是没问题的。”

“太好了！太好了！我好激动啊！这样我们毕业后就能一起在北京生活了？”

“嗯！”

听到我这么说，孙小蕊高兴地像个孩子，手舞足蹈。我坐在一旁看着她，不觉加深了笑意。

“但你怎么就能在香坂班工作的呢？”

“香坂班现在的负责人因为一些个人原因，两年后就不干了，我跟他关系好，所以他也觉得交给我挺放心的吧。香坂班的负责人主要就是照顾日本学生，帮助他们办各种手续、翻译他们的成绩，还有万一学生们在中国遇上啥棘手的事儿，我必须得应对周全，大概现在的负责人对我的中文水平和社会经验都挺满意的吧，所以才对我比较放心。好像他还跟东京的董事长说过，在教育工作里，年轻人和学生之间更能沟通，干起活儿来也会更有干劲儿。所以我觉得这事儿挺靠谱的。”

“我也觉得如果是小春儿的话一定没问题，而且我觉得你超级适合干这活儿！”

“嘿嘿，谢谢。总之，我毕业后的第一年里，现在的这个负责人会带着我一起干。其实，除了作为香坂班北京负责人留在北京，我还有一件儿想干的事儿。

孙小蕊有些迷惑地看着我。其实这件事是我最想告诉她的一件事，是我的梦想。

“成了香坂班的负责人之后，我想导入一个志愿者活动。不过这事儿我还没跟其他人说过……”

“啥样儿的活动啊？像你高中时候做的那种吗？”

“不太像，我想的这个志愿者活动，主体是香坂班的学生和其他北外留学生，让他们和中国农村地带的小学生进行交流的活动。”

“听着挺有意思的，再给我具体说说呗。”

“我之前跟你说过想成为中日友好的桥梁吧？香坂班就是培养这样的人才的地方，在那儿工作也算实现了我的梦想，但这还不够。现在能说中文的日本人很多，而且像北外日语系的学生这样，能说日语的中国人也很多,但他们永远不可能把外语说得像母语一样好。如果要问这样的人应该怎样发挥自己的长处，我觉得是应该是更深的了解对方的国家。历史、文化、风俗……有太多必须去了解的东西了。其中我觉得最重要的是‘了解人’。”

“了解人？”

“对。对于一个外国人来说，学语言最快的途径是模仿当地的朋友说话。同样的，对方是啥样的就接受啥样的，这一点很重要。所以我想给中国农村的孩子制造一些接触日本人的机会。城乡差距是明摆着的，在农村的孩子很容易觉得自己所处的环境就是世界。我想让这些孩子和日本人交流，哪怕只有一次也好，说不定就能开拓他们的视野，对他们的世界观产生良好的影响。对于日本留学生来说也是一样的，如果只是上课学中文，平时只去自己习惯了的地方逛的话，是永远不会了解中国到底是什么样的国家的，尤其是北京算是一个大都市了。我觉得让他们去一些平时自己不会去的地方，或许也能给他们的留学生活带来改变。”

“小春儿你真的好厉害啊！只是听你说了一下就好期待啊！无论是对于农村的孩子来说，还是对于留学生来说，这一定都是非常难忘的经验。”

“如果大家都能像你这么说就好了。如果我成为负责人了，我会先拿香坂班做试点，然后再推广到全校。而且这个活动对大学本身来说也有很多好处，以后的路我也想了很多。”

“啥意思？”

“在香坂班办成这个活动后，接下来我想让其他国家的留学生都参加进来。北外有这么多外语系，下一步就是让各个系的中国学生也参与进来。当然去农村进行活动的留学生与中国学生的比例需要控制。让中国学生也参加的目的是让他们学习语言，平时只能从老师和教科书上学，不运用到实际中就等于没学。据说北外是世界闻名的语言教育机构，那我觉得北外应该多为中国学生谋求和留学生交流的机会。在亚洲这种教育体制还不太完善，但如果北外能率先突破学院之间的限制的话，这一定是一个巨大的进步。”

“小春儿你好了不起啊！如果这活动真办成了，不仅北外的课程也会丰富起来，北外自身也会倍受注目吧！”

“而且，让中国学生参与活动还有一个好处。”

“啥呀？还有啥好处？”

“让中国学生给活动做宣传册，总结活动内容，在放一些面向留学生的广告。还有，跟农村小学联系、交涉这些都由中国学生来做，这样活动自然就会成为学生为主体的形式。”

“你真的想了好多啊，太棒了小春儿。”

“作为我自己来说，光想还是不够的，我得去那些农村，亲眼去看看当地的情况。有时间真想多去中国各地转转。如果这是这么说说，那这只是一个梦，如果能付诸行动，拿出结果，那这就是我的事业。所以我还没对其他人说过这事儿，如果说了大话却没成功的话就太丢脸了。”

“嗯，我不会告诉别人的。”

“还有一件事儿……”

“还有啥志愿者的活动啊？”

孙小蕊好像是真的在替我高兴，

“孙小蕊，谢谢你这么多年一直在我身边……”

她没有说话。

“毕业后我一定会实现梦想让你瞧瞧的。也不是说非要等到我完成了梦想，就是、就是等我有些积蓄后……跟我结婚吧。”

说完我从口袋里拿出了戒指，然后轻轻捏着她的手。在她脸上看不到惊讶，有的只是像海一般无边无际的广阔的温柔。她的眼睛有些湿润，黑色的眼眸里映的满满得都是我。

“当然啦。”

我给她戴上戒指，天边还残存最后一丝光亮，戒指在她的无名指上闪闪发光。

我们都笑了，一瞬间，我脑海里涌现出了那个共同在教室里度过的晚上，月光还有她的笑脸。

寒冬还未过去，但早春微弱的暖意已经随着轻风拜访了这个城市。

四九

毕业后的出路基本已经定了,剩下的就是好好享受大四生活了。想象上班后的自己，考虑未来事业的规划几乎是我每天最快乐的事了。就在这平凡的生活中，有一天来了一个电话，手机一直在震动丝毫没有罢休的意思，我拿起手机，看见一个好久没见的名字。

“小春儿吗？在干啥呢？”

电话那头传来堂哥低沉的声音。我跟堂哥的关系算不上僵，硬要说的话还是挺亲的。只是我一直觉得他当警察工作忙，所以这几年都没怎么和他联系，除了偶尔堂哥会打电话给我问问我的近况。有这样一个亲戚在北京，觉得心里踏实多了。

“刚下课回到宿舍。哥你咋样呢？都还好吧？”

“嗯，我好着呐。不过这次我打电话来是要说正事儿的……爷爷没了。”

“啥？你开啥玩笑！爷、爷爷……”

我不知道该怎么理解堂哥的话，脑子里突然乱成了一团浆糊。

“我今晚就回哈尔滨，你也是，今晚、明早左右马上回来，课先别上了。我已经跟你爸妈都联系过了，他们明天一早就从日本飞回来。”

“我、我知道了。现在就买票。”

“嗯，那哈尔滨见。”

第二天早上，我和父母在哈尔滨太平机场会合后，一起跟来接我们的大爷朝爷爷家出发了。

车上大家都没说话。大爷开车沉默不语，一旁副驾驶位置上的父亲皱着眉，一直看着窗外。我和母亲坐在后面，同样心情沉重。

爷爷家跟半年前我和妈妈来时没什么太大改变。大娘和堂哥已经到了，沙发上坐着一个老太太，是我们的继奶奶。她看见我们来了，马上直起腰来。

“这种时候你还喝得下茶！”

我爸一看见继奶奶就骂了起来。

“行了，你让阿姨等那么久，喝点茶又咋了。”大爷说。

“平时也就算了，但现在是这么悠闲的时候吗！都是因为你们平时都这么迟钝，爸的病情才会恶化的！”

“你说啥！你又来看过爸几次啊，还敢说这种话！”

“我工作忙来不了啊！我也想每天跟爸住在一起啊，就是因为你们在他身边我才放心的，可……”

“你别激动啦。”妈妈劝道。

“我、我们来整理一下东西吧。”

大娘顺势说了一句，想化解一下屋里紧张的气氛。没了爷爷，一家人聚在一起没有了和睦，只剩凝重。

大家都觉得大娘说的有理，收起了争锋相对的怒气，开始整理遗物。我爸一直在叹气，而我们剩下的人只是默默地收拾着东西。

过了一会儿，继奶奶拿着一沓纸过来了。

“那个……这个是他的遗书，给你们每人都印了一份……”

“这么多年您也辛苦了，宇阿姨。”大爷对继奶奶说。

“哪儿的话。和他一起生活，我很幸福。”

继奶奶说着流下了眼泪，大家都很感伤，我却发现只有我爸一人冷静地看着在抹眼泪的继奶奶。在场的每个人都有各自的后悔吧。如果能多陪陪他就好了，如果能多跟他说说话就好了，如果能多孝敬孝敬他就好了……岁月不饶人，时间无情地带走了一切，除了活人的后悔。

遗　书

哈尔滨市离休干部

李辉权

我们中华民族是伟大的民族、勤劳的民族、勇敢的民族，同时也是善良的民族、充满智慧的民族。近代历史上，中国遭受了多次侵略，特别是日本和沙皇俄国，占领中国领土最多，犯下罪行最大。这一百年间，中国人民在反抗列强斗争中的牺牲可歌可泣。以1937年“卢沟桥事变”为开端，历时8年，日军直接杀害中国人民近两千万人；死于南京大屠杀的中国人达到三十万人；总死伤人数达三千五百万人；直接经济损失五千六百二十亿美元。1858年至1864年的6年间，沙皇俄国占领中国土地一百五十万平方千米，相当于三个法国或五个日本。

“九一八事变”后，东北三省沦陷，日本关东军直接杀害中国士兵三十余万人；制造惨案五百多起；每次惨案死者少则十几，多则上千。虽然无法精确统计，但东北三省被杀害的军民、爱国志士达五百万人以上；被强制送往日本做苦力的中国人有四万余人，这些人里有想刘连仁一样躲进山洞里幸免于难的人，但大多数被杀害；东北三省被强征为慰安妇的妇女有二十万人。

喝水不忘挖井人。毛主席是中国历史上最杰出、最伟大的民族英雄。他推翻了压在中国人民头上的三座大山，救国救民一直是他心中唯一的愿望。面对国内外的强敌，他天不怕地不怕，采取了战略上轻视、战术上重视的方针。建国后两个月，国内战争仍然没有结束，但建国后应以战后复原为重，应大力发展因战争而落后的各项事业，这种情况下，毛主席踏上了一个特殊的战场——与那个排外主义大国进行曲折复杂的政治博弈。两个月后，苏联签订自愿从旅顺撤军的协议，以及“中苏友好同盟协议”、“有关中国长春铁路旅顺口及大连的协定”、“有关苏联对中借款的协定”等诸多协定。就这样，没费一枪一弹，毛主席让众人回到了自己的土地上，夺回了中长铁路，保卫了祖国的自主权和领土完整。

在与苏交涉的同时，毛主席还指挥了战役，成功解放了海南岛。

也就是说，毛主席不仅是伟大的军事家，也是伟大的政治家、战略家，是我们民族最杰出、最伟大的民族英雄。在长征、抗日战争和解放战争中，他发挥了高度的战略和策略，与党内左倾及右倾的代表张国焘、博古进行彻底斗争。毛主席着眼于战役与战术，加上强大而广泛的抗日民族统一战线，使敌人沉没于名为人民战争的洋洋大海之中，打倒了日本军国主义和蒋介石反动派，赢得了最后的胜利。在此期间，毛主席倾注心血，写下了 74 篇反对日本军国主义的文章和 71 篇反对帝国主义和国民党反动派的文章，收录于《毛泽东选集》。

建国后，1950 年 6 月，美国霸权主义以强硬的姿态派遣精锐陆海空军部队侵略朝鲜，同时第七舰队驶入台湾海峡。朝鲜半岛上的战火烧到了鸭绿江，美军轰炸丹东，在我国东北地区投下了大量的细菌弹。在战火烧到家门口的情况下，忍无可忍，毛主席和党中央果断决定由中国人民组成的义勇军将抗美援朝，保卫祖国。经过五次大战役，三年后人民解放军和朝鲜人民军共同将世界最大的霸权主义国家美国赶出三八线外，美国举白旗参加了停战谈判，美陆军上将克拉克不得不在停战协议上签名。我大中华国威何等壮大，军威何等雄壮，中国人民斗志何等高昂！

树欲静而风不止。帝国主义、军国主义欲亡我国家，然我心不死。列强在中国近代史上犯下的罪行血泪难书，也令吾等汗颜。我的子孙无论何时何地，都不能忘记国耻，不能忘记为国捐躯的先烈，绝对不能忘记无辜被杀的数千万同胞。这份悲痛须代代相传，铭记在心。

以上述为宗，本人遗书具体内容如下：

一、无论平时、战时，特别是祖国陷入危机，抑或收到敌国进攻时，绝不可背叛祖国，决不可背叛祖宗，决不可背叛十三亿同胞，决不可投靠敌国做出有损祖国的行动。在国外，特别是在敌国的子孙必须携家属回国，参加抗战——应参军，出钱出力出智慧，尽吾所能保卫国家。

二、应端正自己对政治、社会的意见和思想倾向，时刻勤勉学习，思考何等人才可谓是真人。雷锋是真人，董存瑞、郅顺义是真人，他们的共同特征就是不撒谎、不虚伪，思想观念上贯彻实事求是，对工作认真负责，有奉献全部的觉悟。要对人民报以满腔热情，特别是对劳动人民要诚实：骗人、造假是唯心主义，是腐败的根源，是通往犯罪的道路。无论是青年、壮年，还是老年，都有为私欲而腐败的危险，须时刻提醒自己，万万不可犯错。即，腐败与否是思想观念这根支柱的根源变化带来的表现。学海无涯，人必须活到老学到老。做事不可随意、不可糊弄。我在黄泉路上愿我子孙的名字不被载入“腐败薄”。死后，能让我瞑目的一件事就是我的子孙与腐败无缘。

三、我没啥财产，只有三万元人民币，在桌子抽屉里的两个信封里。这些钱由我的孙子李明和李春继承，望有助于两人各自的事业。

我没有自己的房产，现居住的是同省军区所有的房屋，为租赁房。由省市民政局、省军区后方联勤部和我本人三方签署的“原军所有不动产居住协议书”，不可将其遗失、烧毁或废弃。根据该协议，现居住房屋的租赁权交由你们的继母宇彩铃继承。

四、与你们的继母宇彩铃共同生活后，我的生活更为安稳了。特别是我患病是，她尽心尽力照顾我。如果没有她，我可能在死后数日都不会被人发现。如此看来，我与你们的继母一起生活其实也为你们减少了不少负担吧。

我们共产党员是平等的，对人也是公正的。夫妻、子女，还有其他人与人之间的关系都应该是平等、公正的。你们应该遵守这条

原则。对她来说，我的死恐怕如同晴天霹雳，她失去支柱，往后一个人生活也成问题。 你们应与我生前同样，时常看望她，照顾她的生活和健康。

最后，无需我多言，我的骨灰与前妻王天美同葬。

我们从爷爷家回到宾馆，在房间里读完了遗书。父亲说要转换一下心情就出去了，现在房间里只有我和我妈。

“最后一次见爷爷是半年前吧，那时候他说话已经很困难了，但好像他还有话想对我们说吧……爷爷那是很辛苦吧……”

“我也想多听爷爷讲些以前的故事,我也应该多跟他说说话的。”

“你爸自从接到电话说你爷爷走了之后一直在哭。平时在大家面前好像很横的样子，但你爸他肯定也在后悔的……他说以后回哈尔滨的一大意义已经没了。所以啊小春儿，以后你也多和爸爸说说话，聊啥都行，多给他打打电话啊。”

“嗯。”

两天后，我到机场送父母回日本，然后和堂哥一起做国内航班回到了北京。

在爷爷家见到堂哥时，他表情一直很悲伤，我想让他打起精神来，试着和他聊些别的话题，可他眼里只有一片空洞。我不知堂哥怎么想的，但现在和他在一起，我挺不自在的。

飞机里，一直缄口不言的堂哥终于开口跟我说话了。

“小春儿。”

“嗯？”

“你能想起啥有关爷爷的事儿吗？”

堂哥虽然在对我说话，眼睛却看向了别处。

“当然有啦。明哥肯定也有很多回忆吧？”

“嗯，当然啦，当然比你多多了。”

我不知道该回答些什么。

“你记得吗？小时候你放暑假的时候来爷爷家，你把日本小学里的成绩单给爷爷看，爷爷表扬了你老一阵啦。”

“嗯，记、记得。爷爷对我挺好的。”

“哼，我觉得爷爷对我却很严厉……如果是日本学校里学的那点儿东西，我也能拿好成绩。爷爷就知道批评我……”

“也没有吧，爷爷也总说我，应该多了解一点儿历史，说啥‘作为中国人’之类的，总是教育我。”

“这种事，越骂越听不进。你记得有一次，就是奶奶还在世的时候，我们拿床当跳床玩。我们还小，觉得很有意思，但是奶奶的脸色却越来越阴沉了。你最先发现奶奶脸色不好，马上不跳了，只有我一点儿都没察觉，还在那儿傻乎乎的一个人乐着，最后奶奶只骂了我一个人。你记得吗？”

“不、不记得了，有这事儿吗？”

“你从小就会察言观色。明明是我总陪在他们身边，但他们却只对你这个半年才回来一次的人笑脸相迎。”

“哥你开啥玩笑！才没这事儿呢！你在想啥无聊的事儿呢，别闹了。”

“哈哈，我就说说。我很难过，我最喜欢爷爷了……”

到北京后，我们分别打车回家了。

五十

爷爷去世是三个月前的事儿了，最近中日之间因为领土纷争，两国关系好像一下子坠入了冰窟窿，冷到了极点。已经好几天了，这种僵局丝毫没有回暖的迹象，带走了我们原本平静的生活。

中国各地掀起了一股反日狂潮，日本车、日料店、日企全都未能幸免，到处都能看见反日游行。

而另一方面，日本国内虽然不见有国民为了国家利益而采取行动,但因为看到中国反日的新闻而对中国心生厌恶的日本人却不少。

北外也提醒日本留学生减少外出。

在华日本人的处境不容乐观，有孩子在中国的日本家长都很担心自己孩子的人身安全, 我父母也不例外, 最近频繁地打电话过来。

“你那儿没事儿吧？”

“嗯，没事儿，没啥可担心的。在外面说中文就没事儿了，日本新闻里说的那些只是中国某些地方而已，北京没事儿。”

“是吗，那就好。你爸也很担心你啊。”

“爸爸？”

“嗯，在家的时候总惦记着你，你有空也给他打个电话吧，你最近还没打过吧？”

“嗯。那爸爸现在精神好点儿了吗？”

“还没呢，跟三个月前差不多。别看你爸那样，其实烦心事儿挺多的，他有他自己的压力，他也是在为你努力哦。别等你爸走了你再来后悔，现在多跟他联系联系吧。”

“别说这么不吉利的话，我知道了。我也有我自己的事儿啊，等我做出点儿样子了，我会跟爸说的。”

“你就这种地方特别像你爸。”

“诶？”

“但还是从现在就开始吧，几句也行，多跟他唠唠嗑。”

“行了，知道啦。”

“那你自己在那边小心点儿啊，有啥事儿马上告诉我们，或者跟堂哥说，知道了？”

“嗯，别担心。你也注意身体，帮我跟爸爸问好。”

“你自己跟他说。”

“好啦，知道啦！”

五一

那天晚上，我和王恒、博文、阿学、爱美一起去了我们常去的那家日料店“和心”。

“现在局势这么紧张，你们居然还开着，果然树大根深，这点儿小风小浪对你们造不成影响吧。”

博文跟店主熟络地聊了起来。

“地段好的店都关了，不过我们这儿不显眼，不是熟客找不到这儿。”

“是啊，这样的店才会让熟客觉得舒服，尤其是现在大多数日料店都挂着五星红旗。”

“就是啊，不然就会被砸吧。你们从西边赶过来挺麻烦的吧，自己也多加小心啊。”

“我们没事儿。不过在打车的时候，大概因为说了日语吧，被司机拒载了呢。”

“对吧,最近司机都忌讳日本人呢。不过今天你们好不容易来了，就在这儿吃好玩儿好，好好放松一下吧。”

“嗯，那可拜托您啦！”

马上，五大扎啤酒上来了，我们碰了碰杯，今晚的聚会算是正是开始了。

“阿学，最近乐队怎么样啊？”博文问道。

“挺顺哒！最近定下来要弄毕业演出，刚买了露天演唱会用的音响呢！你们好好期待着吧，肯定特棒！”

“好期待啊！不过，马上就要毕业了，大家可要一起顺利毕业啊！”爱美说。

大概是因为快毕业了吧，大家说说笑笑，话题却总离不了学校生活。

店里的电视放的是日本的节目，我们谁都没有留心去看。像背景乐一般流淌的日语让我们渐渐忘记了自己身在北京。

博文、阿学和爱美都已经确定要回日本工作了，我在香坂班当负责人的事儿也尘埃落定，之前只跟孙小蕊说过的我的志向，我也都告诉了大家。

“就差恒一了吧，毕业后有想做的事儿吗？”阿学问。

“我想在东北开个养老院。”

“养老院？”

“嗯，虽然只是设想阶段，资金也是问题，门路也是问题，所以现在正在为了这个目标而寻找赚钱的机会。我觉得，在东北有商机。”

“这样啊！你也挺行的啊！虽然平时没表现出来，但还是在好好干的嘛。”

“算是吧。我想把日本的食材引进到东北栽培。我查了一下，日本生长的蔬菜有一些很抗寒，而且适合在东北的黑土上种，关键是那些菜东北挺少见。我想先在东北弄个蔬菜园地，搞点儿加工。”

“这点子真不错啊。啥菜啊？”

王恒停顿了一下，然后笑了，

“现在还不想告诉你们，哈哈。”

“搞啥啊，就我们这关系你还有不能说的啊！快说！”博文拍了一下王恒。

“不是，跟你们有啥不能说的。只是现在我还在调查阶段，万一种不了不就闹笑话了吗。等我确定了之后再告诉你们。”

“切，真冷淡。那资金问题你咋解决啊？”博文问。

“嗯，我亲戚在哈尔滨郊区开农场，现在正在和他们谈呢。不过现阶段还是有很多问题没解决。”

“没事儿！别说丧气话，该干的还是要干的！你们还真有想法啊，小春儿也是。”阿学说。

“我来北京之后变了。以前只重视眼前的利益，特着急。但和小春儿待在一起，我渐渐觉得以前视野太狭窄了，所以我现在说要开养老院，绝对不是只看重眼前利益的。”

“不过你为啥要开养老院呀？”爱美问。

“没啥特别的原因，就是因为我发现中国农村老龄化严重，年轻人都到城市去打工了。一个人迎接生命终结的老人太多了。而且我觉得对于中国来说，日本的医疗器械和日式服务都是很有借鉴意义的。还有刚才说的那个菜，如果在东北农村种植的话，还可以给当地注入活力。这样我自己也能发挥在日本积累的经验，对我自身也好。小春儿想做的事儿也一样，都是从社会需求出发、能够回报社会的。我觉得只有社会真正需要的，才是能长久发展的。这是我从小春儿身上学到的。不过我其实也是先想着赚大钱，再考虑回报社会的。”

“但是你们这些想法真的很了不起！”阿学喝了一口酒，说。

不过，爱美却没那么乐观，

“我倒是有点儿担心他们俩，特别是小春儿。”

“诶？为啥？”

“因为追求梦想的过程中，一心只看着高处就会渐渐和同伴疏远。我是觉得你们俩的目标挺高远的，但我也觉得，追求别那么高也挺好的。”

“咋会疏远呢？你为啥这么觉得？”

我能理解爱美的担心，但还是想问问她为什么会突然这么想。

“恒一和小春儿，特别是小春儿，在想什么都不说，只会一个劲儿往前冲，就想着什么都要一个人承担。等我们回过神来，你已经早就走到我们不知道的远方了。我就是这么觉得。”

“不会，我们境遇相同，关系又这么好，咋会疏远呢。我觉得正是因为你们在我身边，我才能安心前进。”

“也许是因为我是女的吧，所以不太能理解男人的野心。我觉得大家都去日本工作，想见面就能见面，这样就够幸福的了。我觉得不走那么远也没关系啊。”

听爱美说完，阿学有些不屑地说，

“要我说啊，这种老爱瞎担心的人才最让人操心了。越是想着要保持联系的人，到了紧要关头越是会抛下大家自己先走。”

他这话虽然是对爱美说的，但却也同样砸在了我心上。

“不会的，我……”爱美反驳道。

“小春儿和恒一在中国有自己的梦想，无论他们走多远，只要他俩还觉得我们是兄弟，就不会有我们到不了的地方。这样，他们也不会失去自己的归属。”

阿学会说这话，我们都挺惊讶的。

“但、但是……”

“爱美,阿学说的是对的。我们是兄弟吧？他们想要干一番事业，如果连我们都不支持他们，那还有谁会支持？”博文说。

“就是啊，我们是兄弟！而且又不是只有我和小春儿在努力，阿学、博文，还有爱美，毕业之后大家都要走一条崭新的路。你们才是呢，别忘了我们在北京的友谊！”王恒说。

“对啊，爱美，别担心，我和你们在一起才最安心，你们也和我一样吧？”我说，“行了，甭多说了，干杯！”

已经不知干了多少杯了,我们又再一次举起了酒杯。就在这时，电视里的一条新闻引起了我们所有人的注意。

“今日下午，自民党党首参拜靖国神社……”

这可不是一条无关紧要的新闻，那种忘记身处何方的感觉瞬间消失，我们立刻清醒过来，自己就在北京。

“真是够了。”

博文叹了口气，紧接着阿学也说道，

“这样一来不就给参加反日游行的人借口了吗！他们怎么就不能替在中国的日本人想想呢！”

“我可不觉得搞个游行就能改变什么。”爱美说。

“参加游行的人或许真的想改变什么，但我总觉得他们诉求的并不只是反日。发起游行总是有一个什么契机的，不然怎么会有那么多的人聚集到一起？这次参拜靖国神社就是个好例子。中国人都觉得日本参拜靖国神社就说明日本没有深刻地反省过去犯下的错误，所以大家会愤怒。不论经过多久都不会有想起被杀害的同胞而不愤怒的人。如果这时保持沉默，那作为中国人的颜面何存？又怎么显示对这片土地的爱呢？这其实是一种无论何时都能为国献身的表现吧。坊间都在传，说游行队伍是网上召集的，还有说是有人出钱雇的，甚至有人说游行其实是为了宣泄对中国贫富差距的不满，总之咋说的都有。但是真相到底是什么我一点儿也不关心。本来让这么多人都在同一旗帜下行动就是几乎不可能的。但我觉得，就算是凑热闹的也好，花钱雇的也罢，大家都应该起来反对日本右翼。在中国，到了紧要关头还是有人能站出来的。”

从王恒的话里很容易就能听出他对中国的爱。中国的强大，无论在那个国家、那个人眼里都是再清楚不过的吧。

“那你赞成游行咯？”阿学问道。

“也没啥赞成不赞成，中国国内的舆论也分两派啊。有人认为游行是爱国的表现，也有人认为这是搞破坏的行为。不同的人会从游行里得到不同的东西。在日本不是也能看见右翼的游行吗？在中国还有其他国家也被报道过。无论在那个国家都有舆论管制，对自己国家不利的事都会被掩盖。在日本的日本人可能没什么机会亲眼看见，但从人口比例上来说，日本和中国的状况一样。”

“对，我们接触到的信息毕竟只是一小部分。就算对待同一个问题，从小在日本长大、看日本新闻的人自然觉得日本声称的是正确的，并且觉得于情于理它都是正确的，反之亦然。所以我觉得 Media Literacy 很重要。对信息源刨根问底，思考应该于什么立场考虑问题，我觉得不换位思考是做不到这些的。”我说。

“就是啊，亲身体会才是最重要的，不是吗？”王恒说。

就在这时，远处隐约传来了吵闹的声音。店里的日本客人都因为这一点点喧闹而心里一紧。

“老板，你听见了吗？”有人问。

“嘶，不会吧……我去看看。”

老板出去了，我们几个互相看了看，一下子没了喝酒的劲儿。

“不过就算是游行，也就是在外面走走就过去了吧。”博文说。

“是啊，但还是有点儿恐怖。”

“如果日本政府不那么多事儿的话，中国人也不会搞游行了。”博文说。

但阿学反驳道，

“日本也有必须要守护的东西啊。刚才王恒说什么‘右翼’，但‘右翼’的定义还不明确吧？”

“很明确啊，就是‘保守主义者’‘反动主义者’嘛。”博文说。

“不，时代、国家、视角不同，‘右翼’的定义也会不同，而且中国人说的日本右翼其实也可以分为很多种。这次政客参拜靖国神社，肯定有他们的政治战略因素，但其他国家会认为日本正处于右翼的统治下,也难怪大家会觉得日本没有好好反省过去犯下的错误。战时杀了很多人的日本士兵在中国人眼里是‘杀人狂’，但在日本人眼里却是‘英灵’，你们知道这是为什么吗？”

我们并没有回答，而是等着阿学下面的话。

“因为正是‘日本’这个国家让他们这么做的，是‘日本’让他们成了杀人狂。大家都是有血有肉的人，你以为在当时杀人就是一件高兴的事吗？杀一个人、两个人、十个人……杀的人越多他们就越麻痹，丧失理性，人格破碎，然后才变成杀人狂的。哪会有人兴高采烈地冒着生命危险拿起武器的？他们是被‘国家使命’所驱使的。是一种我们现代人无法想象的痛苦，让他们改变的。他们是为了国家、为了亲人而战的，现在的政客只是不想让这些人白白牺牲才参拜靖国神社的。”

紧接着，博文说道。

“但也没必要搞得那么大张旗鼓吧？如果政客想对死者表达敬意的话，私下去不就行了。”

“我刚也说了吧，他们也有他们要守护的东西。被叫做‘日本右翼’的那些人也是在为了自己的主张而努力。日本自然资源匮乏，所以就算是微弱的希望，也必须全力抓住。如果不变强就保护不了祖国。正因为是小国，所以才要用强大的意志来保护人民。正因为有右翼势力，日本才能在世界舞台上彰显自己的国威。虽然这种做法弊大于利，但对于日本国民来说，右翼也是不可缺少的势力。他们意志坚定，不会因为一点外界压力就妥协。我刚说右翼也分好多种，所以也很难辨明他们真正的意图。网络宣传或者发传单，组织各种反华游行，还有践踏中国国旗，这些都是‘行动保守派’。虽然他们做了很多，但目的却越来越不明确。到最后，甚至有黑社会团体也参与这种活动，或者干脆黑社会也把自己成为右翼，成为一股政治势力。不过，哪个国家都会有派系斗争，只要想要守护的东西不同，可以原谅的界线不同，就会有不同的正义。无论在资源还是主张上退一步，过往的所有努力都会化为乌有。右翼其实也只是在为保护国家而努力着。”

“你对右翼的看法还真是客观啊。你说的很对，但游行里出现的打砸抢烧，我觉得都是参加游行的人自发的。虽然肯定也有人趁火打劫，但其中必定隐藏了真的愤怒。就算再小的火种也能在人群中燃起熊熊大火，大家都被浓烟包围，因而看不清真相，也就没有什么真实的愤怒。而若是想要灭火，便必须扑灭火源，问题就是没有人看得清火源到底在哪儿。其实火种就像平时被细心看管的烟花，不让日晒不让雨淋，要发展成大火还需要一个导火索。这次的导火索是参拜靖国神社事件，可大家看见浓烟就以为是大火，大家都去游行，却没有人寻找火源。”

王恒说着，脸色渐渐阴沉下来。

“之前道过歉就可以被原谅吗？这种半吊子的态度我可不接受！如果诚心道歉的话，就应该把反省的态度贯彻至今。日本就知道喊什么自由平等，却对过去的错误视而不见。为了国家和平，政府隐瞒历史真相，导致下一代人只知道‘昭和’这个年号，却对期间发生的事件全然不知，培养了整整一代无知的国民。中国可没一直拿历史问题要挟日本，现在是因为日本又要重蹈覆辙，中国人才愤怒的，大家只是对日本心存戒心而已。”

“怎么回事儿啊王恒，我怎么听着你这么偏袒中国呢？”

听阿学这么一说，王恒才喝了口酒，冷静下来。

“我只是客观地叙述事实而已。你才是呢，一直都在为日本辩解。”

“我说的才是客观的好吗？而且本来每个国家都有各自的尊严和国家利益。”

“嗯。其实,跟我们接触的人里,大多都是不拘泥于历史问题的,我是这么感觉的，虽然这也跟我所处的环境有关。不过有一点是确定的, 光靠媒体来了解世界的人肯定看不清事实, 也会有很多偏见,因为媒体都有夸张的恶习。”

他们说了这么久，我也忍不住说道，

“是啊，信息量太大，却很少有人想去探明究竟。大家都只看有利于己的信息，自以为是地轻视他人，最恶劣的是大家都在这么做却不自知。无论生在哪国，人们都无意识地生活在前人创造的体制里,而世界观和价值观也都超不出体制的范围。但我只想说一点，不要把‘抗日’当做‘爱国’。时至今日仍喊着战时的口号，这样下去两国根本无法共同前进。至少改成‘厌日’吧。只为宣扬国威或单纯发泄情感，这些既不是‘爱国’也不是‘保守’。单靠这样根本保护不了什么，反而是一种不尊重战争牺牲者的行为。这种空虚的呐喊无法替任何人报仇，也没有人会留意，只是噪音而已。我觉得问题的关键还在于，想要了解真相并自发去努力的人太少，大家生于这个国家，只相信自己国家的信息，除了左右不知道别的选项。”

“要我说，现在的人在现实中迷失了现实。如果自己看清真相后还无法原谅对方，那到时候该咋样咋样就行了呗。只有这样才不算被人操控，才可以说是凭自己的意志行动的。”

阿学如是说道。而就在我们争论的时候，吵闹的声音越来越近了。

这时，店主跑进店里向大家说，

“现在游行的队伍正在往这让走来。我们店不显眼应该没事儿，但保险起见，我打算暂时把店门关了，把厨房后面的紧急出口打开，万一,万一有什么事儿，大家就从那儿出去吧。”

大家都没想到，游行队伍竟然会行进到这么偏僻的地方。有坐不住的客人已经先走了，而我们几个还坚持待在店里，希望这只是虚惊一场。

游行的声音越来越近,听起来声势浩大。我们还是装作没事儿，喝着酒吃着菜，但原本热闹的气氛的确已经被紧张感替代。

游行的声音已经清楚的传到了我们耳里。

“爱国无罪！”“打倒日本军国主义！”

外面听起来闹哄哄的，但口号却整齐划一。老板把耳朵贴在卷拉门上听外面的情况，然后突然“砰”地一声，有人向门上扔了什么东西，然后“砰砰砰”，不断有硬物被扔向店门。

“爱国无罪！”“打倒日本帝国主义！”

店主有些着急了，留在店里的客人们都紧张地不敢大声喘气。

“不好了，我们被盯上了。让大家在这样的环境下用餐真是对不起。如果不理他们，游行马上会过去的吧。请大家再忍耐一下。”

大家都默不作声，停住了筷子。我悄悄拿出手机，小声地说，

“明哥！现在忙吗？”

“咋了小春儿，我刚下班打算回家呢。啥事儿？”

“你家离亮马桥不远吧？不好意思，你能不能过来一下啊？我在一个叫‘和心’的日料店,外面被游行的人包围了,情况不妙啊！”

“多少人的游行啊？”

“现在店门关了看不见外面，但感觉挺多的。”

“行，我知道了，马上过去。”

“咚——咚——”

卷拉门被踹地直响。

“爱国无罪！”“达到日本军国主义！”

店里的客人们都变了脸色，而外面暴躁的人群却丝毫没有散去的意思。

“不好了，店后面也都是人，不过还好他们不知道那里可以通进店里。现在走后门也不安全，真是对不起，但请大家再在店里避一会儿吧。”

“老板你就别道歉了，这也是没办法的事儿啊。”有人安慰道。

这时，堂哥打电话来了，离我刚才打电话才过了 20 分钟。

“我到了，你先让我进来。”

“有个后门，你到店后面，那儿有个褐色的门可以进来。”

外面还是很吵。我告诉老板,我当警察的堂哥来了,他面露喜色,

“是吗！那应该很靠得住吧？快让他进来吧。拜托你们啦！”

马上，穿着军装的堂哥就从后门进来了。

“等着急了吧？”

“没，哥，对不起啊，这么着急把你叫来。”

“没事儿，最近我工作就是这个。”

卷拉门还在“咚咚”响个不停，颤地人心惶惶。

“外面人也不太多，但这样下去可不好办啊……”

“小春儿的哥哥啊，外面那些人完全不走，现在店门也松了，您能帮我们想想办法吗？”

老板用不流利的中文努力地跟我堂哥说。

“是啊，哥，这种情况不应该请求支援吗？警察应该镇压吧？”

堂哥没说话，闭着眼想了一会儿，道，

“不行，现在我已经下班了。”

“那该咋办啊？”

“店里已经吃好的客人就跟着我从后门逃走吧。”

“但是后门也有游行的人啊！”

“后面人少，我还是能让店里的客人安全逃出的。老板，今天先让客人们都散了，然后马上关门。外边儿那些人要是闯了进来，可就要出人命啦！”

“那、可店怎么办啊！”

“现在保证的人安全是最重要的，店里事后到派出所报案就可以了。现在要紧的是让客人避难。”

“好吧，我明白了。”

马上，店里的客人就做好了离开的准备，老板也收拾收拾，把店关了。堂哥先带着一批客人逃到了安全的地方，然后回来带老板、店员和我们。可就在我们打算从后门离开的时候，“哐当”一声巨响，卷拉门倒了下来，喊着“爱国无罪”“打倒日本军国主义”的狂暴的人群冲了进来。我们急忙往外跑，但后门突然也聚集了很多人。

店里一下子涌进了许多游行的人，他们进来后不管三七二十一就把店里东西乱砸一通，桌子裂了椅子断了冰箱倒了，他们手持钢管，开始砸柜台和窗户。

就在他们挤进店里的时候，我们情急之下从厨房跑了出来，马上锁了门，沿着墙排了一列往外走。堵在后门的人看到我们出来，马上把手上一切能扔的东西都扔了过来。人高马大的堂哥背对他们，张开双臂护住我们，可激动的人群并不忌讳他的那身军装，还是不停地朝我们扔东西。

“操，为啥我们会落得这个下场！”阿学骂道。

“小春儿的哥哥，你不能再想想办法吗？”

“现在真的没辙了。”

爱美在发抖，不过走在她后面的博文一直在说着鼓励的话。博文后面是店主和两名员工。大家不得不猫着腰用手护住头才能往前走。

“滚出中国！”“日本鬼子滚出中国！”

谩骂声中我走在阿学的后面在队伍的最尾端，看着他的背影，我知道他在苦苦忍耐。

“喂，阿学，你可别激动啊，忍住，马上就是大路了。”

“嗯，我知道。”

“哥，你为啥不跟他们说你是警察呢？”

“没用。看你们这样子,还有这家店,就算你们说自己是中国人，他们也会认为你们是亲日的。他们不直接动手就已经不错了。”

堂哥面无表情，眼里好像有一丝叹息。

“哥，真对不起，突然在这种时候叫你。”我边走边说。

“小春儿……你好好记着这场景，这就是中国人的愤怒，日本人怎么赔都赔不完的愤怒。”

我抱着头前进着，一瞬间以为自己听错了。前面就是大路了，只要再忍一下……

“啊——”前面传来了爱美的惨叫。

紧接着只听博文怒吼一声，就看见他向狂躁的人群跑去。我们一下子乱了手脚。

“喂！博文！别去！快回来！”

我喊着，马上追了上去。王恒也想跟我一起冲过去，但被我堂哥拦下了。

“小春儿和那胖子交给我，你们先走，马上回学校。”

“不行！我也要去！”王恒说着又要来追我，但无奈敌不过我堂哥。

“你应该先带那个女孩儿和另一个男生回去！”

阿学护着爱美走到了大路上，店主和店员也跟着平安脱险。

“可……”

“我是小春儿堂哥，交给我吧。”

“你可得把他们平安带回来啊！我相信你！拜托你了！”

博文虽然想狠狠揍一顿那群伤害爱美的人，但冲进游行队伍的他简直是羊入虎口。大家很快就围上来群殴博文，对他拳打脚踢。我也冲进人群，努力拨开那些试图伤害博文的人。

“别打了！我们不是日本人！别打了！别打了！”我扯着嗓子，无意识地这么大喊道。当然那些人根本不理会，反而连我也一起打了。

无论喊什么，无论怎么喊，在狂躁的人群面前一切都是谎言，没有人停手，愤怒的浪潮更凶猛了。我无力地反抗着，心中唯一的希望就是堂哥。可是我四下找了一周，却发现他双手抱在胸前，在人群外冷冷地看着我们。

博文倒下了，我再也忍不住了，随手拿起了一个啤酒瓶，往一个人头上砸去。有人惨叫了，酒瓶碎了，我的手被割破了，但是我不能停下。我以酒瓶为剑，一点点向博文的方向靠近。我已经失去理智了，可令人惊讶的是，我知道我已经失去理智了。无论受到怎样的攻击我都不觉得痛了,心中唯一的感受是愤怒。我伤害着别人，但好像有另一个自己在另一个地方，正在为这个伤害人的自己感到悲伤和怜悯。博文就在离我一步之遥的地方,但是我就是无法靠近，渐渐连站着的力气都没有了。

我看见了什么？从地面向上可以看见堂哥的脸。他在笑，但他的眼里却含着泪水。

我再也支撑不住，一闭眼，陷入了无尽的黑暗之中……

五二

我努力睁开眼，却不知自己身处何方。全身酸痛，挣扎着看向窗外，外面是我熟悉的景色。橙色的街灯，一排小饭馆，还有高大的槐树……车里的味道……我在北外的小东门外，我在车里。

“总算醒了？”

说话的是坐在驾驶座上的堂哥，声音听起来有些颤抖。

“哥……”

堂哥转过来，神情复杂地看着我。

“我咋在车里啊？其他人呢？博文呢？爱美呢？”

“大家都没事儿。还有那个胖子，我同事已经送他回寝室了。那女孩儿只是被石头砸了一下，也没问题。”

“没问题？怎么可能啊！游行队伍呢？我现在咋会在这儿呢？发生啥事儿了？我失去意识了？”

“你现在在警车里。”

“诶？”

我根本不知道发生了什么。堂哥好像打算说什么，却被我打断了，

“对了！是明哥找来救援了吧？你同事处理了这件事吧？”

堂哥眼神黯淡下去，沉默不语，然后突然呼吸急促起来，这让我很不安。

“喂！你说啊！你倒是给我说清楚，到底咋回事儿啊！”

“你犯法了，不能继续留在中国了！我……我真是做了一件无法挽回的错事啊……”

我好像一下子掉进了一个黑洞，堂哥的话传进了我的耳朵，我的身体里却没有可以容纳这短短一句话的地方，好像一瞬间，自己从这个世界上消失了一样。

“你该不会忘了你做了什么了吧？”

我做了什么……我想起来了，身体忍不住打颤。

“被你打伤的中国人都被送进医院了。”

“等等……是他们先动手的啊！如果我不反抗的话，博文还有

我，我们可能都……可能都死了啊！”

我忍不住喊了起来，可一激动，身体又传来了阵痛。

“所以事实就是你触犯了刑法，你伤害了这个国家的人民。你违背了……爷爷的遗愿。我真的不知道应不应该原谅你，我该怎么办啊……”

“开啥玩笑！爷爷的遗愿和现在这事儿有啥关系！当时也是情非得已啊！而且，你当时为什么不帮我们！你笑了吧？我倒在地上的时候你笑了吧？你为什么没有早点儿叫救援，非得等到我的兄弟被人打得体无完肤了才行吗？！”

堂哥努力调整气息，平静下来说，

“别搞错了，是你朋友先动手的。”

“啥？你才搞错了吧！怎么想都不会是我们先动手的吧？是他们先对手无寸铁的我们动手的！”

“小春儿，你没听人家咋喊的吗？”

“啥意思？不管他们喊啥，他们做的事儿都是不可原谅的吧！”

“爱国无罪……”

“哥，你脑子没坏吧？你难道也被打了？你以为就这么喊喊就可以随便打……”

“你个罪犯，你给我闭嘴！”

堂哥怒吼了一声。他这一句，好像紧箍咒，让我动弹不得。

“小春儿……我从小就恨你……”

“……诶？啥、啥意思？”

堂哥抓着手刹的手止不住地颤抖。

“我从那么小开始就待在爷爷身边了，我的一切努力都是想得到爷爷的认可……你太狡猾了……我讨厌你，但是又羡慕你，忍不住还觉得你很亲切……”

“你说啥啊！”

“你别插嘴！你在日本这么优哉游哉地长大，怎么可能真正地爱中国啊！你都不了解中国！中国人承受着多大痛苦活着你知道吗你？你一年就来一两次，爷爷还那么疼你，你根本不了解中国教育体制的残酷！”

“够了！我、我也在中国生活过啊，我受过中国的教育！”

“你不就是举着个外国人的牌子，被一群傻乎乎的中国孩子围着转么。在日本也没学过什么历史，你不过是装出一副同情中国人的样子罢了！”

“不是！我也在努力啊！你到底想说什么啊，哥！”

“我和你是有血缘关系的堂兄弟。我又喜欢你，又讨厌你。每次见到你我心里都很复杂。你流着日本人的血，在日本长大，我们之间不可能互相理解。这个社会上就不存在什么真的理解。每个人都有自己的意志,都有自己的苦衷。我是没觉得游个行就能解决啥，但是这至少是爱国的一种方式！”

“不是这样的……哥你错了！这种集体愤怒来源不明，他们连现在日本是啥样的都不知道，你倒是说说他们被日本人咋地了吧？我又对你做了什么？你刚才说的无法挽回的事是什么？你干啥了啊哥！”

堂哥脸上一下子闪过了很多表情，好像在哀叹些什么似的悲伤的目光，好像在回忆些什么似的空洞的眼球，好像做了什么坏事似的后悔的眼神，好像在犹豫什么似的不安的视线。最后他好像在强

忍住心中的什么，颤抖地开了口，

“历史说明了一切！你们日本人,不,你这样的披着中国人外套、不伦不类的东西，到底能为中国做些什么？你听着小春儿，你可不在我的祖国的保护之下。”

“你在说啥啊！你到底干啥了啊！”

突然,狭窄的车里充满了未知的恐惧。堂哥面无表情地回过头，我却不敢直视他的眼睛。那种眼神，以前也见过。

“你犯罪了。”

“我、我也觉得自己做了很过分的事儿，但……”

“我不能保护我自己的堂弟，我必须公证执法。明天我会准备好材料，和负责这个案件的警官一起过来取证。你就当这是为了把你驱逐出境的手续吧。我剥夺了你在这个国家的未来，对不起，小春儿……”

“怎么能这样！你不能这样！我在中国还有很多想做的事儿！这里有我的梦想和目标！你放过我吧，哥，我求你了！不要把我赶走！”

“真的对不起，小春儿，我也无能为力了，抱歉……”

我眼前这个泣不成声的男人，抹去了我记忆中温柔又可靠的堂哥。真正的敌人或许就藏在你身边，近在咫尺……人们潜意识中暗含的仇恨，总是会在某些特定时刻爆发，然后膨胀、扩散。能与之对抗的不是时间，不是机缘，不是爱。就算努力理解，就算主动背负过去，隔阂还是隔阂。

下了警车,我向宿舍走去。和堂哥已经没有什么可以多说的了。

“明天我会来接你的。”

车上传来一个男人的声音，他穿着军装，但我并不理会。

回到自己房间，我坐下来思考。其实也不是思考，只是复杂多舛的诸多事件在脑海里反复回放。“驱逐出境”这个词让我的脑子一片空白，刚才堂哥说的一切都好像与现实脱轨。我无法接受。

我也不知道怎么的就拿起了手机，或许想追求一丝安慰吧，我拨通了那个号码。

“喂……”

“小春儿？真难得啊。这么迟还打电话，还没睡吗？”

“嗯，只是，想起来就打个电话。我觉得你应该没睡，妈已经睡了？”

“嗯，睡了。你怎么样？没事儿吧？身体还好？”

“……嗯。没事儿。爸爸呢？”

思来想去还是没能说出口。爸爸，多久没有这么叫了呢。

“是吗，我们也好，你别担心。听说你当香坂班负责人的事儿已经定了？恭喜你啊。”

“啊、嗯……谢谢……”

“临毕业了也别太放松，还有要注意身体啊。”

“嗯，谢谢，爸你也注意身体。”

“嗯。”

“……那，再见。”

挂了电话，有一股温热的液体从眼睛里流了出来。我站起来，开始收拾行李，心里意外地什么都没在想。

咚咚——

我胡乱地擦了擦眼泪，打开门，看见王恒站在那里。

“你没事儿吧小春儿？担心死我了！没能陪你一起，真的太对不住了！”

“没事儿，别介意。”

王恒似乎马上察觉到了我的异常。

“之后我们上了出租车，把爱美送到医院。我马上赶回那里，却发现你们，还有游行的人都不见了。到底咋了？”

我稍稍沉默了一下。

“那爱美没事儿了吗？”

“额头上受了点伤，没啥大事儿。”

“是嘛，那就好。博文呢？”

“刚才警察送他回来了，现在发烧在房里躺着呢，阿学在照顾他。”

“发烧？咋整的？他受伤了吧？”

“嗯，但也没大碍。他跟你一样，挺结实的。后来你哥叫救援了吗？”

我不知该怎么回答。

“小春儿……跟我你还不能好好说吗？那些行李是咋回事儿？啥事儿呀？”

“是啊。”

我坐到床上，王恒坐在对面的单人沙发上。

“我，我拿着碎啤酒瓶砍人。”

“你说啥？”

“所以我被驱逐出境了。”

“你开啥玩笑！咋会这样！等下，你让我想想……那个时候石头砸到了爱美，她叫了一声，然后博文冲进了游行的人群，然后你也冲进去了……是那个时候？”

“嗯。”

“但是那是正当防卫啊！而且你堂哥不是在吗？他在怎么还会发生这种事儿啊！”

“那是因为……”

我把事情的原委都跟王恒说了——我的堂哥恨我，他百般挣扎，还是痛苦地做出了刚才的那些事。

“小春儿，你可别告诉我你这就放弃了啊！驱逐出境之后总还会有办法的吧？你刚在中国找到自己的目标啊！你应该顺利毕业，然后去做自己想做的事儿不是吗！你可以的吧？你的梦想才刚刚起步啊。”

王恒语气激动，他是真的在为我考虑，为我愤怒，为我不甘。

“王恒，我要留在中国……如果现在回日本，不知道什么时候才能再回来。我都能看到那时茫然的自己了。”

“就是啊，就是啊！你现在不应该回日本，对吧！”

“嗯，但也不能留在北外。”

“啥？为啥呀？”

王恒越来越激动了。

“明天我堂哥会来北外。明天在这儿跟他碰上，我就真的只能回日本了，所以我要离开一阵。”

“啥意思？啥叫离开一阵啊？”

“中国还有很多地方等着我去，明天我就坐火车，去一个很远很远的地方，去一个没去过的地方。”

王恒有些迷惑。

“现在回日本我肯定会后悔的，好不容易找到的梦想也毁于一旦。我想要亲眼去看看，这个辽阔而伟大的国家，多听听各方的声音，去感受在日本感受不到的东西。上一代人可能觉得历史已经告一段落了,在日本也找不到什么关于那段历史的痕迹。但是在中国，现在还保留着那段历史的回忆。闭着眼睛，装作忘记并大步向前的日本，和不肯忘记，不肯妥协，虽然痛苦却仍努力前进的中国。在这里还有很多我必须去了解的东西。至少，比起纯粹的中国人，流着两国血、拿着日本国籍的我更应该去了解中国。”

“……小春儿，你叫我咋办呐？你说了这些，你让我咋办呐？”

“王恒，你就这样就行了，不然我连自己可以回归的地方都没有了。不用管我，我没事儿。”

“小春儿……你……”

“我有我爷爷的遗产。我肯定能在中国的某个角落好好地过下去的，一定会有所发现，然后回到大家身边。”

从王恒的眼睛里留下两行泪，他紧紧地握住我的手，努力忍住哭泣，说，

“对不起啊小春儿，对不起，我不知道该为你做些什么，不知道该如何支持你……”

“所以王恒，你只要保持现在这样就可以了。”

王恒从沙发滑落，跪在地板上。

“小春儿，你记得吗？你刚到德强，第一次上历史课的时候。”

“嗯，记得啊，怎么会忘呢。”

“你被大家骂的时候，我坐在教室最后面假装看书。那时候的我没有勇气和你扯上一点瓜葛……但是你在那种情况下都没有退缩。当时我就想，或许你不是不逃，而是你知道自己无处可逃，所以你才能面对种种向你涌来的磨难吧？”

“哈哈，不过那时候我还没有考虑这么多。“

王恒擦了擦眼泪继续说道，

“就算你没在想,我觉得那就是你。小春儿,你是有地儿回的人。为了让你随时都可以回来，我这个贴满镜子的房间是不会变的。虽然我不能拍着胸脯说你可以放心去闯，但是我能说，你可以放心回来！”

“这就够了。王恒，我还有最后一件事想拜托你。先帮我叫一下阿学和爱美吧，博文的话，还是让他先休息吧……”

“嗯，当然啦，我现在就去。”

阿学和爱美来了之后,我把刚才同王恒讲的话跟他们讲了一遍，阿学拼命忍住心中的愤怒，而爱美则是忍着眼泪。

“小春儿，你刚要拜托的是啥事儿啊？”王恒说。

“我要在这里，证明我的存在！”

他们三人都静静等着我下一句话。

“阿学，你说你们乐队买了露天演唱会用的音响吧？你能接我一用吗？”

“嗯，可以啊，但你要干什么？”

“我说了呀，我要告诉大家，这个世界上还有像我们这样身份暧昧的人的存在。明天刚好是周日，明早九点，我要在操场上大声宣布我们的存在！”

“这种事，学校会允许吗？太突然了吧。”王恒对阿学说。

“事出突然也没办法啊，小春儿已经没时间啦！等太阳一升起来，我们就去把我们能召集的人都召集起来！小春儿就要展开新的旅途了，我们总得热烈地欢送一下吧！小春儿你放心吧，就交给我们好了！”

“也是啊，那就这么定了，我们一起努力！”

听了他们三人的话，我心中充满了说不出的感动。

“谢谢你们！我不只是想告诉世人我们的存在，虽然有点早，但我还想在这个学校撒下我梦想的种子。”

“梦想的种子？”

“我之前就跟你们说过我想做什么吧？这次我想再具体一点，告诉更多的人。我相信肯定有人会帮我完成梦想的！”

我把明天要说的话说给了他们听。然后四人一起收拾着我的行李，不时地擤擤鼻子、擦擦眼泪，都决定要把心中积蓄已久的话在明天一吐为快。

五三

早上七点左右，我们挨个把留学生公寓里还在睡梦中的日本人叫醒，说服他们九点到操场集合。我们也不确定毫不知情的他们是否能够准时集合，但我们并不打算就此罢休，不能让我们刚看见的梦想沉没在无作为中。

“拿我和阿学去搬音响，王恒、爱美，你们继续叫人，越多越好。”

“那啥，小春儿，你手指没事了吗？还痛不痛？”王恒对我说。那时我手指受伤了，虽然爱美的急救措施很妥当，但还是有些隐隐作痛。

“这点儿小伤，没事儿。”

微凉的早晨，除了练习足球、篮球的学生，还有晨练的附近居民，操场上已经有不少人在了。我和阿学在几个学弟的帮助下，把扩音器搬到主席台上。

“他们会听我说么……”

我看着偌大的操场，心中笼罩着一股巨大的不安，但现在才是最后的紧要关头，绝对不能退缩。

“李春学长，你要做什么呀？”学弟一脸茫然地问。

“小春儿接下来说的东西你们可得好好继承啊，都好好听着吧。”阿学说。

我们在主席台上看着操场上的人越来越多，但这些人都是来锻炼的普通人，对我们漠不关心。就算我大喊大叫，说得一片热忱，可这些人越多，我的声音反而会越小。但如果能引起这些人的注意，我的声音也将会变得更有力。这是一个赌注，也是一个机会。

到我该采取行动的时刻了。王恒带着 50 人左右的日本留学生过来了，跟着他们一起来的有大约 20 个中国学生。大家都聚集到主席台前，其中博文也在。

“你也来了？不要紧吗？”

只要一看到博文，我心里就特别难受。

“当然啦！爱美全都告诉我了，小春儿，上路前你可得好好给我们告个别啊！”

博文说着伸出手来，我紧紧地握住。

周围的人都表现得漠不关心，继续着锻炼。操场上树叶随风摆动，太阳渐渐升高，温暖的阳光终于照了进来。我必须用我的声音唤起整个操场的注意，我走上主席台，王恒、阿学、爱美、博文，大家都用一种温柔而坚定的目光看着我。无论发生什么，只要这四人还在，我就能坚持自我。

我闭上眼睛，调整了一下呼吸。我眼前的这些学生里，既有充满好奇的，也有散漫无谓的。操场上的其他人虽然也注意到我了，但他们还是跑步的跑步、打球的打球，我也算是知道了他们有多不关心。我想先好好感谢一下为我而聚集起来的这些人。

“大家能来我真的很感激。几个小时后，我就不在这个学校了，但是最后我还有一些话向对大家说，希望你们能给我一点时间。”

我闭上眼，紧紧地握了握话筒。

“小春儿，大胆地说吧！音量已经调到最大了！”阿学说。

之前也有过这种感觉，心脏跳动的声音被逐渐放大的感觉。我缓缓地睁开眼……

“大家现在面对着什么？”

不仅是操场，周边的学生宿舍、教学楼都响彻着我的声音。我只说了这一句话，就又闭上了眼睛，过去的记忆在脑海翻滚。

“大家现在和什么战斗着？”

操场上锻炼的人也开始向我这边看过来了。

就算只有一秒也好，我想在这里证明我的存在。闭上眼，被伤害的记忆，为融入大家而咬紧牙关的记忆，还有和那些愿意向我敞开心扉的人的记忆……都渐渐鲜明起来。相逢的每一个片段都为我打开了未来的道路，是我前进的支柱。

“现在在这里，我有话想对大家说，请大家耐心听我讲完。”

学生宿舍和教室的窗户都打开了。无法抹去的憎恶、无法治愈的悲伤，侵蚀身心的寂寞……必须有一个人来背负，这些镶嵌在时代漩涡中的种种无法忘记的情绪。为了忘记,必须有人踏出这一步。

“我不是中国人，但是我也不是日本人……”

越来越多的人想我投来了好奇的目光。

“但是，我身体里流的，既有中国人的血，也有日本人的血。你们是怎么看待这样的我的呢？”

远处，操场的管理员正在往这边赶来。

“这个身体不过是装载红色液体的容器，但我是以我的意志站在这里的，以我的意志与大家说话！”

管理员赶到了主席台下，王恒拦住了他，和他激烈地争辩起来。

“在这个过分专注身份和形式的现代社会里，大家都是如何看待他人的呢？大家是因为什么喜欢一个人、讨厌一个人的呢？”

开始有越来越的的人走出宿舍，向我走来。

“中国和日本……我活在这两个国家的夹缝里。两个国家有不同的习惯、语言、价值观，还有不同的历史认识……战后，这两个国家几次都想互相靠近，共同开辟新的未来，但每次都会被‘过去’所阻碍，总是陷入走一步退两步的尴尬局面。在前进中我们收获的很少，在后退中我们失去了很多，可很少有人发现这一点。”

我看见王恒他们还在和管理员据理力争，同时有越来越多的人聚集到了我跟前。

“我们没有经历过战争，那我们有没有试着去多理解一下对方呢？我们是不是只是在努力用自己的眼睛去看清事实呢？我们有没有被自己坚信的东西和横流的各种报道蒙蔽双眼呢？有没有以自己的意志去向对方靠近呢？我知道，中日双方的人民都有对对方的偏见，但大家有没有努力去倾听过去的声音呢？有没有觉得自己被现代社会的固有观念所束缚呢？努力前进却止步不前的两个国家，坐飞机只要三个小时，坐船也只要三天，我们的距离这么近，但为什么感觉这么远呢？心里的距离才是真正的距离。如果不亲自实践，你们就不会发现。”

操场管理员真的发火了，“马上给我下来，我叫保安了啊！”

但是我没有理会，我知道王恒他们会替我挡下来的。

“偏见、歧视到现在还根深蒂固，而且其中大多是来自于没有经历过战争的人。如果是以自己的意志了解真相后采取的行动，我也不能多加指责。但是，就算多讨厌对方，自己受伤的时候还是可以输入对方献的血，因为我们体内流的血其实是一样的。说的极端一点，从最恨的人那里接受献血的勇气，是互相靠近的一份巨大努力。过去我们互相杀害，以血洗血，那是一个被血染红的时代。但是，肮脏的血、骄傲的血，都在我的身体里流淌着。这两种血液在时间的流转中交融，一直流向了今天。”

不知从哪儿来聚集了这么多人，不知何时操场上的足球场已经人众济济。我无论如何都想把自己的想法传达给在这里的每一个人。

“我既是中国人，又是日本人。就像我哪国人都不是一样，我其实哪国人都是。无论中国日本，我都深深地爱着。回家后大家都去问问父母，如果爷爷奶奶还在的话就问爷爷奶奶，多听听过去的故事，因为我们就这么活着是不行的。记忆其实是遗忘的过程，但是不可以忘记的东西还有很多。大家平时或许不会在意，但是每一个路过你的老人，甚至是乞丐，都有可能知道我们不知道的真相。”

人还在不断聚集，保安还有老师也都赶了过来，正在努力拨开人群向我挤过来。

“如果没有听众，就不会有说故事的人；如果没有说故事的人，故事就到此结束了。说话人的一个小心思，听话人的一个小想法，都会让事实扭曲。所以，请客观地听，去试着理解说话人的心情。我们有义务把故事传承下去。”

我看见王恒他们在努力挡着保安和老师。

“你马上下来，我叫警察了啊！”

有个老师大声喊道。

“警察迟早都会来的，你们就让他把话说完吧！”

王恒的嗓门比他更大。

然后，最开始聚集起来的那些学生开始跟王恒一起，挡住保安。我信任他们，继续着我的讲话。

“在伤害与被伤害的争斗之中，有历史留下的后遗症，像是一颗疼痛的种子。种子会发芽开花，成为某种感情。给它浇水的就是我们现代人，成为土壤的就是这个环境。这个种子就是下一代人。请大家用自己的双手给予它光明吧，让它在阳光下长大。种子最后能开什么样的花都取决于现在的培育方式。如果没有培育的指导书，或许就没有测量事物的准则，但是这至少可以让孩子们自我思考。

就让我们来创造这样一个环境吧！”

操场上的人都被我的话所吸引，就连想要阻止我的老师和保安也不知不觉听着我的发言。

“马上叫警察！谁允许你在这儿演讲的啊！”

“你适可而止吧！”

他们在努力维护学校的秩序，但我没有理会。我觉得自己的话语里好像有一种神奇的力量，让我心情平静。

“不能忘记历史。记住自己国家经历过什么、遭受过什么也是很重要的。但最重要的，还是了解当时的人的想法，并传承下去。历史不是现在这一瞬间，而是由过去无数人的人生编织成的故事。有开始就有结束。因为人活过，思考过，所以才会有故事，而故事的后续在我们这代人出生的时候就自动开始谱写了。无论时代如何改变，故事都会继续。世间风潮和多数派意见有时会掩盖我们身边的事实。但只要我们有心去听，应该还是能听到那些讲述事实的声音的，只是当代社会杂音太多。”

不知何时操场上聚集的人都成了我的伙伴。偌大的操场上人满为患，我再一次闭上了眼睛。

“说得好！”“继续！”

我隐约听见了大家鼓励的声音，我吸了一口气，继续说。

“我们都是在幸福的环境里长大的，我们有幸能‘受教育’。战时人们没有机会‘受教育’，所以他们牺牲自己，为下一代换来明亮的教室和崭新的桌椅。他们到底想向下一代托付什么呢？”

不可思议的是，周围大家嘈杂的声音听不见了，眼前的一切都好像静止了一般，我只能感觉到风，还有伤口深处奔腾的血流。

“当时他们拼命打仗,拼命劳动,投身于社会的奔流中受尽苦难，最后才获得真知。他们想向下一代传述的，其实是他们的经历。”

我微微抬头，看着蓝天白云。

“正因为他们经历过苦难，所以他们才想给我们创造良好的环境。但是我们这一代中有很多人把良好的环境视作理所当然，因而也就远离了真相。只趴在桌子上学习，只相信老师的话，我们不知道真正的学习是什么，也不想知道。”

随风摇摆的树叶，此刻也像是在给我加油打气一般。

“那么，我们这一代又能为下一代做什么呢？我有一个想法。当然，如何行动完全取决于大家，我只是想和大家分享一下我的看法。”

我不知道操场上聚集了多少人。一千？两千？总之所有人，包括想要阻止我的老师和保安，大家此刻都齐刷刷地看向了我。我看着大家，心中一热。

“我们能在北外学习是幸运的，但是在这里所见的景象难道就是大家期望看见的东西吗？刚跨入学校大门的时候，大家都有自己的理想和目标吧，但理想和现实总是有差距的。我想大家也都注意到了一个问题。这里有这么多不同国家来的留学生，但是大家缺少交流。欧美归欧美，亚洲归亚洲，大家都习惯抱团。而这个大学里有这么多学习语言的同学，可大家只知道纸上谈兵，没有机会跟外国人交流。大家不觉得浪费吗？如果打通隔阂，让所有学生自由交流，大家觉得会是怎样一副景象？”

大家的反应和我想的一样。

“同学们,让我们一起从这里出发,去开拓那谁也没见过的未来，引领时代，一起组织这个学生活动吧！”

我把自己的梦想详细地告诉了大家。

我知道很多人觉得我是痴人说梦,大多数人觉得这是不可能的，但大家还是静静听我讲话。

人们开始在心中描绘自己的期待与梦想。不知何时，操场上站满了人。

“或许学校能为我们做的事不多，但我们有这么多人，只要我们一起行动，就能开辟一条大路。让我们一起构建一个互相尊重的社会吧，让下一代能在一个更高、更宽广的环境里成长，然后一代又一代接力下去。我们没有经历过战争，如果我们不行动，就会永远被束缚在过去里。最后我还有一件事想跟大家说。”

聚集了几千人的操场上静悄悄的。

“大家和好朋友的关系友好吗？和亲人友好吗？”

我感到我的时间不多了吗，我想要用最后一点时间喊出我心中的话。

“不过，如果是好朋友和亲人的话，根本不需要问‘友好不友好’这个问题吧。语言有时候很难表达友情和爱情的羁绊，如果是和说着不同语言的朋友，那就能不用说了。我觉得语言只是沟通的一种工具，重要的是行动。两个人之间有隔阂，或者是指在需要的时候进行合作，这种情况才用得到‘友好’这个词，来彰显这种临时的亲密。只要中日关系被套上了‘友好’这个形容词，我们就还是处于时代的过渡期。偏见、歧视存在于只会空想的人的脑袋里。让我们用自己的双脚和意志去跨越时代的波涛吧。只要多一个人和我们牵手，就能抵御更大的风浪，在那狂风巨浪后面肯定有另一片海阔天空！大家想见一见那片灿烂的景象吗？让我们一起从这里出发吧！”

我最后鞠了一躬，从主席台上下来。操场上一片寂静，最先响

起的声音是老师的喊声，

“你是谁啊！马上跟我过来！”

一瞬间，这句话就被其他喊声淹没了，操场一下子沸腾起来。

“好！说得好！”

“你太棒了！”

“我们想按你说的做！”

“干得漂亮！”——

欢呼充满了整个操场，但我的脚却不知为何动弹不得。

“小春儿！快走！”

“我们掩护你，先回寝室吧！”

王恒和阿学对我说。然后博文和爱美，还有最早跟我一起来的几个人一起给我开了路。一路上我听见无数掌声和叫好。

我的胸腔里有一股从未感受过的热血，身体突然充满了力量。

就算我说的内容没有被大家理解，我的心声也一定传达到大家心里了吧,大家会拾起我梦想的碎片吧。看着大家,我渐渐安心下来。

“我是李春！我既不是中国人，也不是日本人！我的名字叫李春！”

我走到操场边缘，回过头对大家喊道。

五四

“在这么点时间里，小春儿就把在场所有人的心点亮了。如果其中有茫然不知所措的人，那小春儿也算是给他们指了一条明路了吧。我们决不能让小春儿好不容易点燃的火种熄灭。就算小春儿不在了，我们也要把他的梦想坚持下去！”

回寝室的路上，博文这么说道。王恒、阿学、爱美还有其他人也都是同样的心情。我觉得自己真幸运，同时也有一种得到回报的欣慰。

“你发烧好了吗？”

“这点儿小病早让小春儿说没了！”

“这才是博文啊！哈哈！”

走到寝室门口，穿着便装的堂哥站在那里。我们有些不解。

“你，就算你是小春儿他哥，我也不会原谅你的！你就这么等不急要带小春儿走啊？”

王恒的语气里充满了火药味。

堂哥看了看我，然后说，

“小春儿，我来帮你逃走吧。”

我一下子没听清，倒是阿学抢先问道，

“啥意思？”

“马上就会有人来带你走，但我刚在听了你的演讲，我可能没什么说的资格，但你真的是这个国家需要的人……”

“你说啥啊！难道可以不用强制遣送回国了吗？”

“就是，事到如今我们还能信你吗！”

王恒和爱美说道，而我只是静静地看着堂哥。

“我真的做了无法挽回的错事儿，我知道你们不会原谅我。小春儿，往后你就算恨我，哪怕你现在打我，我都没啥可说的……”

“行了，哥。”

我看不下去了。

“小春儿！他可是夺走了你的梦想的人啊！就算你原谅他，我们也不会原谅的！”

王恒一副现在就要冲上前去揍人的样子。

“不，算了吧。我可能忘不了堂哥对我做的那些事，但我不会去恨。”

“小春儿……”

堂哥低下头，一个劲儿地向我道歉。

“哥，别介意了。我一直都没有注意到你的感受，我也有责任。所以这件事就到此为止吧，你也有你的立场，别道歉了。”

“小春儿，对不起……真的对不起！今天我没穿制服，我就是一个普通人。我是作为你哥过来跟你道歉的，真的对不起！”

“行了，我说算了。我现在要走了，你能替我保密吧？”

“当然啦！以后如果遇上啥事儿,能想起哥来就告诉哥,行不？”

说着，堂哥紧紧地抱住了我。

“小春儿！别信他！一个晚上就像变了个人似的。”

王恒说。

“没事儿的王恒，现在的堂哥就是我小时候认识的那个人。”

我取了行李，在寝室楼下和王恒、阿学、博文、爱美，还有堂哥做了最后的告别。我一个个拥抱了他们，说了最后的几句话。我固执地不许他们送我，我想和那时一样，一个人走下去。我只想留给他们一个挺直的背影。

街边还是同样的景象，我拖着行李来到舞蹈学院。

刚好是休息时间，我把孙小蕊叫到校门。

她看见我先是很惊喜，紧接着又变得困惑。我和她一起走到我们经常散步的花园，把一切都说给她听了。她一直沉默着，这一切就像飞来横祸，叫人实在无法相信。跟她告别是痛苦的，几年前的那一幕再次上演。我觉得很对不起她。孙小蕊哭了,死死地盯着我。我真是太没用了，这次又要让她等多久呢。她就站在我眼前，可我真的不知道应该怎么办。

“虽然不知道要花多久，但我一定会回到你身边的。不过我不会要你等我，你能跟着我这样的人走到今天，我已经很感激了。总是让你一个人，真的，真的很抱歉……”

说完这些话，我简直要虚脱了。

“你说这些，我现在也接受不了……突然说这种事，也只会让我不安,真的,我第一次对你真的很生气。真是无药可救的人啊,你。”

“对不起……”

“……别再离开了……你这个人啊,就算我再哭再喊都没用吧？你就会让我不安，然后一个人走掉！”

“对不起……”

“什么对不起啊！我知道你不容易，可我更辛苦！怎么就这么喜欢你呢……明明跟上你的脚步那么困难，但我却还要不自量力，还要傻傻地相信，苦苦地等你……”

“我……我觉得能和你相遇是我人生中的一个奇迹。遇见任何一个人都是有意义的,有这么多的相遇才有今天的我自己。而其中，正是因为有你在，我才能坚定地走自己的道路，从未迷失自己。”

“……你根本就不懂等候的人的心。我从来没有、一次都没有忘记过你。但是这次我不确定，也许我会想去忘记……”

“想忘，就忘了吧……”

“你怎么能说出这种话！那我们之前到底是什么关系？”

“我不想再连累你了……”

“不是连不连累的问题！我不介意和你同甘共苦，但你总是一个人做决定。你说，我这个女朋友是干什么的！”

“对不起……我知道我总是这样，但是我真的很需要你。”

“啥时候回来啊……”

“我也说不准，但是，我一定会回来的。”

“那，你喜欢我吗？”

“我爱你。”

我轻轻拭去她脸上的泪水。

“到我三十岁，啊不，四十岁之前，一定要回来啊……”

我静静地点了点头。

“也许我绕了远路，但我真的想多了解一下这片土地和这里的人民。也许你觉得我和自己的目标、梦想越走越远了，但我觉得等这个国家遍布我的足迹后，我一定能找到一个缓和中日关系的办法的。到时候我就会为更多的残留孤儿二代、三代提供关于自我和国家的新的思考。就算是萍水相逢，也可能在未来成为化解危机的一个关键。镜子会真实地反映一切……我不会忘记任何人。所有一切都连着一个原点，无论我走到哪儿，原点还是原点。就算未来感到空虚和失落，我也能自己走出来。就算大家说我变了，也不是因为我忘记了曾经的种种，而是我记住了更多。我会向着目标和梦想前进，岔路口其实是我反省自己的机会。我就算再孤独，也会当它是一种幸福。我为残留孤儿三代的自己而骄傲。”

孙小蕊送我上出租车，一直目送我直到看不见。

在前往北京站的出租车上，我几乎要被巨大而又无形的不安和恐惧吞没。努力擦着不断滚落的泪珠，每次司机从后视镜看过来时都佯装平静。

灰白的阳光透过雾霾照进后座，手机响了一下，是孙小蕊的短信。

“我等你。”

一瞬间，不安和恐惧消散了大半。

进了北京站，站台上很挤，我穿行于人群中，突然感到了一阵巨大的疲惫。

火车长鸣一声，伴随着列车员的催促声，列车缓缓地动了起来。还有几个人慌慌张张地跑向火车,被列车员拉了上去。我也在其中。

就在我拖着箱子跑上车时，一个男的在我后面挤了上来。他到了一声“对不起”，边从我身边挤了过去，走进了车厢。

我被他挤了一下，昨天割破的手指又裂开了，红色的血液渗过白色绷带，然后染红了整片白色，滴了下来。这些红色血滴好像完全清楚自己的去处，毫无犹豫地垂直坠向了地面。最后看见这些血迹的人大概会这么说吧……

谁的血啊，真是的。

——我一直觉得，这和我没什么关系，但这个叫做“我”的存在决定了我的人生。“我是什么”一点都不重要，我只是想探寻自己在这个世界，不，这个国家里的存在意义。这个问题现在还得不出答案，但毫无疑问，我的血会成为沟通中日两国的纽带。这无法判明的血，会一直流淌下去，而故事也将继续。

作者寄语

《问血》的读者朋友，我想衷心地向你们表示感谢。本书中文版《问血》已于 2015 年 8 月由人民日报出版社在中国境内出版。这本书是我当时在北京外国语大学念大四的时候用日语写的，并委托同校日语系的学生傅彦瑶翻译。我自己就是残留孤儿三代，所以书中主人公李春（佐佐木春）就是我自身的投影。我到各个相关的地点取材，把我从小时候到大学期间的思考、烦恼通过“日本与中国”、“身份”这一主题写成了故事。此次本书在日本出版，如果能让更多生活在日本与中国夹缝中的年轻人认识那个 23 岁的我，如果这本书能成为大家了解中国、思考中日关系的契机，那我将十分欣喜。

著者 Profile

佐藤升　Noboru Sato

1989 年 6 月 6 日 出生
北京外国语大学 毕业
北京电影学院 结业
NPO 法人 地球市民交流会（GCI）理事
一般社团法人 在日黑龙江省同乡会东京分会 理事
URL：www.noborusato.com

问血

在日华人最值得去读的一本书

2020 年 9 月 20 日　第一刷発行

著者　佐藤　昇
発行所　株式会社 文景坊出版
〒 252-0301
神奈川県相模原市南区鵜野森 1-30-3-814
電話 042-813-5237
FAX 03-4333-7825
https://www.atom-publishing.com
発売元　株式会社 星雲社
〒 112-0005
東京都文京区水道 1-3-30
電話 03-3868-3275
FAX 03-3868-6588
印刷　有限会社 精美堂印刷所
製本　勇英社製本 株式会社
デザイン全般　江嶋　章人

ISBN978-4-434-27961-4　乱丁・落丁本はお取替えいたします。